Dubbelspel

Uitgeverij PAMAC

Dubbelspel

Conny Regard

Opgedragen aan mijn Oop, Carl Hendrik Meijers.

Met dank aan Carla, Johanneke en Jaap.

Jullie hulp was van onschatbare waarde!

Eerste druk, 2012

© 2012 Conny Regard
Foto Conny Regard: © Ruud Schouten
Cover illustratie: © Igor Korionov - Fotolia.com
Vormgeving en omslagontwerp: Studio PAMAC
Druk: Scan Laser - Zaandam

www.pamac.nl

ISBN: 978 94 90385 47 7
NUR: 343

1

Zwijgend staar ik in de goudbruine ogen van de vrouw die tegenover me staat. Het zijn ogen die ik, ondanks dat ik ze ruim vier jaar niet heb gezien, overal ter wereld zou herkennen. Haar ogen zijn overigens het enige wat ik van haar gezicht kan zien.

De bovenkant van haar gezicht wordt bedekt door een grote capuchon en de onderkant, vanaf haar neus, door een sjaal.

Goed, het is winter, maar dit is overdreven.

Alsof ze mijn gedachten heeft gehoord, duwt ze de capuchon met de dikke bontrand van haar hoofd en trekt de sjaal omlaag. Tjonge, ze heeft ook nog een muts op die ze, op het moment dat ik ernaar kijk, van haar hoofd trekt.

Haar haren tuimelen als een rood gordijn voor haar gezicht en over haar schouders. Met een driftig gebaar strijkt ze het uit haar gezicht.

Het is roder dan ik me herinner. Zou ze het nog steeds verven omdat ze niet op mij wil lijken? Haat ze het nog steeds om mijn zus te zijn? Haat ze míj nog steeds?

'Mag ik binnenkomen of hoe zit het? Sta hier te bevriezen!'

Mijn wenkbrauwen reageren direct op haar snauwerige toon en ik doe een stap opzij. Er verschijnt een glimlachje om mijn mond als ik haar parfum herken wanneer ze met een overdreven diepe zucht naar binnen loopt. *Jean Paul Gaultier*. Wat zou ze doen als ze zou weten dat het ook mijn favoriete geur is?

Haar kennende, waarschijnlijk meteen het flesje in de vuilnisbak smijten en al haar kleren verbranden die ernaar ruiken.

Met een diepe zucht sluit ik de voordeur en volg haar. Terwijl ze de drie treden afloopt naar de woonkamer, maakt ze haar sjaal los, trekt met driftige gebaren haar handschoenen uit en propt ze in de zak van haar jas. De hakken van haar laarzen tikken op de donkerhouten vloer en verstommen zodra ze over het dikke kleed naar de crèmekleurige bank loopt. Met een achteloos gebaar gooit ze haar sjaal en jas erop. Ze heeft amper drie stappen gezet of ze blijft demonstratief, met haar handen in haar zij staan. Zwijgend kijkt ze om zich heen. 'Beetje Amerikaans, hè? Pakhuizerig,' zegt ze, zich naar mij omdraaiend.

Pakhuizerig? Ik schud mijn hoofd om het woord. Dat soort woorden verzint Anoek dus ter plekke. Dat deed ze als kind al en je had gegarandeerd ruzie als je er iets van zei. Maar goed, ze heeft gelijk. Het is Amerikaans en 'pakhuizerig', om haar maar eens te citeren. Toen ik via via hoorde dat ze hier in Rotterdam van leegstaande pakhuizen appartementen zouden gaan maken, heb ik geen moment geaarzeld. Nog voor ik de bouwtekeningen had gezien, had ik me al ingeschreven en ondanks mijn hoogtevrees heb ik voor de bovenste etage gekozen. Het heeft ruim twee weken geduurd voor ik bij de reling van het balkon durfde te gaan staan. Recht voor me uitkijken lukt redelijk. Omlaagkijken is iets wat ik liever niet doe. Niet dat ik de neiging heb me in de afgrond te werpen. Dat is trouwens iets wat ik nooit zo begrepen heb. Dat mensen met hoogtevrees die neiging zouden hebben.

Anoek loopt naar de Chinese vaas die op de sidetable achter de andere bank, een mokkakleurige vijfzitsbank, staat. Met gefronste wenkbrauwen bekijkt ze hem van alle kanten. Zelfs de onderkant ontkomt niet aan haar inspectie. Het is me niet helemaal duidelijk of ze naar het merkje zoekt dat bewijst dat het misschien wel uit de *Ming*-dynastie stamt, of naar het prijsstickertje. Anoek, was als kind al ontzettend materialistisch. Denk maar niet dat mama iets bij de *Zeeman* voor haar hoefde te kopen. Niet dat mama zich daar aan stoorde. Maar om driftbuien te voorkomen, knipte ze de kaartjes en de labeltjes uit de kleding als ze daar toevallig wel iets leuks had gekocht.

Dat was een geheimpje dat mama en ik deelden nadat ik haar er een keer op had betrapt. Tot aan de dag van vandaag heb ik het nooit verklapt.

'Hm,' is Anoeks reactie, waarna ze de vaas weer terugzet en naar het schilderij loopt dat ik van Don heb gemaakt.

Met haar hand onder haar kin staat ze ernaar te kijken. Ik wil net iets zeggen, als ze zich met een ongelovige blik naar mij omdraait.

'Heb jij dat geschilderd?'

'Mijn naam staat toch in de linkerhoek? Dus wat denk je zelf?'

'Dat die kerel een heel lekker ding is. Je lover?'

'En dat denk je omdat...?'

'De blik in zijn ogen.' Anoek doet een stap dichter naar het schilderij toe.

De blik in zijn ogen? Het is gewoon een warme, liefdevolle blik. De blik die Don meestal in zijn ogen heeft als hij naar me kijkt.

'Hij kijkt alsof hij net ontzettend is genomen of heeft genomen. Ja, écht een heel lekker...'

'Het is een schilderij,' onderbreek ik haar geïrriteerd. 'Een pose! Tjonge jonge Anoek, het feit dat hij alleen maar een losgeknoopte spijkerbroek aanheeft, wil niet zeggen dat ik hem eerst het licht uit zijn ogen heb geneu...'

'Sasha Lester!' roept Anoek quasi-geschokt. 'Ga onmiddellijk je mond spoelen. Ik weet werkelijk niet wat me overkomt zulke taal uit jouw preutse mond te horen komen. Als mama je nu zou horen...' Ze schudt haar hoofd. Lachend draait ze zich om.

Anoek loopt weer verder alsof ze door een kunstgalerie loopt, in plaats van door mijn appartement.

'Nou, ik kan wel zien wat je met jouw deel van het geld hebt gedaan,' zegt ze opeens weer kribbig terwijl ze een beeldje van een Samoerai ook aan een nauwgezet onderzoek onderwerpt.

Het geld waar ze het over heeft, is de levensverzekering die na het ongeluk van onze ouders werd uitgekeerd, plus de erfenis van onze grootouders waar we op onze eenentwintigste verjaardag de beschikking over kregen.

Ik schrok me rot toen ik hoorde om hoeveel geld het ging. Mama had het altijd over een paar centen gehad.

'Wat kost het tegenwoordig nou nog om een binnenhuisarchitect in te huren, Sas?'

'Je weet donders goed dat ik alles zelf heb gedaan. Jezus Anoek, zou je er dood van gaan om eens, al is het maar één keer, toe te geven dat je iets mooi vindt? Of nee, dat kun je niet, hè? Niet als ik het heb gedaan! En ja, ik kon het doen dankzij dat geld dat we geërfd hadden, maar ook dankzij het feit dat ik door mijn werk een hoop tegen inkoopsprijs kan kopen.'

'Inkoopsprijs? Hoe duur waren die banken dan?' Ze maakt een hoofdgebaar naar mijn banken. Ze doet net alsof mijn uitbarsting haar niets doet, maar ik zie aan haar gebalde vuisten dat ze zich moet inhouden. Als ik de prijs zeg, kijkt ze me met een ongelovige blik aan.

'Noem jij dat inkoopprijs? En dat kleed? Dat komt niet bij de kringloopwinkel vandaan.'

'Weet je, Anoek, als je me had laten weten dat je langskwam, had ik overal prijskaartjes bij gezet.'

'Doe niet zo sarcastisch,' valt ze verontwaardigd tegen me uit, 'ik toon gewoon interesse.'

'Doe maar niet. Daar word ik alleen maar nerveus van. Vertel me liever waar ik de eer aan te danken heb dat je na al die jaren opeens voor mijn neus staat.'

'Verdomme, Sasha. Kan ik hier niet gewoon zijn omdat ik je... mis?'

Ze heeft zichtbaar zoveel moeite met die zin dat ik me niet goed kan houden en het uitproest.

'Oh Noek, mij missen? Jij?' Ik rol met mijn ogen. 'Je hebt gevoel voor humor gekregen... Echt!'

'Wat doe je eigenlijk voor werk?' snauwt ze. 'Of is dat ook geheim?'

Kennelijk heeft ze zich voorgenomen eerst interesse te tonen en me daarna pas de ware reden van haar komst te vertellen. Ik besluit het spelletje mee te spelen. 'Ik werk als styliste bij een warenhuis. Ik doe de etalages en de meubels.'

'Meubels?' Anoek trekt een gezicht alsof het een vies woord is.

'Ja, ik maak leuke hoekjes. Kleine woonkamertjes, noem ik ze. Je weet wel, wat ik vroeger ook al deed in onze slaapkamer en die jij dan weer overhoop haalde.'

'Oh ja, dat weet ik nog.' Anoek schatert het uit.

Ik kon er toen niet om lachen, en nu nog steeds niet. 'Ja, daar verdien ik nu mijn geld mee, en weet je? Ik ben er nog goed in ook.'

'Joh! Waarom kijk ik daar nou niet van op? Jij was toch altijd overal de beste in?' Anoeks ogen fonkelen.

'Ik was niet altijd, en zéker niet in álles de beste. Jij was weer beter in andere dingen en ik...'

'Ach, schei toch uit, Sasha,' roept Anoek en maakt een driftig gebaar in de lucht.

'Nee Noek, jij was altijd veel beter met mensen. Jij hoefde maar een kamer binnen te komen en iedereen hing aan je lippen. Je had altijd zoveel vrienden dat...'

'Die had jij ook kunnen hebben als je maar niet altijd zo verlegen en truttig was geweest,' valt ze me, terwijl ze haar lange haar met een wilde beweging over haar schouder gooit, in de rede. 'Wat zei je nou?' vraagt ze opeens, alsof ze zich nu pas realiseert wat ik heb gezegd. 'Werk je in een warenhuis? Niet eens je eigen bedrijf?'

'Nee, maar wat niet is, kan nog komen. Ik ben pas vierentwintig.'

'Dus je kon toch niet zo goed schilderen als iedereen dacht? Goh Sas, dat valt me van je tegen.'

Ik besluit die opmerking maar te negeren. Anoek heeft het nooit goed kunnen hebben dat ik de meest creatieve van ons twee was en in sommige dingen beter ben dan haar. Schilderen is er een van, en dat doe ik eigenlijk alleen voor mezelf.

Met een schamper lachje wijst Anoek naar de identieke lampen die aan weerszijden van de banken staan. 'Jij en je symmetrie. Je hebt die tic dus nog steeds.'

'Ja, nog steeds. Ik denk niet dat ik die ooit kwijt zal raken.'

'Wat? Die tic of die lampen?'

'Allebei!'

Alles moet bij mij altijd in harmonie zijn en bij elkaar passen. In evenwicht met de omgeving zijn. Het heeft niets met *Feng shui* te maken. Ik bepaal graag zelf in welke windrichting ik lees en eet, en zéker in welke kleuren ik dat doe. Nee, de windgong die voor het raam hangt, heeft daar dus ook niets mee te maken. Ik ben gewoon gek op het rustgevende getingeltangel als de wind ermee speelt.

Anoek loopt naar de linkermuur die bijna helemaal in beslag wordt genomen door grote ramen, van het plafond tot aan de grond.

De voile gordijnen ervoor deinen gracieus heen en weer op de wind die ermee speelt.

Anoek lijkt diep in gedachten te zijn verzonken.

Ik vraag me af wat ze van het uitzicht vindt. 'Je zou het 's avonds moeten zien. Dan is het uitzicht helemaal spectaculair,' zeg ik als ze blijft zwijgen.

Anoek draait zich naar me om en maakt een wijds gebaar om zich heen en zegt: 'Nou ja, inkoopprijs of niet. Het zal je, zeker met dat uitzicht, aardig wat gekost hebben. Heb je dit gekocht of huur je het?'

'Gekocht. Woon jij nog steeds in ons oude huis?' Ik kan mijn nieuwsgierigheid niet langer bedwingen.

'Nee, natuurlijk niet! Die kast was toch veel te groot voor mij alleen. Ik heb het al die jaren verhuurd en een paar maanden geleden verkocht.'

Zonder mijn toestemming of handtekening? Ik vraag me af hoeveel jaar er op vervalsing staat.

'Ja, daarom ben ik hier, om je alvast een gedeelte van het geld te brengen,' zegt ze terwijl ze haar tas van haar schouder trekt.

'Hoezo? Was je toevallig in de buurt en bedacht je opeens dat ik hier woonde?' Ik trek mijn wenkbrauwen op als ze me vuil aankijkt en een grote witte envelop uit haar tas rukt.

Ze smijt hem zo wild op de salontafel dat er, terwijl hij een schuiver over de tafel maakt, een paar bankbiljetten uitvliegen en op de vloer terechtkomen.

'Beetje link om met zoveel geld over straat te lopen, hè?' Ik sla mijn armen over elkaar. 'Waren de banken in staking?'

'Aangezien ik je bankrekeningnummer niet wist,' snauwt Anoek terwijl ze om de tafel heenloopt en de envelop en het geld van de grond pakt, 'was het niet mogelijk het geld te storten.'

'Dat zou natuurlijk een reden kunnen zijn, maar waarom geloof ik dat nou niet?'

'Ik zou het werkelijk niet weten, Sas. Misschien omdat je altijd al achterdochtig was?' zegt ze terwijl ze de envelop weer op de tafel gooit.

Ik achterdochtig? Hoe verzint ze het!

Anoek draait zich om en loopt naar de andere kant van de woonkamer. Ze loopt de drie treden weer omhoog naar het gedeelte dat ik heb ingericht als tv- en leeshoek.

De hele achterwand is bedekt met hoge boekenkasten, die tot de nok toe gevuld zijn met boeken. Er staat zo'n trap tegenaan die je in ouderwetse bibliotheken ziet. Niet dat je mij daar ooit op zult zien. Hoogtevrees, hè? Maar zo'n bibliotheektrap maakte het gewoon af en ik vind het wel chique staan.

Anoek schenkt er nauwelijks aandacht aan. In tegenstelling tot mij, houdt zij absoluut niet van lezen. Ze verdwijnt de hoek om en loopt naar de open keuken.

Door het grote, vierkante dakraam dat zich precies boven het kookeiland bevindt, baadt de keuken in het licht.

Het is de laatste tijd zo'n gekkenhuis op mijn werk, dat ik me niet meer kan heugen wanneer ik voor het laatst eens uitgebreid heb gekookt.

Tegenwoordig is de magnetron het meest gebruikte apparaat in de keuken.

Ik neem me voor dat ik snel weer een dinertje ga geven. Misschien wil Anoek ook wel komen.

Ik schiet nog net niet in de lach als ik de gezichten van Don en Raf voor me zie als ik ze vertel wie er komt eten.

Zonder toestemming te vragen loopt Anoek naar de koelkast. Er staan pakken sap, melk, ijsthee, maar ze pakt zonder aarzeling de Pepsi Max, wat ook mijn favoriete drankje is.

'Wil je ook?' vraagt ze met de fles in de lucht.

'Ja, lekker, lief van je,' zeg ik sarcastisch. Ik ga op een hoge kruk zitten en zet mijn ellebogen op het houten bovenblad van de eetbar. Met mijn kin op mijn handen, bekijk ik mijn zus aandachtig.

Ze loopt naar het andere aanrecht om een paar glazen te pakken.

Opnieuw vraag ik me af of ze haar haar, dat weer bijna net zo lang is als dat van mij, nog steeds rood verft omdat ze niet op mij wil lijken.

Niet dat het haar misstaat. Integendeel.

Mijn ogen glijden omlaag naar haar laarzen. Hm, mooie laarzen. Volgens mij heb ik ook zoiets. Nee, ik héb dezelfde, besef ik op het moment dat ik de aparte opengewerkte hak zie. Daar heb ik 299 euro voor betaald. Of was het 399? Ja, duur. Ik weet het. Maar ik heb nou eenmaal een laarzentic. Ik vraag me af hoeveel Anoek ervoor heeft betaald.

Dit soort dingen kwamen vroeger ook wel eens voor. Dan kwamen we met dezelfde dingen thuis terwijl we afzonderlijk waren gaan winkelen. Dat komt vaker voor bij tweelingen en... Volgens mij ben ik dat kleine detail vergeten te vertellen, hè?

We zijn dus een eeneiige tweeling!

Als Anoek tegenover me komt staan en mijn glas volschenkt, zie ik dat ze geen beha onder haar strakke trui draagt. Wat dat betreft is ze altijd veel zelfverzekerder geweest dan ik. Dat was vroeger al zo en dat zal, denk ik ook altijd wel zo blijven.

'Zo zus, vertel. Hoe gaat het met je?' vraagt Anoek. Ze lacht er zo stralend bij dat ik mijn ogen tot spleetjes knijp en haar achterdochtig aankijk. Ze komt tegenover me aan de bar zitten en overdrijft het door mijn hand te pakken.

'Ja, wat kijk je me nou raar aan? Je bent mijn enige zus en ik heb je ontzettend gemist. Is dat zo gek Sas?' vraagt ze zo liefdevol dat ik er misselijk van word.

'Als je het écht meent, wel.' Ik trek mijn hand los. 'Het is ronduit schokkend om die woorden uit jouw mond te horen. Je hebt me bijna vier jaar, nee, wat zeg ik? Bijna vijf jaar doodgezwegen! Vijf jaar!' Met een driftig gebaar gooi ik mijn vlecht over mijn linkerschouder.

Waar haalt ze het lef vandaan!

'En dat heb je verdiend,' zegt ze tot mijn verbijstering. 'Weet je wel hoeveel ik van Stefan hield?'

'Stefan?' Ik ken geen Stefan. Of ja toch wel. Maar nee... Die bedoelt ze niet... Of wel? 'Heb je het nou over Stefan de Wilde?' vraag ik voor de zekerheid.

'Ja, Stefan de Wilde. Míjn Stefan. Ken je nog een andere Stefan dan?! Ik dacht dat we voor altijd bij elkaar zouden blijven. Hij was mijn grote liefde en de eerste jongen met wie ik naar bed ben geweest,' gooit ze er hartstochtelijk uit.

Ja, en ik ben Doornroosje. Nog steeds niet uitgeslapen!

Anoek is nogal 'los'. Ze was op haar vijftiende al geen maagd meer, terwijl ik dat tot aan mijn twintigste verjaardag ben geweest.

'Oh en hoe weet jij dat dan? Was je er soms bij?' snauwt Anoek.

Dacht ik hardop?

'Hij was wél mijn eerste. En hij zei dat ik, ík,' schreeuwt ze, 'niet jij, zijn grote liefde was. Waarom denk je anders dat ik met hem naar bed ben geweest?'

Ik open mijn mond en sluit hem weer als Anoek met fonkelende ogen verder gaat en haar masker laat vallen. Goed zo, zo ken ik haar weer!

'Omdat ik van hem hield en hij van mij! En jij wist dat. Je kon het gewoon niet hebben. Je was jaloers!'

Ik kan werkelijk geen woord uit mijn strot krijgen, zo verbouwereerd ben ik. Heeft ze me al die jaren doodgezwegen om Stefan? Stefan 'Sukkel' de Wilde? Shit, als het nou was omdat ik niet wilde dat ze ieder weekend feesten gaf nadat onze ouders waren overleden. Feesten die negen van de tien keer op orgies uitdraaiden. Of het feit dat ze haar deel van de levensverzekering er binnen de kortste keren doorheen had gejaagd en ik weigerde haar de helft van mijn deel te geven? Ze was zo boos dat ze toen ook weken niet tegen me heeft gesproken. Zelfs haar jaloezie omdat ik in veel dingen beter was, zou ik eerder als reden hebben geloofd. Geloof me dat ik heel lang mijn best heb gedaan slecht in de dingen te zijn waar Anoek goed in wilde zijn.

'Jij hebt hem van mij afgepakt!' schreeuwt ze.

Ik schrik er zo van dat ik kwaad word en in de aanval ga. Wat dat betreft lijk ik op mijn moeder. Ik word niet snel kwaad, maar als ik het word dán moet je oppassen. 'Afgepakt? Nou moet je ophouden! Je moet eerst iets hebben voor het afgepakt kan worden! En zoals we allebei heel goed weten wilde Stefan jou niet. Behalve om mee te wippen! Jij was... Houd je mond!' roep ik als Anoek haar mond opent. Jezus, het is lang geleden dat ik zo boos ben geweest. 'Géén woord Anoek!' Dreigend hou ik mijn vinger omhoog als ze toch iets wil zeggen. 'Hoe durf je te beweren dat die sukkel de reden is? Mijn god, ik kan wel tien redenen opnoemen die erger zijn. Ik verplaats me nu even in die kronkelige gedachtegang van jou, hè? Maar nee, jij kiest Stefan de Wilde als reden.' Ik schreeuw, ik weet het.

'Je hebt verdomme vanaf de eerste dag geweten dat ik hem niet aardig vond en dat ik totaal niet in hem geïnteresseerd was. Net zoals je donders goed wist dat hij jou niet moest! Verdorie Noek, hij heeft je gewoon gebruikt. Wat niet zo gek was gezien de manier waarop jij je gedroeg en je gewoon aan hem aanbood. Dat zou iedere jongen hebben gedaan. Wat zeg ik? Dat hebben ze ook bijna allemaal gedaan. Ze noemden je niet voor niets achter je rug de Lesterslet!' Ik vloek binnensmonds. Dat had ik niet willen zeggen. Maar verdorie, ze maakt me ook zo kwaad. Dat komt even helemaal uit Driebergen om me dat gedoe met Stefan opnieuw voor mijn voeten te gooien. Ik stap van de kruk af, loop naar de koelkast en trek de deur zo hard open dat de flessen in de deur rammelend tegen elkaar slaan. Ik tel langzaam tot tien en staar zonder iets te zien in de koelkast als ik achter me een gesmoorde kreet, gevolgd door zacht gesnik hoor.

Daar gaan we weer. Alles wat Anoek hoeft te doen, is te gaan huilen, en ik ben om.

Dat weet ze.

Snikkend ligt ze met haar hoofd op haar arm op de eetbar als ik me weer naar haar omdraai. Haar schouders schokken en ze begint zelfs nog harder te huilen.

Hm, dit deed ze vroeger ook altijd als ze haar zin niet kreeg. Maar jeetje, als dit nep is, dan is ze echt goed geworden met de jaren. Of huilt ze echt?

Met een zucht doe ik de koelkast dicht en loop naar haar toe. 'Toe Noek, niet huilen.' Ik heb haar schouder amper aangeraakt of ze draait zich met een ruk om en vliegt van de kruk. Ze gooit zich zo wild om mijn nek dat ik bijna achterover val.

'Oh Sasha, je m-moet me helpen. I-ik weet niet wat ik moe-moet doen.'

Uit haar gestotter maak ik op dat het iets ergs moet zijn. Zo doet ze alleen als het heel ernstig is.

'Ik hou zoveel van hem. Zeg dat je me helpt,' snottert ze in mijn oor.

Oké! Niets ernstigs dus! Het gaat gewoon weer om een man.

Ik had het kunnen weten. Anoek is weer eens een keer verliefd. Leuk voor haar. Al snap ik werkelijk niet wat ik daar mee te maken heb en nog minder hoe ik haar daarbij zou kunnen helpen.

'Oh Sassy, zeg alsjeblieft dat je het doet.'

'Wat moet ik doen?'

'Noek, stop met huilen nu, en vertel me wat je van me wilt.' Ja sorry, ik klink een beetje kribbig, maar ik begin hem een beetje te knijpen. Ik word zowat doof van de alarmbellen die in mijn hoofd afgaan en moet bijna met geweld haar armen van mijn nek trekken.

'Ik wil Nick niet kwijt, ik hou van hem. Hij heeft me diamanten gegeven, dus dan moet hij wel van me houden. Toch Sas?' vraagt Anoek lichtelijk rood aangelopen omdat ze alles er in een adem uit heeft gegooid. 'Sas? Dan houd hij van me, hè?'

Hoe moet ik nou weten of die man van haar houdt? Misschien moest hij zijn zwarte geld wel witwassen of was het gewoon een investering. Goud en diamanten behouden altijd hun waarde, heb ik ooit ergens gelezen. Gelukkig gunt ze me geen tijd om te antwoorden.

'Ik moet op twee plaatsen tegelijk zijn en dat kan ik alleen als jij me helpt,' gooit Anoek er dan eindelijk uit.

Ik had ongelijk.

Het is niet erg. Het is ronduit verschrikkelijk!

'Dus daarom ben je hier! Je wilt weer van plaats wisselen. Nú? Nu we volwassen zijn? Mijn god, hoe haal je het in je hoofd. Je maakt een geintje, Anoek. Zeg dat je me in de maling neemt.'

'Oh alsjeblieft Sassy, dat doe ik niet. Ik meen het. Zeg dat je me helpt.'

Met een smekende blik pakt ze mijn hand vast.

'Noek, niet doen. Vraag me dat niet. We zijn toch geen kinderen meer? We zouden die man hier ongelooflijk mee kunnen kwetsen als hij erachter komt, en...'

'Ja, áls hij erachter komt, maar dat gebeurt niet. Niet zolang jij je mond houdt. Je bent het me verschuldigd. Door jou ben ik Stefan al kwijtgeraakt en ik zal het je nooit vergeven als dat ook met Nick gebeurt.'

Waarom komt me dat nou bekend voor? En waarom zeg ik niet meteen, nee?

'Ik ga met hem trouwen, Sas. En als jij me niet... Oh, toe nou.'

Kom op, drie simpele letters. N-E-E!

'Alsjeblieft, Sassy.'

Die blik in haar ogen is genoeg om me aan het wankelen te brengen. Misschien kunnen we weer zussen zijn als ik dit voor haar doe. 'Wil je dat dan op het spel zetten door van plaats te ruilen? Wat nou als hij erachter komt Noek? Waarom zou je zoiets willen doen?'

'Omdat ik met mijn baas mee naar New York moet. Als ik dat doe krijg ik eindelijk die promotie waar ik zo hard voor heb gewerkt. Moet ik die door jou aan mijn neus voorbij laten gaan? Moet die trut Marlies die promotie dan krijgen?'

'Alleen als ze die promotie meer verdient, Anoek.'

'Meer verdient?' vraagt ze met een gezicht alsof ze niet kan geloven dat ik dat heb durven zeggen.

Ja, ik weet zelf ook niet wat me bezielde. Ik was echt van plan het alleen maar te denken. Ik krimp in elkaar en knijp mijn ogen even dicht als Anoek, terwijl ze rood aanloopt, schreeuwt dat die ongelofelijke trut helemaal niets verdient!

'Niets! Over mijn lijk gaat zij die promotie krijgen. Nee, zelfs dan krijgt ze hem niet!'

Vervolgens gaat ze me toch tekeer over de arme Marlies. Natuurlijk ken ik die arme meid niet. Maar echt, ik krijg spontaan medelijden met haar als ik al die dingen mag geloven die Anoek over haar beweert. Jeetje, ik wist niet dat zulke mensen een reguliere baan konden hebben.

Zoals je mijn zus tekeer hoort gaan over de incompetentie en de geestelijke gesteldheid van het arme kind, is een sociale werkplaats nog te hoog gegrepen. Wat zeg ik? Die zou niet vrij rond mogen lopen. 'Nou, ga dan met je baas mee en wees eerlijk tegen... Nick?' probeer ik haar te kalmeren. 'Speel gewoon open kaart met hem en zeg dat...'

'Nee, Sas, dat kan ik niet,' onderbreekt Anoek me. Ze wil mijn hand weer pakken, maar ik stop hem snel achter mijn rug.

'Straks denkt hij nog dat ik mijn werk belangrijker vind dan hem en dan...'

'Is dat dan niet zo?'

'Hoe kun je dat nou zeggen, Sas? Nee! Ik hou van hem. Echt. Maar hij wil dat ik mee ga naar een belangrijk gala. Hij heeft zelfs een jurk voor me gekocht, en als ik... Toe nou, het is één avond. Wat vraag ik nou van je?'

'Wat vraag je nou van me? Mijn god, je vraagt me om iemand met opzet in de zeik te nemen. Soms vraag ik me wel eens af of ik alle fatsoenlijke genen heb gekregen.'

'Dat hoef je je niet af te vragen, Sas, dat is zo! En doe alsjeblieft niet zo dramatisch!'

'Dramatisch? Ik? Ik zou niet durven. Eén dramaqueen in de familie is meer dan genoeg!' Ik kan er werkelijk niet bij dat ze niet snapt dat dit niet kan, dat we geen kinderen meer zijn en dat dit geen spelletje is.

'Alsjeblieft Sas, als je me niet helpt raak ik de man waar ik zielsveel van hou, kwijt. En dan is het écht jouw schuld!'

Hoe ze het voor elkaar krijgt me een schuldgevoel te bezorgen, is me een raadsel. Ik sta totaal perplex als ik zie dat haar ogen zich met echte tranen vullen. 'Noek, hij zal het merken, ik ben...'

'Mijn eeneiige, identieke tweelingzus,' helpt ze me snel herinneren. 'Sas, het is nog nooit iemand gelukt ons uit elkaar te houden. Dat weet je net zo goed als ik. Toe nou, zeg ja.' Ze omhelst me opnieuw en kust me vol op mijn mond. Even duwt ze me weg. Dan kijkt ze me aan en vraagt met zulke smekende ogen dat een hond er jaloers op zou zijn: 'Toe? Alsjeblieft, Sassy,' om me vervolgens weer te vermorzelen in een zusterlijke omhelzing.

En daar sta ik weer, opnieuw met de teugels om, braaf voor haar karretje te wachten tot ze me er met de zweep van langs geeft zodat ik het op een lopen zet. Zo is het altijd geweest, al vanaf dat we klein waren.

Ze denkt dat ik het nooit door had, maar dat had ik wel. Altijd! Het was gewoon veel makkelijker om toe te geven, dan een strijd te voeren die ik al bij voorbaat had verloren. 'Anoek, ik... Ons haar is niet hetzelfde,' roep ik hoopvol.

'Oh Sassy, ik wist wel dat je me niet in de steek zou laten. Ons haar is wel het laatste probleem. Je had pas echt een probleem gehad als ik het nog steeds heel kort had gehad en...'

Anoeks blije geratel gaat volledig langs me heen. Het enige waar ik nog aan kan denken, is dat ik heb gezworen nooit meer iemand op die manier in de maling te nemen. Maar ze is mijn zus en ik hou van haar. En heb ik haar niet altijd haar zin gegeven? Het enige wat me angst aanjaagt is dat het deze keer om een volwassen man gaat. Ik durf er niet aan te denken hoe kwaad hij zal zijn als hij erachter komt. Misschien vermoordt hij me wel. Iets zegt me dat Anoek daar niet aan heeft gedacht.

'Sasha? Sasha! Je luistert niet!' zegt Anoek met een beschuldigende blik en een venijnige klap tegen mijn bovenarm.

'W-wat? Sorry, ik was even in gedachten.'

'Zo, en nu opletten, dan ga ik je vertellen hoe we dit gaan aanpakken,' zegt Anoek met een stralende glimlach en sleurt me aan mijn arm mee naar de woonkamer.

Ik geef het op en laat me achterover in de dikke kussens van de bank zakken.

2

Nadat Anoek al ruim een uur weg is, zit ik nog steeds verdwaasd voor me uit te staren.

Kreunend laat ik me opzij op de bank vallen en trek het kussen over mijn hoofd. Hoe is het mogelijk dat ik ja heb gezegd. Ik heb ermee ingestemd een volslagen vreemde man in de maling te nemen. De verloofde van mijn zus nog wel.

Don heeft gelijk. Ik ben een zacht gekookt eitje, een sufkip, zoals hij me soms liefdevol noemt. Als hij dit hoort, gaat hij helemaal over de rooie, of wat zeg ik nou? Dat gaat hij sowieso bij het horen van Anoeks naam. Maar als hij hoort waartoe ik me heb laten overhalen, krijgt hij een aanval. Nee! Ik ga hem en Raf, die zijn immers twee handen op een buik, er niets over te vertellen. Oh, en wat moet ik nou als reden opgeven waarom ik er vrijdag niet ben?

'Oh shit!' Ik bedenk me opeens dat we vrijdag naar de *Starwars*-marathon zouden gaan. Daar hebben Don en Raf het al weken over. Ze hebben zelfs gewed dat ik het niet red alle zes delen uit te zitten nadat ik vorig weekend met veel moeite vijf films heb weten te redden. Vijf films! Mijn god, wat was ik kapot. Raf heeft me naar bed moeten dragen. Hij en Don waren trouwens ook doodmoe. Volgens mij zijn we, zodra ons hoofd de kussens raakte, alle drie meteen in coma geraakt. Ja, met zijn drieën in mijn bed. En nee, zulk soort dingen doe ik niet! Dat is me nou net iets te gek.

'Shit, shit, shit!' Hoe kon ik dat nou vergeten? Wat moet ik doen? Ik kan Anoek niet bereiken. Die zie ik woensdag pas weer als ze hier naartoe komt om naar de kapper te gaan. Misschien kan ik... Ach, wie neem ik in de maling. Ze zal nooit accepteren dat ik me bedenk. En Don en Raf ook niet.

Waarom ben ik er geen een van een drieling?

Met een boze kreet grijp ik het kussen naast me en smijt dat door de kamer. Het kussen scheert zo rakelings langs een van mijn identieke lampen dat ik mijn handen voor mijn ogen sla. Ik hoor niets. Voorzichtig kijk ik tussen mijn vingers door en zie de flinterdunne glazen kap zachtjes heen en weer wiebelen. Zo, dat scheelde maar een haartje.

Maar wat moet ik nou tegen hen zeggen? Wat kan ik als reden aanvoeren dat ik de marathon, waar we ons al weken op zitten te verheugen, moet missen? Misschien zou ik kunnen zeggen dat mijn tante een levensbedreigende... Nee, ze weten dat ik buiten Anoek geen familie meer heb. Misschien kan ik zeggen dat ik al een uitnodiging van een andere vriend heb aangenomen, en dat ik dat helemaal vergeten was. Nee, wordt ook niets! Buiten hen heb ik geen vrienden. Niet dát soort vrienden in ieder geval. En met een nieuwe vriend hoef ik ook niet aan te komen. God, ik denk dat ze niet meer bijkomen als ik dat zou zeggen. Vloekend grijp ik naar het andere kussen, en smijt dat ook door de kamer. Natuurlijk kijk ik deze keer wel eerst waar ik het naartoe smijt. Ik laat mijn hoofd voorover op mijn knieën vallen en blijf zo een poosje zitten tot ik besluit dat ik trek heb in een kop thee. En misschien schiet me daarna wel een aannemelijke smoes te binnen die Don en Raf geloven. Wie weet reageren ze wel heel positief als ik ze de waarheid vertel.

Ja, en wie weet hou ik mezelf nu wel heel erg voor de gek!

Het geluid van de telefoon laat me zo schrikken dat ik mijn glas omstoot. In tweestrijd wat ik als eerste zal doen, droogmaken of opnemen, kijk ik van de plas op de bar naar mijn telefoon. Maar als die opnieuw gaat, pak ik mijn telefoon.

'Ja!'

'Ik zou voor de zekerheid ook nog vragen wat ik *mot*,' zegt Don.

Ik hoor de lach in zijn stem.

'Bel ik ongelegen?'

'Hang je op als ik ja zeg?' vraag ik terwijl ik een vaatdoekje natmaak onder de kraan en ermee terugloop naar de bar.

'Nee!'

'Oké, wat mot je dan?' Ik schiet in de lach als ik Dons aanstekelijke lach hoor. Ik voel me meteen een stuk beter.

'Wat ben je nou weer aan het schoonmaken?'

'Jeetje Don, met jouw gehoor is niets mis, hè? Ik ben de boel aan het droogmaken omdat ik mijn glas heb omgestoten toen ik me rotschrok van de bel.'

'Welke bel?'

'Die leuke ringtoon die Raf op mijn telefoon heeft gezet en waar ik me iedere keer lam van schrik! Tjonge Don, welke bel zou ik nou bedoelen? Maar zullen we van dit ontzettend interessante onderwerp afstappen en het over de reden hebben dat je mij belt?'

'Moet er een reden voor zijn, lieve schat? Ik bel je iedere dag. Ik verveel me en ik vroeg me af of je zin had om iets te gaan doen?'

'Niet echt. Ik wilde net lekker lang in bad gaan, en dan met een boek vroeg naar bed.'

'Klinkt niet verkeerd. Ik kom eraan. Dan kunnen we samen in bad en dan neem ik mijn nieuwe boek mee. Dean Koontz, Hoe vind je die?'

'Te eng! Zeker zo vlak voor het slapen gaan.'

'Oké, wat dacht je dan van de nieuwste Harry Potter?'

'Nog enger! Ik heb gehoord dat er kinderen uit de bioscoop zijn weggelopen omdat de film zo eng was.'

'Sas, dat is de film. Het boek is beter en anders, en nooit... Maar goed, die is misschien inderdaad net iets te eng voor jou. Goed, dan blijf ik wel slapen. Mag je me voorlezen uit jouw boek. Maak me blij en zeg dat het een erotische roman is. Komen er lesbische taferelen in voor? Je weet hoe gek ik ben op een paar lekkere...'

'Don, hou op.' Ik schater het uit. Heel even kom ik in de verleiding om hem inderdaad hierheen te laten komen. Het klinkt misschien raar, maar samen lezen is echt heel gezellig. Zeker met Don. Maar vandaag, na alle consternatie dat het onverwachte bezoek van Anoek teweeg heeft gebracht, wil ik toch liever alleen zijn. Don zou het meteen aan me merken. Ik kan zoiets niet verbergen. Niet voor hem. Hij hoeft maar een blik op me te werpen om door te hebben dat er iets aan de hand is.

'Nee Don, vandaag niet. Ik ben niet in de stemming voor een...'

'Goed, kies jij dan maar een boek,' zegt hij met een overdreven diepe zucht.

'Nee, dat bedoel ik niet. Ik... Waar is Raf trouwens?'

'In Parijs misschien?'

'Vraag je dat aan mij? Oh, ja, dat had hij gezegd. Dat was ik...'

'Oké, zeg op,' onderbreekt Don me, 'wat is er aan de hand?'

'Niets. Wat zou er buiten het feit dat ik een rotbui heb aan de hand moeten zijn? Ik ben vanavond gewoon geen leuk gezelschap. Ik heb nergens zin in. Alleen in een bad en... Ik heb me bedacht, ik ga ook niet lezen. Ik ga gelijk slapen als ik uit bad kom.'

'Sasha? Wat is er aan de hand?' vraagt hij opeens heel bezorgd.

Een paar seconden sta ik in tweestrijd of ik het zal vertellen. Ik bijt op mijn lip en weet niet wat ik moet doen. Ik heb nog nooit tegen hem gelogen en... Nee, ik kan het hem niet vertellen. 'Niets, Don,' zeg ik met een knoop in mijn buik.

'Je zou het me toch vertellen als er iets aan de hand is hè?'

'Ja, Don. Maar echt, er valt niets te vertellen omdat er niets aan de hand is. Ik ben gewoon een beetje chagrijnig. Ik zie je morgen. Dag lieverd. Zeg dag Sasha,' eis ik als hij blijft zwijgen.

'Dag Sasha.' Hij zucht zo zielig dat ik me bijna bedenk.

'Zeg dat je van me houdt en hang dan op, Don.'

'Ik hou van je, Sasha.' Gehoorzaam hangt hij op.

Omdat ik nog nooit eerder tegen hem heb gelogen, besluit ik echt in bad te gaan. Nadat ik de kraan heb opengedraaid en een flinke scheut badschuim in het bad heb gegooid, loop ik de slaapkamer weer in. Ik trek mijn zwarte coltruitje over mijn hoofd uit en gooi dat op de fauteuil die achter me in de hoek van de slaapkamer staat. Een blik op de klok op het tafeltje naast mijn bed, vertelt me dat het inmiddels al bijna half zeven is. Op het moment dat ik uit mijn zwartgrijs geblokte rok stap, realiseer ik me dat ik echt moe ben. Anoeks bezoek heeft me toch meer uitgeput dan ik dacht.

Ik loop naar het bed en gooi de kussens alvast op de bedbank aan het voeteneind van mijn bed. Het sprei sla ik alvast terug zodat ik straks meteen in bed kan stappen. Nadat ik, zittend op de rand van het bed, mijn laarzen en maillot heb uitgetrokken, loop ik in mijn ondergoed naar de badkamer. Ik steek de kaarsjes op de rand van het bad aan en pak de afstandsbediening om de cd-speler aan te zetten. De stem van Mariah Carey klinkt zacht door de badkamer. Met een boog gooi ik mijn ondergoed in de wasmand in de hoek. Dan doe ik het licht uit, draai mijn vlecht in een knot bovenop mijn hoofd, en stap in bad.

'Au, au, au.' Het water is heet. Iets te heet, maar het gaat nog net. Ik zet de kraan uit en laat mijn hoofd achterover tegen het badkussentje vallen. Zuchtend sluit ik mijn ogen.

Heel even denk ik aan Don en dat ik hem straks misschien even moet terugbellen. Maar dan is het toch Stefan die mijn gedachten opeist.

Hoe is het mogelijk. Ik heb na de laatste keer dat ik hem heb gezien, nu bijna negen jaar geleden, geen minuut meer aan hem gedacht. En nu lukt het me niet hem uit mijn hoofd te kunnen zetten... Net als Anoek toentertijd. Tjonge, wat was zij gek op hem. Ik kan me best voorstellen dat het niet leuk was om te horen dat hij niet verliefd op haar was. En misschien had ik mijn mond moeten houden. Maar ik houd nu eenmaal niet van bedrog. Ik had nog nooit iets voor mijn zus verzwegen en was niet van plan om daarmee te beginnen door zo`n sukkel.

Buiten dat vond ik het gewoon te gek voor woorden dat hij Anoek zomaar voor mij dacht te kunnen inruilen, terwijl ik hem nooit heb aangemoedigd. Ik ben hem juist altijd zoveel mogelijk uit de weg gegaan. Zeker nadat Anoek me op een dag apart had genomen om me te vertellen dat zij en Stefan verliefd op elkaar waren. Ze vroeg me of ik hen alsjeblieft alleen wilde laten als hij kwam.

Nou graag! Met alle liefde.

Daar hoefde ze mijn arm niet voor om te draaien.

Vanaf dat moment ging ik hem zelfs ontwijken. Het was een stuk moeilijker als hij onverwachts langskwam. Soms verstopte ik me. Maar op de een of andere manier vond hij me altijd. Op aanraden van Anoek ben ik toen echt onaardig tegen hem gaan doen. Dat was best moeilijk. Ik ben op dat gebied misschien inderdaad een watje, maar ik hou er niet van om mensen pijn te doen. Niet bewust in ieder geval. En mijn belofte aan mijn moeder, dat ik aardig tegen hem zou doen, was er natuurlijk ook nog.

Maar Anoek vond dat ik dat juist niet moest doen. 'Anders gelooft hij je niet en denkt hij dat je hem leuk vindt. Niet aardig doen, zorg gewoon dat je er niet bent!'

Pff, dat hij me leuk zou vinden was wel het laatste dat ik wilde. Ik heb juist heel erg mijn best gedaan onaardig te zijn. Wil je geloven dat ik dacht dat ik doodbleef toen hij me op een dag vertelde dat ík, en niet Anoek, de liefde van zijn leven was?

Hij had het lef te zeggen dat hij zich had vergist en dat hij de verkeerde zus had genomen.

Ik word nog boos als ik daar aan denk. Wat een eikel!

Alsof die keus aan hem was en hij ons nu opeens wel uit elkaar kon houden. Dat heb ik hem gezegd en bovendien dat ik hem helemaal niets vond. Of jawel, ik vond hem wel iets, namelijk: een arrogante opgeblazen zak! Je had zijn gezicht moeten zien. Negentien jaar en in de veronderstelling dat hij het antwoord was op het gebed van ieder meisje. Ik zie hem nog staan met dat knalrode hoofd van hem, zijn armen over elkaar, zich wanhopig een houding proberend te geven. Weet je wat hij toen zei? Nee, natuurlijk niet, maar ik weet het nog precies.

'Ja, je kunt lachen, Sasha, maar jullie zijn een eeneiige tweeling.'

Die opmerking was zo belachelijk dat ik hem deze keer wel uitlachte.

Hoe verzon hij het! Alsof het feit dat Noek en ik een eeneiige tweeling zijn ook automatisch inhoudt dat we dan ook overal hetzelfde over denken en voelen. Dat we in ieder opzicht hetzelfde zijn. Dus niet! We zijn alléén aan de buitenkant hetzelfde.

Ons zwarte haar is zo steil dat de krulspelden er spontaan uitglijden Dat hebben we, samen met onze getinte huid, te danken aan onze Indonesische oma. We zijn ongeveer 1.74, en we hebben, al zeg ik het zelf, een goed figuur. Mijn figuur is de laatste tijd redelijk gespierd, omdat Don erop staat dat ik minimaal een keer in de week mee ga trainen: hetzij in de sportschool of in het zwembad. Ik kies meestal voor de sportschool.

We lijken dus alléén aan de buitenkant op elkaar zolang we onze kleren aanhouden! Dat komt omdat ik twee geboortevlekken heb op plaatsen die je normaal gesproken niet dagelijks ziet. Ik natuurlijk wel, en... . Goed, de ene wat minder omdat ik niet dagelijks naar mijn flamoes kijk. Ja, ik weet het, raar woord, maar mama noemde het zo. Ze was geen voorstander van drieletterwoorden voor onze intieme lichaamsdelen. We hadden ook nog de keus uit muts of portemonnee. Mijn eerste geboortevlek zit daar. Nummer twee zit hoog aan de binnenkant van mijn linkerdij. Oké, ik jok, die zie ik ook niet dagelijks. Ik heb mijn benen zelden of nooit meer in mijn nek. Zeker gezien het feit dat mijn seksleven al bijna een jaar op non-actief staat.

'Nee, in een nieuwe minnaar trappen Don en Raf dus *never* nooit niet,' zeg ik tegen mijn spiegelbeeld in de spiegel aan het voeteneind van het bad.

Stefan de Wilde blijkt dus de reden te zijn dat mijn zus zo boos op me is. Oké, ik moet toegeven dat het er, toen ik haar verteld wat er was gebeurd, ook wel erg aan toe ging. Zo had ik haar nog nooit eerder meegemaakt. Natuurlijk was het allemaal mijn schuld. Met een blik vol haat riep ze dat ik haar zus niet meer was. De volgende dag kwam ze met een kort knalrood kapsel thuis.

Jeetje, ik dacht dat mijn vader ter plekke een rolberoerte kreeg. Die heeft een dag niet tegen haar gesproken. Papa hield van lang haar. Mijn moeders haar hing tot aan haar billen, en dat van ons was ook nog nooit geknipt. Anoeks metamorfose had wel één voordeel. Het was vanaf die dag voor niemand meer een probleem om ons óók met onze kleren aan uit elkaar te houden.

Anoek heeft me sindsdien zo'n beetje genegeerd, maar ach, dat deed ze wel vaker. Mama dacht dat het gewoon een kinderachtige ruzie was. Ze vergiste zich. Anoek weigerde normaal tegen me te doen.

Een paar dagen later kreeg mama toen zo'n woede-uitbarsting dat we allemaal dachten dat ze nu werkelijk de stille kracht zou aanroepen, waar ze ons altijd mee dreigde, als we het te bont maakten.

Pas toen gaf Anoek toe.

Allemaal schijn!

Alleen als mama erbij was, gedroeg ze zich redelijk normaal. Maar verder sprak ze alleen normaal tegen me als ze iets van me wilde. En ik, trut die ik was, gaf dan natuurlijk toe omdat ik wilde dat het weer goed kwam tussen ons.

En toen kwamen onze ouders om het leven bij dat verschrikkelijke auto-ongeluk. Allebei op slag dood. Een dronken automobilist heeft de auto van mijn ouders frontaal geramd, en de vrachtauto die achter hen reed, kon hen niet meer ontwijken.

Anoek en ik hebben nooit afscheid kunnen nemen omdat onze ouders in gesloten kisten lagen. We hadden allebei onze eigen manier om hun dood te verwerken.

Ik werd stiller en trok me terug in het atelier op de zolder dat papa voor mijn achttiende verjaardag had gemaakt. Ik geloof dat ik er dagen achtereen ben gebleven. Iedere keer herinnerde ik me weer een bepaalde blik, een bepaalde gebeurtenis die ik per se moest schilderen. Ik put nu nog steeds troost uit die schilderijen. Ze zijn privé. Het zijn mijn ouders en mijn herinneringen. Mijn enige troost op de dagen dat ik ze zo ontzettend mis dat ik mezelf dreig te verliezen in het enorme verdriet.

Anoek daarentegen ging helemaal los. Het leek wel alsof ze dacht dat papa en mama een wereldreis aan het maken waren, en zij de beest kon uithangen tot ze weer terugkwamen. Ze wilde niet over onze ouders praten. Ze wilde hun foto's zelfs niet meer zien en toen ze een van haar hysterische aanvallen kreeg, stond ze op het punt ze doormidden te scheuren.

Ik geloof dat dit de eerste keer was dat ik tegen haar tekeer ben gegaan en haar écht aan het huilen heb gemaakt. Het was ook de eerste keer dat ze haar verdriet toonde, en zich snikkend aan me vastklampte. Ze kon er niet tegen hun foto's te zien, terwijl ik er juist troost uit putte. Daarna is het een poos goed gegaan tussen ons, tot ze op het briljante idee kwam een enorm feest te geven. Onze ouders waren dood, wij niet. Papa en mama wilden vast niet dat wij bleven rouwen. Daar had ze gelijk in. Dus stemde ik toe.

Dat was de eerste van een reeks feesten die steeds wilder en gevaarlijker werden. De meest ongure types liepen door ons huis. De sterke drank vloeide rijkelijk en de geur van de joints die in alle kamers te ruiken was, maakte me kotsmisselijk. Anoek was altijd een van de eerste die aangeschoten was en halverwege de avond zo stoned als een balletje.

'Kom op, Sas, doe mee. Gedraag je niet altijd als de Lestermuts,' riep ze altijd als ik weigerde mee te doen.

Jeetje, ik rook niet eens, en dan zou ik wel wiet roken? Maar zo mutserig als Anoek liet overkomen was ik niet. Op mijn manier deed ik mee, zeker in het begin van de avond als het er nog 'rustig' aan toe ging. Maar hoe luidruchtiger, handtastelijker en meer dronken ze werden, des te nerveuzer ik werd. Het leidde er meestal toe dat ik mezelf terugtrok in mijn kamer. Zoals ook die laatste keer. Ik was niet van plan om te gaan kijken waar al dat gejoel om was, toen er iemand op de deur bonkte. Ik moest meteen komen, omdat Anoek het nu toch echt te bont had gemaakt. Ik was niet anders gewend, maar ben toch voor de zekerheid maar even gaan kijken. Het gejoel kwam vanuit een dichte kring die zich om iets, wat ik niet meteen kon zien, verzameld had. Maar toen ik me door de dichte kring heen had weten te werken en zag wat er aan de hand was, moest zelfs ik toegeven dat Anoek zich dit keer had overtroffen. Nu wilde ze altijd in het middelpunt van de belangstelling staan, maar dit ging mij toch net iets te ver. Zonder in detail te treden kan ik je vertellen dat het erg was. Het betrof mijn zus en drie jongens. Dríe! En in standjes die beslist hoge ogen zouden gooien in een pornofilm. Niet dat ik die ooit had gezien. Mijn god, ik werd vuurrood... wat zeg ik? Ik word het nog als ik eraan terugdenk. Ik heb gedreigd de politie te bellen als iedereen niet onmiddellijk zou opdonderen.

Anoek was woedend toen er een kwartier later twee overvalwagens met de politie voor de deur stonden. Natuurlijk dacht ze dat ik ze toch had gebeld en ging me zowat te lijf.

Het bleken de overburen te zijn geweest die aan de bel hadden getrokken toen een paar feestgangers het briljante idee hadden gekregen om naakt in onze voortuin tikkertje te gaan doen.

Het heeft het er nog even om gespannen of Anoek de nacht niet in de cel moest doorbrengen omdat ze diverse ambtenaren in functie tot op het bot had beledigd. Ze hebben haar in de handboeien geslagen en haar geboeid, met haar handen op haar rug, niet al te zachtzinnig achterin de politieauto gezet.

Ik heb meneer de Wilde, jawel, de vader van Anoeks grote liefde, de knul die we al jaren niet meer hadden gezien, gebeld. Meneer de Wilde was de enige die ik kon bedenken. Nog voor ik was uitgesproken, zei hij al dat hij er meteen aankwam. Ik hoefde me niet ongerust te maken, hij zou alles regelen.

Hij regelde het inderdaad, én binnen de kortste keren. Met de belofte dat hij een oogje in het zeil zou houden, mocht Anoek mee naar huis.

Lieve meneer de Wilde. Hoe zou het nu met hem gaan?

Anoek was na het incident zo boos dat ze me weer wekenlang dood- zweeg. Dit doodzwijgen duurde tot ze weer een feestje wilde geven wat ik ronduit verbood. We kregen een gigantische ruzie, die zo hoog opliep dat ze zei dat het huis te klein was voor ons tweeën. Grappig, als je weet dat ons huis een herenhuis van drie verdiepingen was met zes slaap- kamers en een enorme zolder. Maar goed, mijn zus heeft altijd veel ruimte nodig gehad.

Zo is het dan gekomen dat ik een paar maanden na de dood van onze ouders, op negentienjarige leeftijd ben vertrokken. Ik ben naar Rotterdam gegaan. Het was een bewuste keuze omdat ik daar dolgraag naar de Kunstacademie wilde. Ik had het er al over had gehad met mevrouw Deneuve, mijn schilderdocente, dat de Kunstacademie in Rotterdam beter was dan die in Utrecht, waar ik op zat. Alleen was het tot aan de ruzie met Anoek de bedoeling geweest dat ik iedere dag met de trein op en neer zou reizen. Met de aanbevelingsbrief van Mevrouw Deneuve én meneer de Wilde, die zijn invloed heeft aangewend, hebben ze me halverwege het schooljaar in Rotterdam aangenomen. Ik moest natuurlijk wel laten zien dat ik Kunstacademiemateriaal was. Of ík het was weet ik niet, maar mijn schilderijen in ieder geval wel. Ik ben vertrokken en heb nooit meer iets van Anoek gehoord. Geen kerstkaart, zelfs geen verjaardagskaart, terwijl ik haar ieder jaar trouw kaarten ben blijven sturen.

Nou zeg eens eerlijk. Is Stefan de Wilde de reden? Ik dacht het niet. Sterker nog, ik ben van mening dat er helemaal geen redenen zijn om je enige zus, je enige familielid, bijna vijf jaar dood te zwijgen.

Blijft de vraag waarom ik zo stom ben om me over te laten halen haar vriend in de maling te nemen. Simpel eigenlijk. Ze is mijn zus, mijn enige familielid. Ondanks dat ze me zoveel verdriet heeft gedaan, hou ik nog steeds ontzettend veel van haar. Ik realiseer me opeens hoe erg ik haar heb gemist.

Ik kom zo wild overeind dat er een hele plas water over het bad gutst. Met driftige bewegingen spoel ik me af en glij bijna uit op de natte vloer. Gehuld in een badlaken loop ik de badkamer uit. In het donker droog ik me af en stap dan naakt in bed.

Morgenochtend smeer ik me wel in, daar heb ik nu geen geduld voor. In het donker staar ik naar het plafond.

Over vijf dagen is het al zover. Ik moet toegeven dat Anoek het slim heeft aangepakt. Ze heeft met opzet gewacht tot het allerlaatste moment. 'Dit wordt een ramp,' zeg ik kreunend en trek het dekbed over mijn hoofd.

3

'Nee Anoek, hier gaan we niet naar binnen!' Met een blik vol afgrijzen kijk ik naar de futuristisch uitziende gevel voor ons. Trendcutters, staat er in grote neonletters op het raam.

'Dit is toevallig een trendy tent,' zegt Anoek.

'Ja, daar was ik al bang voor.' Ik ben meteen lichtelijk geïrriteerd. Ik hou nu eenmaal niet van trendy zaken. Die zijn me gewoon te... té trendy!

'Deze kapsalon heeft een erg goede reputatie, Sas. En ik weet...'

'Goh, heb je er helemaal in Driebergen over gehoord dan?' Ik weet dat het wat sarcastisch klinkt, maar ik heb een goede reden. Ik wil mijn haar niet laten knippen, en al helemaal niet met mijn zus van plaats wisselen!

'Ja! En je doet verdomme net of Driebergen een andere planeet is. Ik woon trouwens tegenwoordig in Veenendaal!' snauwt ze en probeert me de kapsalon in te duwen.

'Veenendaal?' Ik verzet me door me aan weerszijden van de deurpost vast te houden.

'Ja, en nu naar binnen of ik gooi je naar binnen,' dreigt Anoek.

Het is dus geen dreigement. Ze doet het ook. En zo hard dat ik struikelend naar binnen vlieg.

Drie hoofden met bijna identieke kapsels draaien zich met een ruk naar ons toe. Alle drie dragen ze een T-shirt waar met grote letters *Ducktown* opstaat. 'Hm, Kwik, Kwek en Kwak.'

'*Ey, whazzup*? Ik ben Morby,' zegt een meisje van top tot teen in het zwart dat van links komt.

Ze schiet zo snel voor me langs en achter de balie dat ik van schrik naar achteren stap. Als ik met opgetrokken wenkbrauwen naar Anoek kijk, haalt die alleen haar schouders maar op. Met dat zwarte haar dat alle kanten opstaat en de dramatische dikke zwarte randen om haar ogen doet Morby me een beetje aan Johnny Depp denken zoals hij er in *Edward Scissorhands* uitzag. Haar gezicht is zo wit dat ik me afvraag of ze ooit daglicht heeft gezien. Je zou er bang van worden als je die 's avonds in het donker tegen zou komen. Zou ze in een doodskist slapen?

'Hebben jullie een afspraak?' vraagt Morby terwijl ze driftig op haar kauwgum kauwt en er vervolgens een enorme bal van blaast. Ik weet dat die gaat klappen, maar schrik toch als dat een tel later ook gebeurt. Morby plukt de kauwgom van haar bovenlip en linkerwang en stopt alles weer in haar mond. Erg aantrekkelijk allemaal.

Ik wijs naar haar wenkbrauw waar twee zilverkleurige staafjes met gevaarlijke punten doorheen zitten. 'Eh, daar zit nog een stukje kauwgom.'

Anoek schudt haar hoofd als ik haar veelbetekenend aankijk.

'We hebben een afspraak bij Freek. Lester is de naam.'

'Afspraak? Dat heb je me niet verteld, Anoek.'

'Ja, wat denk jij dan? Bij dit soort zaken moet je altijd een afspraak maken. Goh, dat jij dat niet weet, en dat terwijl je in Rotterdam woont.' Anoek rolt met haar ogen.

'Freek, je *appointments* zijn er,' klinkt het hard door een microfoon. Even gaat die reclame van '*De Hypotheker*' door mijn hoofd. Ik vraag me trouwens af waarom Morby in godsnaam een microfoon gebruikt. De kapsalon is hooguit vijf bij vier. Als ik opeens de harde muziek van *Can you feel it* van The Jacksons hoor, draaien Anoek en ik ons tegelijkertijd naar de richting vanwaar de muziek vandaan komt. Oh mijn god, waar ben ik nu weer in beland? Ik pers mijn lippen stijf op elkaar als er een man in de deuropening recht tegenover de ingang verschijnt en theatraal blijft staan. Waarschijnlijk doet hij dat om de dramatische entree nog iets aan te dikken voordat hij op ons af komt rollen. Echt, ik zweer het je. Hij rólt!

Hij is van top tot teen in het wit gekleed. Zelfs zijn haar is wit. Maar echt, het staat hem wel leuk. Híj is leuk!

Rakelings en precies op de maat rolt hij om ons heen om na een perfecte pirouette weer voor me tot stilstand te komen. Jeetje. Mijn blik schiet van zijn schoenen naar de schoenen van de andere kappers. Tot mijn stomme verbazing zie ik dat ze allemaal wieltjes onder hun schoenen hebben. Nee, het zijn geen Rollerskates. Het zijn gewoon suèdeachtige sportschoenen waar wieltjes onder zitten.

'*Speedrollers*. De nieuwste rage in Amerika. Kijk,' zegt Freek-hallo-ikben-jullie-hairstylist, met zijn voet vlak voor mijn gezicht.

Ik trek mijn hoofd iets naar achteren. *Goh, die is lenig.*

'Je kunt de wieltjes inklappen. Klepje erover heen en het zijn gewone schoenen. *Cute*, hè?'

Ja, very! Ik heb een hekel aan mensen die Engelse woordjes door iedere zin gooien. Ik bedoel, praat Engels of Nederlands. Niet allebei. Kennelijk is dat tegenwoordig erg trendy. Tja, wat wil je in een tent die *Trendcutters* heet?

De muziek is trouwens ook gestopt. Het zit in het deurmechanisme of zoiets. Heel irritant realiseer ik me later. Het enige dat je hoort *Can you feel it*, omdat de deur nooit lang genoeg open blijft staan.

Ik *feel* het op een gegeven moment zo erg dat ik zeker weet dat ik het op een gillen ga zetten als ik het liedje ooit nog in de toekomst hoor.

'Jullie zijn een tweeling,' zegt Freek. Het volgende moment slaakt hij een hoge kreet en kijkt erbij alsof hij van zijn stokje gaat.

'Wat is er? Wordt 'ie niet goed?' fluistert Anoek

'*Honey*, waar heb je die *absolutely fabulous boots* vandaan?' vraagt Freek met een verliefde blik op Anoeks bontlaarzen met de stilettohakken.

'Hoezo? Die hebben ze echt niet in jouw maat,' zegt Anoek kattig.

'*Girlfriend*, ik vroeg het voor mijn zusje. Niet voor mezelf,' zegt hij met een geaffecteerde beweging van zijn hand in de lucht. '*Too high for my taste.*'

Zijn ondeugende grijns maakt hem zo knap dat ik hem vol bewondering aankijk.

'Pech gehad, Sas, hij valt niet op vrouwen.' Anoek probeert tactisch te fluisteren, maar ik weet zeker dat iedereen het heeft gehoord.

'Voor haar maak ik een uitzondering,' lacht Freek.

'Ga je dat nu meteen doen, of denk je dat je ons vandaag eerst nog even kunt knippen?' vraagt Anoek.

Freek komt, net zoals de neefjes Duck, niet meer bij. Als hij weer op adem is, vraagt hij wat hij voor ons kan betekenen.

'Nou voor mij dus niet veel,' snauwt Anoek, 'maar als je ons een spectaculair kapsel kunt geven, dan maak je een hoop goed.'

'Hoe spectaculair?' Freeks aandacht is meteen getrokken.

'Héél spectaculair!' zegt Anoek. 'Ik had gedacht...'

'Ja, *cut*! *Time out*!' val ik haar in de rede. 'Niet zo spectaculair hoor. Ik wil géén rood haar en zeker niet kort!'

'Sas, stel je in godsnaam niet zo aan,' zegt Anoek geïrriteerd.

'Is dat wat ik doe? Nou je kunt me wat! Níet rood en níet kort! Ik meen het!'

'Heb ik kort haar?' vraagt Anoek. Ze probeert naar me te slaan met haar vlecht. 'Misschien zouden we dat...'

'Nee, Anoek! Al ga je op je kop staan. Of nee, doe maar niet. Je hebt nogal een kort rokje aan!'

'Ha, alsof die gasten daar warm of koud van worden.'

'Lauw! Doe je het daar ook voor?' vraagt Kwik, wat gegrinnik oplevert.

'Ik word er zelfs heet van,' zegt Kwek tot groot vermaak van de aanwezige klanten.

'En ik ruik een uitdaging!' Freek klapt enthousiast in zijn handen. '*Come on tell me what you want*!'

Anoek vertelt hem dat we er weer identiek uit moeten zien. 'En zoals je hoort, wil zij per se zwart haar houden en ik wil rood blijven,' zegt ze met een vuile blik naar mij.

Ik ben niet onder de indruk.

Freek kijkt met een peinzende blik van mij naar Anoek en dan weer terug naar mij.

Ik schiet in de lach als hij onder het uiten van een hoop onverstaanbare klanken met zijn ene hand onder zijn kin en zijn andere op zijn heup om ons heen begint te rollen.

'Mag er een stukje vanaf?' Freek kijkt mij aan.

'Dat ligt eraan wat jij onder een stukje verstaat?' Ik ben meteen op mijn hoede.

'*Just a littlebit deary*,' verzekert hij me. Hij houdt zijn duim en wijsvinger een centimeter of twee van elkaar.

'Oké,' geef ik toe.

'*Cool*! Kom, op naar mijn hoekje dan *cutiepie*.' Hij draait pirouetten om ons heen tot we bij twee witte pluchen stoelen, die voor een spiegelwand staan, zijn aangekomen.

Nog een mazzel dat het maar twee, hooguit drie meter is. Je zou ture-luurs van dat gedraai worden.

'Zo *darlings*,' zegt Freek ruim drie uur later, 'vertellen jullie me eens wat jullie van het resultaat vinden?'

Ik heb me erover verbaasd over hoeveel variaties hij op het woord schatje weet.

Met een verwachtingsvolle blik in zijn felgroene ogen, vast contactlen-zen, en zijn handen op zijn heupen, kijkt hij ons aan.

Ik kan niet anders dan toegeven dat hij er echt iets moois van heeft gemaakt. Langzaam beweeg ik mijn hoofd van de ene naar de andere kant. Ik moet bekennen dat ik mijn twijfels had toen hij met een vlijm-scherp scheermes, lukraak in mijn haar begon te snijden. Hij heeft mijn haar in lagen geknipt, wat ik erg leuk vind. Het voelt veel lichter aan nu niet alles meer op een lengte is. Ik blijk ook opeens slagen in mijn haar te hebben.

'Scharen zijn *old news*,' was zijn commentaar toen ik er een opmer-king over maakte.

Freek houdt een spiegel achter mijn hoofd zodat ik kan zien hoe het er aan de achterkant uitziet. Het hangt nu net zoals bij Anoek tot halver-wege mijn rug, terwijl het aan de voorkant vanaf mijn schouders tot net iets boven mijn borst komt.

Zuslief is, aan haar gezicht te zien, ook heel tevreden over het eind-resultaat. Vol bewondering kijkt ze naar haar zwarte haar met de dieprode *high-lights* en dan naar mij. Haar ogen twinkelen ondeugend. Ja, ja, ik weet het. De Lestertweeling is weer terug... En identiek! Zucht.

'Gaan we nog iets zeggen, of moet ik het uit jullie slaan? Ik word gek van de spanning,' zegt Freek.

'Schatje, het is echt prachtig. Het is dat je een homo bent want anders zou ik je...'

'Anoek!'

'Kussen, Sas! Ik wilde kussen' zeggen,' zegt Anoek met een onschuldige blik.

Freek buigt zich met getuite lippen naar Anoek toe.

Lachend neemt ze zijn gezicht in haar handen en geeft hem een korte, luidruchtige pakkerd, vol op zijn mond.

Het sneeuwt lichtjes als we weer buiten staan.

'Hè verdomme, daar gaat mijn kapsel,' klaagt Anoek en trekt de grote capuchon van haar bontjas over haar hoofd.

Ik volg haar voorbeeld als het nog harder begint te sneeuwen. Voor zover dat mogelijk is over straten die in een mum van tijd spekglad zijn, stappen we stevig door op onze hoge hakken.

'Noek? Zullen we ergens iets gaan drinken of...'

'Nee, ik ga meteen weer terug naar huis. Stel je voor dat we een bekende tegenkomen. Nee, ik wil geen enkel risico lopen.'

Paranoia? Hoe bedoel je?

Ik ben een beetje teleurgesteld dat ze alweer zo snel weggaat. We hebben amper een gesprek gevoerd sinds ze als een wervelwind weer in mijn leven is gekomen. Maar goed, ik ga niet smeken. 'Wat denk je? Is het wel veilig om je naar het station te brengen? Of brengt dat de missie in gevaar?'

'Ha ha ha! Wat ben je toch altijd grappig, Sas. Ja, natuurlijk breng je me naar het station. Je denkt toch zeker niet dat ik met de tram ga, hè?'

'In de kofferbak dan maar?' vraag ik met opgetrokken wenkbrauwen.

'We willen immers niet het risico lopen een bekende tegen te komen,' zeg ik als we mijn auto hebben bereikt. Mijn lach galmt door de parkeergarage als Anoek me dreigend aankijkt.

4

Vandaag gaat het gebeuren.

Ik heb vannacht geen oog dichtgedaan en ben van ellende vanmorgen om zes uur maar opgestaan. Normaal gesproken slaap ik op vrijdag altijd lekker uit omdat dat mijn vrije dag is.

Anoek komt straks, op weg naar Schiphol, de sleutels van haar appartement brengen. Ze wil geen risico nemen door ze bij de buren achter te laten. Niemand mag immers weten dat ze een tweelingzus heeft.

Ik ga vanmiddag eerst naar Freek, en daarna door naar Anoeks appartement waar Nick dan vanavond om zeven uur voor de deur staat.

Anoek heeft gezegd dat ik, voordat we het gala verlaten, net moet doen of ik niet lekker ben geworden. 'Doe gewoon of je plotseling een verschrikkelijke migraine hebt.' Origineel plan, hè? Ik heb nog nooit eerder migraine gehad, laat staan geveinsd. Maar ik moet vanavond de verschrikkelijkste migraineaanval aller tijden krijgen. Daar ben ik dan natuurlijk zo ziek van dat ik de rest van het weekend in bed moet blijven. Natuurlijk alleen! En ik mag me dus absoluut NIET, dit had Anoek extra benadrukt door me een stomp tegen mijn bovenarm te geven, door Nick laten overhalen met hem af te spreken. Ha! Alsof ik dat zou willen.

'Denk erom! Je bent te ziek om hem om je heen te kunnen verdragen,' snauwde Anoek.

Ze heeft me verzekerd dat Nick niet met mij naar bed zal willen. Nou, dat hoop ik dan maar. Ik mag dan een hoop voor mijn zus over hebben, ik vertik het om voor haar met een wildvreemde vent naar bed te gaan! Oké, slapen zou misschien nog gaan, maar vrijen? Nee, dat doe ik niet.

Ik ben de Lestermuts, weet je nog?

'Het is een gala, Sas. Geen orgie!' Ik verschoot van kleur toen Anoek dat zei.

Er wordt langdurig en hard aangebeld. En opnieuw... Net zolang tot ik de deur heb geopend.

'Tjonge zeg, ik dacht al dat je er niet was,' zegt Anoek terwijl ze de hal instapt. Ze houdt een paar sleutels boven haar hoofd alsof ze verwacht dat ik ernaar spring.

'Ik neem aan dat het de sleutels van je appartement zijn?' Ik hou mijn hand op.

'Ja, waar zouden ze anders van moeten zijn? Van je kuisheidgordel? Zorg dat je morgen weer weg bent. Ik ben zondagavond rond een uur of tien weer thuis. Dus niet blijven hangen. Ik wil niet dat ze ons samen zien.'

'Noek? Weet je zeker dat je door wilt gaan? Je kunt je baas altijd nog zeggen dat je ziek bent en...'

'Nee, Sas, dat doe ik niet! Ik heb je al verteld hoe graag ik die promotie wil hebben. Moet ik die aan mijn neus voorbij laten gaan omdat mijn eigen zus me dit ook al niet gunt?'

'Anoek, misschien begrijpt Nick het als je het hem zou uitleggen.'

'Dan ken je Nick niet. Hou je mond!' Ze houdt haar vinger zo dicht bij mijn oog dat ik mijn hoofd naar achteren trek, als ik wil zeggen dat ik die man inderdaad niet ken en ook niet wíl kennen. 'Hij is wat dat betreft keihard. Dat gala is erg belangrijk voor hem. Waarom denk je anders dat hij een jurk voor me heeft gekocht? Die heeft hem een for-tuin gekost, hoor. Nee, als ik niet met hem mee ga, maakt hij het meteen uit.'

'Uitmaken? Omdat je...? Overdrijf je nu niet een beetje? Welke man zou zoiets nou doen? Als hij werkelijk zoveel van je houdt, zal hij je toch niet voor die keuze zetten?'

'Verdomme, Sasha, wat wordt het nou? Ben ik helemaal voor niets naar Rotterdam gekomen? Ga je me nou op het laatste nippertje zeggen dat... Alsjeblieft, Sassy, doe me dit niet aan.'

Ik kijk naar haar gezicht en weet dat ze op het punt staat in snikken uit te barsten.

'Ik wil het allebei!' roept ze als een verwend kind. 'Die promotie én

Nick, en dankzij jou kan het. Toe nou,' jengelt ze. 'Je houdt toch van me? Je gunt me dit toch? Je hebt zelf gezegd dat je het goed met me...' Haar stem breekt. Ze klemt haar armen zo stevig om mijn nek dat ze me bijna wurgt. 'Ja, ja, ja, ik doe het, maar ik heb de zenuwen! Ik ben degene die het moet doen, niet jij. Jij zit veilig in Amerika! Stil maar, ik zal het doen,' zeg ik als ze door blijft snikken. 'Toe nou.'

Ik heb het nog niet gezegd of ze duwt me abrupt weg en veegt met twee handen tegelijk over haar gezicht.

'Sas, doe nou gewoon of je mij bent dan komt het allemaal goed. Dat hebben we vroeger zo vaak gedaan. Ik noem hem altijd schatje, niet vergeten. Oh, en ik raak hem ook veel aan. Ik ben altijd erg lichamelijk,' ratelt Anoek door.

Ik frons zo diep dat ik pijn in mijn hoofd krijg. Als dit zo doorgaat hoef ik die migraine straks niet eens te veinzen.

'Het is trouwens onmogelijk dat niet te zijn,' gaat Anoek verder. 'En als...'

'Wat?'

'Lichamelijk!' zegt ze geïrriteerd. 'En als je hem ziet, weet je wat ik bedoel. Na het feest brengt hij je gewoon naar huis. Hij zal je natuurlijk kussen. Geloof me, dat zal geen straf zijn. Nick zoent geweldig!'

Slik! Zoenen? Oké, zoenen zal me wel lukken, maar als hij een engerd is, heeft hij toch echt pech. Misschien kan ik net doen of ik een koortslip heb of zoiets.

'Eigenlijk heb ik liever niet dat je hem zoent, maar dat zal hem alleen maar achterdochtig maken,' gooit Anoek mijn plan weer in duigen. 'En als je doet wat we hebben afgesproken, zal het alleen bij zoenen blijven.'

'En als hij nou dingen vraagt die ik niet weet?'

'Oh verdomme, Sas! Doe toch niet zo vervelend! Ik heb je alles verteld wat je moet weten. Hij vráágt geen dingen die je niet weet. Als hij dat wel doet, dan leid je hem af. Kus hem gewoon zo grondig dat hij vergeet wat hij had willen vragen. En probeer je alsjeblieft, al is het één keer in je leven, niet als de Lestertrut te gedragen.'

'Múts! Lestermúts.'

'*Whatever,*' wuift Anoek met een driftig gebaar mijn woorden weg. 'Want echt, hè, als je dat doet, heeft hij het meteen door. Je weet hoe ik met mannen ben. Gewoon pakken wat je pakken wilt. Wees brutaal!'

Brutaal? *Ik?* En hoe moet ik weten hoe Anoek tegenwoordig met mannen omgaat? Ik heb haar verdomme jaren niet gezien. Ik weet hoe ze vroeger met jongens was. Ik durf er bijna niet aan te denken hoe ze dan nu met volwassen mannen is. Gewoon pakken wat ik pakken wil? Toevallig wil ik absoluut niets pakken! Oh, shit. Wat heeft me toch bezield om ja te zeggen tegen dat belachelijke plan? Wanneer leer ik nou eens nee te zeggen en me daaraan te houden? En ik maar denken dat ik zo veranderd was, dat ik een vrouw van de wereld was geworden. Dus *not*, om er ook maar eens een Engels woord tegenaan te smijten.

'Als je dat doet, zal hij er niet aan denken een diep gesprek met je te hebben,' hoor ik haar vanuit de verte zeggen.

Wat? Waar heeft ze het over? Ik lette even niet op. Met een ongeduldig gebaar kijkt ze op haar horloge.

'Zoveel weet hij trouwens niet over mij. We kennen elkaar pas anderhalve maand. Hemel, ik heb echt wel wat beters te doen dan de hele avond met hem te kletsen. Hij weet waar ik werk en...'

'Ik wilde dat ik dat ook wist. Waarom mag ik niet weten waar je werkt? Werk je soms voor een...'

'...wat ik daar doe,' gaat Anoek met opeengeklemde kaken verder. 'Ik heb het er alleen nooit over. Nick weet dat ik daar een hekel aan heb. Verder weet hij alleen dat papa en mama bij dat auto-ongeluk om het leven zijn gekomen en dat ik verder geen familie heb.'

Nou, ik wist dat ze erg boos op me was, maar om te horen dat ik zelfs geen familie meer ben.

'Zo en nu ben ik weg. Denk eraan dat je op het gala normaal doet. Ik wil niet dat hij denkt dat ik hem niet wil. Als ik hem door jouw toedoen kwijt raak, ben je nog niet jarig!'

Weer een dreigement erbij. Ik ben gestopt met tellen. Ik krimp in elkaar als Anoek de deur met een harde klap achter zich dichttrekt.

Ja hoor, nu weet ik het zeker. Dit wordt de verschrikkelijkste dag van mijn leven. Zelfs Trees weigert eraan mee te werken. Ik ben een uurtje geleden gewoon met haar van *Trendcutters* naar huis gereden. En nu, net nu ik op het punt sta om naar Veenendaal te gaan, vertikt ze het gewoon. Natuurlijk is Trees niet meer één van de... Oh, Trees is mijn volkswagen. Ze is dus niet meer een van de jongste, maar ze heeft me nog nooit eerder in de steek gelaten. Zou ze het er soms niet mee eens zijn dat ik met Anoek van plaats verwissel? Nee, natuurlijk niet. Iedereen met een beetje verstand zou dat ronduit geweigerd hebben.

'Toe nou, Trees, start nou. Alsjeblieft. Als je start, beloof ik je dat we eerst door de wasstraat gaan voor de super-de-luxe behandeling en daarna misschien zelfs een lekkere dure fles olie. Nou kom op meid, wat denk je ervan?'

Ze antwoordt met een verschrikkelijk geluid dat door merg en been gaat als ik het contactsleuteltje omdraai. Met een kreun laat ik mijn voorhoofd op het stuur vallen.

Hoe kom ik nu in Veenendaal? Don of Raf zouden me zeker brengen als ik het zou vragen, maar zij weten niet eens dat ik wegga. Ik heb alleen een briefje voor ze achtergelaten dat ze pas vanavond zullen vinden als ze me op komen halen om naar de marathon te gaan. Ja, ja, ik weet het. Laf! Maar wat moest ik dan? En wat moet ik nu? 'Trees, ik vergeef het je nooit dat ik door jou met de trein moet!' Boos smijt ik met een harde knal het portier dicht en sluit haar af. Ik ben al halverwege de straat als ik me realiseer dat mijn tas nog op de achterbank ligt. Met een kreet van pure frustratie draai ik me weer om. Even denk ik dat Trees het met opzet doet als ik de deur niet meteen openkrijg. Maar als ik dreig dat ik haar laat wegslepen, kiest ze heel verstandig eieren voor haar geld.

Tegen de tijd dat ik aankom op het station in Veenendaal is het verdorie al bijna vijf uur. Natuurlijk had de trein vertraging en zwaar geïrriteerd loop ik naar de bushalte waar zowaar een bus staat. Hm, met mijn geluk staakt het openbaar vervoer spontaan als ik in de bus zit!

Anoeks appartement bevindt zich op de bovenste verdieping van een flat midden in het centrum. Erg leuk. Het is jaren geleden dat ik hier ben geweest. Het is zo veranderd dat ik het niet meer terug ken. Oké, dat grote witte gebouw is het gemeentehuis, dat herken ik nog wel. Al heeft die ook een ware metamorfose ondergaan, zie ik als ik er aan de achterkant langsloop. Ik schrik als de klokken beginnen te spelen. Vijf uur! Even kijken, schuin oversteken bij de V&D, had Anoek gezegd. Appartement 44B, heeft ze gezegd. Ja, hier woont ze. A. Lester, staat er op het naambordje.

Op het moment dat ik de sleutel in de glazen buitendeur wil steken, wordt die zo snel opengetrokken dat ik van schrik naar achteren deins en bijna door m'n enkel ga. Nou dat kan er ook nog wel bij, flitst het, vlak voordat ik tegen een stevig lichaam word aan getrokken, door mijn hoofd.

'Dit is mijn geluksdag,' zegt een jongen met verwarde blonde haren tot op zijn schouders. Ik schat hem een jaar of negentien, twintig hooguit. Met een ondeugende, ietwat uitdagende blik in zijn blauwe ogen kijkt hij in mijn opgeheven gezicht.

'Snoepie Lester die zomaar in mijn armen valt.'

'Eh ja, gefeliciteerd,' zeg ik terwijl ik me uit zijn armen probeer te bevrijden, wat dus niet lukt. 'Zou je me misschien los willen laten?' De jongen doet net of hij me niet hoort en klemt zijn armen nog steviger om mijn middel.

'Maak dit een dag om nooit te vergeten door vanavond met me uit te gaan,' gaat hij vrolijk verder.

Oh god, wat moet ik hier nu mee? Wie is hij? En hoe goed kent hij Anoek? Weet hij niet dat ze een vriend heeft?

'Zeg dat je die zwartharige duivel toch niets vindt en liever met mij verdergaat'

Ik neem de gok door te veronderstellen dat hij het over Nick heeft en zeg: 'Het spijt me je droom in duigen te gooien, maar ik vind die... eh zwartharige duivel heel wat. En als je me nu zou willen excuseren dan...' Hij kijkt me aan alsof ik opeens twee hoofden heb gekregen. Heb ik iets raars gezegd?

'Dat is weer eens wat anders dan het gebruikelijke: Joey, rot op, ik val niet op snotneuzen.' Aan zijn lachuitbarsting te horen, vindt hij het kennelijk erg komisch.

'Goed dan. Jij je zin. Joey, rot op!' Dat stuk met de snotneus laat ik achterwege. Hij mag dan jonger zijn dan ik, maar zo ziet hij er dus niet uit. Jeetje, die knul is bijna twee meter en aardig gespierd. 't Is of een kickbokser of een viking, vermoed ik.

'Noekie, Noekie,' zegt hij hoofdschuddend. 'Er komt een dag dat je inziet wat een ongelofelijke vergissing je hebt gemaakt door mij af te wijzen. Ik hoop voor jou dat het dan niet te laat is,' grijnst hij en verrast me door me een brutale kus op mijn mond te geven, en fluitend weg te lopen.

Gehaald! Opgelucht laat ik me tegen de binnenkant van de deur van Anoeks appartement vallen. Ik bevind me in een kleine vierkante hal met een zwarte plavuizen vloer. De muren zijn behangen met een wit behang met verticale zwarte strepen. Of is het zwart behang met witte strepen?

Nou ja, het is in ieder geval stijlvol. Nadat ik mijn jas op de kapstok in de hoek heb gehangen, loop ik de woonkamer in. Ik blijf abrupt staan als ik twee banken, zwart met zwart-witgestreepte rugkussens, tegenover elkaar met aan iedere kant een bijzettafeltje zie staan met daarop: jawel, vier identieke lampen. Ik weet niet waarom ik dit zo komisch vind, maar ik moet zo lachen dat de tranen over mijn wangen rollen. Vast en zeker het begin van een hysterische aanval.

Anoeks slaapkamer echter is een regelrechte schok. Mijn aandacht wordt meteen gegrepen door twee ingelijste foto's van twee mensen in ingewikkelde posities, aan de muur tegenover het bed. Of zijn het er nou drie? In eerste instantie durf ik ze niet eens van dichtbij te bekijken omdat ik het angstige vermoeden heb dat mijn zus een van die mensen is. Ik ben echt niet preuts, niet echt... Ik zit er gewoon niet op te wachten om mijn zus in dat soort situaties te zien. Gelukkig blijkt de vrouw op de foto, als ik er met mijn hand half voor mijn ogen toch een voorzichtige blik op werp, niet Anoek te zijn.

Jeetje, ik wist niet dat mensen zich in zulke bochten konden wringen. Ik probeer mijn hoofd ondersteboven te draaien om de foto beter te kunnen bekijken. Hm, ik moet toegeven dat die man er niet verkeerd uitziet. Het is natuurlijk niet echt, nee, dat weet ik zeker. Zulke afmetingen bestaan niet. Dat weiger ik te geloven.

Drie wanden zijn met grijs fluweel behangen en de vierde, achter een enorm hemelbed met zwarte voile gordijnen, is zwart. Niet echt mijn smaak, maar desalniettemin best mooi. Op het bed ligt een rood velours sprei waarop in zwarte koeienletters 'I ❤ rough sex' staat. Kijk! Dat gooit er dan weer net de klad in. En wat hangt er daar voor rood pluizigs aan het hoofdeind? Oorwarmers? Ik weet dat Anoek kouwelijk is maar... Handboeien? Mijn god. Rode pluchen handboeien! Volgens mij zijn het nog echte ook als ik het gewicht voel. Jeetje, wat spookt mijn zus in godsnaam allemaal uit in bed? Zou ze Nick daar regelmatig mee aan het bed vastketenen? Of hij haar?

Ik ben ervan overtuigd dat er een zweep onder het bed ligt en kan me niet beheersen en kijk vlug even onder het bed. Niets!

Kwart voor zes, vertelt een snelle blik op de klok op het nachtkastje me, als ik de badkamer uitloop. Ik mag wel opschieten. Naakt loop ik naar het voeteneind van het bed, waar de, tot mijn opluchting, prachtige zwarte jurk, al klaarligt.

Freek vroeg me vanmorgen wat voor feest het was. Hij had een uitgebreide beschrijving van de jurk willen hebben voordat hij aan mijn haar begon, maar het enige wat ik wist was dat hij lang en zwart was.

'Maar Anoek kennende zal het wel een ongelooflijk gewaagde sexy creatie zijn,' zei ik zonder twijfel.

Freek zei dat hij niet anders verwachtte. 'Zwart leer, of nee, ik denk latex, mét bijpassende halsband,' zei hij en kwam niet meer bij om mijn geschokte gezicht. 'Jij bent het nette zusje, hè *Sweetie*?'

Ik vroeg of het zijn tactische manier was om te zeggen dat ik saai was. Hij knuffelde me spontaan en verzekerde me dat hij het niet kwaad bedoelde. 'Ik hou van nette meisjes. Oh *girl*, plaag me niet zo,' zei hij toen ik hem met opgetrokken wenkbrauw aankeek. 'Je weet wat ik bedoel.'

Het is een schatje. Jammer dat hij homo is. Begrijp me niet verkeerd, ik hou van homo`s, en om een onverklaarbare reden houden homo's ook van mij. Ik schijn ze in ieder geval blindelings aan te trekken.

Oké, ik moet opschieten. Over drie kwartier is Nick hier al.

Snel trek ik de zwarte kanten string aan en zucht diep als die zo laag zit dat hij amper mijn venusheuvel bedekt. Even sta ik in tweestrijd of ik een andere zal zoeken, maar bedenk dan dat Nick waarschijnlijk ook het ondergoed heeft gekocht. Een paar seconden later kom ik erachter dat hij dan de beha is vergeten. Ik kijk voor de zekerheid of die soms onder de jurk ligt verstopt. Maar nee, geen beha te bekennen. Ik zucht opnieuw diep en ga op het bed zitten om de ragdunne zwarte nylons aan te trekken. Zoiets heb ik nog nooit eerder gedragen en vraag me af of er geen jarretels bijhoren, die ik dus ook nog nooit heb gedragen. Maar het brede kanten boord, prachtig trouwens, blijft tot mijn verbazing zitten. Ik stap in de waanzinnige zwarte fluwelen pumps. Jeetje, die hak is zeker tien centimeter hoog en zo dun dat ik ze waarschijnlijk als wapen zou kunnen gebruiken als dat nodig mocht zijn. Ik draai me om naar de spiegel en moet zeggen dat het er allemaal erg... eh sexy uitziet. De nylons komen tot halverwege mijn dijen. Ben ik even blij dat ik vanmorgen mijn bikinilijn heb gedaan. Alsof ik het voelde dat ik vanavond de kleinste string ter wereld aan zou hebben. Ik heb nog steeds de cadeaubon voor een *Brasilian Wax*, die Raf me vorige maand heeft gegeven, in de la liggen. Tot op heden heb ik het nog niet aangedurfd. Niet omdat ik ontzettend kleinzerig ben, of jawel dat is de grootste reden. Het idee om voor een wildvreemde met mijn benen wijd te liggen, speelt ook een grote rol. Als ik voor een uitstrijkje moet, ben ik al dagen van tevoren nerveus. Dus nee, ik onthaar de boel nog steeds op de ouderwetse manier. Mijn ogen gaan via mijn platte buik naar mijn borsten, die ondanks dat ze stevig en vol zijn, niet hangen. Twee hoeraatjes voor de sportschool!

Ik druk mijn borsten tegen elkaar en neem een paar verleidelijke poses á la Playboy, inclusief pruillip aan. 'Zonder beha?' Ik bekijk mezelf van opzij. 'Hm!' Eerst die jurk maar eens aantrekken.

Op van de zenuwen werp ik voor de laatste keer een blik in de grote spiegel, in de hoek van de slaapkamer.

Freek heeft mijn haar in een ingewikkeld kapsel opgestoken. Nadat hij een paar plukjes langs mijn oren en in mijn nek los had getrokken, is hij zeker tien minuten lyrisch over zijn creatie geweest.

Dat mocht. Ik was, en ben er ook helemaal weg van.

Net zoals van de jurk die Nick voor Anoek heeft gekocht.

Al zou ik zelf nooit zoiets hebben gekocht, maar ik moet toegeven dat de jurk werkelijk sensationeel is. Ik denk dat alleen een man... Oké, en mijn zus, zo'n jurk zou kopen. De jurk is van glanzende zwarte zijde en heeft zulke dunne bandjes van strassteentjes, dat ik me afvraag of er ijzerdraad in verwerkt zit. Ik snap nu waarom er geen beha was. Het lijfje is te strak en bij nader onderzoek blijken er baleinen in te zitten waardoor mijn borsten goed worden ondersteund. Té goed eigenlijk. Eén keer hoesten en ze springen spontaan uit het lijfje. Om over mijn billen maar te zwijgen. Die steken wel erg uit. Zitten hier soms ook baleinen in? Ik besluit dat het gewoon het model van de jurk is en dat het niet aan J en Lo ligt, zoals Don mijn billen ooit eens in een dronken bui heeft genoemd. Ik draai me weer om. Dat was natuurlijk de reden voor de belachelijke lage string.

Is mijn bilspleet echt niet te zien? Met mijn arm in een nogal onhandige houding om de kleine spiegel boven mijn billen te houden zodat ik erin kan kijken, buig ik voorover om dat te checken. Met een hoofd als een tomaat kom ik weer overeind. Mijn ogen gaan naar mijn hals, naar de prachtige gouden ketting met de roze edelsteen. Ik weet dat het geen diamant is zoals Anoek me wilde doen geloven.

Voor haar zijn alle edelstenen diamanten.

Maar dat het ding een hoop geld heeft gekost, geloof ik zondermeer.

Anoek vond het daarom nodig er een nieuw dreigement tegenaan te gooien.

Ze dreigde dat ik zou kunnen lachen als er iets mee zou gebeuren. Nou ja, lachen zou wel het laatste zijn wat ik dan nog kon. Ik heb haar er, natuurlijk tevergeefs, van proberen te overtuigen dat ik de ketting liever niet wilde dragen. Ik had net zo goed tegen de muur kunnen praten. Het was een cadeau van Nick en hij verwachtte dat ze die, samen met de prachtige oorbellen die nu in mijn oren zitten, zou dragen. Ik raak ze aan. Ja, ik heb me uiteindelijk over laten halen gaatjes te laten prikken.

Hoe zou het zijn om zoveel van een man te houden dat ik niets liever zou willen dan met hem te trouwen? Ik ben wel eens verliefd geweest, of iets wat daarvoor door moest gaan. Verschillende keren zelfs. Niets wereldschokkends hoor. De aarde bewoog nooit en ik kon gewoon alles eten en sliep als een roos. Nu ik dit zo overdenk, geloof ik eigenlijk dat ik nooit echt verliefd ben geweest. Oké, op Don was ik het wel, en ook heel even op Raf. Mijn verliefdheid duurt gewoon nooit zo lang. Niet dat ik wispelturig ben, maar ik heb alleen ook graag nog een privéleven. Ik wil tijd hebben om te schilderen, een boek te lezen als ik daar zin in heb en een paar keer per week naar de dansschool. Mijn langste relatie duurde zes maanden, en dat is al weer bijna een jaar geleden. Goh, is het al weer zolang geleden dat ik voor het laatst seks heb gehad?

Ja, ook wat seks betreft verschillen mijn zus en ik nogal wat van elkaar. Niet dat ik niet van seks hou. Redelijk zelfs, maar ik vind het gewoon allemaal zwaar overdreven. Een hoop gehijg en gefriemel. En voor wat? Een zweterige man die zich na drie minuten helemaal uitgeput bovenop je laat vallen alsof hij zojuist de marathon van Rotterdam heeft gelopen en dan in je oor hijgt dat het fantastisch was? Mijn favoriete gedeelte is als hij je een tikje op je wang geeft en zegt dat je hem hebt uitgeput. Wat zijn nou drie minuten? Ik probeer iets te bedenken wat je in drie minuten kunt doen. In de magnetron een hele hoop. Tjonge, ze vallen nog sneller in slaap. Hoezo naspel? Nee, seks is iets waar ik, in tegenstelling tot mijn zus, heel goed zonder kan. Die kan er nog geen week, wat zeg ik? Ze kan er nog geen dag buiten!

Oh god, wat als Nick tóch met mij naar bed wil?

Een tel later gaat de wekker. Mijn hart zit in mijn keel en mijn borsten vliegen bijna uit mijn lijfje. Ik was helemaal vergeten dat ik de wekker had gezet zodat ik zou weten dat Nick hier over een kwartier zou zijn. Ik geloof dat ik een paniekaanval voel opkomen. Waar is mijn mp3? O ja, in mijn tas. Muziek kalmeert me altijd en, of nee, laat ik dat maar niet doen. Straks hoor ik de bel niet. Ik loop de woonkamer in waar ik een goede imitatie van een gekooide tijger neerzet. Ik kan er niets aan doen. Het zijn de zenuwen. Nu al een wrak en de avond moet nog beginnen.

Die man kan ieder moment hier zijn en ik heb geen idee hoe hij eruitziet. Nergens is een foto van hem te bekennen. Erg vreemd, als je het mij vraagt. Wat nou als een andere buurman aanbelt en me ook spontaan begint te zoenen en ik hem terugkus in de veronderstelling dat hij Nick is?

'Ophouden, Sas! Waarom zouden alle buurmannen in dit gebouw zo vrij zijn?' Nou, het gaat goed fout met mij. Ik voer nu ook al gesprekken met mezelf.

Wat zei Anoek ook al weer? Lang, zwart haar, grijze ogen, gewoon een leuke vent.

Ik hou dit niet lang meer vol. Moet je mijn handen zien, ze trillen en zijn drijfnat. Ik veeg ze af aan mijn heupen. Ik zou best iets sterks kunnen gebruiken. Misschien word ik daar rustig van. Nee, beter van niet. Ik kan toch al niet zo goed tegen alcohol en aangezien ik geen hap door mijn keel heb kunnen krijgen, weet ik dat de alcohol direct naar mijn hoofd zal stijgen... Of naar mijn enkels zakt, wat allebei een ramp zou zijn. Ik moet mijn hoofd erbij houden. Nou kom op, ik kan het. Ik zie eruit als Anoek, dus hoef ik me alleen zoals haar te gedragen. Ik heb dit vaker gedaan. Toen we kinderen waren, deden we dit...

Verstijfd van schrik blijf ik midden in de kamer staan als de bel gaat. Oh god, ik ga flauwvallen. Weer iets wat me nog nooit is overkomen. Tjonge jonge, migraineaanvallen, paniekaanvallen, hysterische aanvallen. Hoeveel aanvallen kan een mens aan op één avond? Wat nou als ik niet opendoe? Misschien gaat hij dan wel weg, en... zal Anoek pas echt woedend zijn.

Er wordt opnieuw gebeld. ' Oké, ik kan het.' Ik sluit mijn ogen en haal een paar keer diep adem.

'Kom op, Sasha, je bent Anoek, je bent Anoek,' blijf ik bezwerend tegen mezelf zeggen terwijl ik naar de hal loop. Voor ik me kan bedenken, trek ik de deur open. En echt, ik probeer het, maar ik kan werkelijk geen stom woord over mijn lippen krijgen. Het enige dat door mijn hoofd gaat, is dat ik wanhopig hoop dat dit de buurman niet is en zo ja... Kom maar op dan. Mijn keel voelt aan alsof ik schuurpapier heb doorgeslikt als de 'gewone leuke vent' me een fractie van een seconde aankijkt alsof hij zijn ogen niet kan geloven. Even voel ik een diepe teleurstelling als ik denk dat hij hier niet moet zijn. Maar dan lacht hij naar me en in totale paniek gooi ik de deur dicht. Help me onthouden dat als ik deze avond overleef, ik mijn zus vermoord.

Het is stom, maar als er op de deur wordt geklopt, schrik ik zo erg dat ik de kreet die naar bovenkomt, ternauwernood weet te smoren met mijn hand. Anoeks stem in mijn hoofd, die zegt dat ze me de meest verschrikkelijke dingen zal aandoen als ik dit verpest, is de enige reden dat ik de deur weer open.

Nonchalant met zijn schouder tegen de deurpost geleund, een hand in zijn broekzak, kijkt hij me voor mijn gevoel een eeuwigheid aan voordat hij iets zegt.

Mijn god, ik wil hem schilderen. Naakt of met kleren aan, het maakt niet uit. Hij is helemaal in het zwart. Ik dacht altijd dat je onder een smoking een wit hemd moest dragen. Dat zal ik vanaf dit moment nooit meer denken. De bovenste twee knoopjes van zijn hemd staan open. Ik hou niet van stropdassen en ben vreemd blij dat hij die mening kennelijk deelt. Zijn zwarte haar raakt net het boord van zijn overhemd. Niet te lang en niet te kort. Gewoon lekker rommelig. Het soort dat maakt dat je vingers jeuken om er doorheen te woelen.

Anoek zou geen moment geaarzeld hebben, maar ik ben weer mezelf. Hij is, ik ben... totaal de weg kwijt.

'Allemachtig, wat zie je er geweldig uit.'

Zijn stem bezorgt me kippenvel. Grijze ogen? Nee, ze zijn grijsbruin met een beetje groen. Dat is het laatste wat er door mijn hoofd gaat als hij zijn arm om mijn middel slaat, zijn hoofd buigt, en me kust. Lieve hemel, ik dacht dat Raf kon zoenen, maar dit is... Ik heb er geen woorden voor. Niet dat ik in staat ben iets te zeggen.

Mmm, hij smaakt naar toffee, karamel.

Ik voel zijn adem op mijn lippen en hoor de lach in zijn stem als hij vraagt of ik in slaap ben gevallen. Als ik mijn ogen open, wil ik ze meteen weer dichtdoen omdat hij me aankijkt alsof hij me...

'Anoek?'

Anoek? Oh help, hij heeft het tegen mij. 'J-ja, dat ben ik. Wat is er?' Is dat mijn stem? Waarom klink ik zo schor? Ik kan mijn ogen niet van hem afhouden en we staren elkaar eindeloos aan. Nog voor zijn lippen de mijne opnieuw raken heb ik mijn mond al voor hem geopend. Deze keer kust hij me alsof hij daar, zeker het eerste uur, niet van plan is mee op te houden. En wat doe ik? Ik sla mijn armen om zijn nek en kus hem terug alsof dit de laatste minuut van mijn leven is.

'Jezus,' mompelt hij als hij zijn hoofd optilt en me weer aankijkt.

Ik herken de verwarring in zijn ogen omdat ik me precies zo voel. Oh god, ik schaam me dood dat ik me zo heb laten gaan. Met gloeiende wangen duw ik hem van me af en loop naar de woonkamer. Ik moet mezelf weer onder controle krijgen.

Anoek zou natuurlijk alles feilloos onder controle hebben en zou direct tot de aanval overgaan. Daar heb je dat woord weer. In de aanval dus. Ik draai de knop om in mijn hoofd en verander in mijn zus. Brutaal doen, Sas. Gewoon pakken wat ik pakken wil. En wat als ik hem wil? Mag ik hem dan houden? Ik zet mijn handen op mijn heupen en kijk hem uitdagend aan. De wellustige blik in zijn ogen brengt me compleet van mijn stuk.

'Dat is een... eh, ongelooflijke jurk,' zegt hij schor en schraapt zijn keel.

'Is dat niet de reden dat je hem voor me hebt gekocht? Of heb je maar op goed geluk iets uitgezocht?' Ik trek mijn wenkbrauwen op als hij zijn mond opent en weer sluit. Mooi zo, ik ben niet de enige die de kluts kwijt is!

'Ik doe zelden of nooit iets op goed geluk,' zegt hij met een vreemde blik in zijn ogen. 'Tot aan vanavond,' laat hij er zo zacht op volgen dat ik hem bijna niet versta. 'Die jurk is voor jou gemaakt,' gaat hij verder. 'Ik vond de voorkant al geweldig, maar de achterkant is werkelijk...'

'Onfatsoenlijk?'

'Dat zul je mij nooit horen zeggen,' zegt hij met een scheve grijns. 'Maar ik vind jouw achterkantje werkelijk adembenemend. Spectaculair, zonder twijfel het mooiste...'

'Oh? En heb je er dan een hoop gezien? We hadden het trouwens over de achterkant van de jurk!'

Hij lacht zo sexy naar me dat ik me met een gesmoorde kreet omdraai en naar de schoorsteen loop

Ik voel zijn ogen over mijn lichaam gaan. *Hij kijkt naar mijn billen, ik voel het!*

'Ik vraag me toch werkelijk af wat je daaronder draagt,' hoor ik hem zeggen.

Met een ruk draai ik me weer naar hem toe.

'Heb je er eigenlijk wel iets onder aan? Nee!' roept hij voordat ik daar op kan reageren. 'Ik wil het niet weten, maar ik denk dat je de hele avond dicht bij me in de buurt moet blijven. Met je rug tegen me aan!'

Ik weet een kreun te onderdrukken bij de gedachte zijn lichaam constant dicht tegen me aan te voelen.

'Zullen we dan maar?' probeer ik luchtig te klinken, 'of wil je misschien iets drinken?'

'Nee, dank je. Oh, dat zou ik bijna vergeten. Ik heb nog iets voor je,' zegt hij en doet een greep in de binnenzak van zijn jas. 'Hier, dit vond ik toevallig tussen mijn sokken.'

Zwijgend kijk ik naar het dieppaarse langwerpige doosje dat hij me aanreikt. Hij lijkt het grappig te vinden dat ik geen aanstalten maak het aan te pakken.

'Wil je het niet hebben? Ik dacht dat alle vrouwen van cadeautjes hielden.'

Ik kan niet voor alle vrouwen spreken, maar weet dat Anoek er in ieder geval wel van houdt.

Uit het niets zie ik opeens die scène uit *Pretty Woman* voor me waarin Julia Roberts een cadeautje van Richard Gere krijgt. Zij schrikt zich rot als hij het doosje dichtklapt op het moment dat ze haar hand naar het sieraad uitsteekt. Ik ben ervan overtuigd dat het niet in het script stond, maar dat de makers het zo leuk vonden dat ze het erin hebben laten zitten.

'Mooi doosje. Ik hou van mooie doosjes. Mooie kleur ook.'

Nick trekt zijn wenkbrauwen op. 'Zal ik het dan maar voor je openmaken? Ik beloof je dat ik geen Richard Gere stunt zal uithalen als je je vingers ernaar uitsteekt.'

Mijn hoofd schiet met een ruk omhoog. Hij grijnst.

'Ja, ik weet het, ik gooi het stoere mannelijke beeld dat je van me hebt nu natuurlijk totaal aan gruzelementen. Maar ik vind *Pretty Woman* nu eenmaal een leuke film. Ga me niet zeggen dat je die niet hebt gezien.'

Ik zeg helemaal niets meer. Hij is werkelijk... Nee! Niets meer!

Ik neem het doosje van hem aan en met trillende vingers maak ik het open. Ik klap het bijna meteen weer dicht als ik zie wat er op het zachtroze fluweel ligt. Een paar seconden weet ik van verbijstering niets te zeggen. Ik geloof dat mijn mond openhangt. De armband met kleine roze steentjes tussen de gouden schakels heeft beslist een fortuin gekost. Ik hoop dat hij een goede alarminstallatie heeft als hij dit soort dingen gewoon tussen zijn sokken bewaart. Ik sta op het punt te zeggen dat ik dit onmogelijk kan aannemen als ik me realiseer dat Anoek zoiets nooit zou doen. Hoe duurder hoe beter.

'Zal ik hem voor je vastmaken of wil je de armband nu niet om?'

Zwijgend hou ik hem mijn pols voor en kijk naar zijn vingers terwijl hij de armband vastmaakt. Ik vraag me af hoe het zou voelen om door die vingers gestreeld te worden.

'Mooi?' vraagt Nick. Hij duwt met zijn vinger onder mijn kin mijn gezicht naar zich op en streelt met zijn duim over mijn onderlip.

'J-ja, prachtig,' zeg ik schor. Ik sluit mijn ogen als hij me opnieuw in zijn armen neemt. Nu begrijp ik wat ze in liefdesromannetjes bedoelen als de held de mond van de heldin hongerig opeist. Ik beantwoord Nicks kus met dezelfde honger. De baleinen van mijn jurk drukken pijnlijk in mijn borsten. Het kan me niet schelen. Pijn is fijn zolang hij me maar zo blijft vasthouden en kust.

'Als cadeautjes dit voor jou doen, denk ik dat ik die iedere dag voor je ga kopen,' fluistert hij met zijn lippen tegen de mijne.

Ik kan nog net een kreun onderdrukken als hij zachtjes in mijn onderlip bijt en er vervolgens met zijn tong langs gaat.

Hij mompelt iets onverstaanbaars en kijkt me dan zo intens aan dat ik vergeet te ademen.

'Ik denk dat we beter kunnen gaan voor ik me bedenk en je...'

'Nee! Ja.' Ik schrik ik zo van het idee dat ik hem van me afduw. Mijn god, ik durf er niet aan te denken hoe het zou zijn om met die man de liefde te bedrijven. Ik krijg er gewoon pijn in mijn buik van. Een vreemde pijn die lager zakt naar het middelpunt van mijn... verlangen? *Tjonge, ik word nog poëtisch.* Wat bezielt me opeens? Er is nog geen kwartier verstreken en ik wil nu al niets liever dan hem de kleren van zijn lijf rukken. Oh, wat erg. Hoe hou ik dit de hele avond vol?

'Ga alsjeblieft je jas pakken,' zegt Nick. 'We moeten nog een eind rijden en het weer werkt ook niet mee.'

'Het weer? Wat is er met het weer?' Ik begrijp niet waarover hij het heeft.

'Het sneeuwt,' zegt hij en vraagt of ik soms de hele dag in bed heb doorgebracht? 'Néé, geef daar maar geen antwoord op!'

Dat was ik niet van plan.

'Wees lief,' zegt Nick, 'en pak nu je spullen zodat we hier vandaan kunnen voor ik me bedenk.'

Daar heb je die blik weer. Ik bedenk me geen seconde, loop snel naar de slaapkamer om de warme, met bont gevoerde cape en het zwarte fluwelen tasje te pakken.

In de lift, onderweg naar beneden, ben ik me zo van hem bewust dat ik, zonder dat ik naar hem hoef te kijken, weet dat hij naar me kijkt. Heb ik mezelf nu al verraden?

Ik ben zo nerveus dat het belletje van de lift me bijna van schrik de lucht doet inspringen. Nog voor de deuren helemaal open zijn, ben ik er al uit. Drie stappen later besef ik mijn vergissing. Met een rood hoofd draai ik me om en zie dat Nick met opgetrokken wenkbrauwen vanuit de openstaande liftdeuren naar me staat te kijken.

'Wil je de laatste drie verdiepingen liever met de trap?' vraagt hij met pretlichtjes in zijn ogen. 'Je zegt het maar, dan zie ik je wel beneden.'

Het liefst had ik ja gezegd. Maar drie verdiepingen met de trap? Vier, hooguit vijf treden lukt me wel als ik me stevig aan een leuning kan vasthouden, maar drie verdiepingen? Voor het eerst van mijn leven vervloek ik mijn hoogtevrees echt. 'Ik dacht dat we er al waren,' mompel ik als ik de lift weer inloop.

'Ja, ik dacht al dat het zoiets moest zijn. De enige andere mogelijkheid was dat je van mij wegvluchtte.'

De manier waarop hij dat zegt, maakt dat ik met kloppend hart naar hem opkijk.

'Als ik niet beter zou weten, zou ik denken dat je bang voor me bent. Dat ik je nerveus maak,' zegt hij. Hij laat zijn handen om mijn nek glijden, zijn duim precies op de snelkloppende ader in mijn hals. 'Komt dat door mij?' vraagt hij met zijn mond vlakbij de mijne.

Wat? Ik open mijn mond. Natuurlijk om dat te vragen, maar ik krijg de kans niet. Ik kan niet anders dan zijn kus beantwoorden. Ik hoor zelfs in mijn hoofd bellen rinkelen. Jeetje, dat is me nog nooit overkomen. Nicks woorden, terwijl hij zijn lippen op de nog steeds hevig kloppende ader in mijn hals drukt, dat we er zijn, doet me beseffen dat het de bel van de lift was.

Godzijdank! De begane grond. Met een vuurrood gezicht duw ik hem van me af en ren bijna de lift uit. Ik haal opgelucht adem als de buitendeur er nog steeds blijkt te zijn. Frisse lucht, ik heb frisse lucht nodig!

Het sneeuwt inderdaad. En hard ook. Hoe is het mogelijk dat ik daar helemaal niets van heb gemerkt?

Om vijf uur was er nog geen sneeuwvlokje te bekennen. Moet je nu eens zien.

De straten zijn helemaal wit, zie ik, als ik de deur open.

Ik kijk omlaag naar Anoeks zwarte suède schoenen en schrik me lam als Nick me met een zwaai in zijn armen tilt.

'Je schoenen zouden geruïneerd zijn,' is zijn verklaring.

Ik zie een lachje op zijn gezicht als hij soepel, alsof ik niets weeg en hij dagelijks met vrouwen in zijn armen rond zeult, naar buiten loopt. Waarom ben ik nou verbaasd als hij met grote passen naar een zwarte Audi loopt die voor de deur geparkeerd staat? Een man die zulke cadeau`s geeft, heeft natuurlijk geen *Fiat*. Hij zet me op de leren stoel neer en buigt zich dan over me heen. Ik hou mijn adem in omdat ik denk dat hij me weer wil kussen, terwijl hij alleen de veiligheidsgordel voor me vastmaakt. Gênant? Hoe bedoel je? Godzijdank is het te donker in de auto om mijn gloeiende wangen te kunnen zien. Dat hoop ik in ieder geval.

'Alles goed, schatje?'

Ik hoor aan zijn stem dat hij donders goed weet wat ik dacht.

'Ja, hoor.'

Oh, wat erg. Wie neem ik nu in de maling? Niets is goed. Dit wordt een fiasco. Boos dat ik me in deze positie heb laten manoeuvreren, geef ik hem een korte harde kus.

'Stap nou maar snel in... schatje, voor jouw schoenen wel geruïneerd zijn!'

5

Nick moet zich op de weg concentreren. Het is zo hard gaan sneeuwen dat de ruitenwissers het amper aan kunnen. Godzijdank geen gezoen meer tot we er zijn. Ik kan nog steeds niet geloven dat ik me zo heb laten zoenen door een man die ik tot een half uur geleden niet kende. Oké, ik heb net zo hard meegedaan, maar dat was omdat ik niet anders kon. Hij begon!

Ik weet niet wat ik verwacht had. Alles denk ik, maar in geen geval een man als hij. Het is me nog nooit eerder overkomen dat ik vanaf het eerste moment zo onder de indruk van een man ben geweest.

Zo onopvallend mogelijk draai ik mijn hoofd iets naar links zodat ik hem vanuit mijn ooghoeken kan bekijken.

Hij is werkelijk ontzettend aantrekkelijk.

Nee, dat is niet het goede woord. Adembenemend. Ja, dat is het! Het maakt dit alles nog veel gecompliceerder.

Ik zou het veel prettiger hebben gevonden als hij absoluut mijn type niet was geweest.

Hoe is het mogelijk dat Anoeks smaak wat mannen betreft, in de afgelopen jaren zo is veranderd? Haar vriendjes waren negen van de tien keer types waar ik met een grote boog omheenliep. Je zou er spontaan van in snikken uitbarsten als je die 's avonds op straat zou tegenkomen. Maar dit? Deze man? Mijn god, hem zou ik waarschijnlijk nagefloten hebben. Nicks vraag of alles goed is, brengt me weer met een schok terug in de werkelijkheid.

'Eh ja, wat zou er moeten zijn?'

'Niets, maar je bent zo stil. Mag ik hopen dat je aan mij zat te denken?'

vraagt hij met een onweerstaanbare grijns.

'Dat mag. Wat een weer, hè? Moet je kijken wat een grote vlokken.' Altijd een veilig onderwerp, het weer.

'Ah, over naar het weer dan maar,' zegt Nick. 'Wie had dat vanmorgen gedacht, hè? Erg vroeg voor de tijd van het jaar ook. Achttien november, alhoewel het vorig jaar rond deze tijd...' Nick schiet in de lach en vraagt of ik het koud heb. Zonder mijn antwoord af te wachten, zet hij de verwarming iets hoger.

Ik wil zeggen dat ik het juist warm heb maar waarom heb ik die bloedhete cape anders dan nog steeds aan? Omdat ik me op deze manier veel prettiger, veiliger voel? Ik wil nu geen hete blikken op mijn decolleté.

'Nou, in dit tempo zijn we er over een uur wel,' zegt Nick met een diepe zucht.

We rijden bijna stapvoets achter de rij auto`s die, net als wij, door de sneeuwstorm zijn overvallen. Het volgende moment staan we stil.

'Waarom doe je die cape niet uit? Heb je het niet...'

'Nee!' roep ik misschien iets te hard. 'Nee, ik heb het koud,' laat ik er iets zachter op volgen.

'Koud?' herhaalt hij.

Ik hou hem tegen als hij de verwarming nog iets hoger wil zetten en krijg een schok als mijn vingers zijn hand raken. Nee, ik overdrijf niet. Ik krijg echt een schok!

'Nou, de vonken vliegen ervan af,' zegt Nick. Hij pakt mijn hand, draait mijn handpalm naar boven en drukt er een zachte kus op. Zijn lippen op mijn huid maken dat ik mijn dijen stijf tegen elkaar klem alsof ik het kloppende gevoel daar op die manier weg kan drukken. Geen goed idee. Het wordt alleen maar erger.

'Kijk! We kunnen weer verder rijden.' Snel stop ik mijn hand onder mijn cape. 'Jeetje, moet je toch eens kijken die sneeuw?' Mijn stem slaat over en ik schraap mijn keel. Zou ik misschien nu alvast hoofdpijn kunnen veinzen? Dan komt die heftige migraineaanval straks niet zo rauw op zijn dak. Ja, misschien moet ik dat doen. Maar hoe doe ik dat? Moeilijk kijken? Zachtjes kreunen? Nee! Vooral geen gekreun! Het zou hem eens op ideeën kunnen brengen.

'Hoe was het op je werk vandaag?' vraagt Nick terwijl hij schakelt en we zowaar weer in een iets sneller tempo vooruit komen. 'Druk?'

'Geen idee,' zeg ik terwijl ik hem aankijk. 'Ik was er niet.'

Dat is gelukkig de waarheid. Tot nu toe nog steeds geen leugens. Ja, ja, ik weet het. Vanavond ben ik één en al leugen. Maar daar wil ik nu liever niet aan denken.

Voordat Nick me weer iets kan vragen, vraag ik hoe zijn dag is geweest. Dat blijkt een goede zet, want hij begint enthousiast te vertellen. Uit wat ik ervan begrijp, heeft het met computers te maken. Ik kan niet te veel vragen, omdat Anoek dat natuurlijk allemaal al weet. Alleen maar luisteren dus. Van tijd tot tijd knik ik alsof ik volledig begrijp waar hij het over heeft. Hij schijnt vandaag een veelbelovend gesprek met een stel Japanners gehad te hebben die hoogst waarschijnlijk met het bedrijf in zee willen. Ik vraag me af of het zijn eigen bedrijf is. Anoek heeft me alleen verteld dat het feest vanavond door zijn bedrijf wordt gegeven. Het is knap lastig een gesprek te voeren zonder dat je dingen kunt vragen die je dolgraag wilt weten, omdat je verondersteld wordt die allemaal al te weten.

Nick vertelt erg leuk en ik begin me iets meer op mijn gemak te voelen.

Het is me niet eens opgevallen dat we niet meer op de snelweg rijden. Nick remt af om een bocht te nemen en een paar seconden later rijden we door een bos. Geen huis of gebouw te bekennen.

Het is opeens wel erg donker en ik vraag me af waarom ze juist op dit soort enge smalle weggetjes op verlichting besparen. Het is echt levensgevaarlijk, het enige licht komt van de koplampen van Nicks auto. Gelukkig rijdt hij voorzichtig.

Ik vraag me af waar dat galafeest wordt gehouden en ik begin me weer een beetje op te winden dat ik zo weinig informatie uit Anoek heb gekregen. Als ik haar mag geloven, en ik geloof haar, is vrijen het enige wat zij en Nick doen. Vrijen? Oh, wat nou als we helemaal niet naar een gala gaan? Wat als hij dat alleen heeft gezegd om Anoek op een dwaalspoor te brengen en hij een romantische avond ergens in een blokhut midden in de bossen heeft gepland? Ik krijg het steeds heter en dat heeft niets met de kachel te maken. Ik probeer me op de muziek, die uit de cd-speler komt, te concentreren. Het lukt me aardig. Ik kom weer redelijk tot rust, tot ik de beginklanken van *Can you feel it* hoor aanzwellen. Zou hij erg schrikken als ik nu zou gaan gillen? Nee, laat ik dat maar niet doen. Stel je voor dat hij er zo van schrikt dat hij spontaan van de weg rijdt.

Ik klem mijn lippen stijf op elkaar en bal mijn vuisten.

'We hebben het gehaald,' hoor ik Nick plotseling zeggen. 'Ja, ik geloof dat dit het is.'

'Geloof je dat of weet je het zeker?'

'Ik weet het zeker,' zegt hij met een scheve grijns.

Godzijdank! Ik vraag me af waar al die auto's vandaan komen die opeens voor ons rijden als we linksaf slaan, en door een grote poort rijden. 'Wat mooi,' fluister ik diep onder de indruk als ik het grote kasteel zie.

Hier hebben ze beslist een expert voor in de arm genomen als ik zie hoe perfect het kasteel door de ingenieus opgestelde gekleurde lampen wordt verlicht.

'Ja, het ziet er indrukwekkend uit,' is Nick het met me eens.

Het parkeerterrein waar we langsrijden is overvol.

Ik draai me om naar Nick als hij doorrijdt en onder aan de trappen van het kasteel stopt.

'Wacht even,' zegt hij als ik mijn gordel los wil maken.

Hij is de auto al uit voor ik kan zeggen dat ik best in staat ben om zelf een gordel los te maken. Wat natuurlijk prompt niet lukt. Dit soort galanterie ben ik totaal niet gewend. De mannen waar ik tot nu toe mee uit ben geweest, lieten nog net niet de deur voor mijn gezicht dichtvallen.

Ik schrik als het portier aan mijn kant open wordt getrokken en niet Nick, maar een jongen in een zwarte tuniek en donkergroene maillot zijn hand naar me uitsteekt. Oeps, ik ben vergeten dat ik nog in de gordels zit. Het volgende moment is het Nick die in de deuropening verschijnt en vraagt of ik me heb bedacht.

'Nee natuurlijk niet. Ik krijg mijn gordel... Mijn cape zit in de weg.'

'Ja, dat kan gebeuren,' zegt Nick droog.

Hij buigt zich over me heen en klikt de gordel zonder moeite los. Voor ik kan reageren glijdt zijn ene arm al onder mijn knieën door, slaat hij de andere om mijn middel en tilt hij me uit de auto.

'Nick! Ik kan best...'

'Je schoenen, weet je nog?'

Ik wil net zeggen dat er hier geen sneeuw ligt, sterker nog, er ligt een dikke rode loper.

'Hm, ik hoop dat die Robin Hood, die er nu met jouw auto vandoor gaat, een parkeerjongen is.'

'Ja, dat hoop ik ook.' Nick lijkt zich er niet al te druk om te maken en loopt door.

'Denk je niet dat je nu misschien een beetje overdrijft?' vraag ik als hij me nog steeds niet neerzet.

'Laat me nou. Geniet er gewoon van,' zegt hij met een brede grijns.

'Dat doe ik ook!'

Diep vanbinnen ben ik dolgelukkig als ik de hoge trap zie die aan het eind van de rode loper voor ons opdoemt. Ik klem mijn armen steviger om zijn nek.

'Alles goed?' vraagt Nick halverwege de trap.

Ik knik en kan geen kant op als hij me kust. Gelukkig is het maar een klein kusje en loopt hij weer verder.

'Goedenavond, meneer en mevrouw,' zegt een deftig uitziende butler met een beleefd hoofdknikje. 'Mag ik u van harte welkom heten op *Kasteel Breukstaete?*'

'Dat mag,' zegt Nick.

Oh, wat erg. Ik heb me zo op zijn gezicht geconcentreerd dat ik helemaal niet in de gaten heb dat hij me het kasteel heeft binnengedragen.

'Nick! Zet me neer,' sis ik tussen mijn opeengeklemde kaken door als ik de geamuseerde blikken om me heen zie.

De butler vertrekt geen spier en knikt me vriendelijk toe als ik hem een beetje opgelaten aankijk.

'Nick, iedereen kijkt!'

'Ja en? Ik denk dat de vrouwen maar wat graag zo'n spectaculaire entree zouden maken, en dat de mannen groen zien van jaloezie.' Tot mijn opluchting zet hij me neer.

'Denkt u ook niet?' vraagt Nick aan de butler.

'Dat denk ik niet alleen, meneer, dat weet ik wel zeker. Alleen door jarenlange training kan ik voor u verbergen dat ook ik groen zie. Maar ik was al binnen, anders had ik me maar wat graag door u naar binnen laten dragen.'

Nick moet hier zo om lachen dat de mensen in onze directe omgeving zich naar hem omdraaien.

Ik weet niet waarom zijn overduidelijke plezier mij zo raakt, maar ik vind het beslist sexy.

De butler wacht geduldig tot Nick weer aanspreekbaar is en vraagt vervolgens naar onze uitnodiging die Nick uit de binnenzak van zijn jas tevoorschijn haalt.

'Mag ik u beiden een prettige avond wensen?' vraagt de butler.

'Dat mag,' zegt Nick net zo deftig.

'Meneer, mevrouw, een bijzonder prettige avond,' zegt de butler daarop en knikt opnieuw beleefd naar ons.

'Wat een portret,' zegt Nick hoofdschuddend als we weer verder lopen.

'Ja, een komische man,' ben ik het met hem eens.

'Anoek, ik loop even terug om te kijken of Robin Hood inderdaad bij het kasteel hoort,' zegt Nick opeens.

'Nou, dat zal toch zeker wel? Want zeg eerlijk, welke vent zou zich vrijwillig in een panty hijsen? Nick, ik maakte maar een geintje. Je denkt toch niet echt...'

'Ik ook,' lacht hij. 'En nee, ik denk dat de beste knul in zijn enthousiasme vergeten is me een kaartje of iets dergelijks te geven. Wacht je hier op me?'

'Ja, ik zal me niet bewegen.'

Hij schiet in de lach. 'Oké, ik ben zo terug. Niet met vreemde mannen praten.'

'Mag ik wel snoepjes van ze aannemen?'

'Absoluut niet! Hier, neem er maar een van mij.'

Tot mijn verbazing haalt hij een in goudkleurig cellofaan gewikkeld snoepje uit zijn jaszak. Dan buigt hij zich zo snel naar me toe dat ik hem niet meer kan ontwijken en kust hij me.

'Was je niet meer van plan terug te komen?' vraag ik lichtelijk buiten adem.

Met twinkelende ogen zegt hij dat hij zo iets heeft om op te teren tot hij weer terug is. Het volgende moment draait hij zich om, en beent hij met grote passen het kasteel weer uit.

Ik vraag me opnieuw af hoe ik dit in godsnaam de hele avond vol moet houden als hij me om de haverklap blijft kussen. Daarom smaakte hij dus naar karamel toen hij me vanavond voor de eerste keer kuste, denk ik als ik naar het snoepje in mijn hand kijk. Ik glimlach bij de gedachte dat hij met toffees in zijn zak rondloopt. Van nu af aan zal de geur en smaak van toffees me altijd aan hem doen denken.

Ik heb net de toffee in mijn tas laten vallen als ik de blik van een oudere dame met blauwgrijs haar opvang, die een paar meter bij me vandaan op een bankje zit. Oh shit, laat het alsjeblieft geen bekende van Anoek zijn, bid ik in stilte als ze opstaat en op me afloopt.

'Ik dacht dat mijn lieve Arthur de laatste galante man was en dat ze zo niet meer werden gemaakt,' zegt ze met een warme glimlach. 'Maar na wat ik heb gezien, weet ik dat er nog hoop is voor deze generatie. Jouw jongeman herinnert me aan mijn Arthur. Hij maakt dat ik wilde dat ik dertig jaar jonger was en...'

'Alsjeblieft niet, ik ben blij dat ik het tot nu toe heb overleefd,' klinkt er een diepe stem achter me.

De stem blijkt bij een lange man met spierwit haar en felblauwe lachende ogen te horen. Ik vermoed dat het Arthur is en vind hem nog steeds een hele knappe man, ondanks zijn vergevorderde leeftijd.

Hij maakt een korte buiging met zijn hoofd voor hij zijn ogen op de vrouw met het blauwgrijze haar richt. 'Jij wordt honderd, lieverd.'

Met een warme glimlach laat de vrouw haar hand in de zijne glijden. 'Laat die man niet meer los,' zegt ze met een snelle blik naar mijn ringloze vingers. 'Geniet ervan, lieve kind.'

Arthur buigt opnieuw kort naar me en wenst me dan een prettige avond. Als hij zijn vrouw met zich meevoert hoor ik hem vragen: 'Waar moet ze van genieten, lieve?'

Mijn oog valt op een bordje waar in sierlijke letters het woord 'Het gemak' met daaronder in kleinere letters, 'toilet' staat. Waar andere mensen soms het geluid of het beeld van een stromende waterkraan nodig hebben voldoet bij mij het woord 'toilet' al.

Ik negeer het gevoel en loop een stukje door naar de tegenoverliggende muur vanwaar ik de ingang goed in de gaten kan houden. Ik begin te vrezen dat de parkeerjongen er misschien toch met Nicks auto vandoor is als hij vijf minuten later nog niet terug is. Misschien zou ik even snel naar het toilet... Oh, daar komt hij al. Zijn ogen vliegen door de ruimte en mijn hart maakt een sprongetje als zijn ogen oplichten op het moment dat hij me ziet. Met grote passen komt hij op me af.

'Je hebt bewogen,' zegt Nick.

'Het spijt me. Ik weet niet wat me bezielde.'

'Ik vergeef het je, maar dat kost je een kus.'

Alweer? Oké, als het moet dan moet het maar. Ik geef hem een kusje op zijn mond als hij zijn hoofd laat zakken. En nog een als hij in dezelfde houding blijft staan. 'Heb je Robin gevonden?'

'Ja, we hoeven vanavond niet met de trein naar huis,' zegt Nick en tilt zijn hoofd weer op.' Hij klopt de sneeuw uit zijn haar en trekt vervolgens zijn lange dikke jas uit. Deze keer kan ik me niet beheersen en kam met mijn vingers door zijn haar.

'Je haar. Het zit een beetje...' Ik voel dat ik bloos als hij me aan blijft kijken. 'Ik moet even naar het toilet. Zou je mijn cape ook...'

'Ja natuurlijk, ga maar gauw.'

Het blijkt erg druk te zijn op 'Het gemak'. Een paar hoofden draaien zich in mijn richting en een roodharige vrouw in een smaragdgroene jurk kijkt ronduit hatelijk. Het gezegde, als blikken konden doden, komt in me op. Zou het haar normale reactie op andere vrouwen zijn, of kent ze Anoek misschien? Het volgende moment draait ze zich om en stormt een vrijgekomen toilethokje in.

'Goedenavond,' zeg ik tegen de rest van de aanwezige vrouwen. Ik besluit het goede voorbeeld te geven, zoals mijn moeder het me heeft geleerd. Hier en daar wordt mijn begroeting mompelend beantwoord waarna men weer verder gaat met het kapsel controleren en make-up bij te werken. Eén vrouw schijnt haar beha te zijn verloren in haar jurk. Jeetje, ze heeft haar halve arm in de voorkant van haar jurk zitten. Je zou toch denken dat ze zoiets beter op het toilet kan doen? Ik schud mijn hoofd en loop naar de toilethokjes die allemaal bezet blijken te zijn.

'Wat een mooie jurk heeft u aan,' zeg ik tegen een bejaarde dame die een jurk in de stijl van *Sissy* draagt. Ik vraag me af of ze er een hoepelrok onder draagt.

'Dank je, lieve kind,' zegt ze zo deftig dat ik de neiging krijg een reverence voor haar te maken. 'Mag ik jou hetzelfde compliment maken? Jij ziet er werkelijk beeldig uit. Die japon, beeldschoon.' Waarschijnlijk zou ik haar hand hebben gekust als ze die naar me uit had gestoken. Ik bedank haar en kijk haar na als ze het toilet uitschrijdt.

Er komt een toilet vrij, maar niemand maakt aanstalten. Eenmaal, andermaal... Nee? Verkocht!

Nadat ik mijn handen heb gewassen en ze onder zo`n irritant, heet luchtstroompje heb gedroogd, loop ik naar de grote spiegel die de hele muur beslaat, aan de tegenovergelegen muur. Ik pak een handvol tissues uit de grote doos die op de langwerpige tafel staat en droog mijn handen nog een keer na. Zo! Even kijken of er nog iets bijgewerkt moet worden en dan zal ik echt weer naar buiten moeten voor Nick besluit me te komen halen. Geen lippenstift meer te bekennen. Gek, hè? Mijn god, ik ben nog nooit zo vaak gekust als in het afgelopen anderhalf uur. En dan te bedenken dat ik nog een paar uur moet.

Als ik het toilet uitkom, staat Nick met beide handen in de zakken van zijn broek tegen de muur geleund. 'Sorry, het was erg druk binnen.'

'Ik vraag me toch iedere keer weer af wat jullie daar in godsnaam allemaal uitspoken. Verkleden jullie je daar soms?'

'Ook! En nog veel meer geheimzinnige dingen. Maar dat kan ik je niet vertellen. Het is een ongeschreven wet. Je weet wel, vrouwen onder elkaar en zo.'

Nick lacht. 'Jullie variatie van een herenclub dus.' Hij zet zich af tegen de muur en pakt mijn hand. 'Heb ik al gezegd dat je er beeldschoon uitziet vanavond?'

Zijn lippen op de binnenkant van mijn pols doen deze keer vreemde dingen met mijn knieën.

'Weet ik niet meer.' En dat meen ik echt want mijn hoofd is compleet leeg.

'En ik maar denken dat ik indruk op je heb gemaakt,' zegt hij. 'Nou, dan zeg ik het nog een keer in de hoop dat je het deze keer niet vergeet. Anoek?'

'Ja Nick?'

'Je ziet er beeldschoon uit.'

'Dank je Nick, jij ook.'

'Dat kun je niet tegen een man zeggen.' Lachend verstrengelt hij zijn vingers met de mijne.

Misschien niet, maar zo denk ik er wel over.

'Kom schat, het feest is in volle gang. Ik wil met je dansen.'

Zijn duim streelt de muis van mijn hand als hij me dwars door de grote ontvangsthal in de richting van een enorme houten deur neemt. Aan weerszijden staan wachters, die op het moment dat we er bijna zijn de deuren met een zwierig gebaar voor ons opentrekken.

Ik heb de neiging op mijn tenen te gaan lopen als het geklik van mijn hakken door de stenen ruimte galmt. Hand in hand lopen we door de gang waar aan weerskanten prachtige schilderijen, afgewisseld met enorme spiegels met vergulde lijsten, aan de muur hangen. Eind zeventiende, begin achttiende eeuw, meen ik. Het zijn allemaal portretten van streng kijkende mannen en hooghartig ogende vrouwen. Bij een enorm, glanzend harnas met volledige wapenuitrusting blijft Nick even staan.

'Die kerels moeten volgens mij een paar spieren hebben gehad van heb ik jou daar om dat gevaarte te kunnen dragen. En dat zwaard zal ook wel een paar kilo wegen.'

'Néé, niet doen,' roep ik als hij zijn hand ernaar uitsteekt. Ik trek hem achteruit. 'Straks gaat er een alarm af of zoiets.'

'Zou je denken?' vraagt Nick met een blik die me doet besluiten hem er helemaal bij vandaan te trekken.

'Volgens mij was jij als kind zo'n jongetje dat altijd belletje trok. Of die in een museum altijd even tegen de vitrines moest stoten?'

'En jij was zeker zo'n meisje die dat soort dingen nooit deed?'

'Ach, An...ita en ik, dat was mijn beste vriendin,' verzin ik ter plekke, 'deden dat ook wel eens. En soms nog ergere dingen.'

'Oh ja? Vertel,' zegt Nick met een geïnteresseerde blik.

'Nu niet! Je wilde toch met me dansen?'

'Ja, om te beginnen,' zegt hij. 'Daarna wil ik met je praten, eten, weer met je dansen, misschien zelfs een beetje...'

'Ja, ja, loop nou maar door, praatjesmaker.' Ik trek hem aan zijn hand mee.

Als we de dubbele houten deur aan de andere kant van de gang bijna hebben bereikt, wordt die door twee behulpzame mannen in klederdracht met een zwierig gebaar opengetrokken. Meteen komt de muziek ons tegemoet. Ik hoor het al; geen dj op dit feest!

Uit het niets duikt er een lange magere man met een oorkonde in zijn hand voor ons op.

'Goedenavond meneer, mevrouw. Zou ik uw naam mogen weten?'

'Tjonge, ze zijn hier wel streng, hè?' zeg ik zacht tegen Nick terwijl de man de lijst afzoekt.

'Ja, maar dat moet ook wel. Er loopt hier voor een paar centen rond,' is Nicks antwoord.

Ja, dat had ik al gezien.

'U mag doorlopen, maar ik zou u willen verzoeken bij de trap te wachten,' zegt de lange man als hij er kennelijk van overtuigd is dat wij het recht hebben hier te zijn.

'Laat me raden. Daar worden we gefouilleerd? Of zouden daar de poortjes staan die afgaan als je iets van metaal op je lichaam hebt?' vraag ik, naar Nick opkijkend. 'In dat geval wil ik je even laten weten dat áls het alarm afgaat, je niet hoeft te schrikken. Ik heb mijn wapens vanavond thuisgelaten. Geen plaats meer in deze jurk. Maar als het alarm toch afgaat, zijn het echt de baleinen in mijn jurk.'

Nick zegt dat hij er zo goed als zeker van is dat we niet gefouilleerd zullen worden. 'En jij zeker niet! Géén vreemde mannen aan jouw lijf,' zegt hij met twinkelende ogen.

Op het moment dat Nick me meeneemt naar de marmeren trap die in een bocht uitkomt in een enorme balzaal met grote fonkelende kroonluchters die in de glanzende houten vloer onder ons worden weerkaatst, breekt het zweet me uit. Oh god, we moeten naar beneden. Ik word al duizelig bij de gedachte en omklem zijn vingers alsof mijn leven ervan afhangt.

'Wat is er Anoek? Anoek? Voel je je niet lekker?' Hij legt zijn hand tegen mijn wang en kijkt me bezorgd aan.

'D-die trap.' Ik weet dat ik fluister. Ik doe het niet met opzet, maar ik sta te trillen op mijn benen.

'Die trap?' vraagt Nick en buigt zich dichter naar me toe. 'Wat is daarmee?'

'Ik weet niet of me dat gaat lukken.' Ik heb... Is er geen lift?'

Nick fronst zijn voorhoofd. 'Je hebt hoogtevrees! Dat wist ik niet.'

Waarom hij me zo geschokt aankijkt, weet ik niet. Hoe had hij dat nou moeten weten? Anoek heeft het nog nooit over me... Oh, oké, ik vergat even dat hij denkt dat ik Anoek ben. Die houdt ervan om uit vliegtuigen te springen.

'M-misschien ben ik dat vergeten te vertellen,' probeer ik me eruit te redden.

'Ja! Of, misschien heb ik niet goed geluisterd,' zegt Nick zo opgelucht dat ik hem fronsend aankijk. Hij strijkt met zijn vinger over mijn voorhoofd en zegt dat ik niet moet fronsen. 'Daar krijg je rimpels van.'

Ik schrik me rot als er achter ons hard op een gong wordt geslagen. Met grote ogen kijk ik naar Nick die daarop alleen zijn wenkbrauwen optrekt. Ik geloof niet dat ik me ooit eerder zo opgelaten heb gevoeld als op het moment dat onze namen worden omgeroepen. Zowat alle ogen van de mensen die zich beneden in de balzaal bevinden, zijn op ons gericht.

'Kom, Anoek, er heeft zich een file achter ons gevormd.' Nick trekt mijn arm onder die van hem door en tilt mijn gezicht met zijn vinger onder mijn kin naar hem op. Als ik me niet zo had geschaamd en niet zo bang voor die indrukwekkende trap was geweest, zou ik ontroerd zijn geweest door zijn kus op het puntje van mijn neus. Ik sluit mijn ogen en vermoed dat hij in de veronderstelling is dat ik het doe omdat ik bang ben. Maar ik doe het omdat ik me werkelijk kapot geneer. Iedereen kijkt naar ons. Ik weet zeker dat ik van de trap val en deze avond nog rampzaliger verloopt dan ik had kunnen vermoeden. Nou ja, een ding is dan zeker. Ik hoef dan in ieder geval geen migraine meer voor te wenden. De hersenschudding en de gebroken botten zullen voldoende zijn om Nick de rest van het weekend op een afstand te houden.

Hij slaat zijn armen om mijn middel en trekt me nog iets dichter naar zich toe. 'Anoek, kijk me eens aan, doe je ogen eens open. Ik laat je niet vallen, hou je maar aan mij vast. Oké?'

'J-ja, oké,' lukt me te zeggen.

'Gewoon naar mij blijven kijken, voetje voor voetje. Goed zo,' zegt hij terwijl we langzaam de trap af lopen. 'Niet naar beneden kijken.' Hij verstevigt zijn greep om mijn middel als ik wankel. 'Als ik niet geweten had dat je hoogtevrees had, zou ik gedacht hebben dat er sterke drank werd geschonken op het damestoilet.'

Ik wil net zeggen dat ik niet drink als ik bedenk dat Anoek dat wel doet. Dat had ze vroeger in ieder geval wel gedaan en stevig ook. Het was menig keer voorgekomen dat ze dronken thuis was gekomen, tot grote woede van onze ouders. Oh god, weer iets waar Anoek en ik niet bij stil hebben gestaan. Ik hoop niet dat ik daardoor in de problemen kom. Ik kan niet zo goed tegen drank, ik word er nogal aanhalerig van.

'Zo en nu even buigen voor ons publiek,' zegt Nick met een knipoog naar mij en maakt een zwierige buiging die een edelman in de middeleeuwen niet zou hebben misstaan. Als de gong opnieuw gaat en de heer en mevrouw Maasland worden aangekondigd draaien Nick en ik ons tegelijkertijd om.

'Lieve hemel, wat een gedoe.'

'Ja, heel apart,' is Nick het met me eens. 'Ik denk dat iedereen daarom werd verzocht om niet later dan acht uur te verschijnen.'

'Hoezo? Gaat de deur daarna op slot? Ik denk dat er door het slechte weer ook na achten nog wel mensen zullen verschijnen.'

'Ik hoop het niet. Ik vind het niet zo geslaagd om me de hele avond wezenloos te schrikken van die gong,' zegt Nick. 'Kom schat, dan gaan we iets voor de schrik halen.' Met zijn arm om mijn heup loodst hij me door de mensenmassa heen. We hebben amper drie stappen gezet of hij wordt al staande gehouden.

'Hé Nick, wat leuk jou... Het is toch Nick?' vraagt de ietwat gezette roodharige man aarzelend.

'Ja! Hallo Staartjes, tijd niet gezien,' zegt Nick op dusdanige toon dat ik me afvraag of hij de man soms misschien niet mag. 'Anoek, Staartjes!'

Ik vertik het om iemand bij zijn achternaam te noemen en vraag of Staartjes zijn achternaam is, of, met een blik op zijn korte haar, een bijnaam aan een ver verleden.

Staartjes schiet in de lach en zegt dat hij tot nu toe iedereen heeft moeten vermoorden die achter die informatie is gekomen. 'Maar het waren dan ook nooit zulke beeldschone dames zoals jij,' zegt hij met een blik waarvan ik niets anders kan doen dan blozen. 'Jij, en jij alleen mag me Michel noemen.'

'Ik voel me diep vereerd.' Ik steek mijn hand naar hem uit. 'Hallo Michel, leuk je te ontmoeten.'

'Tjongejonge,' mompelt Nick als Michel in plaats van mijn hand te schudden zijn hoofd buigt en een kus op de rug van mijn hand drukt. Als hij weer overeind komt blijven zijn ogen een moment op mijn decolleté rusten voor hij me aankijkt. Hij bloost zo dat ik medelijden met hem heb.

'Het spijt me,' zegt hij, 'maar ik heb werkelijk nog nooit ... Die jurk is werkelijk...'

'Spectaculair?' doet Nick behulpzaam een duit in het zakje.

'Eh ja,' stamelt Michel. 'Prachtig, net zoals de inhoud.' Verschrikt kijkt hij me aan. 'Ik bedoelde niet dat... Ik had het niet over...'

'Staartjes! Als ik jou was zou ik er geen woord meer over zeggen. Je graaft jezelf steeds dieper in,' zegt Nick met een grijns.

Michel volgt bijna opgelucht zijn voorbeeld als ik ook begin te lachen.

Ik bedenk dat hij best aantrekkelijk zou zijn als zijn gezicht iets minder pafferig was.

'Heb je gehoord wat ze die ouwe Toon Kortmans hebben geflikt?' steekt Michel opeens op verontwaardigde toon van wal. Die vraag blijkt gelukkig voor Nick bedoeld te zijn.

'Nee, vertel,' zegt deze terwijl hij zonder me aan te kijken mijn hand pakt en met zijn duim de binnenkant van mijn pols streelt. Ik probeer net te doen of het me niets doet, terwijl hij antwoord geeft op de vragen van Michel. Mijn tepels doet het wel degelijk iets, en wel zoveel dat het me compleet ontgaat wat er met die oude meneer Kortmans is gebeurd.

'Warner? Ben jij het?' roept een kleine gespierde man, type gewichtheffer, terwijl hij nog zo'n twee meter bij ons vandaan is.

Ik voel Nick verstrakken. Oké, de man ziet er uit alsof hij een telefoonboek met zijn tanden uit elkaar kan trekken. Maar dat is geen reden om te verstijven en mijn pols bijna fijn te knijpen. Ik klop hem bemoedigend op zijn hand.

'Ja, ik ben het,' zegt Nick met een diepe zucht.

'Téring man, ik dacht even dat...'

'Nee, ik ben het echt. Nick!' Hij klinkt een beetje geïrriteerd.

'Misschien heeft hij onze aankondiging gemist,' zeg ik zacht. 'Weet je? Het was misschien ook een goed idee geweest als er naamplaatjes bij de ingang waren uitgedeeld.'

'Ja, daar zeg je wat,' mompelt Nick. 'Ik zal het de volgende keer voorstellen.'

'Over voorstellen gesproken. Wat denk je ervan, Warner?' vraagt de kleine man met een schalkse knipoog naar mij.

'Anoek, deze druktemaker is Marco Kaptein. Hij wordt door iedereen Kaptein genoemd,' stelt Nick me aan de nieuwkomer voor.

Staartjes, Warner en nu ook Kapitein? Wat is dit? Een geheim genootschap waar alleen achternamen genoemd mogen worden? Hm, Napoleon zou misschien een betere naam zijn geweest, schiet het door mijn hoofd. De man is zo klein dat hij recht tegen mijn decolleté aankijkt. Ik moet toegeven dat hij na de eerste snelle blik, zijn ogen keurig netjes op mijn gezicht gericht houdt. Aan de andere kant verdenk ik Nick ervan dat hij de man waarschuwend heeft aangekeken.

'Als ik jou was, zou ik een stap naar achteren doen,' zegt Nick. 'Als je zo dicht bij haar blijft staan, krijg je nog een stijve...'

'Nick!' Ik geef hem een por met mijn elleboog.

'Nek, schat. Ik wilde nek zeggen,' zegt Nick.

Zowel Michel als Marco schieten in de lach.

'Kapitein, ik zweer je dat jij iedere keer breder bent geworden als ik je weer zie,' zegt Michel. 'Je bent bijna net zo breed als je lang... eh klein bent. Nog even en we kunnen je als dobbelsteen gebruiken.'

'Gek, hè? Dat dacht ik nou ook toen ik jou zag. Nog even en ze vragen je als mascotte bij *Michelin*,' kaatst Marco de bal moeiteloos terug.

Goh, en ik maar denken dat er geen botter persoon bestaat dan Anoek. Michel slaat lachend op zijn buik en zegt dat de vrouwen er gek op zijn. 'Help eens, Anoek.'

'Eh, ja, ik vind een man met *lovehandles* wel iets hebben.'

'Ben ik even blij dat ik er in ieder geval één heb,' zegt Nick zacht.

'Ja, dat is dus Nick Warner! Geen twijfel mogelijk,' grinnikt Marco. Als ik de ondeugende grijns zie waarmee Nick me aankijkt, doe ik een stap opzij.

'Weet je dat je werkelijk verrukkelijk bent als je boos naar me kijkt?' zegt Nick met zijn lippen tegen mijn oor en zijn arm nog steviger om mijn middel.

Wat moet ik daar nou op zeggen? Ik weet het werkelijk niet en besluit er maar het zwijgen toe te doen.

Er ontstaat al snel een heftige discussie tussen de drie mannen. Ik probeer te begrijpen waar het over gaat. Dat is erg moeilijk omdat ik word afgeleid door Nicks hand op mijn buik, terwijl zijn vingers zo nu en dan strelend ter hoogte van mijn navel bewegen. Ik bijt op mijn lip omdat mijn navel nogal gevoelig is en nog harder als het verontrustende gevoel tussen mijn dijen weer terug is. Ik druk mijn hand tegen de zijne om een eind aan de gekmakende streling te maken. Voor zover ik het begrijp hebben ze het ondertussen over het een of ander softwareprogramma. Kennelijk is dat ontzettend onmisbaar en moet ieder, zichzelf respecterend bedrijf dat absoluut hebben. Zo niet, dan kunnen ze net zo goed meteen inpakken.

Ik snap niet alles, maar probeer te begrijpen waar het over gaat. Als je oplet en luistert, is het best interessant. Niet dat ik veel van computers begrijp. Bar weinig zelfs. Ik weet waar de aan- en uitknop zit en een potje patiencen lukt me ook nog wel. Maar dan heb je het wel gehad.

Ik glimlach als ik aan Anoek denk. Die zou zich nu al groen en geel hebben geërgerd en dood hebben verveeld.

Waarschijnlijk zou ze zich excuseren en het op een drinken zetten. Misschien moet ik dat ook doen. Ja, ik ga gewoon wat te drinken halen en dan...

'Anoek, het was me een genoegen,' zegt Michel. 'Ga je mee, Kapitein?

We hebben die twee tortelduifjes al veel te lang aan de praat gehouden.'

'Jezus, ik vroeg me al af wanneer jullie de hint zouden begrijpen,' zegt Nick.

'Doe de groeten aan Luke,' zegt Michel

'Ja, doe dat,' zegt Marco. 'Waarom is Luke er...'

'Zal ik doen,' zegt Nick en sleurt me nogal abrupt bij hen vandaan.

'Nick? Niet zo snel, ik heb hakken aan. Waarom...?'

'Ik heb een borrel nodig,' zegt hij.

Oh mijn god, wat heeft Anoek me nog meer niet verteld?

6

'Heb je toevallig ook bier? Of is er alleen champagne?'

'Nee meneer, ook bier,' antwoordt de barman die net als al het personeel in het kasteel in middeleeuwse kledij is gestoken. Hij somt verschillende merken op tot Nick zijn hand opsteekt.

'Ja, doe die maar.'

'Ik niets, dank u,' is mijn antwoord op de vraag van de man wat ik wil drinken. 'Ik heb nog geen dorst,' zeg ik als Nick me vragend aankijkt. Oh verdorie, ik moet me echt meer op mijn rol concentreren. Anoek zou al aan haar zoveelste glas bezig zijn.

'Kom, daar is een tafeltje vrij,' zegt Nick met een hoofdgebaar naar een leeg tafeltje, een paar meter bij ons vandaan. 'Anoek, het spijt me. Ik zal proberen niet meer over werk te praten,' zegt hij als we naar het tafeltje lopen.

'Je hoeft je nergens voor te verontschuldigen Nick. Ik vond het niet vervelend. Michel en Marco lijken me erg aardig. En ook heel komisch toen ik eenmaal door had dat ze elkaar alleen maar aan het dollen waren. Maar echt, ik vind dat gepraat over computers niet vervelend. Wie weet, word ik nog een biskit als ik goed oplet.'

Nick schiet in de lach. 'Volgens mij bedoel je whizzkid.'

'Joh!' Ik geef hem een duwtje met mijn heup waardoor hij opzij struikelt. 'Wat? Is mijn jurk zonder dat ik het weet naar mijn middel gezakt?' vraag ik als hij me nu wel heel erg vreemd aankijkt.

Ik voel me heerlijk als hij me tegen zich aantrekt. Hij heeft een heerlijke lach. Ach, wat lul ik nou, alles is heerlijk aan die man.

'Nick jongen, daar ben je eindelijk.'

Ik voel hem verstijven. Wat gezien het feit dat de stem zo hard is, dat ik even denk dat de man door een megafoon praat, niet zo heel raar is.

De stem van de onbekende man is trouwens niet het enige harde aan hem. Ik begrijp Nicks reactie wel; het hartelijke klapje is zo hard dat hij naar voren schiet.

'Zo dan, zitten je longen nog op hun plaats?' mompel ik.

Als de 'hartelijke' man mij aankijkt, besluit ik hem voor te zijn.

'Ja, voor u mij ook zo'n enthousiaste begroeting geeft, zal ik mezelf even voorstellen.' Ik stap naar voren en steek mijn hand uit, die ik echter meteen weer terugtrek als ik de omvang van die hand zie. Mijn god, het lijkt wel zo'n honkbalhandschoen. Oké, ik overdrijf een beetje, maar zijn hand is écht groot.

'Zullen we zwaaien? Iets zegt me dat ik mijn hand anders de rest van de avond niet meer kan gebruiken, en ik ...'

De man vindt dat kennelijk zo komisch en begint hard te lachen. En wel zo hard dat ik van schrik een stap naar achteren doe en iets hards voel. Nick! En voor alle duidelijkheid, zijn borst!

'Kijk, dit bedoelde ik. Gewoon met je rug tegen me aan komen staan,' zegt Nick met zijn mond bij mijn oor terwijl hij zijn armen om mijn middel slaat.

'Nick, heb jij Luke vanmiddag nog...'

'Nee! En daar gaan we het nu niet over hebben,' valt Nick de man nogal bot in de rede. 'En aangezien ik jou iedere dag tot vervelens toe zie, ga ik nu met Anoek dansen. Later Ben.'

Nick trekt me mee naar de dansvloer terwijl Bens bulderende lach ons achtervolgt.

'Jeetje, Nick, vond je niet dat je...'

'Nee! Ik ben hier niet gekomen om de hele avond over werk en mijn collega's te praten. Dat doe ik de hele dag al op de zaak. Ik wil nu met je dansen. Daar dacht ik de hele tijd aan toen ik met Staartjes en de Kapitein stond te praten.

'Wie is die Luke waar...'

'Niemand! Niemand waar ik het vanavond over wil hebben,' zegt hij met zo'n grimmige blik dat ik meteen weet dat hij Luke niet mag.

'Het spijt me liefje, maar vanavond wil ik het alleen maar over jou hebben, Ik wil alles van je weten.'

Nou dat zal toch zeker niet.

Nick trekt mijn armen om zijn hals en slaat zijn armen om mijn middel.

'Ja, veel beter idee,' mompelt hij met zijn lippen bij mijn oor.

Ik kan me niet herinneren dat er ooit eerder rillingen van genot door mijn lichaam zijn gegaan door een paar lippen tegen mijn oor. Ik wist niet dat mijn oor zo gevoelig kon zijn. Zou mijn oor misschien één van mijn erogene zones zijn? Joepie, heb ik er eindelijk eentje gevonden.

De band speelt een rustig nummer. Zwijgend dansen we een poosje dicht tegen elkaar aan. Nicks handen strelen mijn blote rug. De gedachte, dat mijn jurk zo laag is dat hij zijn handen er zo in zou kunnen laten glijden, bezorgt me rillingen.

'Koud?' vraagt Nick.

Hij slaat zijn armen nog steviger om me heen. Ik schud mijn hoofd en houd mijn adem in als hij me diep in mijn ogen kijkt.

'Weet je dat ik in je ogen kan zien wat je denkt?' mompelt hij.

Ik voel zijn warme adem op mijn lippen. Als zijn mond weer naar het gevoelige plekje onder mijn oor gaat, klem ik mijn armen nog steviger om zijn nek. Godzijdank is de muziek zo hard dat die mijn kreun overstemt als ik zijn hete adem in mijn oor voel en hij het volgende moment mijn oorlelletje in zijn mond neemt.

'Weet je wel wat je met me doet?' mompelt Nick met zijn lippen tegen mijn slaap.

Als hij verwacht dat ik hier iets op zeg, heeft hij toch mooi pech!

'Allemachtig, dit is me nog nooit eerder... Ik zou je hier en nu ter plekke...'

'Nick!' Geschokt kijk ik hem aan en druk mijn vingers tegen zijn lippen. De grootste fout die ik kon maken besef ik, als hij mijn vingers in zijn mond neemt. Het is ronduit schokkend hoe mijn lichaam op het sensuele gevoel van zijn tong langs mijn vingers reageert.

Als gebiologeerd staar ik naar zijn mond als hij eerst zacht en dan iets harder aan mijn vingers zuigt. Hoe zou het zijn als hij op die manier aan mijn...

'Anoek, in godsnaam,' maakt Nick een eind aan mijn wellustige gedachten. 'Als je niet wilt dat we nu meteen weggaan, raad ik je aan niet meer zo naar me te kijken. Of wil je dat juist wel? Je zegt het maar!'

Verontwaardigd hap ik naar adem. Alsof het verdomme allemaal mijn schuld is. Heb ik hem gevraagd mijn vingers in zijn mond te nemen?

Ben ik degene die hem om de haverklap zoent en mijn tong in zijn oor steek? Waar haalt hij het lef vandaan mij ervan te beschuldigen dat ik... Nou, als hij denkt dat ik gewoon door blijf dansen alsof er niets is gebeurd, heeft hij toch echt de verkeerde voor zich. Oh, oké, dat heeft hij ook, maar dat weet hij niet. Ik probeer me opnieuw uit zijn armen te bevrijden, maar hij laat niet los.

'Niet boos zijn. Het spijt me.'

Het klinkt zo oprecht dat ik hem verbaasd aankijk. Maar als ik de ondeugende blik in zijn ogen zie, probeer ik hem van me af te duwen. Hij slaat zijn armen daarop zo stevig om me heen dat mijn borsten gevaarlijk ver boven mijn decolleté opbollen en ik zeker weet dat de baleinen hun sporen na zullen laten.

'Kom nou, lieverd. Het is je eigen schuld. Je maakt me half gek en de avond is nog maar net begonnen.'

Ik open mijn mond maar bedenk me en besluit Nick de rest van de dans op veilige afstand te houden.

'Heb je een plank ingeslikt?' vraagt hij op een gegeven moment.

'Nee, ik denk dat een plank veel te zwaar op de maag zou liggen. Ik heb vandaag weinig gegeten. Over eten gesproken, ik zou best iets willen eten, als je het niet erg vindt.'

Ik eet altijd als ik kwaad of zenuwachtig ben. Ook als ik het niet ben, moet ik bekennen. Maar vandaag heb ik pech gehad, omdat er op een paar crackertjes na, niets te eten was in Anoeks appartement. Mijn laatste maaltijd was vanmiddag om twaalf uur. Hoe laat begint dat diner eigenlijk?

Ik denk dat Nick me mee van de dansvloer wil nemen als hij mijn hand pakt en me van zich afduwt. Maar hij draait me zo onverwachts in het rond dat ik een gil niet kan onderdrukken. Vervolgens kiept hij me zo ver over zijn arm achterover dat ik vrees dat mijn borsten er dit keer echt uit zullen vliegen.

'Je danst heerlijk,' zegt hij als hij me weer tegen zich aantrekt.

Oh shit, ik moet me meer als Anoek gaan gedragen, anders verpest ik het. Anoek kan wel stijldansen, maar ze houdt er niet van. Dat vindt ze allemaal veel te sloom. Ik niet. Ik hou van alle stijlen en ik ben, zoals ik al eerder zei, de laatste tijd gek van Salsa. Ik kan helemaal uit mijn dak gaan op die heerlijke muziek. Ik bedenk wat ik kan doen om hem af te leiden.

Oh ja, schatje zeggen! Ik kan er maar niet aan wennen. Maar oké, hij is het van Anoek gewend.

'Schatje? Zou je me niet zo aan willen kijken? Ik krijg het er bloedheet van en dat lijkt me in combinatie met mijn lege maag niet slim. Voor je het weet val ik flauw en dan...'

'Vooruit dan maar, 'zucht Nick overdreven diep, 'dan gaan we een snack voor jou zoeken. Het laatste waar ik op zit te wachten is dat je flauw valt of erger nog, dat je ziek wordt.'

Nee, nog niet. Het is nog te vroeg, maar ik neem me voor om na het diner de eerste verschijnselen van een zware migraine te krijgen.

'Wat wil je drinken?' vraagt Nick nadat hij mijn stoel heeft aangeschoven.

Ik open mijn mond om te zeggen dat ik limonade wil, maar bedenk dat Anoek geen limonade zou drinken. Zeker niet op een avond zoals deze.

'Schatje, je weet best wat mijn favoriete drankje is,' bluf ik.

'Ja, natuurlijk... schatje,' grinnikt Nick, 'maar misschien wil je eens een keer iets anders.'

'Nee, laat ik het maar bij mijn favoriete drankje houden. Bacardi met ijs graag.' Op het moment dat ik dat zeg hoop ik dat dit nog steeds Anoeks favoriete drankje is. Opgelucht laat ik mijn adem ontsnappen als Nick zegt dat hij dat voor me gaat halen.

Dit is dus écht de allerlaatste keer dat ik me door mijn zus heb laten overhalen. Godzijdank heeft Nick het nog niet over persoonlijke dingen gehad. Maar ik hou mijn hart vast als hij dat straks opeens gaat doen.

'Oh god, alstublieft, laat hij niets vragen waar ik geen antwoord op weet, 'mompel ik. 'Ik beloof U dat ik me nooit meer...'

'Wil ik weten tegen wie je het hebt?' vraagt Nick die als een duivel uit het doosje naast het tafeltje opduikt.

'Ik was... Ik zong met de muziek mee. Wat ben je snel terug? Kwamen ze je al met het dienblad tegemoet of zo?'

'Ja, voor ik iets kon zeggen hadden ze me het blad al in mijn handen geduwd. En als je ziet wat ze me gegeven hebben... geen rotzooi hoor.'

Hij is komisch en heeft een droge humor waar ik erg van hou.

'Zo heb ik hier een schaaltje met bitterballen...'

'Bitterballen? Je maakt een geintje.'

'Nee, ik ben serieus,' zegt Nick. Hij zet het zilverkleurige schaaltje op de tafel. 'En wat dacht je van gerookte zalm? En... oh, dit is echt lekker. Gegratineerde oesters.'

Ik probeer de rillingen die spontaan over mijn rug lopen bij het woord oesters te negeren als hij het schaaltje voor mijn neus neerzet. Gelukkig weet ik dat Anoek daar net zo van gruwelt als ik. Die hoef ik dus godzijdank niet te eten. De gerookte zalm ziet er heerlijk uit, maar gek genoeg zijn het de bitterballen die me het water in mijn mond doen lopen.

'En verder één favoriet drankje voor jou, en een kop koffie voor mij.'

'Koffie?'

'Ja, de avond is nog jong,' zegt Nick. 'Maar hè, wie heeft er nou alcohol nodig met jou in de buurt?' Hij schuift het schaaltje bitterballen naar me toe.

Ik besluit zijn opmerking te negeren en pak een bitterbal.

'Pas op!' waarschuwt Nick me, 'ze zijn...'

Heet! Gloeiend heet!

Ik verbrand mijn tong en daarna bijna mijn slokdarm als ik het hete hapje in één keer doorslik. Waarom mensen altijd met hun handen wapperen als iets heet is, is me een raadsel. Maar ik doe precies hetzelfde en grijp dan, omdat het natuurlijk totaal niet helpt, naar mijn glas om de brand te blussen. Ik verslik me prompt als ik bijna alleen maar rum proef.

'Mijn god, was de cola op?' piep ik met tranen in mijn ogen.

Nick probeert zich goed te houden. Maar als ik dreigend mijn ogen tot spleetjes knijp en hem een tik op zijn hand geef, pakt hij die vast en barst alsnog in lachen uit. Ik probeer boos naar hem te kijken als hij zich naar me toebuigt.

'Het spijt me, Anoek.'

Ik geef het op als hij me opnieuw kust.

Nick staat erop dat ik alles opeet.

'Sta me toe even voor te controleren of de bitterballen voldoende zijn afgekoeld,' zegt hij als ik een bitterbal pak. Hij pakt de bitterbal uit mijn hand, doet er een beetje mosterd op en stopt hem dan in zijn mond.

'Ja, je mag,' zegt hij als hij zijn mond leeg heeft.

'Je leeft je wel in, hè?'

'Wat bedoel je?' vraagt hij terwijl hij me een bitterbal voorhoudt.

'Voorproeven. Dat deden ze in de middeleeuwen ook.'

'Alles voor *my lady*,' zegt hij met een scheve grijns. Mijn ogen gaan naar het spettertje mosterd in zijn mondhoek.

'Er zit daar...' Ik wijs naar zijn mond maar als ik de uitdagende blik in zijn ogen zie, buig ik me naar hem toe en lik het weg.

'Hm, te pittig voor mij.' Ik pak de bitterbal uit zijn hand als ik zijn ogen naar mijn mond zie gaan en stop hem in mijn mond.

'Weet je dat je zelfs sexy eet? Ja, lach maar, ik meen het,' zegt Nick, wat ik dan ook hartelijk doe. 'Ik heb visioenen van jou waar ik je aardbeien voer. Er komt ook slagroom aan te pas, die we dan...'

'Ik ben allergisch voor slagroom!'

'Nee!' zegt hij met een quasi-teleurgestelde blik. 'Oké,' grijnst hij dan opeens breed, 'dan is alles voor mij en lik ik het van...'

'Nick Warner?' wordt er godzijdank achter me gevraagd. 'Nee, maar, wat leuk jou hier te zien.'

Het is een aantrekkelijke kleine brunette in een knalroze straplessjurk.

'Ga me niet vertellen dat je niet meer weet wie ik ben,' zegt ze met een pruilmondje als Nick haar zwijgend aankijkt.

De blik in zijn ogen zegt me dat hij geen idee heeft wie ze is. Zou hij zoveel vrouwen hebben versleten dat hij ze niet meer uit elkaar kan houden?

'Belinda van Zanten. De zus van Thijs. Twee maanden geleden hebben we elkaar op zijn verjaardag ontmoet en...'

'Ja!' Nick knipt met zijn vingers. 'Hoe is het nou met je? En met Thijs? Is hij hier ook?'

Ik durf er alles onder te verwedden dat hij geen flauw idee heeft wie Belinda is. Goed, eens zien hoe hij zich hier uit redt. Hij werpt me een snelle blik toe die ik met een snel optrekken van mijn wenkbrauwen beantwoord.

Ondertussen gaat Belinda door met een stralende glimlach en zegt: 'Nee, ik ben hier met mijn moeder. Oh jee, mamma blijft dood als ze hoort dat jij hier ook bent.'

De blik in zijn ogen zorgt ervoor dat ik naar mijn glas grijp. Ik probeer wanhopig mijn lach in te houden, maar dat lukt me niet helemaal. Het is heel zacht, maar ik weet dat Nick het toch heeft gehoord als hij zich met een ruk naar me omdraait. Als hij mijn vochtige ogen ziet, draait hij zich direct weer terug naar Belinda. Ik zie dat hij ook moeite heeft niet te gaan lachen.

Ik heb net een slokje van mijn drankje genomen als Nick mompelt: 'Nou dat zou beslist het hoogtepunt van mijn avond zijn.' Ik verslik me prompt!

'Gaat het, Anoek?' vraagt Belinda terwijl ze naast me komt zitten en me behulpzaam op mijn rug klopt. Oh god, ze kent Anoek.

'Ja, het gaat,' zeg ik zachtjes. 'Verkeerde keelgat!'

'Weet je, Anoek, ik ben blij dat ik jou hier ook aantref... Wat natuurlijk logisch is omdat Nick hier ook is,' zegt ze met een knipoog. 'Maar ik heb er nog eens over nagedacht, en ik heb besloten dat ik het ook wil.'

Van schrik knijp ik bijna mijn glas fijn. Het? Oh help, waar heeft ze het over?

'Mag ik het adres waar jij altijd gaat?'

'Het adres?' Ik moet tijd zien te rekken.

'Ja, van die... Je weet wel,' zegt ze met een samenzweerderige blik en knikt er nadrukkelijk bij met haar hoofd. Of misschien is het een zenuwtic, want ze blijft het doen.

Nick zit me uitdagend aan te kijken.

'Anoek,' zegt Belinda opeens een stuk zachter, 'je zou het adres voor me opzoeken waar jij die...'

Ik begrijp dat ze de rest in mijn oor wil fluisteren en bied haar behulpzaam mijn oor. Het enige dat ik in mijn zenuwen versta is haring.

Wil ze het adres van een viszaak? Hoe moet ik nu weten waar Anoek haar vis haalt! Volgens mij houdt ze niet eens van haring. Ik ga altijd naar de viszaak bij mij om de hoek. Hoe heet die straat ook alweer? Ik geloof dat ik een black-out heb, want ik kan zelfs niet meer op de naam komen.

'Anoek? Weet je het al?'

'Eh nee, sorry, Belinda. Ik kan er niet opkomen. Maar misschien weet Nick wel een goede viszaak. Nick?'

'Niet zo een twee drie,' zegt hij met verdacht fonkelende ogen. 'Maar ik ben er redelijk zeker van dat ze in geen enkele viszaak ontharen. Heeft te maken met de warenwet en zo... Erg onhygiënisch!'

Belinda schatert het uit.

Als ik me niet zo zou generen, zou ik beslist ook in een deuk liggen.

'Gekkie!' zegt Belinda met een tikje op mijn hand, 'je zou me toch het adres van jouw schoonheidspecialiste geven? Ik wil ook zo'n... je weet wel.' Daar gaat haar hoofd weer. Op hetzelfde moment realiseer ik me dat het geen tic is, maar Belinda's 'tactische' verwijzing naar mijn schaamstreek! Ze buigt zich weer naar me toe en nog voor ze het heeft gefluisterd, weet ik al wat ze van me wil, of liever van Anoek.

'Ik wil net zo'n *Brasilian Wax* als jij, Anoek.'

Mijn god, heeft Anoek de hare soms op dat verjaardagsfeest laten zien? Mijn ogen vliegen naar Nick die me met zijn armen over elkaar geslagen aan zit te kijken. Ik weet de drang om hem een schop tegen zijn schenen te geven met moeite te onderdrukken.

'Ik ga daar niet meer. Te ruw, stelletje slagers zijn het daar,' gooi ik eruit.

'Echt waar?' vraagt Belinda met een geschokt gezicht. 'Waar ga jij dan nu?'

'Ja, vertel eens Anoek, waar laat jij tegenwoordig...' Nick kreunt als ik hem onder tafel alsnog tegen zijn scheen schop.

'Nergens meer!'

'Nergens meer?' herhaalt Belinda geschokt, 'maar dat is...'

'Belinda! Daar ben je,' komt een onbekende vrouwenstem me godzijdank te hulp.

Ik draai me om en zie een oudere versie van Belinda op ons afkomen.

'Kind, ik heb me een ongeluk... Nee maar,' zegt ze met een verrukte blik naar Nick die van kleur verschiet. 'Nick, lieve jongen, wat leuk jou hier aan te treffen.'

Nick komt beleefd overeind en laat zich in een warme, ferme, omhelzing nemen. Moet ik hem te hulp schieten als ze hem niet los wil laten? Oh, Belinda doet het al. Ik twijfel even of ik zal blijven zitten. Nee, veel te gevaarlijk. Een gesprek met twee mensen die Anoek allebei kennen? Nee, dat durf het niet aan, hoe spijtig ik het ook vind om Nicks verdere reactie op Belinda's moeder te moeten missen.

'Als jullie me even willen excuseren,' zeg ik terwijl ik er als een speer vandoor ga. Ik ben een paar meter verder als ik me toch niet kan beheersen. Had ik dat maar wel gedaan, want de blik in Nicks ogen, als ik een blik over mijn schouders werp, is werkelijk... 'Oh shit!.'

Nick staat me met mijn nog halfvolle glas *Bacardi* op te wachten als ik de balzaal weer in loop.

'Mag ik hopen dat je het, gezien de haast waarmee je je uit de voeten maakte, hebt gered?' vraagt hij.

'Dat mag.'

'Gelukkig maar,' grinnikt hij. 'Hier, ik heb je drankje meegenomen. Je hebt er nog amper van gedronken.'

'Hoe voorkomend van je,' zeg ik en pak het glas van hem aan.

'Zullen we weer een poging doen om ongestoord een gesprek te voeren?' vraagt Nick.

Eigenlijk heb ik liever zo min mogelijk gesprekken met hem. Zeker de ongestoorde gesprekken maken me bang, maar het alternatief jaagt me nog veel meer angst aan. Hij kust me al zoveel. Alhoewel, ik moet toegeven dat het zowaar al ruim een kwartier geleden is dat hij dat voor het laatst heeft gedaan.

'Hoe laat begint het diner eigenlijk? Om middernacht?' vraag ik als we dit keer op een U-vormige bank plaatsnemen die om een tafeltje heen staat.

Voor zover Nick het heeft begrepen, begint het diner om negen uur.

'Jeetje, als ik dat had geweten, was ik van tevoren nog even bij de Chinees binnengewipt.'

'Nog steeds honger?' vraagt hij.

'Nick, als je had opgelet zou je weten dat ik amper een twee bitter-ballen op had toen Belinda en haar moeder aanschoven.' Ik pak mijn glas en neem een slok. Jakkes! Wat is dit vies. Ik kan met geen moge-lijkheid zeggen dat ik die *Bacardi* nou zo lekker vind. Ik hou helemaal niet van rum.

'Hoe komt het dat je zo slank bent? Je blijft het maar over eten hebben,' vraagt Nick op een gegeven moment.

'Snelle spijsvertering en een paar keer in de week ba...alsketballen.' Geschokt doe ik opnieuw een greep naar mijn glas. Nou in dit tempo heb ik hem zo leeg. Waar is die ober?

'Baalsketballen? Is dat een nieuwe sport?' vraagt Nick met een serieus gezicht. 'Of bedoel je gewoon basketballen? Als dat zo is, kunnen we misschien morgen een partijtje doen. Ik ben gek op basketballen.'

Hij kijkt er zo serieus bij dat ik niet zou kunnen zeggen of hij een grap-je maakt of niet. Nou ja, daar hoef ik me niet druk om te maken omdat ik hem na vanavond toch nooit meer zie. Ik probeer het nare gevoel dat die gedachte teweegbrengt, te negeren en drink de rest van mijn glas leeg. Tot mijn enorme opluchting vraagt hij me geen enkele keer iets wat alleen Anoek kan weten. Hij heeft me ook zeker al een half uur niet gekust. Niet dat ik het bijhoud, hoor. Je zou er bijna ontwenningsverschijnselen van krijgen.

'Wil je nog iets drinken?' vraagt Nick met een knikje naar mijn lege glas.

'Eh... ja, graag.'

'Hetzelfde?' Hij wenkt een ober.

Het liefst had ik nee gezegd. Ik aarzel net iets te lang en hoor hoe Nick nog een *Bacardi* en een spaatje bestelt. Ik mag in ieder geval blij zijn dat er in ieder geval iemand zijn hoofd erbij houdt. Ik zucht. Te hard want Hij vraagt meteen wat eraan scheelt.

'Niets, ik zucht van de honger.'

Met een scheve grijns staat Nick op en zegt dat hij zo terug is. Kreunend laat ik mijn hoofd in mijn handen vallen als hij met grote passen wegloopt. God, ik ben een wrak tegen de tijd dat ik die migraine-aanval moet krijgen. Een drónken wrak wel te verstaan!

De minisandwiches waar Nick mee terugkomt, zien er heerlijk uit. Maar op de een of andere manier proef ik er niet veel van omdat de zenuwen me steeds meer parten gaan spelen. Ik moet wel toegeven dat het tweede glas *Bacardi* al iets beter smaakt.

'Oh, dit is een lekker liedje,' zeg ik als ik de beginklanken van een vlot nummer van Whitney Houston hoor. 'Die band is echt goed, en de zangeres ook. Vind je ook niet?'

'Ja, buitengewoon,' grinnikt hij.

'Kom, Nick, ik wil met je dansen.'

'Hierop? Het is een tijd geleden dat ik in de disco ben geweest,' zegt hij als ik hem bij zijn hand pak en overeind trek.

'Oh jee,' lach ik als ik tegen hem aan wankel.

Nick slaat onmiddellijk zijn arm om mijn middel. 'Gaat het?' vraagt hij en stapt lachend opzij als ik in zijn zij knijp.

'Dat komt dus niet door de alcohol. Ik verstap me! En ja, het gaat prima. Kom, schat.' Ik pak zijn hand en trek hem achter me aan de dansvloer op.

Het mag dan misschien een tijd geleden zijn, hij is het zeker niet verleerd. Hij danst dan weliswaar niet zo uitbundig als Raf, maar wel lekker en met zijn gevoel voor ritme is ook niets mis. Op een gegeven moment trekt hij me in zijn armen en is het alsof we geoefend hebben. Iedere beweging die ik maak, weet hij te volgen. Of is het andersom en volg ik hem?

'Je bent gek op dansen, hè?' vraagt hij op een gegeven moment.

'Ja,' zeg ik eerlijk, 'jij ook?'

'Vanaf vanavond wel. Oh, en dit is mijn favoriet,' zegt Nick als de band een langzaam nummer inzet.

'Oh? Wie zijn dat dan?'

'Geen idee, maar ik had het over het trage tempo,' zegt hij en trekt me dicht tegen zich aan.

Ik sluit mijn ogen en geef me over aan de muziek. Ik druk mijn neus tegen zijn keel. 'Weet je dat je echt heel lekker ruikt? En je smaakt nog lekkerder.'

'Pardon?' vraagt hij. Hij doet zijn hoofd iets naar achteren om me aan te kunnen kijken.

'Je smaakt naar toffee.' Oh, waarom zeg ik dat nou?

'Ja, daar ben ik gek op.' Hij haalt een toffee uit zijn zak. 'Delen?'

'Nee, neem jij hem maar, dan mag je me daarna weer zoenen.' Hij gaat lekker, Sas! Hoe haal ik het in mijn hoofd? Geen *Bacardi's* meer!

'Nick? Wil je een keer voor me poseren?' Ja, dat is een goede afleiding... Tjonge! Géén druppel meer!

'Als in schilderijen?' vraagt Nick verbaasd. 'Daar heeft...'.

'Eh, ja, dat doe ik sinds kort. Het stelt niet veel voor hoor. Ik ben nog niet... Je doet het met opzet, hè?'

'Wat?' vraagt Nick.

'Zo naar me lachen dat ik er pijn van in mijn buik krijg en je het liefst...' Wat zei ik? Geen druppel alcohol! De héle avond niet meer! Ik word er loslippig van.

'Niet meer dan jij,' zegt hij met een blik in zijn ogen waarvan ik de betekenis inmiddels weet.

Oh hemel, en daar gaan we weer. 't Is een kleine troost te weten dat ik niet de enige ben met losse lippen.

7

Als de gong gaat, draai ik me automatisch om naar de trap omdat ik denk dat er toch nog laatkomers zijn gearriveerd. Het blijkt echter de aankondiging voor het diner te zijn. Op formele toon worden de gasten verzocht naar de eetzaal te gaan. Ik ben opnieuw diep onder de indruk als ik zie wat ze met die zaal hebben gedaan.

Aan de muren hangen wandtapijten met middeleeuwse taferelen van ridders en draken. Brandende toortsen zorgen voor een sfeervolle verlichting die aangevuld wordt door zesarmige, zilveren kandelaars die op de prachtig gedekte ronde tafels staan. De tafels bieden elk plaats aan zes personen. Ze staan in een cirkel om een reusachtige open haard, waar op een spit een enorm stuk vlees boven het vuur hangt. De heerlijke geur van het gebraden vlees herinnert mijn maag, die er spontaan van gaat rommelen, eraan dat het nu toch de hoogste tijd wordt dat hij fatsoenlijk gevuld gaat worden. Al was ik er niet rouwig om geweest als ze de kop met de appel in de bek weg hadden gelaten. Ik vraag me af hoelang van tevoren ze het zwijn, of varken, dat zou ook kunnen, in de keuken hebben bereid voordat ze het boven het spit hebben gehangen. Ik kan me niet voorstellen dat ze dat vlees echt op de middeleeuwse wijze boven dat vuur hebben gebraden. Maar hoe dan ook, ik vind het een prachtige omlijsting van het middeleeuwse thema. Eigenlijk hadden de gasten ook in middeleeuws kostuum gekleed moeten zijn. Niet dat ze er niet stuk voor stuk prachtig uitzien. Maar dat had ik gedaan als ik dit feest had georganiseerd.

Bij de eerste klanken van de werkelijk prachtige gitaarmuziek, draai ik mijn hoofd om. Er zitten drie gitaristen, allen in het zwart, op een kleine verhoging in de verste hoek van de zaal. Het doet een beetje Spaans aan. Ik zou niet verbaasd opkijken als er straks een flamenco-danseres tevoorschijn komt. Die waren er in de middeleeuwen immers ook al.

Aan onze tafel komen nog twee andere stellen zitten. Nee, hè? De roodharige vrouw die me eerder op de avond op het toilet zo hatelijk aankeek, zit ook aan onze tafel. Tot mijn verbazing kijkt ze weer zo als Ben, de man met de harde stem én Nicks compagnon, haar aan mij voorstelt als zijn vrouw Marian. Ze is een stuk jonger dan Ben. Ik schat haar van Nicks leeftijd, die volgens Anoek vorige maand eenendertig is geworden. Het andere stel is een ouder echtpaar van een jaar of zestig dat zichzelf voorstelt als Albert en Merel Poortvliet. Gezeten tussen Nick en Ben, vraag ik me af waarom Marian zo'n hekel aan mijn zus heeft. Ze doet haar best me te negeren, wat me goed uitkomt. Ik maak van de gelegenheid gebruik om haar eens beter te bekijken en ik kan niet anders zeggen dan dat ze mooi is.

Anoek zou helemaal weg zijn van het koperrode haar dat in grove krullen tot op haar schouders valt. De prachtige smaragdgroene jurk doet haar groene ogen nog groener lijken.

Het is bij Marian trouwens ook overduidelijk dat ze geen beha draagt, terwijl de haltersluiting van haar jurk zich daar prima voor leent. Het zou haar figuur veel beter doen uitkomen. Plus dat ze dan geen risico zou lopen dat haar borsten er ieder moment uit kunnen floepen als ze zo met haar armen op de tafel blijft leunen omdat de jurk aan de zijkanten nogal laag is uitgesneden. Ik weet niet of ik serieus kan blijven kijken als dat gebeurt. Ik hoop maar dat Albert Poortvliet die naast haar zit een sterk hart heeft.

We hebben net iets te drinken besteld als Nick vraagt of ik er bezwaar tegen heb dat hij me heel even alleen laat.

'Ik zie iemand die ik al heel lang niet heb gesproken.'

'Nee, natuurlijk niet.'

'Geen dingen doen die ik ook niet zou doen,' fluistert hij in mijn oor. Nadat hij een kus op mijn schouder heeft gedrukt, excuseert hij zich bij onze tafelgenoten, en loopt dan weg.

Hoe moet ik weten welke dingen hij niet doet? Laat ik het in dat geval maar op safe spelen en me op Merel en Albert te concentreren. Voor zover ik heb begrepen, kennen zij Anoek niet. Van Ben weet ik het niet zeker. Hopelijk is Marian zo jaloers dat ze het niet zal toestaan dat haar man zich te veel met mij bemoeit. Ik heb het nog niet gedacht of Ben begint tegen me te praten.

'Alles goed, meissie?'

'Ja, hoor,' zeg ik zelfverzekerder dan ik me voel.

'Je wilt me zeker niet vertellen wat die brutale vlerk in je oor fluisterde?'

'Dat ik geen dingen mocht doen die hij ook niet zou doen.'

'Nou gezien zijn acties op de dansvloer vraag ik me af of die er nog wel zijn,' zegt Ben tot mijn ontzetting.

Oh mijn god, en ik maar denken dat het niemand was opgevallen.

Merel lacht me vriendelijk toe. 'Geeft niets hoor, jullie zijn overduidelijk verliefd en...'

Het gesnuif van Marian maakt een eind aan wat ze nog meer wil zeggen. Ik frons als Marian me een vuile blik toewerpt. Op het moment dat ik er iets van wil zeggen, draait ze zich naar Merel en vraagt wat de reden van hun aanwezigheid op dit gala is.

Merel lijkt even uit het veld geslagen maar als ze iets wil zeggen, richt Marian zich al weer tot Albert.

'Heb jij ook een eigen bedrijf?' vraagt ze onbeschoft.

Ik knijp mijn ogen tot spleetjes als ik haar Albert, de man die qua leeftijd haar vader zou kunnen zijn, hoor aanspreken alsof hij bij haar in de klas heeft gezeten. Het overkomt me maar zelden dat ik vanaf het eerste moment een antipathie tegen iemand heb, maar Marian heeft het echter voor elkaar. Merel kijkt me aan en haalt haar schouders op. Ik ken Merel natuurlijk niet, maar het lijkt me een schat. Als het meisje met de drankjes verschijnt, bedankt ze haar met een lieve glimlach.

Het kostuum van ons 'dienstertje' bestaat uit een witte bloes met ruches en korte pofmouwtjes die haar schouders en de aanzet van haar borsten bloot laten. Daaroverheen draagt ze een mosgroen keurslijfje en een enkellange zwarte fluwelen rok. Ik ben nieuwsgierig naar haar schoenen en krijg de kans als ze mijn glas voor me neerzet. Het zijn zwarte platte leren schoentjes met satijnen linten die ze kruislings om haar enkels heeft geknoopt. Ze lijken een beetje op mijn laatste aanwinst. Alleen zijn die helemaal van leer, inclusief de bandjes en zit er een hoge sleehak onder.

'Heb je het een beetje naar je zin?' vraagt Ben onverwachts.

'Ja, heel erg.' Tot mijn verbazing meen ik het ook echt ondanks het feit dat er iemand twee stoelen bij me vandaan zit die Anoeks bloed wel kan drinken. Ik weiger te geloven dat het iets is wat ik heb gedaan of gezegd. Ik ken de vrouw amper. Dat wil ik ook graag zo houden!

'Dat vorige diner in Driebergen vond je maar niets, hè?' gaat Ben verder.

Shit, shit, shit! Hij heeft Anoek dus al eerder ontmoet. Ik probeer tijd te winnen en tegelijkertijd te bedenken wat ik moet zeggen door mijn glas te pakken. Tegen de tijd dat ik mijn glas leeg heb, weet ik het nog steeds niet. Wat ik wel weet is dat ik opeens erg draaierig ben. Ik dacht dat er niet zoveel alcohol in rode wijn zat. Had ik dan toch de witte moeten nemen?

'Zo dan!' zegt Ben. 'Je mag er dan tenger uitzien maar je drinkt volgens mij een volwassen vent onder de tafel!' Hij buldert van het lachen.

Godzijdank. Hij is er in ieder geval van overtuigd dat ik Anoek ben. Ik hoop alleen dat ik straks nog kan lopen.

Ben schijnt me wel te mogen. Het gevoel is wederzijds en we raken in gesprek.

'Marian bedoelt het niet zo. Ze is gewoon geen concurrentie gewend,' zegt hij als uit het niets en geeft een kneepje in mijn hand. Concurrentie? Denkt ze soms dat ik... Oh mijn god! Anoek zal toch niets bij hem geprobeerd hebben? Bens hand op de mijne bezorgt me opeens een ongemakkelijk gevoel.

'Het is maar goed dat ik er weer ben,' zegt Nick achter me. Terwijl hij naast me komt zitten, trekt hij mij hand onder die van Ben vandaan. 'Ik kan jou ook geen vijf minuten alleen laten, hè?' lacht hij zo adembenemend naar me dat ik ervan moet zuchten.

'Is het zo erg?' vraagt hij met een intense blik.

Enkele seconden kijk ik hem alleen maar aan. Ja! Het is ronduit verschrikkelijk. *Ik zou zo gemakkelijk tot over mijn oren verliefd op je kunnen worden.* Als hij zich naar me toebuigt, besluit ik hem voor te zijn. Mijn kus komt op zijn mondhoek terecht. De blik in zijn ogen maakt dat ik me weer terugtrek en me naar Ben keer.

'Ben? Vertel me eens hoe jij Nick hebt leren kennen.' Niet de meest slimme zet, maar tot mijn opluchting blijkt Ben het geen rare vraag te vinden. Ik luister, maar volg ook met een half oor het gesprek dat Marian met Nick aanknoopt.

De komst van het voorgerecht, een garnalencocktail, maakt een eind aan dat stroeve gesprek. Nadat het dienstertje een nieuwe ronde drankjes heeft genoteerd en weer wegloopt, draai ik me om naar Nick. 'Ja?' vraag ik als hij me alleen maar aankijkt.

'Je bent werkelijk de mooiste vrouw die ik ooit heb gezien.'

'Goh, heb je dan eindelijk je ijdelheid overwonnen en net even snel je lenzen ingedaan? Wilde je nu wel eens weten hoe de vrouw waar je al een poosje mee omgaat, eruit ziet?'

'Ja, ik wilde met jou eens niet alleen maar op het uiterlijk afgaan,' zegt Nick met een twinkeling in zijn ogen.

'Joh! En dan zeggen ze dat knappe mannen oppervlakkig zijn. Breng jij die theorie even mooi aan het wankelen.'

Zowel Ben als Nick schijnen het erg komisch te vinden als ik op hun gelach af mag gaan. Goh, zelfs Marian lacht...natuurlijk als een boerin met ontzettende kiespijn, maar goed.

'Meissie, meissie,' grinnikt Ben. 'Ik moet je mijn excuses aanbieden dat ik heb gezegd dat je totaal geen gevoel voor humor hebt.'

Dat heeft mijn zus ook niet, al is zij het daar beslist niet mee eens. Haar bizarre gevoel voor humor heeft er vroeger menig keer voor gezorgd dat haar doelwitten haar, of te lijf gingen, of vanaf dat moment een gruwelijke hekel aan haar hadden.

Ik vraag me af of dat misschien de reden is dat Marian zo overduidelijk een hekel aan haar heeft. Ze lijkt wel een slang op oorlogspad zoals ze tegen Ben zit te sissen.

Nick is in gesprek met Albert en ik besluit, net zoals Merel, aan mijn voorgerecht te beginnen. Ik wil net een hapje nemen als ik voel dat Marian weer naar me kijkt.

Anoek zou die vuile blikken van Marian beslist niet pikken. Ze beginnen mij trouwens ook steeds meer te irriteren. Maar ik wil de avond niet verpesten en lach daarom vriendelijk naar haar. Dat lijkt haar alleen maar kwader te maken.

Ben volgt haar blik en draait zich dan weer met een ruk naar haar terug. Kennelijk maakt hetgeen hij zegt indruk want ze draait zich, na natuurlijk mij nog even boos aan te kijken, om naar Merel.

'Zo, meissie, vertel me eens wat meer over jezelf.'

Oh jee, dit is niet de bedoeling. Handig draai ik de vraag om en zeg dat ik het veel interessanter vind om hem beter te leren kennen.

'En, jij bent Nicks compagnon. Volgens mij kun je me een hoop dingen over hem vertellen die ik nog niet weet,' zeg ik met een knipoog omdat ik voel dat Nicks aandacht niet meer helemaal bij Albert is.

Op een gegeven ogenblik raken we in gesprek over kunst. Het is een van mijn favoriete onderwerpen en ik kan er dan ook uren over praten. Ben blijkt mijn passie te delen en ik kom al snel tot de ontdekking dat hij er veel vanaf weet. Hij is gek op moderne kunst en een fervente aanhanger van de Cobragroep.

'Ik ook tot op zekere hoogte. Corneille vind ik soms erg goed, en Eugène Brands ook bij tijd en wijle. Maar zelf vind ik het werk van Josephine Wall en Jonathon Bowser erg goed. Oh en Tom Phillips natuurlijk. '*The Apple she gave me*, bijvoorbeeld. Ken je het Ben?'

'De naam komt me wel bekend voor. Ik durf te wedden dat er appels in voorkomen,' zegt hij met twinkelende ogen.

'Eén om precies te zijn.'

'Over appels gesproken,' zegt Ben opeens met een serieus gezicht. 'Vond je de dood van Karel Appel ook zo'n enorm verlies voor de kunstwereld, Anoek?'

'Tja Ben, ik moet je bekennen dat ik geen liefhebber van zijn werk was. Maar ik vind het wel erg voor Karel Appel als man en voor zijn volgelingen.'

'Volgelingen?' bemoeit Marian zich er met fonkelende ogen mee. 'Zoals jij praat doe je net of hij de leider van de een of andere sekte was. Het was Anton Heijboer niet!'

Ik heb het ineens zo gehad met die hatelijkheden van haar dat ik de voorzichtigheid totaal uit het oog verlies.

'Nee, Appel was zeker geen Heijboer! En naast sekteleider zoals jij het noemt, was hij ook schilder! Weet je? Als ik zou moeten kiezen, denk ik dat het werk van Anton Heijboer me meer aanspreekt dan dat van Appel, maar dat is persoonlijk. En voor het geval je het nog niet wist... Mensen die iemand bewonderen om hun manier van schilderen, noem je óók volgelingen!'

Marian opent haar mond, maar ik ben nog niet klaar. 'En ik weet bij god niet wat het is dat ik jou heb misdaan. Weet je, ik wil het niet weten ook. En ik raad je aan om me voor de rest van de avond te negeren!' De stilte aan onze tafel is te snijden. Ik weet dat ik een blunder heb begaan.

'Oh, hoe durf je,' sist Marian. 'Ben! Sta jij toe dat die... die...'

'Marian! Géén woord meer!' zegt Ben op zo'n kille toon dat Marian naar adem hapt. Het volgende moment vliegt ze zo wild overeind dat haar stoel met een klap op de grond terecht zou zijn gekomen als Albert niet zo snel had gereageerd. Ben mompelt een verontschuldiging en loopt met grote stappen achter zijn vrouw aan.

Merel kijkt me met pretoogjes aan. 'Doe je mond dicht, lieverd,' zegt ze tegen Albert en begint een gesprek met hem.

Ik durf niet naar Nick te kijken maar ik voel met iedere vezel van mijn lichaam dat hij naar me kijkt. Ik grijp naar mijn glas en neem een slok.

'Nou, ik ben blij dat ik weet dat ik niet tussen jou en Heijboer moet komen. Is er verder nog iets wat ik moet weten?' vraagt Nick. Zijn droge opmerking is te veel en ik proest het uit.

'Allemachtig, Anoek. Ik dacht even dat je naar je mes zou grijpen en naar haar toe zou werpen. Voor de zekerheid heb ik je vork ook maar in veiligheid gebracht.'

Het valt me nu pas op dat mijn bestek weg is terwijl ik toch zeker weet dat ik mijn vork in mijn hand had. Ik schater het werkelijk uit als Nick zegt dat hij dankbaar is dat hij de tegenwoordigheid van geest had om zo'n strakke jurk voor me te kopen zodat er geen plaats was voor mijn eigen wapens.

'Wapens?' vraagt Merel met grote ogen. 'Lieve kind, toch. Ben je een vechtspecialist?'

'Merel, je weet de helft nog niet,' zegt Nick en schudt zijn hoofd. Dankbaar aanvaard ik het servetje dat Nick me voorhoudt en dep mijn ogen.

'Er zit daar nog...' Hij pakt het servetje uit mijn hand en veegt er voorzichtig mee langs mijn jukbeen. 'Ja, dat is beter. Je leek wel een commando.'

'Nick, hou op. Volgens mij zie ik er niet uit.'

'Heb je net niet geluisterd? Je bent beeldschoon ook met je make-up op je neus,' zegt hij en kust, nadat hij met het servetje over mijn neus heeft geveegd, het puntje van mijn neus.

'Nick, ik weet niet wat me bezielde. Het spijt me dat ik mijn geduld verloor. Maar ze... Ik zal haar straks mijn excuses...'

'Waag het en ik leg je over de knie! Je was me net voor. Die vrouw hindert me al vanaf het moment dat we aan tafel zijn gegaan met die constante hatelijke blikken naar jou. Dat moet afgelopen zijn, of anders gaat ze maar aan een andere tafel zitten!'

Ik wist niet dat hij het had gezien en ben vreemd ontroerd dat hij het zich zo aantrekt.

'Je zou gaan vertellen wat je niet goed vond aan het werk van Karel Appel,' gaat hij verder.

Ik wist niet dat hij het gesprek tussen Ben en mij had gevolgd. Hij scheen druk in gesprek met Merel te zijn. 'Wie ben ik om daar iets over te zeggen?' zeg ik aarzelend. Ik voel me een beetje opgelaten omdat ik me realiseer dat ik weer een fout heb gemaakt. Anoek houdt totaal niet van kunst. Ik vraag me af of ze wel weet wie Karel Appel was.

'Doe toch maar,' dringt Nick aan. Een antwoord geven wordt me gelukkig bespaard omdat Ben en Marian weer naar de tafel terugkomen.

'Zo, daar zijn we weer. Hebben we iets gemist?' vraagt Ben terwijl hij zijn lepel pakt en een hap van zijn soep neemt die volgens mij koud is.

'Bijna,' zegt Nick. 'Anoek zou net gaan vertellen wat zij niet goed vindt...'

'Nick, zullen we het ergens anders over hebben?'

'Ja, graag!' zegt Marian kattig. 'Er zitten hier ook nog andere vrouwen aan tafel. Of zitten wij hier voor zoete koek?'

Ik leg mijn hand op Nicks dij als ik aan zijn gezicht zie dat hij op het punt staat iets te zeggen.

'Nou Marian, je hebt het woord,' zegt Ben.

'Nee, laat maar,' snauwt ze. 'Als het zo moet dan...'

'Marian!' zegt Ben op een toon die er niet om liegt. Na even geaarzeld te hebben begint Marian over de cruise die Ben en zij binnenkort gaan maken.

'Jezus, die man heeft lef om met zo'n vrouw op een boot te stappen,' zegt Nick met zijn mond bij mijn oor. 'Waar moet hij heen als hij het niet meer uithoudt? Overboord springen?'

Een onbekende man duikt opeens achter hem op. Hij heeft zijn vinger tegen zijn lippen ten teken dat ik niets mag zeggen. Nick heeft mijn blik echter gezien en draait zich meteen om.

'Roy! Man, wat een verrassing,' roept hij met een lach van oor tot oor terwijl hij opstaat.

Geïnteresseerd bekijk ik de twee mannen die elkaar enthousiast omhelzen. Het is overduidelijk dat ze elkaar graag mogen. Ik hoop van harte dat Roy Anoek niet kent.

'Ik wist niet dat jij ook zou komen,' zegt Nick.

'Het heeft er even om gespannen. Shit, man, wat een rotweer zeg. We hadden beter met de slee kunnen komen.'

Het middeleeuwse dienstertje is weer terug en vraagt of ik klaar ben met mijn voorgerecht.

'Ja, het was erg lekker.' Ik ga iets opzij zodat zij mijn schaaltje kan pakken.

'Weet u of meneer...?' vraagt ze met een blik naar Nicks schaaltje dat bijna leeg is. Hij is zo druk in gesprek met Roy dat ik zeg dat ze het wel kan meenemen.

'Echt Nick, het is veel te lang geleden sinds wij... Joh, weet je dat ik het er een paar weken geleden nog met Lu... Allemachtig!' roept Roy opeens zo hard dat ik direct opkijk. 'Wat zullen we nou...'

'Niets!' valt Nick hem op afgemeten toon in de rede. 'Daar gaan we het nu niet over hebben.'

Het volgende moment pakt hij zijn vriend, die het kennelijk goed verpest heeft, nogal ruw bij zijn arm en sleurt hem vervolgens zonder pardon bij de tafel vandaan. Ik ben niet de enige die verbaasd is. Of nee, verbaasd is niet het juiste woord. Ben kijkt eerder verward. Opeens, van het ene op het andere moment, worden zijn ogen zo koud als ijs. Tjonge, die man moet je niet als vijand hebben.

'Ben?' Ik leg mijn hand op zijn arm.

'Niets aan de hand, meissie.' Hij klopt bemoedigend op mijn hand en vraagt dan of ik hem wil excuseren. 'Ik geloof dat ik Roy ook even wil spreken.' Hij negeert Marian als die wil weten wat er aan de hand is en loopt dan met grote passen achter Nick en Roy aan die juist op dat moment de zaal verlaten.

'Wat heb je tegen mijn man gezegd?' valt Marian tegen me uit. 'Als ik erachter kom dat hij door jou...'

'Niets bijzonders,' val ik haar in de rede. 'En ik dacht dat ik jou had gezegd me voor de rest van de avond te negeren!'

'Ja, en doe dat bij mij ook maar,' zegt Merel.

Marians verbouwereerde gezicht maakt dat ik bijna in de lach schiet. Ik weet me te beheersen tot ik naar Merel kijk. Ze trekt zo'n komisch gezicht dat ik het uitschater. Met een grove vloek en een woedende blik naar mij en de Poortvliets vliegt Marian overeind en stormt ook zij naar de uitgang van de eetzaal.

'En toen waren er nog maar drie,' zegt Albert droog.

'Goed zo, kindje,' zegt Merel. Ze heft haar glas naar me op.

'Proost!'

'Ja, een erg... eh onaangename vrouw,' zegt Albert.

Het hoofdgerecht wordt geserveerd. Met de borden op haar arm kijkt de serveerster naar de lege stoelen.

'Spoedvergadering,' zeg ik.

'Zal ik straks dan terugkomen?' vraagt het meisje.

'Nee, hoor. Zet maar neer. Ik denk dat ze zo weer terug zullen komen.' Dat hoop ik tenminste wel. Marian mag wat mij betreft wegblijven, maar Ben, en zeker Nick hoop ik vanavond toch terug te zien. Ik vraag me af wat er aan de hand is.

'Oh daar zul je ze hebben,' zegt Albert.

Ik kijk op en zie alleen Nick weer onze kant opkomen.

'Ik verga van de honger. Kom mensen, tast toe,' zegt Nick. 'Het is zonde om dat heerlijke eten koud te laten worden.'

Ik laat me niet om de tuin leiden en vraag hem wat er aan de hand was.

'Niets, lieverd. Ik had Roy alleen al een hele tijd niet gezien en moest iets dringends met hem bespreken. Niets bijzonders. Zeker niets om jouw mooie hoofdje over te breken.'

Mijn mooie hoofdje? Ik open mijn mond, maar weet me te beheersen. Zonder nog een woord tegen hem te zeggen, draai ik mijn mooie hoofdje om. Ik pak mijn bestek en snijd zo driftig een stuk van mijn varkenshaasje af dat ik bijna door het bord ga.

'Het spijt me, Anoek,' zegt Nick. 'Het was niet mijn bedoeling... Niet boos zijn.' Hij draait mijn gezicht naar zich toe als ik stug naar mijn bord blijf kijken.

'Er is echt niets aan de hand. Roy wilde het over iets hebben waar ik...'

'Niet iets, Nick. Iemand. En ik denk ook dat ik weet over wie. Hij wilde over die Luke beginnen, hè? Wat is het met die man?' Ik weet dat ik onvoorzichtig ben, maar het is er uit voor ik er erg in heb. 'Die naam heeft dezelfde uitwerking op jou als een rode lap op een stier. Ik vind het prima dat je er niet over wilt praten, maar ik...'

'Godzijdank, het eten is er,' hoor ik Ben met harde stem zeggen. Zou hij soms iets aan zijn gehoor hebben?

'Ben was zeker ook niet boos toen hij achter jullie aanliep?' Ik kijk van Nick naar Ben.

'Ben boos?' zegt Nick. Ik draai me weer naar hem toe. 'Nee, je vergist je. Ben wilde ook gewoon even met Roy praten. Roy werkt op ons...'

'Nee, meissie, ik was niet boos, maar zullen we het vanavond niet over het werk hebben, Nick?' zegt Ben op dusdanige toon dat ik weet dat er wel degelijk iets aan de hand is.

Ik probeer weer terug in mijn rol te komen. De avond is bijna voorbij en dan hoef ik Nick Warner nooit meer te zien. Ik negeer de steek in mijn hart en richt me op mijn bord. Het eten ziet er voortreffelijk uit maar op de een of andere manier kan ik er niet van genieten. En als Marian zich weer bij ons voegt, met natuurlijk eerst een woedende blik naar mij, heb ik al gegeten en gedronken!

'Ik hoor van Nick dat je schildert en dat je op zoek bent naar naakt-modellen,' zegt Ben met een ondeugende blik in zijn ogen.

'Niet meer,' zegt Nick, 'ze heeft mij gevraagd en ik heb ja gezegd.'

'Nick!'

Zijn opmerking zorgt ervoor dat iedereen aan onze tafel stopt met wat hij of zij aan het doen is en naar mij kijkt. 'Dat heb ik helemaal niet gevraagd. Niet naakt... Dat heb jij volgens mij...'

Ben lacht bulderend. Even overweeg ik of ik me niet heel onopvallend van mijn stoel onder de tafel zal laten glijden. Maar Marians sarcastische opmerking, dat het allemaal reuze interessant is, leidt de aandacht van mij af.

'Nick?' vraagt Marian, 'zou je me het zout even aan willen geven?'

Nick pakt het zoutvaatje en geeft het aan haar. Hij draait zich weer naar mij als ze vraagt of hij haar ook de peper wil geven.

'Jeetjemekreetje!' zegt Merel en zet de peper, waar Marian overigens ook zelf bij kan, met een harde klap voor haar neer.

'Jeetjemekreetje?' fluistert Nick.

Ik pers mijn lippen stijf op elkaar om niet in de lach te schieten.

'En ik denk dat je dit misschien ook goed kunt gebruiken,' gaat Merel met fonkelende ogen verder. Met dit bedoelt ze het flesje azijn dat ze ook met een harde klap voor Marian neerzet. 'Voor het geval je nog niet...' Bens lach overstemt de rest van Merels zin.

Ik hef mijn glas proostend op naar Merel die me met een vuurrode blos aankijkt en dan ook haar glas heft.

'Nou, lieve schat, ben ik even blij dat jij geen vechtspecialiste bent,' zegt Albert.

Ik stoot Nick aan als hij begint te lachen. Even denk ik dat Marian weer overeind zal vliegen maar een blik van Ben is genoeg om haar daarop terug te laten komen. Als een mokkend kind buigt ze zich over haar bord.

'Nick? Eet je die aardbei niet op?' vraag ik en bedenk dat ik nog nooit zo'n diner als dit heb meegemaakt. Het is beslist een ervaring die ik had kunnen missen.

'Ik dacht dat je allergisch was?' zegt Nick terwijl hij de enorme aardbei, een kruising tussen een pingpongbal en een tennisbal, voor mijn mond houdt.

'Slagroom,' zeg ik en neem een hapje van de aardbei.

'Maak me niet gek, Anoek.'

Ik lach om de blik in zijn ogen.

'Is dat wat ik doe? Nou, dat is niet mijn bedoeling.' Ik neem nog een hapje van de aardbei.

Als ik Marians woedende blik opvang, weet ik opeens waarom ze Anoek zo haat. Goed, mijn uitval van vanavond zal er ook wel iets mee te maken hebben, maar het is me opeens helemaal duidelijk.

Waarom realiseer ik me nu pas dat het jaloezie is. En niet op mijn jurk! Nee, ze is jaloers omdat ze een oogje op Nick heeft. Ik vraag me af of hij dat weet.

Hij behandelt haar zoals hij iedereen behandelt. Vriendelijk en... goed, niet vriendelijk maar wel beleefd. Té beleefd misschien. Soms zelfs op het sarcastische af. Zeker na mijn uitval. Gelukkig maar. Ik zou het niet fijn vinden als hij Marian wel had gemogen. Nu ik er op let, zie ik dat hij alleen maar met haar praat als zij het woord tot hem richt. Iets wat me hoe langer hoe meer begint te irriteren omdat het hinderlijke vormen begint aan te nemen. Ik vraag me af of ik de enige ben die dat opvalt, maar als ik naar Merel kijk, lacht ze weer vriendelijk naar me en haalt haar schouders op.

Zou Ben weten dat zijn vrouw een oogje op zijn compagnon heeft? Ik kijk Nick van opzij aan.

'Wat is er? Heb je het nog een beetje naar je zin?'

Hij pakt mijn hand en kust op zijn dooie gemak één voor één mijn vingers.

'Ja, een beetje.'

'Zeg me wat ik moet doen om daar verandering in te brengen.' Hij kijkt me zo intens aan dat ik mijn hand lostrek en een gesprek met Merel begin. Ze blijkt, net als ik, een liefhebster van Japanse puzzels te zijn. Als ik Nick hoor mompelen dat ik een kleine lafaard ben, moet ik me uit alle macht beheersen om te zeggen dat ik dat niet ben. Maar gelukkig praat Merel verder en weet ik dat het een leugen zou zijn. Hij, en de gevoelens die hij in me losmaakt, maken me zo bang dat ik als het kon op zou staan en er als de lafaard waar hij me voor uitmaakt vandoor zou gaan.

'Niet zo naar me kijken, Nick,' fluister ik zonder hem aan te kijken. God, ik hoef niet eens meer te kijken om te weten wanneer hij zijn aandacht op me richt. Als hij het op een gegeven moment weer doet, draai ik me toch naar hem om. Hij kijkt me zo vreemd aan dat ik bang ben dat ik mezelf heb verraden en dat hij weet dat ik Anoek niet ben. Ik besluit hem af te leiden en laat mijn hand over zijn dijbeen gaan. Ik voel de spieren onder mijn vingers aanspannen. Aan zijn gezicht is niets te zien als hij zijn glas pakt, wat me doet besluiten verder te gaan. Ik laat mijn hand naar de binnenkant van zijn dij glijden. Nog steeds niets. *Oké mannetje, eens kijken hoe lang je dat volhoudt.* Iets hoger dan maar en knijp zacht. In zijn dij natuurlijk! Ik mag nu dan wel brutaal zitten te wezen, maar dát zou ik dus nooit durven. Kennelijk is dat iets te veel van het goede want Nick, die net een slok van zijn drankje neemt, verslikt zich prompt. Met een ruk draait hij zijn hoofd naar me toe wat me naar mijn glas doet grijpen dat ik in een keer leegdrink.

Als we na afloop van het diner weer naar de andere zaal lopen, neemt Nick me regelrecht mee naar de dansvloer.

'Ik geloof dat we vanavond maar geen alcohol meer moeten drinken,' zegt Nick met een lief kusje op het puntje mijn neus, 'want als je straks aan de kroonluchter hangt, hebben we echt een probleem.'

'Ik denk dat we veilig kunnen zeggen dat daar met mijn hoogtevrees weinig kans op is,' zeg ik en kus het puntje van zijn kin.

8

Met iedere aanraking en iedere kus, raak ik meer en meer in de ban van Nick. Zo'n man als hij heb ik werkelijk nog nooit eerder ontmoet. Ik probeer mezelf eraan te herinneren dat hij niets mag merken. Dus ik kan hem niet afwijzen als hij me wil zoenen of me in zijn armen wil nemen. En eerlijk gezegd kan en wil ik hem niet afwijzen. Niet meer.

Vanavond ben ik Assepoester en Nick is mijn prins. Hij doet mijn vriendjes op jongens lijken terwijl mijn laatste vriend zelfs ouder was dan hij. Nick is zelfverzekerd zonder arrogant te zijn. Hij is echt geïnteresseerd. Aardig, grappig, galant... god, ik kan de hele avond doorgaan. Het kan me ook onmogelijk ontgaan hoe populair hij is. Ik ben de tel kwijtgeraakt hoe vaak hij me aan anderen heeft voorgesteld. Iedereen die hem ziet, wil even met hem praten. Soms probeert hij ze te ontwijken door me van de ene kant van de zaal, naar de andere kant mee te nemen. Soms dansend, soms lopend. Er waren momenten dat ik dacht dat hij me over zijn schouder zou gooien omdat ik niet snel genoeg op mijn hakken vooruitkwam.

'Geen zin in,' was zijn verklaring als ik hem dan vragend aankeek. Hij doet het op een gegeven moment ook om me aan het lachen te maken. Wat zeker lukt als hij me in een enorme plantenbak tilt en er dan zelf ook instapt. Volgens mij schudde de palm mee van het lachen waarop hij me natuurlijk weer zoende om mijn lachen te smoren. Maar als hij wel met iemand in gesprek is, dan geniet ik daar ook van. Net zoals ik ook geniet van de klank van zijn warme, ontzettend sexy stem. Van tijd tot tijd bezorgt die me echt kippenvel. Op dit moment houdt hij me tegen zich aan, met mijn rug tegen zijn borst, allebei zijn armen om mijn middel.

In gedachten verzonken staar ik voor me uit. Dit is werkelijk een prachtig kasteel. Hé, misschien zou ik iets met dit middeleeuwse thema op mijn werk kunnen doen. Ik zou bijvoorbeeld iets met draken en ridders op de kinderafdeling kunnen doen. Zo'n harnas zoals bovenin de hal staat, zou het goed doen. Van plastic, natuurlijk. Hm, daar ga ik het tijdens de eerstkomende werkbespreking eens over hebben.

'Nog heel even,' zegt Nick bij mijn oor.

Ik moet weer aan Anoek denken en begrijp waarom zij dit een saai gala had genoemd. Goed, Nick wordt steeds opnieuw in gesprekken betrokken en dat gaat dan inderdaad negen van de tien keer over werk. Mij stoort dat niet, maar ik weet zeker dat Anoek zich dood zou vervelen. Die zou er al lang kwaad vandoor zijn gegaan. Ik vraag ik me af of ze wel echt met haar baas naar New York is. Dat idee verwerp ik meteen want wie zou er nou niet bij Nick willen zijn? Ik probeer mijn gedachten op andere dingen te richten zoals de mensen om me heen in hun chique avondkleding. Ik hou van mensen kijken en ik kan 's zomers uren op een terrasje op het Stadhuisplein zitten en dan naar de passerende mensen kijken.

'Anoek? Sta je te slapen?'

'Wat? Oh, sorry, ik was in gedachten.' De man waar Nick mee in gesprek was, blijkt weg te zijn.

'Kom schat, ik wil met je dansen,' zegt Nick en neemt me mee naar de dansvloer.

Ik laat mijn armen onder zijn jasje glijden en geniet van het gevoel van zijn spieren die onder mijn handen bewegen. Nick slaat zijn armen daarop nog steviger om me heen. Waarom moet er een eind aan deze avond komen? Ik wilde dat het net zo kon zijn als in die film, hoe heet die ook al weer?

'Nick? Weet jij hoe die film met Bill Murray heet? Die waarin hij in een tijdlus zit en dezelfde dag steeds opnieuw beleeft?'

Nick fronst even en zegt dan: '*Groundhog Day!*'

'Ja, dat is hem. Wat goed van jou.'

'Waarom wil je dat weten?'

Ik haal mijn schouders op en zeg: 'Zomaar. Niets bijzonders.'

'Waarom Anoek?' dringt Nick aan. 'Ik dacht dat je aan mij dacht toen je zo diep zuchtte.'

'Deed ik ook. Ik dacht eraan dat ik wilde dat we in die film zaten zodat deze avond steeds...'

'Ik niet,' zegt Nick. 'Nee, je begrijpt me verkeerd,' zegt hij als ik de teleurstelling, die zijn woorden teweegbrengen, niet zo snel kan verbergen. Hij neemt mijn gezicht in zijn handen.. 'Ik wil dat niet omdat jij dan de enige bent die het zich dan iedere keer zou herinneren. Ik wil me ook ieder moment met jou herinneren,' zegt hij zacht.

Het kan me niet meer schelen. Dit is mijn avond en ik kus hem omdat ik ernaar verlang. Ik verlang nog veel meer maar weet dat ik het hiermee moet doen. Ik sla mijn armen om zijn nek. Het gevoel alsof we de enige twee mensen op de wereld zijn, is zo intens en diep dat het me overvalt. Ik kijk hem verward aan als hij nogal abrupt een eind aan de kus maakt. Voor ik hem kan vragen wat er aan de hand is, pakt hij mijn hand en lopen we de dansvloer weer af.

'Zo! Ga hier maar even zitten,' zegt hij als hij een leeg tafeltje heeft gevonden. Hij smijt me nog net niet op de bank die tegen de muur achter het tafeltje staat. Voor zichzelf trekt hij met een driftig gebaar een stoel achteruit en gaat tegenover me aan het tafeltje zitten.

'Goedenavond, kan ik u misschien een glas *Dom Perignon* aanbieden?' vraagt een jongen in een strakke rode maillot en een mosgroen tuniek dat net over zijn billen valt een tel later.

Ik probeer me een voorstelling te maken hoe Nick er in een maillot uit zou zien met die gespierde benen van hem en dat lekkere kontje. Niet dat ik het al heb gevoeld, maar ik weet zeker dat hij dat heeft.

'Misschien moet je vragen of hij zich even omdraait,' zegt Nick.

Verbaasd trek ik mijn wenkbrauwen op. 'Let maar niet op hem,' zeg ik tegen de jongen als ik zijn vuurrode wangen zie. 'Doe mij maar een glas...'

'Let maar wel op mij en doe maar niet!' zegt Nick zo bars dat ik bijna medelijden met de jongen krijg als Nick met een wilde beweging een glas van het blad pakt. De glazen schuiven gevaarlijk naar de rand als de nerveuze jongen het dienblad bijna laat vallen.

'Nick, dat was niet nodig,' zeg ik als de jongen weg is. 'Ik probeerde me alleen maar voor te stellen hoe...'

'Zie ik eruit alsof ik daar nieuwsgierig naar ben?' valt Nick me in de rede.

'Nee, je ziet eruit alsof je woedend bent. En eerlijk gezegd begrijp ik werkelijk niet waarom. Is het omdat...' Voor ik mijn zin af kan maken springt hij overeind.

'Koffie?'

'Waar slaat dat nou weer op? Nee, ik wil geen koffie.'

'Geen alcohol meer voor jou!' zegt Nick streng.

'Dat was ik ook niet van plan. Nick? Wat is er aan de hand? En als je toch bezig bent, zou ik ook graag willen weten waarom je me zo abrupt van de dansvloer...' Ik stop met praten als ik me realiseer wat de reden is. 'Je bent boos op me.'

'Nee, Anoek. Ik ben niet boos. Niet op jou in ieder geval. Oké, alleen om de manier waarop je daarnet die puber bijna met je ogen uit zat te kleden.'

'Nick, doe even normaal. Dat deed ik niet! En vind je niet dat je nu een beetje overdrijft? Die jongen is volgens mij maar iets jonger dan ik.'

'Jij bent erg volwassen voor je leeftijd!' Hij probeert boos te blijven kijken als ik begin te lachen. Dan staat hij op en schuift naast me op de bank. 'Hou op met lachen,' grinnikt hij en kust me hard en diep als ik niet meteen gehoorzaam. 'Zo, ben je nu weer serieus?'

Ik knik en staar naar zijn mond.

'Anoek, hou daarmee op! Je maakt me gek.'

Maak ik hém gek? Ja hoor, mooi verhaal!

'Nick? Waarom sleurde je me zo abrupt van de dansvloer?'

'Omdat ik dacht dat het misschien een goed idee zou zijn als ik je even een paar minuten tot jezelf liet komen. Allemachtig, Anoek. Zoals je soms naar me kijkt, verwondert het me dat ik al mijn kleren nog aan heb. Volgens mij is die alcohol helemaal verkeerd gevallen.' Hij kijkt me met fonkelende ogen aan. 'Jezus, Anoek. Weet je dat ik niets liever wil dan de hele nacht de liefde met je bedrijven?' gooit hij er tot mijn schrik uit. 'Koffie dan maar?' vraagt hij als ik geen woord meer uit kan brengen.

Ik knik. 'Nee! Geen koffie. Daar hou ik niet van. Doe maar appelsap.' Met pijn in mijn buik en totaal ontnuchterd kijk ik hem na als hij bij me vandaan loopt.

Lieve hemel. Hij wil de hele nacht de liefde met me bedrijven. Ligt het aan mij of is het hier opeens erg heet. Ik grijp naar Nicks glas en wil het in een keer leegdrinken maar dat valt nog zwaar tegen. Het is leeg! Oh jee, al die drank slaat beslist op mijn blaas. Ik zit op een gegeven moment zelfs te wiebelen op de bank, zo nodig moet ik opeens. Waar blijft hij nou? Of weet je wat? Laat hem nog maar even wegblijven, dan kan ik snel naar de wc. Ik ben al halverwege de zaal als ik Nick rechts in de hoek ontdek. Het is een beetje donker omdat hij half onder de trap staat. Hij is niet alleen, zie ik het volgende moment en lijkt druk in gesprek... of nee, het lijkt wel of hij ruzie heeft. Het is in ieder geval een vrouw en op het moment dat ik het rode haar zie, weet ik wie het is. Marian! Even sta ik in tweestrijd of ik gewoon naar de wc zal gaan of dat ik naar hem toe zal lopen. De beslissing wordt voor mij genomen op het moment dat Marian haar armen om zijn nek slaat en hem tot mijn verbijstering probeert te zoenen. Is ze nou helemaal van de pot gelazerd waar ik zojuist nog zo dringend naar op weg was! Als ik twee stappen heb gezet, zie ik dat Nick Marians armen van zijn nek trekt en haar van zich afduwt. Een enorme opluchting gaat door me heen omdat ik zeker weet dat hij me nog niet heeft gezien.

'Hallo, schatje,' zeg ik als ik hen heb bereikt. 'Hebben we het een beet-je moeilijk?'

Nick kijkt me geschokt aan en Marian draait zich met een ruk naar me toe. Ze zegt dat ik moet opdonderen.

'Pardon?' Ik trek mijn wenkbrauw op.

'Zie je niet dat we bezig zijn?' snauwt ze.

'Je bedoelt dat jij bezig bent. Dat ben je trouwens de hele avond al.'

'Volgens mij ontgaat jou hier iets,' sist Marian als een fietsband die leegloopt.

'Is dat zo? Weet je? Volgens mij ontgaat jou iets, en wel dat Nick bij mij hoort en dat jij getrouwd bent!' Goh, ik leef me wel heel erg in mijn rol in. Maar ik maak mezelf wijs dat ik me wel op deze manier moet gedragen omdat Anoek echt ontzettend jaloers is. Die zou trouwens heel wat feller reageren en Marian waarschijnlijk aan haar haren bij Nick vandaan hebben getrokken. Ik probeer niet te lachen als Marian haar mond opent en weer dicht doet, als een naar lucht happende goudvis.

'Ga naar Ben, Marian. Ik weet zeker dat hij naar je op zoek is,' zegt Nick op kille toon. Zonder Marian nog een blik waardig te gunnen, pakt hij mijn hand en neemt me mee naar een overdekt terras. In het midden staat een grote vuurkorf waar zich wat mensen omheen hebben verzameld.

Nick neemt me mee naar een afgelegen hoekje.

'Als het te koud is, moet je het zeggen.' Zonder mijn antwoord af te wachten, trekt hij zijn jasje uit en slaat dat om mijn schouders.

'En jij dan?'

'Ik heb het niet koud.' Hij trekt me in zijn armen.' En nu zeker niet. Weet je, ik ben blij dat ik bij jou hoor,' zegt hij, vlak voordat hij me kust.

Hoe kan ik nou niet reageren als hij me op deze manier kust? Ik laat mijn vingers door zijn haar glijden als zijn armen zich om mijn middel klemmen en hij me nog dichter tegen zich aantrekt. Zijn hand streelt mijn rug en het volgende moment pakt hij me bijna ruw bij mijn heupen beet en trekt me hard tegen zijn onderlichaam. Oh shit! Dit gaat de verkeerde kant op.

'Nick, alsjeblieft,' smeek ik als het me lukt een eind aan de kus te maken. Hij laat me los en haalt allebei zijn handen door zijn haar. Hij ziet er zo verschrikkelijk sexy uit met dat verwarde haar dat ik mijn armen om mijn middel sla om mezelf er van te weerhouden ze weer om hem heen te slaan en hem weer tegen me aan te trekken. 'Hoelang is Marian al verliefd op je?' vraag ik, meer om hem af te leiden dan dat ik er echt nieuwsgierig naar ben.

'Het spijt me dat je het zag. Tot aan vanavond had ik werkelijk geen idee dat zij en... ' Hij vloekt en kijkt me een paar tellen zwijgend aan voor hij zegt: 'Ik weet niet of ze verliefd is. En eerlijk gezegd kan me dat ook geen donder schelen.'

'Hebben jullie wel iets...'

'Nee! Er is niets tussen ons. Nooit geweest ook!' Hij omvat mijn gezicht met zijn handen. 'Echt niet, dat moet je van me aannemen.'

'En Ben? Weet hij het?'

'Wat moet hij weten? Er valt niets te weten omdat er simpelweg niets tussen Marian en mij is. Ik laat me nooit in met getrouwde vrouwen. Maar ook al was ze dat niet, zou ze nog steeds mijn type niet zijn. Jij bent mijn type. Waarom vat jij het eigenlijk zo goed op?' wil hij opeens weten. 'Weet je niet dat je ontzettend jaloers had moeten zijn toen je zag hoe ze me besprong?'

'Nou dat springen heb ik dan zeker gemist. Maar weet je wat het is, schatje? Jij bent niet in haar geïnteresseerd. Zoals je net al zei, ben ik jouw type en als ik dat nog niet had geweten, zou daar na vanavond beslist geen enkele twijfel meer over bestaan.'

'Je bent nogal zeker van jezelf, hè?' zegt Nick en trekt me weer tegen zich aan.

'Heb ik het dan mis?'

'Nee, dat heb je niet. En daarom gaan we hier nu ook meteen vandaan!'

Oh god, dit gaat niet goed. Hij wil weg! Nu! Nee, dat kan niet. Dit gaat veel te snel. Ik moet eerst nog verschrikkelijke hoofdpijn krijgen... Ik moet plassen! Mijn oren suizen en ik kan ieder moment van mijn stokje gaan. Misschien moet ik dat gewoon doen. Nog even en ik ga hyperventileren. Geen idee hoe dat moet. Het enige dat ik weet is dat je daar een zakje voor nodig hebt en die zijn hier niet. Dus dat feest gaat niet door. Het is ook veel te vroeg om nu al weg te gaan. We hadden zeker nog een uur moeten blijven. We zijn al halverwege het terras als het me eindelijk lukt te zeggen dat we nog niet weg kunnen

'Ja, Anoek. Dat kunnen we wel, en nu meteen! Ik wil niet langer blijven. We gaan!'

Het lijkt de Noordpool wel, gaat het door me heen als we op het overdekte bordes naar het dikke pak sneeuw staan te kijken. Het sneeuwt nog steeds en het is koud. Ik ril en trek de grote capuchon van de cape over mijn hoofd. Hoe moet ik in godsnaam van het ene op het andere moment 'ziek' worden? Ik ben niet zo'n goede toneelspeelster. Het is toch niet mijn schuld dat Nick opeens zo abrupt weg wilde?

Ja Sas, dat is het wel. Had je die man maar niet op die manier terug moeten kussen, hoor ik Anoeks stem in mijn hoofd zeggen.

Ik moest toch doen alsof ik jou was? Dus hou je mond! Ga weg! Ik moet een migraineaanval krijgen.

Wat een avond. Zo heb je nooit iets en dan opeens allerlei aanvallen achter elkaar. Alsof het allemaal nog niet genoeg is, ga ik ook bijna nog hyperventileren.

'Ben je zo moe dat je staand staat te slapen?' vraagt Nick.

'N-nee, ik stond te denken.'

'Aan mij mag ik hopen?' lacht hij zo adembenemend dat ik zeker weet dat ik hem als een idioot aan sta te gapen.

'Eh ja, oké, zullen we gaan?' zeg ik snel. Ik steek mijn armen in de lucht ten teken dat hij me op mag tillen. Ja, die trap is, zeker van bovenaf gezien zo hoog dat die me de stuipen op het lijf jaagt. Nick was trouwens toch al van plan me op te tillen. Dat zag ik in zijn ogen, dus waarom zou ik me ertegen verzetten? Lachend tilt hij me in zijn armen. Onderaan de trap zet hij me neer en geeft het kaartje van zijn auto aan de parkeerknul.

'Zo terug, meneer.' De jongen houdt woord en is binnen een paar minuten al weer terug.

Nick helpt me in de auto en wil mijn gordel vastmaken.

'Tjonge, dat kan ik zelf ook wel!' Natuurlijk zit die rotcape in de weg. Ik sla Nicks hand weg als hij opnieuw een poging wil doen me te helpen.

'Hou je nou op of niet? Ik ben heel goed in staat om zelf een gordel vast te maken!'

Waarom ben ik nog verbaasd als het me, ook als ik de cape opzij heb geduwd, nog steeds niet lukt om die klotegordel vast te krijgen? Ja sorry, maar ik begin een beetje over mijn toeren te raken.

'Zitten er soms speciale gordels in een Audi?' vraag ik zwaar geïrriteerd. 'Of ben ik te stom...'

'Nee schat, je hebt gelijk. Het zijn speciale gordels. Het heeft bij mij dágen geduurd voordat het mij lukte. Ik moest de handleiding er zelfs bijpakken.' Moeiteloos klikt hij de gordel vast. Met twinkelende ogen kijkt hij me aan.

'Geen woord, Nick Warner!'

Met zijn lippen stijf op elkaar loopt hij, nadat hij de deur heeft dichtgedaan, om de auto heen. Voordat hij instapt, trekt hij zijn lange jas uit die hij met een boog op de achterbank gooit.

'Waarom doe je die dikke cape niet uit?'

'Nee!' zeg ik zo fel dat hij zijn wenkbrauwen optrekt. 'Misschien straks. Ik heb het koud.'

'Nou dat kunnen we niet hebben.' Hij start de auto en zet meteen de verwarming hoger. 'Ik hoop dat de grote wegen niet net zo zijn. We zouden anders wel eens een probleem kunnen krijgen,' zegt hij terwijl hij voorzichtig over de dik besneeuwde weg het terrein afrijdt.

Tot mijn opluchting gaat het goed. De wegen zijn weliswaar besneeuwd en erg hard gaat het niet, maar we komen vooruit. Natuurlijk heb ik te vroeg gejuicht want we zijn nog maar een kwartier op de snelweg als Nick al stapvoets moet rijden. Ondanks het slechte weer en het late uur staat er al snel een flinke file en staan we op een gegeven moment zelfs stil.

'Nou ja, we zitten warm. En ik heb de mooiste vrouw ter wereld bij me, dus wat wil ik nog meer?' vraagt Nick als hij zich naar me toedraait. 'Anoek, doe die warme cape nou toch uit.'

'Die zou lang zo warm niet zijn als jij die kachel niet zo hoog had gezet' zeg ik kribbig. 'Volgens mij wil je me gewoon uit de kleren hebben.' Ik steek waarschuwend mijn vinger omhoog als hij zijn mond opent.

Met een ondeugende grijns draait hij de verwarming iets lager.

Koppig hou ik de cape om en krijg het met de minuut heter en voel zelfs op een gegeven moment de zweetdruppels tussen mijn borsten lopen. Ik schrik me rot en geef een gil als er aan mijn kant op het raampje wordt geklopt. Het is een politieagent. Hij gebaart dat ik het raampje open moet doen. Er blijkt een ernstig ongeluk gebeurd te zijn waar meerdere auto's bij betrokken zijn. Volgens de agent wordt de weg voorlopig niet vrij gegeven. Hij raadt ons aan van deze weg af te gaan.

Nick bedankt hem en start de auto weer. Op aanwijzingen van een andere agent steekt hij de middenberm over naar de andere kant van de weg. Een paar kilometer verder gaat hij van de weg omdat het niet opschiet, maar de kleinere wegen blijken vrijwel onbegaanbaar te zijn. En alsof het allemaal al niet erg genoeg is, begint het nog harder te sneeuwen. Het lijkt verdorie wel of we in een sneeuwstorm zijn beland. Ik krijg opeens een heel naar voorgevoel.

9

Een half uur later krijg ik al gelijk. Ik haat het om altijd gelijk te hebben... Nou ja, soms!

Gelukkig rijdt Nick niet hard als er opeens iets over de weg schiet. In een reflex gooit hij het stuur om. Hij roept dat ik me vast moet houden en houdt zijn arm beschermend voor me als de auto van de weg glijdt. Ik gil als we met een doffe klap tegen een boom tot stilstand komen. Binnen twee seconden heeft Nick zijn gordel los en zich naar me omgedraaid.

'Alles goed, Anoek?' Ongerust kijkt hij me aan en klikt mijn gordel los. 'Heb je je geen pijn gedaan?' vraagt hij bezorgd en trekt me in zijn armen.

'J-ja, ik g-geloof het wel,' zeg ik geschrokken en duw mijn gezicht tegen zijn hals.

'Waar?' vraagt hij. Ik hoor de ongerustheid in zijn stem als hij me iets van zich afduwt.

'Waar wat?' vraag ik lichtelijk in de war.

'Lieverd, zeg me waar je pijn hebt. Je zei dat je...'

'N-nergens. Ik ben alleen geschrokken.'

'Godzijdank,' zegt hij. Hij trekt me weer in zijn armen en mompelt iets onverstaanbaars.

'Nick? We hebben toch niets aangereden, hè? Ik zag iets over de weg schieten. Zeg alsjeblieft dat we niets hebben geraakt.'

'Rustig maar, kleintje. Ik geloof niet dat ik iets heb aangereden,' zegt hij en slaat zijn armen nog steviger om me heen als ik begin te rillen. Kalmerend streelt hij mijn rug.

'Nick?' Mijn stem trilt als ik naar hem opkijk. 'Ga alsjeblieft kijken.' Hij duwt een losgeraakte lok achter mijn oor en streelt met zijn duim over mijn wang.

'Oké, ik ga wel even kijken.'

Hij moet zijn gewicht tegen de deur gooien voor die opengaat en loopt de weg op. De donkere nacht wordt enigszins verlicht door de volle maan. Hij had zijn jas aan moeten doen, schiet het door mijn hoofd als ik de wolkjes, veroorzaakt door zijn warme adem, uit zijn mond zie komen. Ik zie hem om zich heen kijken en dan naar een donker heuveltje lopen dat aan de kant van de weg ligt. Oh, laat het geen dier zijn. Mijn maag draait zich om als ik het beeld van Sneeuwwitje, de poes van de buren voor het tuinhek van ons huis in Driebergen, weer voor me zie. Haar witte vacht was bij haar buik helemaal rood van het bloed. Ik dacht dat ze was aangereden tot ik mama die avond boos hoorde zeggen dat ze de sadist die dat op zijn geweten had, moesten castreren. Het is gek, maar ik heb Stefan de Wilde er altijd van verdacht. 'En?' vraag ik nog voor Nick weer naast me zit.

'Niets te zien. Ik denk dat het misschien een konijn was dat voor de auto langs rende.'

'Was het geen dier dan waar ik je bij zag neerknielen?'

'Nee, het was een steen. Het enige dat we hebben geraakt is die boom,' zegt Nick. Hij knikt naar de grote boom die half uit de grond is geduwd en een flink stuk in de motorkap zit.

'Had de airbag er niet uit moeten schieten?'

'Geen idee, misschien wel, maar gelukkig had je je gordel om,' zegt hij. 'Ik had me geen raad geweten als jou iets was overkomen.'

Ik ril bij de gedachte dat een van ons gewond had kunnen zijn, of erger nog; allebei!

'Niet aan denken,' zegt hij en trekt me dicht tegen zich aan. 'Alles is gelukkig goed afgelopen.'

'En nu?' vraag ik terwijl ik me voorzichtig uit zijn armen losmaak. 'Kunnen we weer verder? Kun je de auto uit deze kuil krijgen?'

'Nee, ik ben bang van niet. Dit is geen kuil, het is meer een diepe greppel. En aangezien de voorkant redelijk ver in die boom zit, denk ik dat we het zonder hulp niet zullen redden.'

'Nou, dan stel ik voor dat je de wegenwacht even belt of wie je dan ook belt in een situatie als dit.' Ik heb nog nooit een ongeluk gehad en weet

dus niet wat de normale gang van zaken is. Een boomchirurg misschien?
'Ja, dat zou kunnen als jij een telefoon bij je hebt,' zegt Nick.

'Nee, die ben ik vergeten.' Expres natuurlijk zodat ik op die manier niet tegen Don en Raf zou hoeven jokken als die me zouden vragen waarom ik de telefoon niet had opgenomen. Ik weet zeker dat ik tig gemiste oproepen, om van de sms'jes maar te zwijgen, heb als ik weer thuis ben. 'Ik dacht dat jij...'

'Nee, ik loop al de hele week met zo'n onding, dus laat ik hem in het weekend altijd thuis. Jij bent al bij me. Wie moet ik nog meer bellen?' vraagt Nick.

'Oh, maar het kon toch dat je er voor noodgevallen een in je auto had of zo?'

'Daar zeg je wat.' Hij buigt voor me langs en trekt het dashboardkastje open waar tot mijn enorme opluchting een mobiel in ligt. Die opluchting is echter van korte duur als blijkt dat die zo goed als leeg is. De verbinding valt al weg nog voor Nick twee woorden heeft kunnen zeggen.

'Dat is dan fijn,' zucht hij en smijt de telefoon weer terug in het dashboardkastje.

Ja, erg fijn. Daar zit ik dan. Ergens midden in de bossen, in een auto met de meest goddelijke man die ik me kan voorstellen. Kan het nog erger? 'Wat moeten we nu doen, Nick?'

'Ik denk niet dat we veel kunnen doen. Ik heb onderweg nergens een huis of iets wat daar maar enigszins op lijkt, gezien. Jij wel?'

Ik schud mijn hoofd.

'En met dit weer is het ook niet te doen om te gaan lopen. Zeker niet met die hoge hakken van jou. Ik denk dat er niets anders opzit om in de auto te blijven tot er misschien iemand langskomt. Hier is het tenminste lekker warm en ik weet zeker dat we het wel uit zullen houden tot morgen.'

Tot morgen? Oh mijn god, ik kan echt niet de hele nacht met die man in de auto blijven zitten.

'We kunnen vast wel iets bedenken om ons niet te vervelen. Heb jij een voorstel, Anoek?'

'Ik zie, ik zie, wat jij niet ziet?'

Nick schiet in de lach en zegt dat we dan snel klaar zijn. 'Alles is wit dus dat is niet echt een uitdaging.'

'Nee, maar wel heel moeilijk.'

'Oké, ik begin,' zegt hij. 'Het is wit en het komt uit de lucht.'

'Oh jee, dat is een moeilijke, Nick. Hoeveel kansen heb ik?'

'Nou aangezien je het zelf al zegt en het niet al te voor de hand liggend is, krijg je... Eens kijken. Vijf kansen!'

Onnodig te zeggen dat ik natuurlijk alle opties benut en er zo lang mogelijk over doe, maar uiteindelijk kan ik er niet meer onderuit. 'De sneeuw?'

'Slimme meid. Jouw beurt!

Ik denk dat de radio op hol slaat als die vanzelf langs verschillende zenders gaat. Maar bij nader inzien blijkt dat Nicks werk te zijn. De toetsen blijken ergens op het stuur te zitten. Erg handig. Ik denk dat Trees dat ook erg chic zou vinden.

'Goed?' vraagt hij als Marvin Gaye over Seksuele genezing zingt. 'Of zullen we... dít op laten staan?' vraagt hij als een zender heeft gevonden waar een Nederlandstalig liedje, *Toppertje*, wordt gedraaid.

Ik heb een bloedhekel aan dit soort Nederlandse liedjes, en *Toppertje* is het meest afschuwelijke liedje dat ik ooit heb gehoord. Hoe is het mogelijk dat dat liedje op de eerste plaats heeft gestaan.

Nick schiet in de lach om de afkeer op mijn gezicht en zoekt verder.

'Ja, deze vindt je vast wel goed. Ik trouwens ook,'zegt hij als Mariah Careys stem door de auto klinkt. Er schijnen nog veel meer knopjes op het stuur te zitten, begrijp ik als de rugleuning van Nicks stoel iets naar achteren zakt. 'Wil je jouw rugleuning...'

'Nee! Ik zit goed,' haast ik me hem te verzekeren.

'Wat jij wilt,' lacht hij. 'Nou weet je het al? Zoveel keus is er niet. Alles is wit.'

'Daarom juist. En ik wil het je niet te makkelijk maken. Oh ik weet het al. Dit is een moeilijke,' zeg ik. 'Het is zwart en het...'

Een half uur later hebben we zowel binnen als buiten alles gehad.

'Wat jammer nou, ik vond het echt heel leuk,' zegt Nick met twinkelende ogen. 'En wat zullen we dan nu eens gaan doen? Ik ga op reis en neem mee...?'

'Je hebt zeker geen kaarten in het dashboardkastje liggen, hè? Dan zouden we kunnen pokeren.' Op het moment dat ik dit zeg, weet ik al dat het foute opmerking is. En ja hoor. Nick stelt me niet teleur.

'Om geld of om kleding?'

'Het is te koud, dus dat wil ik je niet aandoen.'

Nick vindt die opmerking kennelijk erg grappig. Die reactie hebben de meeste mannen als ik ze waarschuw dat ik goed ben in pokeren. Ik krijg er alleen zo weinig de kans voor omdat zowel Don als Raf het niet leuk vindt om altijd te verliezen.

'Ben je echt goed?' vraagt Nick als ik serieus blijf kijken.

'Ja, echt.'

'Oké, dat doen we dan morgen na het potje baalsketballen. Ik verheug me erop om door jou uitgekleed te worden.' Zijn lippen raken bijna de mijne als ik roep dat ik een koffer meeneem. Hij zucht.

'Eerst op reis dus, hè? Goed, doe er voor mij dan maar een vergiet bij.'

'Ja dag, niet in mijn koffer, Nick. Neem je eigen koffer maar mee. En wat moet je in godsnaam met een vergiet?'

'Ik ben gek op pasta's en ik hou niet van die plastic gevallen,' is zijn verklaring.

'Oh, je gaat dan zelf koken? Oké, het vergiet mag mee.'

Het wordt me al gauw duidelijk dat je een aanhangwagen moet huren als je met hem op reis gaat. Vliegen is beslist uit den boze, of je moet een vrachtvliegtuig charteren. Ik kom niet meer bij als hij de meest belachelijke dingen opnoemt. Maar hij heeft voor alles een verklaring. Hij is echt grappig. Als hij er echter op staat zijn handboeien mee te nemen, denk ik dat het tijd word ook dit spelletje maar te beëindigen.

'Lafaard,' zegt hij als mijn geheugen me opeens in de steek laat. 'Maar goed, dan is het nu mijn beurt om een spelletje te verzinnen.' Hij schuift naar me toe.

'Nick, ik geloof...'

'Ik niet. Maar ik was gek op de zondagschool. Nou ja, eigenlijk meer op zuster Nancy,' zegt hij terwijl hij naar mijn mond staart.

Hoe hij het voor elkaar krijgt, weet ik niet. Maar mijn lippen zijn opeens zo droog dat ik er met mijn tong langs ga.

'Je doet het met opzet, hè?'

'W-wat?' Op het moment dat ik opnieuw mijn lippen bevochtig, vloekt hij hartgrondig.

'Nee, Nick. Niet....

'Als ik niet beter zou weten, zou ik denken dat je bang voor me bent,' zegt hij en schuift dichterbij.

'N-nee, waarom zou ik bang voor je zijn? Ga je eng doen?' Ik tast achter me naar de deurknop. Ik moet bij hem uit de buurt zien te komen voordat het fout gaat.

Hij schiet in de lach en vraagt wat ik onder eng versta. 'Dit?' Hij kust me kort. 'Of dat?' Hij zoent me zo heftig dat ik er inderdaad bang van word.

Opnieuw voel ik achter me en als Nick me niet zo hartstochtelijk aan het kussen was geweest, had ik beslist gejuicht van blijdschap op het moment dat ik de deurknop te pakken krijg. Het volgende moment tuimel ik achterover als de deur openvliegt. Natuurlijk tuimelt Nick met me mee. Ik geef een gil als we gevaarlijk ver uit de auto blijken te hangen. Een snelle blik opzij maakt me misselijk van angst. Ik zie de bodem niet. Oh god, dit is geen kuil, dit is een afgrond! Ik klem allebei mijn armen stijf om zijn nek. 'Oh, alsjeblieft. Doe iets!' roep ik met overslaande stem. Ik snap niet zo goed wat er te lachen valt. Maar dat doet hij als hij zegt dat ik hem dan wel los moet laten omdat hij zich anders niet kan bewegen.

'Anoek, je valt niet. Ik hou je vast,' grinnikt hij als ik hem alleen nog maar steviger omhels.

'Nee, als ik je loslaat, storten we allebei omlaag!'

'Lieverd, we zitten niet in een vliegtuig. Ik denk dat het dus met dat neerstorten wel meevalt. Je zult alleen een beetje vies en nat worden.' Als hij doorkrijgt dat ik niet van plan ben hem los te laten, komt hij in actie.

'Goed vasthouden,' zegt hij terwijl hij overeind komt en me op die manier weer terug in de auto trekt. Zijn lippen drukken tegen mijn slaap en zijn armen zijn weer veilig om me heen. Dankbaar klamp ik me aan hem vast.

'Heb je altijd al hoogtevrees gehad?'

'J-ja als kind al. Ik werd al eng als ik op de rand van de zandbak stond. Noe...'

'Noe wat?'

Ik kan niets verzinnen en doe het enige dat ik in dit geval kan bedenken. Ik kus hem. Nou, dat zorgt voor een reactie. Lieve hemel. Ik probeer er direct een eind aan te maken. Maar Nick kust me tot ik me weer aan hem vastklamp omdat ik het gevoel heb dat ik opnieuw boven een afgrond hang. Zoals hij me nu kust, heeft hij me nog niet eerder gekust. Hemel, ik geloof dat niemand me ooit zo heeft gekust. Hoe hij het voor elkaar krijgt, weet ik niet. Maar ik zit opeens schrijlings, met mijn jurk opgetrokken tot om mijn middel, op zijn schoot. Zijn handen strelen en kneden mijn dijen. Het lukt me mijn hoofd weg te draaien als ik zijn handen op mijn billen voel. Hij mompelt iets als hij zijn mond in mijn hals drukt en dan stopt hij en laat hij me los. Ik krijg geen tijd om te denken want het volgende moment trekt hij mijn cape in een snelle beweging over mijn hoofd.

'Nick, niet... We kunnen...'

Hij drukt zijn lippen weer tegen mijn keel. 'Nick, alsjeblieft.' Ik ben zo van slag, dat ik niet meer weet waar ik om smeek. Stoppen, doorgaan. Wat? Ik laat mijn hoofd achterover in mijn nek vallen als zijn lippen een spoor van kussen via mijn keel naar mijn sleutelbeen en lager, naar de aanzet van mijn borsten trekken.

Zijn handen gaan strelend over mijn armen omhoog tot hij bij de bandjes van mijn jurk is aangekomen. Terwijl zijn ogen de mijne geen seconde los laten, schuift hij tergend langzaam de bandjes van mijn schouders waarna hij het bovenlijfje omlaag probeert te trekken. De baleinen werken echter niet mee. Nick mompelt iets en draait dan met een snelle beweging mijn jurk achterstevoren waardoor ik, door de lage rug, bloot ben tot onder mijn navel.

Ik voel dat ik bloos en wil mijn borsten bedekken maar hij pakt mijn handen vast en duwt ze achter mijn rug.

'Jezus, wat ben je mooi,' fluistert hij.

Ik krom mijn rug als ik zijn mond en tong over mijn borsten voel gaan en kreun zijn naam als hij eerst zacht en vervolgens hard aan mijn tepels zuigt. Nu weet ik dus hoe het voelt. Het lijkt alsof ik in brand sta, zo heet heb ik het opeens. Mijn hele lichaam tintelt en ik schijn opeens niet meer stil te kunnen zitten. Ik beweeg mijn heupen over de zijne, over zijn erectie die ik door zijn broek kan voelen.

Nick kreunt en trekt met zijn hand in mijn haar mijn hoofd naar achteren. Zijn lippen op mijn huid en zijn tong die verrukkelijke dingen met mijn oor doet, maken me dronken van verlangen. Ik weet niet hoe lang ik dit nog volhoud. God, die man maakt me waanzinnig en ik... Oh, krijg wat, ik geef het op!

Dit is overmacht. Mijn handen glijden over zijn schouders en ik voel zijn spieren onder mijn vingers bewegen. Ik wil zijn huid voelen en probeer de knoopjes van zijn overhemd los te maken. Mijn handen trillen zo dat ik dat gepriegel opgeef en zijn hemd in een keer openruk. Zijn huid is glad en stevig en nagenoeg onbehaard. Godzijdank! Ik hou niet van behaarde mannen. Ik laat mijn vingers bij zijn slapen in zijn haar glijden en trek zijn gezicht naar me toe. Deze keer ben ik het die hem kust. Zijn gezicht, zijn nek, oor... Elk plekje waar ik bij kan terwijl mijn handen zijn stevige huid strelen. Zijn borst, lager over zijn harde maag en zelfs nog lager tot ik hem...

'Anoek!' Hijgend grijpt Nick mijn pols.

'Wat?' vraag ik met een stem die me vreemd in de oren klinkt. Ben ik dat die zo hees klinkt?

'Allemachtig!' fluistert hij met zijn voorhoofd tegen het mijne. Dan kreunt hij alsof hij pijn heeft. 'Ik kan niet... We kunnen niet...'

Niet? En daar komt hij nu mee?

Met een blik die ik niet kan plaatsen, kijkt hij me aan. 'Anoek, dit kan niet. We kunnen niet...' Hij vloekt en zegt dan dat hij niets bij zich heeft.

'Nee, het is goed,' hoor ik mezelf zeggen. Ja, ik weet het. Safe seks. Maar ik heb een spiraaltje en ik sta op springen. Ja, ik! De vrouw die zei dat ze zonder seks kon.

Nick mompelt iets.

Het klinkt als vermoorden, maar ik weet zeker dat ik het verkeerd heb verstaan. God, wat ben ik opeens onhandig. Niets schijnt me meer te lukken. Zelfs een simpele riem is te veel.

Hij duwt mijn handen weg en neemt het van me over. Dan gaat alles zo snel dat ik geen tijd krijg om er nog eens over na te denken of dit nou wel kan. Ik hap naar adem als ik zijn vingers tussen mijn benen voel en probeer stil te zitten, maar ik kan het niet. Zijn vingers maken dat ik móet bewegen. Mijn kreten, die de kleine ruimte vullen, worden gesmoord door zijn hongerige kussen.

Opeens rukt hij zijn mond weg en kijkt me met fonkelende ogen van hartstocht aan.

'Anoek, god ik... Ik kan niet meer wachten.'

'Ik ook niet,' fluister ik.

Hij kreunt als ik mijn hand tussen onze lichamen in zijn boxer laat glijden en hem in mijn hand neem. God, wat is hij hard... en groot.

Hij laat zijn hoofd achterover vallen en mompelt met gesloten ogen dat hij naar de hel gaat.

Nou, als hij gaat, dan ga ik met hem mee. Ik weet zeker dat Anoek dit niet bedoelde toen ze zei dat ik alles moest doen om ervoor te zorgen dat Nick niet achter ons bedrog zou komen.

'Oh, verdomme! Het spijt me,' mompelt hij.

Voor ik kan vragen wat hij daarmee bedoelt, rukt hij met een korte harde ruk mijn string van me af. Daar houd ik beslist een striem aan over. Het volgende moment pakt hij mijn heupen beet, tilt me op en... dan wordt er op het raampje geklopt!

Geschokt staren we elkaar aan. Oké, ik kijk geschokt. Nick kijkt eerder boos. Er wordt opnieuw geklopt.

'Hallo, alles goed daarbinnen?' wordt er van buiten geroepen.

'Oh god, wat erg,' fluister ik.

Nick vloekt hartgrondig en tilt me dan van zijn schoot. Hoe hij in godsnaam zo rustig alles weer terug kan proppen en zijn broek weer dichtmaakt, is me een raadsel. Mijn vingers trillen zo erg dat ik het lijfje van mijn jurk niet omhoog kan krijgen. Sterker nog, ik kan het niet eens vinden. In paniek trek ik de cape aan.

'Rustig maar,' zegt Nick die alles weer volkomen onder controle lijkt te hebben. Hij duwt mijn handen weg en maakt de cape voor me dicht. 'Anoek, het...'

Er wordt opnieuw geklopt en gevraagd of er iemand gewond is.

Ik draai mijn hoofd de andere kant op en probeer wanhopig weer tot mezelf te komen.

Nick zucht en doet het raampje open.

'Alles in orde daarbinnen?' hoor ik een mannenstem vragen. 'Ik dacht gejammer te horen.'

Ik geloof niet dat ik me ooit eerder zo heb geschaamd als op dit moment.

'Is er iemand gewond?' vraagt de man opnieuw.

'Nee, we zijn niet gewond,' zegt Nick en vertelt wat er is gebeurd.

God, dat hij zo normaal kan praten. Je zou niet zeggen als je zijn rustige stem hoorde dat hij net op het punt stond mij in zijn auto te nemen... of door mij genomen te worden.

'Is er hier een dorp of stadje in de buurt waar we kunnen bellen?' vraagt Nick.

Ik draai mijn hoofd om en zie een gezicht bij het raampje waarvan de ogen door de klep van een pet zijn bedekt. De man knikt naar me en zegt dan dat hij het niet weet.

'De telefoon ligt er op een hoop plaatsen uit. Ik denk door het slechte weer. En hulp? Ik denk dat jullie niet veel geluk hebben. Er zijn vanavond veel ongelukken gebeurd. Het is een gekkenhuis. Een paar kilometer verderop is wel een hotel. Als jullie het geen probleem vinden in een sneeuwschuiver te zitten, kan ik jullie wel een lift geven.'

Het is even passen en meten in de kleine cabine, wat Nick oplost door mij op zijn schoot te zetten. Doordat onze redder kennelijk nogal om een praatje verlegen zit, is hij continue met Nick in gesprek, terwijl ik wanhopig probeer mijn jurk weer goed te krijgen. Op een of andere manier lukt het me verdomme maar niet om het lijfje van mijn jurk omhoog te krijgen en dan realiseer ik me opeens dat die rotjurk nog steeds achterstevoren zit! Dat feit en mijn kapotte string, die nu ergens in Nicks auto ligt, maakt alles nog erger.

Ondertussen kletst Nick onverstoorbaar verder met de behulpzame man die zich als André Teunnisse heeft voorgesteld.

Oh, wat erg. Wat moet ik nou doen? We gaan naar een hotel. Ik weet nu al dat hij me daar, na wat er in zijn auto is gebeurd, niet met rust zal laten. Ik weet zeker dat Anoek dit niet bedoelde toen ze zei dat ik alles moest doen om ervoor te zorgen dat Nick er niet achter zou komen. Mijn god, als iemand me had verteld dat ik ooit een man, die ik tot voor een paar uur nog nooit eerder had gezien, in zijn auto zou bespringen... nou ja, bijna dan. Maar echt, als iemand me dat had verteld, zou ik die persoon ronduit hebben uitgelachen. Migraine zal nu ook niet erg ge- loofwaardig overkomen. Hoe moet ik in godsnaam verklaren waarom ik opeens een kamer voor mezelf wil hebben?

'Nou André, heel erg bedankt,' zegt Nick, als we bij het hotel zijn aangekomen.

'J-ja erg bedankt,' stamel ik en loop met knikkende knieën voor Nick uit het hotel binnen.

Laten ze vol zitten. Laten ze alsjeblieft vol zitten.

Op de grote klok boven de receptie zie ik dat het al half twee is. We blijken niet de enigen die hier gestrand zijn. Voor de balie staat een ouder stel te wachten.

'Ook overvallen door het slechte weer?' vraagt de bejaarde man vrien- delijk als hij zich naar ons omdraait.

'Ja, inderdaad. We zijn een greppel ingereden en hebben daar ruim een uur vastgezeten,' vertelt Nick.

Hij trekt me naar zich toe als ik bij hem vandaan probeer te lopen. Nee, die laat me dus echt niet meer met rust.

'Nou, ik denk niet dat je het erg verschrikkelijk zult hebben gevonden als ik zo eens naar jouw mooie vrouw kijk,' lacht de man en krijgt een duwtje van zijn vrouw.

'Harry, doe niet zo brutaal. Je bent veel te nieuwsgierig.' Ze lacht vriendelijk naar me.

Ik probeer terug te lachen maar het lijkt wel of mijn gezicht bevroren is.

'Meneer en mevrouw Van de Berg? Uw kamer is klaar. Alstublieft, de sleutel,' zegt een grote gezette man met een kaal hoofd.

Ik knik als ze me een goede nachtrust wensen, al weet ik donders goed dat die wens niet uit zal komen.

De blik in Nicks ogen maakt dat ik er bijna vandoor ga. Maar waar moet ik in godsnaam naartoe om half twee in de nacht met mijn jurk achterstevoren om mijn middel? Om maar te zwijgen over mijn stringloze billen!

'Goedenavond. Mijn naam is Johan Potter en ik ben de eigenaar van dit hotel,' stelt de gezette man zich aan ons voor.

Ik beantwoord zijn brede glimlach met een snel ophalen van mijn mondhoeken. Godzijdank kan hij niet door mijn cape heenkijken. Zodra hij zijn aandacht weer op Nick richt, draai ik mijn jurk met een driftige beweging weer op zijn plaats en staak mijn bewegingen meteen als ik de diepe frons van Johan zie.

'Ook gestrand door het noodweer?' vraagt Johan. 'Hopelijk zonder ongelukken.'

'Niet helemaal,' antwoordt Nick, 'maar we hebben geluk gehad. Mijn auto helaas wat minder. Die staat met zijn voorkant in een boom geparkeerd, een paar kilometer hiervandaan. Zouden we een kamer kunnen krijgen?'

Ik pers mijn lippen op elkaar om mezelf ervan te weerhouden om een eigen kamer te vragen. De woorden van de hoteleigenaar dat hij nog maar een kamer heeft, maakt een eind aan mijn dilemma.

'U hebt echt geluk. Het is abnormaal druk door het slechte weer. Niet dat u mij hoort klagen,' lacht de man vriendelijk. Nadat hij onze namen heeft genoteerd, geeft hij Nick de sleutel.

'Heeft u geen bagage?'

'Nee, we waren niet van plan te overnachten,' verklaart Nick onze avondkleding.

'Ach, op die manier. Nou er zijn in ieder geval nieuwe tandenborstels. Aan pyjama's kan ik u helaas niet helpen. We verkopen wel badjassen, dus misschien is dat wat?' vraagt de hoteleigenaar.

Nick kijkt me met opgetrokken wenkbrauwen aan. De blik in zijn ogen vertelt me dat we geen pyjama's nodig zullen hebben. Ik draai me om en loop naar het andere eind van de hoge balie waar ik net doe alsof ik erg geïnteresseerd ben in de ansichtkaarten die daar in een rekje staan.

'Wil je een ansichtkaart kopen? Als aandenken misschien?' vraagt Nick die opeens zo dicht achter me staat dat ik zijn lichaamswarmte door mijn cape kan voelen.

'Nee, dat hoeft niet. Ik weet zeker dat ik dit avontuur nooit meer zal vergeten,' mompel ik.

Nick schiet in de lach en zegt dat hij zijn uiterste best zal doen.

10

'Volgens mij zijn we in de bruidssuite beland,' zegt Nick.

Het zweet breekt me spontaan uit als ik het notenhouten hemelbed met de groene, bonte gordijnen zie. Het neemt bijna de hele kamer in beslag. Daar gaat mijn hoop op twee losse bedden. Al betwijfel ik het of ik Nick zover ga krijgen netjes in het andere bed te gaan liggen.

Dezelfde bonte stof als van de gordijnen van het bed, komt ook terug in de sprei en de gordijnen die voor de ramen hangen. Op de houten vloer ligt een dik groen tapijt. Niet dat het me op dit moment erg kan boeien, maar ik kan niet anders zeggen dan dat het een erg stijlvol ingerichte kamer is. Op het moment dat ik me weer naar Nick omdraai, kreun ik bijna hardop.

Hij heeft zijn lange jas al uit en trekt nu het smokingjasje uit. Zijn zwarte hemd hangt nagenoeg helemaal open omdat ik er zo'n beetje alle knoopjes vanaf heb gerukt. Als hij me met een veelbetekenende blik aankijkt, raak ik in paniek. Echt! Oh god, ook al verlang ik met iedere vezel van mijn lichaam naar hem, weet ik dat ik niet met hem naar bed mag. Op het moment dat hij zijn manchetten losmaakt, kom ik in beweging.

'Ik ga even... toilet!' Ik ren naar de eerste de beste deur in het vertrek. Oh, alsjeblieft, laat het geen ingebouwde kast zijn, gaat het door me heen als ik mijn hand uitsteek naar de deurknop. Zo ja, dan stap ik er toch in en sluit ik mezelf op! Tot mijn ongelofelijke blijdschap blijkt het de badkamer te zijn. Mijn blijdschap neemt een heel stuk af als de deur niet op slot kan. Waar slaat dat verdomme nou op? Zeker in hotels horen er toch sloten op badkamerdeuren te zitten? Niet dat ik veel ervaring heb met hotels, maar dat mag je toch aannemen? Mijn ogen vliegen door de, in groen met zwarte tegels uitgevoerde, badkamer en het witte sanitair. Rechts in de hoek bevindt zich een glazen douchecabine en tegen de linkerwand staat een groot ligbad. Zonder me te bedenken, ruk ik mijn cape over mijn hoofd, schop mijn schoenen uit en stroop daarna mijn jurk langs mijn heupen omlaag. Ik staar naar de rommelige zwarte hoop aan mijn voeten en schop hem dan boos met een boog door de badkamer. Rótjurk! Ik had hem nooit aan moeten doen. Ik weet het, ik weet het. Ik gedraag me als een idioot en ik heb alles wat er vanavond is gebeurd alleen maar aan mezelf te danken. De klop op de deur en Nicks vraag of alles in orde is, brengt me bijna in tranen.

'Eh ja, ik ga even douchen. Ik ben erg klammig.'

Slim antwoord, Sas.

De deurknop beweegt. Ik spurt naar de douche en draai zonder te kijken welke kant ik op moet draaien de zwenkkraan naar rechts. Een plens ijskoud water stroomt over me heen en ik geef een gil. Hè verdomme, ik ben de nylonkousen vergeten!

'Anoek? Wat gebeurt er?'

Ik zie Nicks donkere gestalte de badkamer binnenkomen. Gelukkig is de douchecabine van matglas zodat er niets te zien is. Tenminste, dat hoop ik maar.

'Niets! Niets aan de hand. Verkeerde kant. Het water!' Tot mijn blijdschap verlaat hij de badkamer weer. Nadat ik de natte nylons heb uit getrokken, slinger ik ze over de glazen wand en trek dan de spelden uit mijn haar.

'Ah,' zucht ik, terwijl ik met mijn vingers de verwarde krullen eruit schud en mijn gezicht naar de hete straal ophef. Heerlijk! Precies wat ik nodig heb om mijn zenuwen te kalmeren. Ik besluit de langste douche uit de geschiedenis te nemen. Ik denk dat ik mijn persoonlijke record deze keer beslist ga verbeteren.

Voor mijn gevoel heb ik zeker een uur staan douchen als ik uiteindelijk de kraan dichtdraai. Nog langer en ik was met het schuim mee door het afvoerputje gespoeld.

'En toen?' mompel ik voor me uit. Ik open de deur van de douchecabine en gluur voorzichtig om het hoekje om me ervan te verzekeren dat

Nick zich niet verdekt heeft opgesteld in een hoekje van de badkamer. Opgelucht haal ik adem. Er staat een open kast in de hoek van de tegenoverliggende muur waar twee stapels handdoeken in liggen. Een stapel zwarte badlakens en een stapel witte, iets kleinere handdoeken. Snel loop ik ernaartoe en pak een zwart badlaken voor mijn lichaam en een wit exemplaar voor mijn haar. Nadat ik het zo goed mogelijk droog heb gewreven, pak ik een andere en wikkel die vervolgens als een tulband om mijn hoofd. Ik kan mijn geluk niet op als in het kastje boven de fontein een fles bodylotion staat. Ik besluit mijn verblijf in de badkamer nog even te rekken en smeer mijn hele lichaam in.

Als ik klaar ben, klap ik het deksel van het zwevende toilet neer en ga erop zitten. Met mijn ellebogen op mijn knieën ondersteun ik mijn hoofd terwijl ik probeer te bedenken hoe ik me hier in vredesnaam uit kan redden. Ik zou natuurlijk kunnen zeggen dat ik me niet lekker voel en... Te plotseling en te opvallend. Oh, ik weet het al. Ik ben opeens ongesteld geworden en... Nee, te riskant! Stel je voor dat Anoek het net is geweest en Nick dat weet. Zucht.

Wat zou Nick aan het doen zijn? Zou hij gewoon op me zitten wachten? Of heb ik eens een keer geluk en is hij zo moe dat hij al ligt te slapen? Ik twijfel even of ik mijn jurk weer aan zal doen, maar laat dat idee meteen weer varen. Ik loop naar de zwarte hoop stof in de hoek die mijn jurk is en hang hem dan aan een knaapje tegen de zijkant van de kast. Die zal ik morgen weer aan moeten en dan liever ongekreukt! Maar wat nu? In mijn handdoek de slaapkamer inlopen? Oh, de badjassen! Daar had de eigenaar had toch over? Ik kijk om me heen maar zie niets hangen. Ook in de open kast liggen ze niet. Zouden ze soms in de slaapkamer liggen? Ik wil de slaapkamer niet in, maar weet ook dat ik hier moeilijk de hele nacht kan blijven zitten. Ik tel tot tien en open dan zo zacht mogelijk de deur.

Alles is donker.

Ik zie geen hand voor ogen en blijf even staan tot mijn ogen aan de duisternis zijn gewend. Oh, god, laat Nick alsjeblieft in bed liggen en in slaap zijn gevallen. Op mijn tenen loop ik in de richting van het bed.

'Zo, nu al klaar?'

'Waarom zit je in godsnaam in het donker?' vraag ik boos en geschrokken.

'Ik zit niet, ik lig... in bed,' zegt hij er wat mij betreft geheel overbodig achteraan. Het zou niet in me opkomen dat hij op de grond zou liggen. Het volgende moment gaat de lamp op het tafeltje naast het bed aan. Tjonge, moet je hem zien liggen. Dat ligt daar helemaal ontspannen op zijn rug met zijn armen gevouwen achter zijn hoofd en zijn benen bij de enkels over elkaar geslagen, terwijl ik één brok zenuwen ben. Hij heeft nog steeds zijn hemd, dat nu helemaal loshangt, en broek aan. Alleen zijn schoenen heeft hij uitgetrokken.

'Wat heb je in hemelsnaam allemaal in die badkamer uitgespookt?' vraagt hij terwijl hij geen aanstalten maakt om overeind te komen.

'Zoals je weet, hou ik van lange douches,' zeg ik terwijl ik de handdoek van mijn hoofd trek en mijn haar nog een keer nadroog. 'Het spijt me. Je kunt... Misschien wil je ook... douchen,' laat ik er stamelend op volgen omdat hij als gebiologeerd naar mijn haar staart. Mijn vingers trillen als ik de verwarde klitten uit mijn vochtige haar probeer te krijgen. Bijna tegelijkertijd bedenk ik dat er een kam in de badkamer ligt.

'Even de kam...' Ik draai me om en moet me beheersen niet naar de badkamer te rennen en me in de douchecabine op te sluiten. 'Zo, jij mag,' zeg ik als ik de slaapkamer weer inloop. 'Ga lekker douchen, of neem een bad.'

Langzaam komt hij overeind. Terwijl hij op me afloopt, trekt hij zijn overhemd uit dat hij vervolgens op het voeteneind van het bed neergooit. Ik probeer niet naar zijn brede schouders en gespierde borst te kijken en toon vooral geen interesse voor het kleine litteken vlak boven zijn rechtertepel. En harde platte magen en buiken waar de spierkabels zo duidelijk te zien zijn, heb ik toevallig vaker gezien. Ha! Raf heeft toevallig... Ik schijn opeens vergeten te zijn hoe ik moet slikken als Nick de knoop van zijn broek losmaakt en de rits langzaam omlaagtrekt. Mijn adem stokt in mijn keel als ik de sexy grijns op zijn knappe gezicht zie.

'Goh, ik snap nu wat die mannelijke strippers voelen als al die vrouwen naar hen kijken. Beslist opwindend,' zegt hij en duwt zijn broek over zijn smalle heupen omlaag. Waarom draagt hij nou geen string? Dan zou ik beslist een afknapper hebben gekregen. Maar nee, natuurlijk draagt hij een strakke zwarte boxershort.

'G-ga lekker douchen of ga in bad.'

Nick schiet in de lach. 'Denk je dat er nog water over is?' vraagt hij terwijl hij zijn broek bovenop zijn hemd gooit.

Oh god, daar heb ik helemaal niet aan gedacht. Nou ja, dan neemt hij maar een koude douche. Koelt hij meteen even af! Wat zeg ik nou? Dat zou voor mij ook geen overbodige luxe zijn. Tjonge, de vlammen slaan me uit.

'Jammer dat je zo'n haast had, anders hadden we samen kunnen douchen. Ik had maar wat graag dat klammige lichaam van je willen afsoppen,' zegt hij met een twinkeling in zijn ogen. 'Er is zeker geen kans dat je mijn rug...? Nee dus,' grinnikt hij als hij mijn gezicht ziet.

Zodra ik de deur achter hem dicht hoor slaan, laat ik mijn ingehouden adem ontsnappen. God, die man maakt me stapelgek! Met driftige bewegingen hang ik zijn broek en hemd netjes over een stoel en doe ik het grote licht aan. Waar zijn die badjassen? Ik doorzoek de kamer, maar kan ze nergens vinden. Waarschijnlijk hadden we die beneden moeten kopen. Wat nu? Ik kan toch niet naakt in bed stappen? Ja, dat kan ik wel. Sterker nog, dat moet ik ook, omdat Anoek net als ik naakt slaapt. En Nick weet dat natuurlijk als de beste. Opnieuw vervloek ik mijn zus. Ik doe het licht uit en loop dan naar het enorme hemelbed. Snel maak ik een vlecht in mijn haar en nadat ik ook het lampje op het tafeltje uit heb gedaan, trek ik het badlaken van mijn lichaam. Op van de zenuwen, het dekbed tot aan mijn kin opgetrokken, lig ik op mijn rug naar het plafond te staren. Door het maanlicht, dat door de kier van de gordijnen naar binnen schijnt, is het niet helemaal donker. Wat een toestand. Wat moet ik doen als hij verder wil gaan waar we in de auto zijn gestopt? Maar als ik slaap zal hij me misschien met rust laten. En zo niet, dan zit er niets anders op om met hem naar bed te gaan. Oh, oh wat een straf. Anoek vermoordt me! Maar dan heb ik in ieder geval wel een prettige afsluiting van mijn leven gehad.

Ik draai me op mijn zij en kijk naar de het licht dat onder de badkamerdeur vandaankomt. Ik hoor de douche en zie in gedachten Nicks naakte lichaam voor me. Met een diepe zucht draai ik me om en sluit mijn ogen. Slapen, Sas! Je moet slapen voordat hij uit de badkamer komt. Natuurlijk lukt dat niet en ben ik nog steeds wakker als de kraan wordt dichtgedraaid. Met een gesmoorde kreet draai ik me weer om en gluur door mijn wimpers naar de badkamerdeur. Het volgende moment gaat het licht uit en de deur open.

Ik kan Nicks gestalte vaag in het donker onderscheiden als hij op het bed afkomt. Ik bal mijn vuisten en haal opgelucht adem, natuurlijk zo geruisloos mogelijk, als hij om het bed heenloopt. Oh god, wat is hij aan het doen? Ik hoor niets meer en sta op het punt dat te vragen als het geluid van de gordijnen die worden opengetrokken me het antwoord geven. Een paar tellen later voel ik het matras door zijn gewicht inzakken. Ik hoor hem diep zuchten en dan is het opnieuw muisstil. Wanhopig probeer ik regelmatig in en uit te ademen en verpest het bijna als Nick zich naar me toe draait. Ik verwacht ieder moment zijn handen op mijn lichaam te voelen, of wat dan ook, maar er gebeurt echter niets. Hij zegt trouwens ook geen woord. Ik blijf zo verstijfd liggen dat ik er pijn van in mijn rug krijg, en dan hoor ik gesnurk. Zachtjes weliswaar, maar overduidelijk gesnurk.

Hij slaapt! Hij is verdomme gewoon in slaap gevallen terwijl ik hier als een verstijfd wrak op van de zenuwen lig te liggen! Hoe durft hij!

Eh ja, oké, goed, dat wilde ik ook. Maar moet het zo snel? Waarom niet een paar keer draaien en zuchten? Misschien even zacht mijn naam fluisteren om te checken of ik echt slaap? Maar nee, hoor! Niets van dat alles. Meneer is verdomme gewoon in slaap gevallen alsof het gebeuren in de auto hem niets heeft gedaan. Ik ben in staat me om te draaien en hem een stomp te verkopen, maar weet me te beheersen. Het is voor hem natuurlijk niet zo'n heftige gebeurtenis als voor mij. Hij is immers gewend om met mijn zus naar bed te gaan. Ik zucht diep en durf me eindelijk te ontspannen als ik zijn regelmatige ademhaling en zachte gesnurk hoor. Gek, ik had gedacht dat het gesnurk me wakker zou houden, maar niets is minder waar.

Op het moment dat ik iets zwaars op mijn borst voel, ben ik klaarwakker. Even weet ik niet waar ik ben, of waarom ik in de eerste plaats wakker werd. Maar een tel later besef ik wat het is... of wie. Nick! Oh mijn god. Met zijn hoofd tussen mijn borsten, zijn arm om mijn middel, ligt hij half bovenop me. Ik hou mijn adem in als hij beweegt en ontspan weer enigszins als hij blijft slapen. Als hij zijn hand over mijn buik beweegt en langs mijn navel strijkt, trek ik die in een reflex in. Ik probeer geen geluid te maken. Oh, god, zijn hand glijdt steeds lager. Hij beweegt zijn hoofd en ik voel zijn mond op mijn borst. Ik begin een angstig vermoeden te krijgen. En weet dat die vermoedens kloppen als hij eerst langs mijn tepel likt, die meteen reageert, en hem vervolgens in zijn mond neemt.

'Oh,' hoor ik hem mompelen.

Door het maanlicht dat door het raam naar binnen schijnt, kan ik zijn ogen zien als hij me aankijkt. Ik durf niets te zeggen.

'Niet doen,' zegt hij als ik op mijn onderlip bijt. Hij kust me. 'Ik heb het geprobeerd, maar dit is te veel.' Hij kust me opnieuw. 'Jij bent te veel en ik kan dit niet meer.'

'Wat kun je niet meer?' vraag ik verward.

'Niets meer!'

Nou dat is lekker duidelijk. Nu begrijp ik natuurlijk meteen waar hij het over heeft. Maar dan kust hij me en weet ik alleen dat ik niets meer weet. Zelfs mijn naam niet meer. Anoek, Sasha, ik raak in de war. Hij noemt me Anoek, kust me alsof hij me nooit meer wil laten gaan. Hoe kan ik me dan als Sasha gedragen? Maar dat doe ik wel, en ik reageer op hem zoals ik nog nooit eerder op een man heb gereageerd. Ik moet Anoek zijn, dus ben ik dat... Probeer ik dat. Maar als hij zijn kus verdiept, gooi ik alle gedachten overboord. Ik reageer instinctief op hem en sla mijn armen om zijn nek en beantwoord zijn kus. Ik kreun als hij zich, nadat hij mijn benen met zijn knie uit elkaar heeft geduwd, tussen mijn gespreide benen nestelt.

'Kijk me aan, lieveling,' fluistert hij met zijn gezicht vlak boven het mijne.

Ik open mijn ogen en zie de begeerte in de zijne. Hij duwt zijn onderlichaam hard tegen me aan.

'Oh Nick dit is...' Ik sluit mijn ogen als hij zijn handen onder mijn billen laat glijden en me langs zijn erectie beweegt.

'Voel je wat je met me doet?' vraagt hij schor. 'Voel je het?' Hij kust me voor ik antwoord kan geven en trekt dan zijn mond weg om zich al kussend een weg omlaag te banen. Werkelijk geen enkel plekje slaat hij over. Via mijn navel gaat hij steeds lager en ik verstijf als ik zijn lippen aan de binnenkant van mijn dijen voel. Precies op mijn geboortevlek. Godzijdank is het te donker om iets te kunnen zien. Het volgende moment vlieg ik bijna van het bed en grijp ik met beide handen in zijn haar met de bedoeling hem weg te trekken.

'Nee, Nick! Nee, niet doen. Ik...'

'Wel,' hoor ik hem zeggen terwijl hij mijn handen pakt en zijn vingers met de mijne verstrengelt.

Ik druk mijn nagels in zijn hand als ik zijn mond en tong tussen mijn benen voel. Nog nooit eerder heeft een man dit bij mij gedaan. Dit is zo intiem en ik zou het ook nooit toegestaan hebben als een van mijn vroegere vriendjes dit had willen doen. Maar ze waren geen van allen Nick, die zich niet weg laat duwen en zich niets van mijn steeds zwakkere protesten aantrekt. En daar komt nog bij dat ik hem niets lijk te kunnen weigeren. Mijn god, ik spreid mijn benen zelfs nog verder als hij vraagt of ik dat wil doen. Het genot overvalt me van het een op het andere moment zo, dat ik alle gêne overboord gooi. Het is alsof Nick mijn overgave voelt. Hij laat meteen mijn handen los om ze onder mijn billen te laten glijden. Ik hoor mezelf de meest onbegrijpelijke klanken uitstoten, maar ik kan ze niet tegenhouden. Mijn god, ik geloof dat ik steeds luidruchtiger word. Als er straks hard op de muur wordt geklopt, zou ik niet eens raar opkijken. Oh god, dit is te veel. Ik verlies de greep op mezelf en grijp de spijlen van het hoofdeind. En dan schreeuw ik inderdaad zoals hij zei dat ik zou doen. Hij blijft net zolang doorgaan tot ik niet meer beweeg. Dan schuift hij langs mijn trillende lichaam omhoog, kust mijn geopende mond en vraagt of alles in orde is.

Ik kan alleen maar knikken en kreun als hij zegt wat hij nog meer met me gaat doen.

'Dit is nog maar het begin.'

Oh god, dat meent hij niet. Wil hij me soms vermoorden? Ik grijp de stijlen van het hoofdeind opnieuw als hij mijn heupen pakt en diep bij me binnen stoot om vervolgens tergend langzaam, met lange diepe halen in en uit me te bewegen.

'Zeg me wat je wilt,' fluistert hij met zijn mond bij mijn oor. 'Langzaam, zoals nu? Of harder,' kreunt hij terwijl hij het tempo op- voert. 'Zeg me wat je wilt, mijn schat, en ik doe het,' fluistert hij vlak voordat hij mijn mond volledig met de zijne omsluit en me hongerig kust.

Alles! Gaat het door me heen. Mijn god, nog nooit heeft een man me zover gekregen zoals hij. Alles windt me op. Ik schaam me om het toe te geven, maar ik vind werkelijk alles heerlijk wat hij met me doet. Dit is zo nieuw voor me en het enige dat er door me heen gaat, is dat ik niet wil dat hij er ooit nog mee stopt. Ik sluit mijn ogen en geef me over aan zijn ritme. Als hij me op zijn schoot trekt, klem ik mijn armen om zijn nek. Onze lichamen zijn dicht tegen elkaar.

'Oh Nick, dit... dit is heerlijk.' Zoals hij daar zit, weet ik dat hij net zo geniet als ik.

'Kus me,' eist hij. Dat doe ik en blijf op hem bewegen. Hij mompelt onverstaanbare dingen, spoort me aan terwijl hij me steeds feller tegemoet komt. Ik weet dat dit het is. Dit is de liefde bedrijven. Nooit zul je mij meer horen zeggen dat het niets voorstelt. Ik weet nu dat het met de juiste man de hemel op aarde is. De drie minuten komen me nu zo belachelijk voor. Of misschien konden mijn vorige minnaars gewoon niet langer. Nick heeft er geen enkele moeite mee mij ook alle genot te geven. Dit is ongelofelijk. Hij is ongelofelijk. Ik voel dat ik op het punt sta om opnieuw klaar te komen het is te veel. Het gevoel is zo overweldigend dat ik mijn gezicht in zijn nek begraaf.

'Laat los, laat je gaan,' zegt Nick met opeengeklemde kaken. Hij laat zijn vingers bij mijn nek in mijn haar glijden en trekt mijn hoofd achterover. Hij overlaadt mijn hals met hete kussen.

'Mijn borsten,' hoor ik mezelf smeken. 'Alsjeblieft, ik wil dat je...' Meteen voel ik hoe hij mijn borsten tegen elkaar duwt. Zijn tong en mond gaan steeds opnieuw van de een naar de ander. Ze zijn nog nooit zo gevoelig geweest. 'Oh god Nick, ik...' Ik verlies de strijd door het allesoverheersende gevoel, het gevoel dat ik nog nooit eerder zo intens heb ervaren. Ik blijf hem berijden tot mijn hele lichaam begint te schokken. Keer op keer roep ik zijn naam, tot ik weer op mijn rug lig, en Nick het weer van me overneemt. Tot mijn verbijstering voert hij het tempo nog verder op, trekt mijn benen om zijn middel en maakt met zijn diepe harde stoten dat ik bijna van mijn stokje ga. Mijn god, hoe lang denkt die man dat ik dit aankan? Op het moment dat ik me afvraag hoe lang hij dit in godsnaam nog kan volhouden, begraaft hij zijn gezicht met een diepe grom in mijn hals en terwijl hij zijn heupen met stotende, draaiende bewegingen tegen de mijne beweegt, laat hij zich ook eindelijk gaan.

Het is niet te zeggen wiens hart sneller klopt als we dicht tegen elkaar aanliggen en ik kan werkelijk geen woord meer zeggen. Zo verbijsterd door hetgeen me is overkomen, sla ik mijn armen om hem heen. Ik geniet van het geluid van zijn adem dat met horten en stoten komt, geniet van het gevoel van zijn natte, bezwete lichaam stijf tegen het mijne.

Van mij. Vannacht ben je van mij, is mijn laatste gedachte voor ik in een diepe slaap val.

11

Met mijn hoofd op zijn schouder, mijn arm over zijn borst en mijn been tussen zijn benen verstrengeld, word ik wakker. Het begint net licht te worden. Ik zucht en kruip nog dichter tegen Nick aan.

'Ga lekker slapen, lieveling. Het is nog vroeg,' fluistert hij en trekt me bovenop zich. Oké, dit is apart. Maar erg prettig. Hier zou ik aan kunnen wennen. Ik zucht opnieuw en sluit mijn ogen. Godzijdank is het zaterdag. Mijn laatste gedachte is dat ik dat een leuke film vond. Donna Summer speelt daarin. Oh nee, dat was op vrijdag. *Thank god it's Friday.* Leuk liedje ook.

Lui rek ik me uit en open mijn ogen. Nick ligt niet naast me. Ik ben een paar tellen in de war. Waar is hij? Hoe laat is het?

De klok op het nachtkastje geeft aan dat het vier minuten over half elf is. Waarom ik daar zo van schrik weet ik niet. Oké, het is laat en ik slaap normaal gesproken nooit zo lang, maar het is geen reden tot paniek. Die kan ik beter bewaren voor als Nick terugkomt, waar hij dan ook mag zijn. Zou hij in de badkamer zijn? Mijn oog valt op de fauteuil waar hij vannacht zijn jas en colbert op heeft gegooid. Die zijn weg, net als de rest van zijn kleren. Meteen vlieg ik uit bed en ren naar de badkamer. Zonder me te bedenken, stap ik onder de douche. Ik draai mijn haar in een knot bovenop mijn hoofd. In tegenstelling tot vannacht neem ik deze keer de kortste douche aller tijden. Als ik me heb aangekleed, voel ik me ontzettend opgelaten omdat ik nu helemaal naakt ben onder mijn jurk. De kousen met de brede kousenbanden tellen niet. Maar goddank is het een lange jurk en weet niemand het, behalve Nick.

'Anoek? Ben je in de badkamer?' De deur gaat open. Nick verschijnt met verwarde haren en rode wangen van de buitenlucht, in de deuropening.

'Je hebt alweer alleen gedoucht,' zegt hij met een beschuldigende blik. 'Ik hoopte dat je nog in bed zou liggen en ik je wakker zou kunnen kussen.'

'Dan heb je pech.' Ik glip langs hem heen de slaapkamer weer in.

'Waar ben je geweest?' vraag ik snel voor hij daar op kan reageren.

'Oh, ik kom bij Koos vandaan, de broer van Johan.'

'Nick, word ik verondersteld te weten wie Koos en Johan zijn?' Hij schiet in de lach en zegt dat Koos de broer is van de eigenaar van het hotel. 'Johan Potter? Weet je nog? Het toeval wil dat Koos een garage heeft.' Hij trekt zijn smokingjasje uit en komt op me af.

'Nick, het spijt me,' en wijs naar zijn hemd waar grote stukken blote huid te zien zijn tussen de twee, nee drie knoopjes waarmee het hemd is dichtgeknoopt. Ik wil opnieuw langs hem heen glippen maar hij is sneller en trekt me tegen zich aan.

'Ach, ik vind het wel wat hebben dat je me de kleren van het lijf hebt gerukt,' zegt hij voordat hij me tegen zich aanklemt en kust. Binnen de kortste keren vlamt de hartstocht weer op en het lukt me maar ternauwernood er een eind aan te maken. 'Goedemorgen, schat, heb je lekker geslapen?'

'Nick, niet... Ik heb me net gedoucht en ik... Ik heb honger!' gooi ik eruit. Als om dat te bewijzen, laat mijn maag zich op niet mis te verstane wijze horen.

'Ik hoor het,' zegt hij lachend. 'Dan is het maar goed dat ik iets te eten heb meegenomen.' Hij draait zich om en wijst naar de kleine gedekte ronde tafel die voor het raam staat.

'Oh, je bent geweldig,' zeg ik als ik al het lekkers zie. Gekookte eieren, roereieren, toast, aardbeien, geen slagroom, vertelt een snelle blik me. Croissants, met en zonder chocola, en muffins.

'Heb je de hele keuken leeggeroofd?'

'Nee, ik heb heel vriendelijk gevraagd of we nog konden ontbijten. En gezien jouw liefde voor eten, heb ik gevraagd of ze... Te weinig?' vraagt Nick met opgetrokken wenkbrauwen.

'Ik denk dat we het net redden, als jij je een beetje inhoudt.' Het water loopt me in de mond als ik de heerlijke geur van de nog warme croissants ruik. Ik ga zitten en terwijl ik een hap van een chocoladecroissant neem, schenk ik thee in. 'Wil je ook?' vraag ik als Nick tegenover me komt zitten.

'Nee, dank je, ik drink liever melk bij mijn ontbijt. Nou ja, ontbijt, zeg maar brunch. Het is tenslotte al bijna middag.'

'Ja, waarom heb je me niet wakker gemaakt?'

'Je was moe, je hebt vannacht maar weinig slaap gehad,' zegt hij met een blik waar ik kippenvel van krijg. 'Godallemachtig, ik heb nog nooit eerder...'

'Hier neem een aardbei,' zeg ik en stop hem, voor hij nog iets kan zeggen, in zijn mond. Oh god, hij zal het toch niet over vannacht willen hebben, hè? Ik buig mijn hoofd als ik voel dat ik bloos en neem snel een slok van mijn thee. Ik ril zichtbaar.

'Wat is er?' vraag Nick.

'Geen suiker.' Ik probeer de suikerpot te vinden op de overvolle tafel. 'Dank je,' zeg ik als Nick deze aanreikt. 'Zo vertel!' zeg ik, terwijl ik het laatste stukje croissant in mijn mond stop.

'Wat wil je horen?'

'Wat... Koos?' Nick knikt. 'Wat zei Koos van je auto?' Ik pak het schaaltje met het roerei en doe er wat van op mijn toast.

'Dat hij het een machtig apparaat vond en dat...' Hij schiet in de lach als ik mijn ogen half dichtknijp en hem dreigend aankijk. Hij pakt een aardbei, doopt hem in de suikerpot en houdt hem voor mijn mond.

'Niet in combinatie met roerei, dank je.'

'Koos heeft de auto naar zijn garage gesleept en...'

'De garage?' roep ik geschokt. Met mijn...Mijn god, Nick! Heb je mijn...' Ik voel dat ik knalrood wordt.

'Wat?' vraagt Nick met een frons.

'Heb je... mijn... Ik bedoel dat...'

'Anoek? Nog even en je gaat hyperventileren.' Hij leunt iets achterover in de stoel om iets uit zijn zak te pakken. 'Als dit het is waar jij je...'

Met een boze kreet ruk ik het zwarte stukje kant dat eens mijn string was, uit zijn hand.

'Nick Warner, jij bent werkelijk de meest...'

'Galante man die je ooit hebt ontmoet? Had je liever gehad dat ik je ondergoed in de wagen had laten liggen?'

'Geloof me. Je wilt niet weten wat ik liever zou willen!' Ik sta zo driftig

126

op dat ik bijna het hele tafellaken meetrek. 'Géén woord!' roep ik met opgeheven vinger. 'En als je waagt te gaan lachen dan... dan wurg ik je met mijn string!' Boos storm ik naar de badkamer. 'Rotvent!' zeg ik als ik hem hard hoor lachen en kijk naar het zwarte kant in mijn hand dat helemaal geruïneerd is. Met een zucht gooi ik het ding in de prullenbak.
'Anoek?' Ik draai me om en verroer me niet als Nick op me afkomt. 'Niet boos zijn. Ik wilde je niet in verlegenheid brengen. Het spijt me. Ook dat ik toch heb gelachen. Je bent zo verrukkelijk als je boos op me bent. Ik kan het gewoon niet helpen je een beetje op stang te jagen.' Hij laat zijn handen bij mijn slapen in mijn haar glijden. 'Vergeef je het me?' vraagt hij zo zacht en sexy dat ik er diep van zucht en mijn ogen sluit voordat zijn lippen de mijne raken.

'Kan de auto gemaakt worden?' vraag ik als ik weer tegenover hem aan tafel zit. 'Kunnen we hier snel vandaan? Niet dat ik het hier niet naar mijn zin heb,' haast ik me snel te zeggen.
'Tja, ik heb goed nieuws en slecht nieuws,' zegt Nick.
'Hm, doe dan maar eerst het slechte nieuws.' Ik gooi schepje nummer vijf in mijn thee.
'Weet je zeker dat het zo zoet genoeg is?'
'Nee, ik denk dat je gelijk hebt, laat ik er voor de zekerheid nog eentje nemen. Nou, kom op met je slechte nieuws.'
Nick kijkt me aan met een gezicht alsof er een verschrikkelijke ramp heeft plaatsgevonden.
'Er is aanzienlijk wat schade aan de motorkap, maar dat is voornamelijk blikschade. En je zult het niet geloven, maar Koos denkt dat hij het kan maken. Het spijt me verschrikkelijk.'
'En dat is slecht nieuws omdat...?' Ik begrijp hem even niet. 'Dat is toch juist goed nieuws, en ik... Oh, oké, op die manier.' Ik schiet in de lach.
'Ja schatje, dit is het slechtste nieuws dat ik ooit heb gehoord. Maar we kunnen hier moeilijk de hele dag blijven en elkaar suf... Nog suffer, eh ja dat!'
Nick barst in lachen uit als ik dreigend een lepel roerei in de aanslag breng.
'Je zei dat je ook goed nieuws had. Wil ik nog weten wat dat is?' vraag ik terwijl ik de lepel weer in het schaaltje leg.

'Het duurt een paar uur voordat Koos de onderdelen heeft die hij nodig heeft. Misschien pas tegen de avond.'

'Hm, waarom heb ik nou het idee dat je daar niet echt blij mee bent?'

'Omdat je me zo goed kent,' zegt Nick en pakt de laatste croissant. 'Is het oké dat ik...

'Nou ja zeg, doe normaal. Je doet net of ik... Oh sorry. Ja, natuurlijk.'

'Nu begrijp ik waarom jij zoveel moet baalsketballen.'

'Nick! Hou je nou op of niet? Het is basketballen, het kwam er alleen een beetje verkeerd uit. En je doet net alsof dit de eerste keer is dat je me zo veel ziet eten. Dat doe ik altijd, dus waarom is het zo'n verrassing?'

Wat dat betreft lijken Anoek en ik ook op elkaar. We hebben als kind ooit meegedaan aan een eetwedstrijd op school. Voor een goed doel natuurlijk, anders had mama het nooit goed gevonden. Anoek werd eerste omdat zij net de laatste pannenkoek voor mijn neus wegkaapte.

'Ik denk niet dat ik er ooit aan kan wennen om een vrouw zo veel en snel te zien eten en toch zo'n ongelofelijk figuur kan hebben,' zegt Nick. 'Weet je wel dat ik gek ben op jouw...'

Twee korte kloppen op de deur maken een eind aan Nicks bekentenis. Ik sta snel op en loop naar de deur.

Het is de hoteleigenaar die een boodschap van broer Koos heeft. Zijn ogen gaan langs me naar Nick die achter me is komen staan.

'Mijn broer belde net en...'

'Hij kan de onderdelen dit weekend niet meer krijgen,' zegt Nick hoopvol.

'Eh jawel,' zegt Koos. 'Maar met die sneeuw zal dat alleen niet zo snel gaan. Hij hoopt uw wagen voor vijven klaar te hebben.'

Vijven? Mijn god, wat moeten we in hemelsnaam de hele middag hier op deze kamer doen? Ik weiger Nick aan te kijken als hij weer tegenover me aan tafel komt zitten.

'Zal ik vragen of ze een pak kaarten voor ons hebben, dan kunnen we...' Hij perst zijn lippen op elkaar als ik hem nijdig aankijk en vervolgens zo driftig op een ei timmer dat ik het totaal tot moes sla en weer terug in het schaaltje leg.

'Geen honger meer?' vraagt Nick. 'Het is dat je er niet op gekleed bent, anders zouden we een wandeling kunnen maken. Maar met die hakken lijkt me dat niet zo geslaagd. Je zou natuurlijk op mijn rug kunnen en dan...' Deze keer barst hij in lachen uit als ik hem giftig aankijk en duikt weg als ik een lepel roerei naar hem gooi.

'Nick Warner!' roep ik als hij geen moeite neemt om de lepel te gebruiken en een handje ei pakt. 'Ik waarschuw je! Waag het niet.' Ik spring overeind en ren naar de badkamer. Zoekend kijk ik om me heen. Ik overweeg net de handdoekenkast voor de deur te slepen als ik een halve meter naar voren vlieg en Nick de badkamer binnenstapt. Met mijn handen voor me uit loop ik achteruit als hij met een verontrustende blik op me afkomt.

'N-nee! Blijf daar. Nick, ik wil niet dat je...'

'Maar ik wel,' zegt hij en trekt me aan mijn handen naar zich toe en kust me tot ik alles wil wat hij wil... En meer.

Hoe dichter we bij Anoeks flat komen, hoe stiller ik word. Ik weet dat ik hem na vandaag nooit meer zal zien en ik voel me met de minuut verschrikkelijker, bijna ziek.

Nick pakt mijn hand en mompelt iets over naar huis gaan. Ik draai mijn hoofd naar hem toe.

'W-wat? Wat zeg je?'

'Ik vroeg of je met me uit eten wilde,' zegt hij na me een paar seconden zwijgend aangekeken te hebben. Ik zou kunnen zweren dat hij eerst vroeg of ik met hem mee naar huis wilde.

'Wat bedoel je? Ik kan niet... Ik moet... Mijn kleren...' Tjongejonge, ik lijk wel een stotterende idioot.

'Daarom gaan we eerst naar boven.'

'Nee!' roep ik en trek mijn hand los. 'Nee,' herhaal ik iets zachter als ik de verbaasde blik in zijn ogen zie. 'Ik wil graag deze jurk uittrekken en...'

'Ja, dat snap ik,' lacht hij. 'Ik ga gewoon even met jou mee naar boven en dan wacht ik tot je je hebt omgekleed.'

Oh, god, dit gaat weer totaal de verkeerde kant op.

'Wil je niet?' vraagt hij opeens. Mijn hart doet echt pijn als ik de onzekerheid in zijn ogen zie.

'Is dat het? Heb ik je misschien...?'

'Nee! Ik wil niets liever dan bij jou zijn.' Ik voel me ontzettend schuldig, maar ik meen het echt. Ik wil echt niets liever. Het idee hem nooit meer te zien brengt me bijna in tranen.

'Dan moet je nu niet tegenstribbelen. Ga je omkleden. Of je moet zo met me mee willen. Mij maakt het niet uit.' Hij trekt me tegen zich aan. Nog één dag. Dat beloof ik mezelf. 'Goed dan, maar jij gaat nu ook naar huis.' Ik duw hem van me af. Althans, dat probeer ik. Hij geeft geen krimp. 'Nick, toe nou. Jij gaat je ook verkleden en dan kom je me over een uur of twee weer ophalen.' Ik neem zijn gezicht in mijn handen als hij wil protesteren.

'Twee uur? Waar heb je in godsnaam zolang de tijd voor nodig?' vraagt hij verontwaardigd.

'Oké. Over een uur dan. Maar geen minuut eerder! Graag of niet!'

'Acht uur en geen minuut later!' zegt hij.

'Wat doe je?' vraag ik als hij uit wil stappen. 'Ik ga alleen naar boven, anders weet ik het wel.' Ik geef hem een korte harde zoen op zijn mond en stap snel uit. Ik ren naar de voordeur van Anoeks flat. Gelukkig is de sneeuw nagenoeg weg en maak ik geen schuiver.

Boven in Anoeks flat laat ik me met mijn rug tegen de voordeur vallen. Even blijf ik zo met gesloten ogen staan.

'Oh, Anoek, wat ga je kwaad op me worden als ik je dit vertel.'

Ja, maar Anoek is hier nu niet! Ik schop mijn schoenen uit en loop naar haar slaapkamer.

Met een diepe zucht laat ik me achterover op het bed vallen en schrik me rot als ik mezelf in de grote spiegel boven me aan het plafond zie.

Nou, wat er ook gebeurt; Ik neem Nick in geen geval mee hiernaartoe. Ik vertik het om in Anoeks bed in de boeien geslagen te worden terwijl ik boven me kan zien hoe Nick de liefde met me bedrijft! Nee, als het echt moet, ga ik wel met hem mee naar huis. Of ik moet hem ervan kunnen overtuigen me hier vanavond alleen af te zetten. *Ja hoor, Sas. Mooi verhaal!*

Met mijn handen onder mijn hoofd, staar ik naar mijn spiegelbeeld boven mijn hoofd. Oh, wat erg. Hoe heb ik het in godsnaam zo uit de hand kunnen laten lopen? Ik zal Anoek nooit meer verwijten dat zij altijd zo snel met haar vriendjes naar bed gaat. Ik ben geen haar beter. Ik ben nog erger. Ik heb de liefde bedreven met de man waar mijn zus mee wil trouwen en ik heb ervan genoten. Voor Anoek is dit natuurlijk normaal. Zij en Nick gaan waarschijnlijk zo'n beetje iedere avond of zelfs vaker als ik mijn zus een beetje ken, met elkaar naar bed. Maar voor mij? Mijn god, wat benijd ik mijn zus. Ineens realiseer ik me dat ik voor het eerst van mijn leven jaloers op haar ben en ik kan niet zeggen dat ik het een erg prettig gevoel vind. Opeens begrijp ik mijn zus een heel stuk beter. Zou zij zich vaak zo gevoeld hebben?

Ik heb geen extra kleding meegenomen omdat ik dacht dat ik uiterlijk vanmorgen weer naar huis zou gaan. Ik kan moeilijk in mijn spijkerbroek met hem uitgaan. Dus zal ik wat van Anoek moeten lenen.
Anoeks smaak qua kleding verschilt veel met die van mij.
'Oh, dit is leuk,' zeg ik. Ik pak de zwarte broek en trek hem aan. Bij nader inzien vind ik de taille iets te laag. Mijn navel is te zien. Jeetje, al Anoeks broeken zijn zo laag, ontdek ik nadat ik een paar andere broeken tevoorschijn heb gehaald. Ik besluit de zwarte broek aan te houden. Het zwart satijnen getailleerde overhemd met de drukkertjes van paarlemoer is ook wel leuk.
'Ja, heel leuk, Sas,' zeg ik tegen mijn spiegelbeeld. Laat ik eens wild doen en de onderste drukkers openlaten zodat mijn navel te zien is.
Mijn zwarte hoge laarzen staan er perfect bij. Ik besluit mijn haar los te laten hangen. Ik borstel het net zolang tot het glanst en bijna statisch om mijn gezicht valt. Na een paar keer mijn hoofd van voor naar achteren gegooid te hebben, vind ik het weer wild genoeg. Zo, nog even opmaken, en dan ben ik er weer klaar voor.
'Klaar voor wat?' vraag ik aan mijn spiegelbeeld. Na een beetje parfum achter mijn oren en op de binnenkant van mijn polsen gespoten te hebben, ben ik klaar. Oh, nog een beetje in mijn decolleté. 'Ja, je kunt niet weten waar hij zijn neus allemaal insteekt.' Ik trek een gek gezicht naar mezelf.

Ik schiet in de lach als er om kwart voor acht heel ongeduldig wordt gebeld.
'Ja, wie daar?' vraag ik door de intercom.
'Wie denk je? De glazenwasser?'
'Rob! Wat een aangename verrassing.'
'Anoek als je wilt dat ik naar boven kom, dan kun je dat ook gewoon vragen.' Ik hoor de lach in zijn stem.
'Blijf maar beneden, ik kom eraan.'
Nicks haar is nog nat van de douche en hij is, alsof we het zo van

tevoren af hebben gesproken, net als ik helemaal in het zwart. Ik heb een zwak voor mannen in coltruien. Zeker bij mannen zoals Nick. Ik voel weer dat vreemde trekkende gevoel in mijn onderbuik. Tjonge, wat is er in godsnaam met me gebeurd? Heeft hij soms binnen in me de schakelaar omgezet? Ik sta hem nog steeds te bekijken als hij op me afkomt en me in zijn armen trekt.

'Zoals jij soms naar me kijkt is genoeg om me... Wie is Rob?'

'De glazenwasser, mijn andere minnaar,' zeg ik met een ernstig gezicht. 'Je denkt toch niet dat ik aan een man genoeg heb?'

'Nee, na vannacht weet ik dat wel zeker, maar... Au.' Hij stapt bij me vandaan als ik hem een klap met mijn tas geef. 'Ik zal beter mijn best doen,' zegt hij met die sexy lach van hem.

'Oh god, alsjeblieft niet.' Ik kijk quasi-geschokt. 'Nog beter en het wordt mijn dood!'

Ik probeer normaal te kijken als hij me meeneemt naar een zwarte *Porsche*. Dit zou Don moeten zien, schiet het door mijn hoofd.

'Wat dacht je? Laat ik de *Porsche* eens nemen?'

'Ja, ik weet hoeveel je van snelle auto's houdt. Dus dacht ik kom, hij staat toch maar te roesten in mijn garage en...'

'Je bent een schat.' Nou zijn bedrijf moet het goed doen als hij zich twee van die dure auto's kan veroorloven. Anoeks nummer één op haar lijstje van voorwaarden waaraan haar mannen moesten voldoen is rijk, direct gevolgd door knap. Nou, dan heeft ze met Nick de jackpot gewonnen.

Ik ben het al gewend dat hij de deur voor me openhoudt en glimlach als hij om de auto heenloopt en naast me komt zitten.

'Wat?' vraagt hij met een scheve grijns als ik hem aankijk.

Ik schud mijn hoofd.

'Heb je honger? Belachelijke vraag,' zegt Nick er meteen achteraan en schiet in de lach. 'Heb je je gordel om?' vraagt hij en checkt het voor de zekerheid.

'Hoe is het mogelijk, hè? Het is me zowaar gelukt. De gordels in Porches zijn natuurlijk veel simpeler.'

'Een wereld van verschil,' zegt hij droog.

Als hij vol gas geeft, ben ik blij dat ik de gordel om heb. Ik grijp verschrikt naar de leuning als hij de straat uitscheurt.

'Sorry, dat moest even,' zegt hij met een ondeugende blik in zijn ogen. 'Dit is voor mij ook de eerste keer.'

Hoezo? Heeft hij hem gisteren pas gekocht of zo?

In het restaurant zit Nick me op een gegeven moment zo lang zwijgend op te nemen dat ik hem vraag wat er is.

Hij schiet in de lach en raakt met zijn vinger mijn wenkbrauw aan. 'Dat, je wenkbrauw.'

'Wat is daarmee?' vraag ik een beetje ongerust.

'Niets, ik vind het alleen erg grappig als je dat doet. Eén wenkbrauw optrekken,' zegt hij als ik ze deze keer allebei frons.

Shit, shit, shit. Ik ben het zo gewend dat ik het zonder erg doe.

'Ja leuk, hè? Dat kan ik sinds kort. Ik heb er in het geheim op geoefend. Goed, hè?' Om beurten trek ik mijn wenkbrauwen op. Nick lacht en zegt dat hij het ontzettend knap vindt.

Dan pakt hij mijn hand die ik plat voor me op de tafel heb liggen en drukt zijn mond op de binnenkant van mijn pols.

'Je ruikt heerlijk. *Jean Paul Gaultier*,' zegt hij tot mijn stomme verbazing. 'Weet je dat je echt de mooiste vrouw bent die ik ooit heb gezien?'

'Ja, dat weet ik, maar ik hoor het je graag zeggen.'

'En zo bescheiden ook.' Hij schiet in de lach.

Ik moet ook lachen, maar alleen omdat ik weet dat Anoek zoiets gezegd zou hebben. Die is beslist arrogant wat betreft haar uiterlijk en ik weet zeker dat Nick niet anders gewend is van haar.

'En lief en aardig...én een kei in spelletjes,' zegt hij met een stalen gezicht, 'dus dat maakt alle verschil.'

Ik moet hier erg om lachen. Niet om de reden die Nick waarschijnlijk denkt. Nee, ik lach om zijn opmerking over Anoeks goede karakter? Ook al hou ik ontzettend veel van Anoek, ben ik niet blind voor haar karakter. Ze heeft kennelijk een knap stukje toneel opgevoerd.

Ja, net zoals jij, Sas! hoor ik haar stem in mijn hoofd.

Na een heerlijke maaltijd en een fantastische avond lopen we zwijgend naar zijn auto. Het is koud. Ik huiver in mijn jas en steek allebei mijn handen diep in mijn zakken. Ik wil net vragen waarom Nick zo stil is als hij me letterlijk grijpt en me, terwijl ik het uitschater, het dichtstbijzijnde portiek van een winkel insleurt. Een paar tellen later lach ik niet meer en huiver ik opnieuw. Alleen is het dan niet meer van de kou. Ik vraag me af waar hij me nu mee naartoe neemt als we weer in zijn auto zitten en besluit me te laten verrassen. Als hij even later voor een dicht rolluik blijft staan, kan ik mijn nieuwsgierigheid bijna niet bedwingen. Voor het geval Anoek dit kent vraag ik maar niets.

Nick laat het raampje aan zijn kant zakken en steekt een pasje in een automaat. Bijna meteen gaat het grote rolluik open waarna hij een ondergrondse parkeergarage inrijdt. Ik kan mijn nieuwsgierigheid bijna niet bedwingen als hij me, nadat hij de auto heeft geparkeerd, meeneemt naar een lift en een sleutel uit zijn zak haalt die hij in het bovenste sleutelgat van de lift stopt. En dan begrijp ik het opeens. Hij neemt me mee naar zijn huis!

Waarom snap ik sommige dingen altijd als het al te laat is? Ik had het wel degelijk goed verstaan toen hij me vanavond bij Anoeks appartement afzette. Ik slik en krijg het opeens benauwd.

Nick kijkt naar me en ik probeer stralend naar hem te lachen.

De lift glijdt open en ik kijk verbaasd om me heen als we meteen in zijn huis blijken te staan. Chique bedoening. Daar heeft Anoek me niets over verteld. Of ben ik het vergeten? Nee, ik weet bijna zeker dat ze me niet heeft verteld dat Nick in een Penthouse woont. Normaal gesproken vind ik het reuze interessant om te zien hoe iemand woont. Zeker een man die zo`n verpletterende indruk op me heeft gemaakt als Nick. Wat ik in de gauwigheid zie bevalt me, maar Nick heeft duidelijk andere plannen. Als ik hem met zijn lippen op het gevoelige plekje achter mijn oor hoor zeggen dat hij me later een rondleiding door zijn huis zal geven, slaak ik een zucht van verlichting. Anoek is hier nog nooit geweest, dus geen onverwachte verrassingen. Hij trekt me aan mijn hand achter zich aan dwars door de donkere woonkamer. Hij is zo ongeduldig dat hij er helemaal niet bij stilstaat dat ik hoogtevrees heb, en ik ook, als hij me een trap optrekt. Nog voor we boven zijn, is mijn overhemd al uit. Hoera voor drukkers! Het bed is zo groot dat je er met gemak met z'n vieren in kunt liggen en ik kan het niet helpen dat ik visioenen zie van Nick met andere vrouwen in bed. Hij neemt me in zijn armen en kijkt me ernstig aan.

'Weet je wel dat ik als een blok voor je ben gevallen... alweer,' zegt hij als ik mijn wenkbrauw optrek. 'Toen je gisteren de deur voor me opendeed, in die waanzinnige jurk was het alsof... alsof ik je voor de eerste keer zag. Nog nooit eerder heeft een vrouw zo'n verpletterende indruk op me gemaakt.'

Zijn woorden maken dat ik me aan de ene kant zo ontzettend gelukkig voel, maar aan de andere kant ook zo verdrietig dat ik me even geen raad weet. Oh, god, dit is verkeerd, dit kan ik hem niet aandoen. Ik sta op het punt hem de waarheid te vertellen maar hij gaat al weer verder.

'Ik moet je alleen wel eerlijk bekennen dat dit voor mij de eerste keer is dat ik zo onder de indruk ben van een vrouw.'

'Oh, en heb je veel vrouwen voor mij gehad.' Mijn god, ik ben jaloers. Hoe haal ik het in mijn hoofd? Maar ik kan het niet helpen.

'Even voor alle duidelijkheid,' onderbreekt hij me. Ik schrik een beetje van de heftigheid in zijn stem.

'In tegenstelling tot... Ik ben geen losbol! Nee, ssst!' doet hij als ik iets wil zeggen. 'Ja, ik ben inderdaad met een hoop vrouwen uit geweest. Ik ben eenendertig, géén monnik. Maar ik ben ook kieskeurig, al ben ik ook gek op seks. Zeker het soort dat jij en ik... Zo is het nog nooit geweest! En ik heb er tegen gevochten. Maar alles zat tegen. Dat ongeluk, allemachtig Anoek, ik heb je verdomme bijna in de auto genomen. En om het allemaal nog erger te maken, moesten we de nacht doorbrengen in een hotel en...'

'Nou, neem me niet kwalijk hoor. Ik wist niet dat je het zo vreselijk...'

'Ik vond het niet vreselijk,' valt hij me met fonkelende ogen in de rede. 'Later niet meer. Maar hoe kon dat ook als ik verdomme midden in de nacht wakker wordt met jouw naakte lichaam stijf tegen me aan, je tepels tegen mijn lippen?' gaat hij tot mijn steeds grotere schaamte verder. 'Geloof me schat, dat is zélfs voor een monnik te veel!'

Voor ik de kans krijg iets te zeggen, zegt hij weer dat ik mijn mond moet houden. 'En hou op met die wenkbrauw,' zegt hij en geeft me een korte harde kus.

'Nou, ik geloof dat we ook een beetje bazig beginnen te worden, hè?' Om hem te laten zien dat ik totaal niet onder de indruk ben van zijn bazige gedrag, om eerlijk te zijn heeft het wel wat, trek ik opnieuw mijn wenkbrauw op.

'Nog heel even, schat, ik heb dit nog nooit eerder gedaan.'

'Zo bazig zijn bedoel je? Goh...'

'Anoek...' Hij kust me opeens zo intens dat ik geen zin meer kan vormen.

'Goed zo, heb ik nu je aandacht weer? Ik wil dit gewoon even afmaken nu ik eraan ben begonnen. Als je nog een paar tellen geduld hebt, beloof ik je dat jij straks de baas mag zijn.'

Waarom ik bij die woorden opeens aan Anoeks handboeien moet denken, weet ik niet.

'Dus ja, er zijn andere vrouwen geweest. Veel! Maar dat betekent dan niet automatisch dat ik ook met allemaal naar bed ben geweest. En als dat wel het geval was, gebruikte ik een condoom, ook al zeiden ze dat het goed was,' zegt hij met zo'n veelbetekenende blik in zijn ogen dat ik de mijne neersla.

'Jij bent de enige,' zegt hij zo lief dat ik er een brok van in mijn keel krijg. Hij neemt mijn gezicht in zijn handen en zegt dat ik hem aan moet kijken als ik mijn ogen neersla.

'Jezus, Anoek, gisteren en vandaag hebben me... Jij hebt me zo van mijn stuk gebracht dat ik...'

Ik kus hem, ik wil het niet horen, ik weet bijna zeker dat hij op het punt staat te zeggen dat hij van Anoek houdt. Dat wil ik hem niet horen zeggen. Niet nu, niet op het moment dat ik me realiseer dat ik verliefd op hem ben. De wetenschap dat ik hem hierna nooit meer zie, brengt me bijna in tranen. Ik, de nuchtere en praktisch ingestelde Sasha, ben als een blok voor Nick Warner gevallen. Anoek zal het me nooit vergeven. Maar ze zal er nooit achter komen omdat ik het haar nooit zal vertellen.

Voor het eerst ben ik blij dat ik niet meer in Utrecht woon. In Rotterdam zal ik hem niet onverwachts tegenkomen als ik op straat loop. Ik duw hem van me af en trek eerst mijn ene laars uit en dan de andere. Ik doe het met opzet, zodat hij een goed zicht op mijn borsten in de zwarte kanten beha heeft. Lieve hemel, wanneer ben ik zo'n verleidster geworden? Als ik weer overeind ben gekomen, duw ik zonder mijn ogen van hem af te halen mijn broek over mijn heupen omlaag, en stap er vervolgens uit. Daar sta ik dan, in mijn ondergoed.

Het lijkt alsof Nick aan de grond staat genageld. Hij zegt niets.

'Niet?' zeg ik en houd mijn hoofd schuin. 'Dan ga ik naar huis.'

Lachend sla ik mijn armen om zijn nek als hij met twee grote stappen bij me is en me tegen zich aantilt. Hij zegt met zijn lippen tegen de mijne dat hij me niet voor niets mee naar boven heeft genomen.

'Je durft alleen die trap niet meer af.'

Ik laat hem in de waan. Als het moet durf ik alles! Nou ja, bijna. Genietend laat ik mijn handen over zijn gespierde borst glijden. Nog nooit eerder heb ik zo naar een man verlangd zoals naar hem. Hij laat me op de grond zakken en trekt in een snelle beweging zijn trui over zijn hoofd en kijkt op me neer als ik ongeduldig de knopen van zijn spijkerbroek losmaak.

'God, je maakt me zo gek,' zegt hij. 'Jij maakt dat ik alle fatsoen overboord gooi. En ik ga hier zo ongelofelijk voor boeten. Maar jij bent het waard,' mompelt hij zo zacht dat ik hem bijna niet versta.

12

Het is net zes uur geweest als ik wakker word. Heel even weet ik niet waar ik ben als ik de onbekende slaapkamer zie. Maar als ik mijn hoofd omdraai en Nick met zijn gezicht zo dichtbij zie liggen, springt mijn hart bijna uit mijn borst. Ik hoef mijn lippen maar te tuiten om de zijne te raken. Hij slaapt en, ik weet het, ik val in herhaling, maar hij is echt de mooiste man die ik ooit heb gezien. Ik dacht dat Raf dat was. Ik heb me vergist. In stille bewondering kijk ik naar hem.

Zijn zwarte wenkbrauwen zijn recht en zo mooi van vorm dat ik me niet kan beheersen en de vorm met mijn vingers volg. Zijn wimpers zijn zo lang dat er een schaduw onder ligt en ik me er nog net van kan weerhouden ze te kussen. Als ik naar zijn mond kijk die de meest verrukkelijke dingen met me heeft gedaan, lukt het me niet meer. Ik moet hem kussen. Zacht streel ik met mijn lippen langs de zijne, en trek ze snel weer weg als hij beweegt. Ik wil hem niet wakker maken, ik wil naar hem kijken en hier zo lang mogelijk van genieten. Vannacht was opnieuw geweldig. Met een diepe zucht draai ik mijn hoofd om en kijk dan voor het eerst om me heen.

Nicks slaapkamer heeft veel weg van een open zolder. Rechts is er alleen een aluminium reling. Ik weet zeker dat je vanaf daar een prachtig uitzicht hebt op de rest van zijn huis. Voorzichtig om hem niet wakker te maken, glip ik uit bed en loop naar wat ik hoop de badkamer is. Vol bewondering kijk ik om me heen door de in antraciet en zwart uitgevoerde badkamer. Hm, kennelijk heeft hij iets tegen kleine dingen. Het bad, dat in het midden op een verhoging staat, is zo groot dat ook hier met gemak vier personen in kunnen. De linkerwand wordt bijna geheel in beslag genomen door een douchecabine. Zo'n grote douche heb ik nog nooit gezien. Er staat zelfs een bankje in en er zitten zoveel knoppen op het wandpaneel dat ik me afvraag of het wel een douche is. Zeker als ik nergens een douchekop kan vinden. Op hetzelfde moment dat ik me dat afvraag, zie ik tegen de linkermuur een grote douchekop hangen, en realiseer me dat dit een sauna of een stoomcabine moet zijn. Anoek wordt gek als ze dit ziet. Heel even ben ik gemeen en bedenk dat ik haar voor ben geweest. Ik weet hoe Nicks penthouse eruit ziet en zij lekker niet. Ja, ik weet het, erg kinderachtig. Rechts in de hoek staat er achter een halve muur naast een toilet, ook een bidet. Hoe voorkomend, schiet het door me heen als ik van beide gebruik maak.

Mijn maag knort. Ik heb honger. Goh, seks maakt inderdaad hongerig. Nick slaapt nog steeds als ik uit de badkamer kom. Omdat ik er een hekel aan heb om me meteen aan te kleden als ik uit bed kom, loop ik langs het bed naar de ruimte waarvan ik vermoed dat het zijn inloopkast is. Ja, dus. God, wat een luxe en wat een kleren. Hij houdt duidelijk van mooie en dure kleding die overwegend zwart is. Ik schiet in de lach als ik aan Raf denk en dat ik hem hier met geweld uit zou moeten sleuren. Ik rommel even tussen Nicks ondergoed en trek een van zijn boxers en een zwart mouwloos onderhemd aan. Zachtjes loop ik op mijn blote voeten over de dikke vloerbedekking langs het bed.

Nick ligt nu op zijn rug met een arm over zijn ogen, het laken laag om zijn heupen. Mijn ogen blijven even op zijn heupen rusten. Voordat ik me niet meer kan beheersen en het laken wegruk, draai ik me snel om. Tjonge jonge, ik geloof dat ik compleet ben losgeslagen dit weekend.

Voorzichtig kijk ik over de reling naar de beneden gelegen woonkamer. Vooral de antracietkleurige natuurstenen vloer die op de hele benedenverdieping ligt, vind ik erg mooi. Net als bij mij, bestaat de grootste tegenoverliggende wand, geheel uit ramen. Er hangen alleen geen gordijnen voor. Dat zou ik waarschijnlijk ook niet gedaan hebben met zo'n spectaculair uitzicht.

Nick houdt duidelijk niet van tierelantijnen. Er staat niet veel, maar wat er staat is prachtig. Dat heeft beslist een aardige duit gekost. Het enorme hoekbankstel van zwart leer op een chromen onderstel vind ik erg mooi. Vier glazen kubussen doen dienst als salontafel en tegen de wand achter de bank staan twee chromen rekken die vol staan met boeken. Ik wil weten van wat voor soort boeken hij houdt en loop naar de stenen trap waar alleen aan de rechterkant een leuning blijkt te zitten. Ik krijg er pijn van in mijn buik en bijt op mijn lip. Hè, verdorie, ik ben nog nooit zo vaak geconfronteerd met mijn hoogtevrees, sinds ik Nick heb ontmoet. Voorzichtig, stapje voor stapje, terwijl ik me aan de reling vasthoud alsof mijn leven ervan afhangt, ga ik de trap af en haal opgelucht adem als ik veilig beneden ben. Hij heeft erg uiteenlopende interesses zie ik, als ik voor zijn boekenkasten sta. Er staan naast technische boeken natuurlijk veel boeken over computers, maar ook dichtbundels, thrillers, romans en boeken over kunst. Werkelijk van alles wat. Echt een boekenkast naar mijn hart.

Aan de muur hangen vier prachtige litho's; vier landschappen die de vier jaargetijden voorstellen. Mijn favoriet is het winterlandschap. Ik weet zeker dat het geen reproducties zijn. Niet alleen omdat Nick het zich kan permitteren, maar omdat ik gewoon weet dat hij met minder geen genoegen zou nemen. Ik vraag me af wie ze heeft gemaakt want ik herken het werk niet en kan ook nergens een naam vinden. Wat ik wel vreemd vind, nou ja een beetje dan, is dat er helemaal nergens een foto van Anoek staat.

'Ah, daar ben je,' zeg ik zachtjes, als ik mijn tas achter de bank op de grond zie liggen. Ik haal mijn mp3 speler eruit, en nadat ik een van mijn favoriete nummers heb gevonden, zet ik het geluid voluit en dans naar de keuken. Ik vraag me af of Nick kan koken als ik de professionele inrichting zie. Vol bewondering strijk ik over de zilverkleurige knoppen van het enorme fornuis. Waar zouden al die tiptoetsen voor zijn? Mijn blik valt op zijn koelkast. 'Ja, hier kan ik wel wat mee,' mompel ik als ik de deur opentrek en zie hoe goed die is gevuld.

Ik ga iets lekkers voor hem maken. En als hij dan nog steeds slaapt tegen de tijd dat ik klaar ben, verras ik hem met ontbijt op bed. Oh dan moet ik wel naar boven? Hm, nou ja, dat zien we straks wel. Eerst iets lekkers maken. Maar wat? Eieren! Goed voor de... wat was het ook al weer? Nou ja, maakt niet uit. Ik heb trek in eieren!

Ik schrik me rot als er een paar armen van achteren om mijn middel worden geslagen. Het volgende moment voel ik een paar lippen op mijn schouder. Het moest verboden zijn om er 's ochtends vroeg al zo onweerstaanbaar uit te zien, gaat het door me heen als ik mijn hoofd omdraai. Ik zie dat Nick goedemorgen zegt omdat de muziek nog steeds zo hard staat. Hij trekt een oortje van mijn headset uit mijn oor en doet dat bij zichzelf in.

'Oké, nu weet ik waarom je zo lekker staat te dansen. Leuke muziek,' roept hij overdreven hard.

Ik maak me, nadat ik me eerst grondig goedemorgen heb laten kussen, los uit zijn armen en dans om hem heen. Hij heeft alleen een pyjamabroek aan. Ik kan me niet beheersen en sla mijn armen van achterlangs om hem heen en laat mijn handen over zijn borst en platte maag gaan. Zachtjes bijt ik in zijn schouderblad.

Hij draait zich om en pakt mijn heupen beet. 'Je bent een kleine pestkop,' zegt hij met zijn lippen tegen mijn oor. 'Weet je dat je er verdomd sexy uitziet in dat ondergoed?' Hij laat zijn handen naar mijn billen glijden en tilt me dicht tegen zich aan.

Met mijn armen om zijn nek, geef ik me over aan de heerlijke muziek en zijn mond die zachtjes aan mijn hals knabbelt.

'Heb je honger?'

'Hm,' kreunt hij met een veelbetekenende blik in zijn ogen, 'dat heb ik...'

'In eten! In eten, Nick. God, jij bent werkelijk ongelofelijk! Ik heb de hele week nodig om bij te komen. Je hebt je krachten nodig.'

'Hoezo? Wil je nu alweer met me naar bed?' Hij doet alsof hij geschokt is en zegt dat ik dat vandaag dus wel kan vergeten. 'Het is zondag, een rustdag.'

Hij ontwijkt de mep die ik hem wil geven door achteruit te springen. Het oordopje vliegt uit zijn oor en als hij op me afkomt, loop ik lachend bij hem vandaan. Ik voel zijn ogen over mijn rug gaan als ik naar de koelkast loop en als ik me omdraai, schiet hij in de lach. Hij lacht nog harder als ik mijn wenkbrauwen optrek.

'Wil ik weten wat er zo grappig is?'

'Ongetwijfeld. Maar ik heb een binnenpretje, schat.'

'Geen ontbijt voor jou dan.' Ik hou het bord met het heerlijk ruikende eiergerecht buiten zijn bereik.

'Oké dan, omdat ik verga van de honger. Tjonge, je speelt het wel heel hard, hè? Ik dacht eraan om die boxer, die je nu aanhebt, in te laten lijsten zodat ik er de hele dag naar kan kijken.'

Hij schiet in de lach als ik mijn ogen open sper.

'Ja, je moest toch met alle geweld weten waar ik aan dacht?'

'Lijkt me toch frisser als je hem eerst wast. Ik heb nog niet gedoucht.'

'Komt dat even goed uit, ik ook niet. Kunnen we dat straks mooi samen doen. Weet je dat ik daar al fantasieën over heb vanaf het moment dat ik wakker werd?'

'Nou, volgens mij heb je die al vanaf vrijdagnacht.'

'Ja, je hebt gelijk, maar wiens schuld is het dat het er nog steeds niet van is gekomen?'

Ik open mijn mond en sluit hem meteen weer. Laat maar, dit win ik toch niet. Ik draai me om en loop weer naar de koelkast.

'Wie zong dat liedje waar je op danste?' vraagt hij en knikt als ik de kan melk boven zijn glas houd.

'Diana King. Volgens mij is het oorspronkelijk van Dionne Warwick. Of was het van Aretha Franklin? Ach, maakt ook niet uit, ik vind deze uitvoering echt geweldig.'

'Ja, ik nu ook,' zegt hij. 'Ik moet je bekennen dat ik nog nooit van Diana King heb gehoord. Geef eens hier.' Hij steekt zijn hand uit.

'Wat?'

'Die mp3-speler.'

'Oh, het is een hoop dansmuziek, en ik...' Ik geef hem de mp3-speler als hij zijn wenkbrauwen optrekt.

'Ik wil gewoon weten van welke muziek je houdt.' Hij loopt de woonkamer door en sluit mijn mp3-speler aan op wat ik aanneem zijn muziekinstallatie is.

Ik krimp even in elkaar als ik de muziek opeens van alle kanten om me heen hoor. Jeetje, een discotheek zou er jaloers op worden. 'Wauw, dat is geen simpele installatie, hè?' zeg ik als hij weer tegenover me aan de tafel komt zitten.

'Ach, kwestie van de handleiding lezen. Klinkt niet verkeerd, hè?'

Onder het genot van mijn favoriete nummers eten we en ik ben zo blij als een kind als ik zie hoe lekker hij het vindt. Als hij zijn bord naar me uitsteekt en vraagt of er nog meer is, doe ik er nog wat ei op. Hij zegt dat hij de muziek goed vindt en waarom me dat ook al zo blij maakt, weet ik niet. Ach, weet je wat het is? Alles aan die man maakt me blij.

'Hm, lekker rustgevend,' zegt hij droog als hij de belletjes hoort die het begin van mijn favoriete liedje inleiden.

'Oh luister, nu komt het. Wachten, wachten... Stil, alleen luisteren.'

En dat doet hij. 'Lekker opzwepend, ik zou jou daar wel eens op los willen zien gaan,' zegt hij.

Nou dan moet je volgend weekend naar de Latin-club komen, denk ik. Daar ben ik zo'n beetje iedere zaterdagavond met Don en Raf te vinden. Jeetje, ik zou dood zou blijven als hij daar binnen zou stappen.

'Van wie is het en hoe heet het?' vraagt Nick.

'*Maghalena*, van Sergio Mendes. Het komt ook uit een van mijn favoriete dansfilms.'

'Nooit van gehoord. Van het nummer dan. Van die kerel wel eens, geloof ik. En dat is uit een dansfilm? Hoe heet die dan?'

'*Dance with me*, met Vanessa Williams. Ken je die?'

'Ja! De dame. Mooie vrouw.'

'Hm,' is het enige dat ik zeg voor ik met de lege borden naar het aanrecht loop. Nog voor ik die heb bereikt, trekt hij me tegen zijn borst. Ik schater het uit als hij me hartstochtelijk in mijn nek begint te zoenen. Ik stop meteen met lachen als hij zijn handen onder mijn hemd laat glijden en mijn borsten in zijn handen neemt.

'Nee, niet weer. Nick, het is... zondag, je rustdag.' Ik weet het, ik klink niet echt overtuigend. Als hij me in zijn armen omdraait en me aankijkt, zie ik in zijn ogen dat hij weet dat ik het totaal niet meen.

'Niet?' Hij doet net of hij op wil houden.

'Niet plagen, Nick,' zucht ik vlak voordat ik hem kus. Ik ben in de veronderstelling dat hij me naar bed draagt, maar hij loopt door en zet me in de badkamer op de grond. Hij trekt in een snelle beweging het hemd over mijn hoofd en sjort dan de boxershort langs mijn benen omlaag. Binnen een seconde heeft hij zijn pyjamabroek uit, tilt me opnieuw in zijn armen en stapt vervolgens de douchecabine in.

'Zo en nu ga ik je wassen,' fluistert hij met zijn lippen tegen mijn oor.

God, hoe verzint hij het? Zijn tong en mond die over mijn hals en tussen mijn schouderbladen verdwijnen, maken het me onmogelijk om uit mijn woorden te komen. Het idee dat hij dat met mijn hele lichaam gaat doen, is genoeg om het zweet uit te laten breken, en dat onder de douche. Pff.

'Hmm, ik zou je wel op kunnen eten,' fluistert Nick en knabbelt zachtjes aan mijn oorlelletje.

Ik laat mijn hoofd achterover tegen zijn schouder vallen en zoek steun door zijn onderarmen beet te pakken. 'Nick, wat doe je me aan?'

'Ik probeer je op te winden,' zegt hij doodleuk. 'Lukt het me een beetje?'

Verwacht hij daar nou echt een antwoord op? Er loopt een rilling langs mijn ruggegraat als ik zijn hete adem in mijn oor voel.

'Hier kun je dus niet tegen.' Hij blaast met opzet opnieuw zijn warme adem in mijn oor. 'Of is het misschien dit - hij zuigt mijn oorlelletje zijn hete mond binnen - waar je niet tegen kunt?'

Ik sluit mijn ogen als zijn handen mijn lichaam strelen. Ik word helemaal slap als hij zich hard tegen mijn billen aanduwt en ik zijn erectie voel.

'Weet je dat ik gek ben op je borsten,' mompelt hij met zijn lippen op mijn schouder, terwijl hij mijn borsten in zijn handen neemt.

Ja, dat weet ik, en ik probeer dat ook te zeggen. Maar het enige geluid dat ik echter kan produceren, is gekreun. Zelfs de zachte beetjes in mijn hals en op mijn schouders zijn een opluchting voor mijn lichaam dat opeens zo overgevoelig schijnt te zijn.

'Ze passen in mijn handen alsof ze er speciaal voor zijn gemaakt.' Zijn woorden raken me en ik weet zeker dat ik vanaf nu anders tegen mijn borsten aan zal kijken.

'Nou... als... jij dit... wassen noemt,' lukt het me eindelijk een zin te formuleren.

'Ik heb me bedacht. Wassen doen we straks,' zegt hij vlak voor hij mijn gezicht naar hem toedraait en me wild kust. Het lukt me gewoon niet hem te weerstaan. Het is onmogelijk, niemand zou dat kunnen. Hij trekt zijn mond weg en draait me met een ruk in zijn armen om. Ik sla mijn benen om zijn middel als hij me optilt en me met mijn rug tegen de wand van de douche aandrukt. Ik hoor mezelf weer smeken, ik kan het niet helpen.

'Ja lieverd, nu,' belooft hij vlak voordat hij mijn billen in zijn handen neemt en zich met een harde stoot in mijn lichaam drijft.

Ik heb er geen woorden voor, ik kan niet meer denken en geef het op. Wie wil er nu denken op een moment als dit. Die man is toch werkelijk niet te geloven? Het volgende moment trekt hij zijn mond weg en kijkt me zo intens aan dat ik even niet weet wat hij van me wil. 'W-wat?' fluister ik.

'Ik wil je horen. Laat je gaan, lieveling,' zegt hij schor en voert het tempo zelfs nog meer op.

Jeetje, wat laat ik me gaan. Godzijdank komt Anoek vanavond laat pas thuis!

Met gesloten ogen tast ik naar Nick, of waar hij had moeten liggen. Met het dekbed tegen mijn borsten gedrukt, kom ik overeind.

'Nick? Nick, waar ben je?' Geen antwoord. Ik gooi het dekbed van me af, stap uit bed en loop naakt naar de badkamer. Daar is hij ook niet.

Terwijl ik zijn zwarte hemd weer aantrek dat bij de trap ligt, loop ik naar de reling. Ik roep zijn naam opnieuw. Het blijft akelig stil. Waar hangt hij nou uit? Ik draai me om en loop weer terug naar het bed als ik opeens het briefje tegen de lamp op het nachtkastje zie staan.

'*Ben zo terug, niet aankleden!!!!*' staat er met vier uitroeptekens.

Met een brede glimlach op mijn gezicht loop ik weer naar de badkamer. Ik denk dat ik een lekkere uitgebreide douche ga nemen nu ik het rijk alleen heb. Samen douchen was ook een openbaring die ik voor geen goud had willen missen. Ik zucht en weiger aan Anoek te denken. Dit is mijn weekend. Hierna zal ik hem nooit meer zien. Ik weet dat ik verschrikkelijk de mist in ben gegaan, maar het is gebeurd. En niemand kan me dit ooit nog afnemen. Ik wil niet aan het onvermijdelijke afscheid denken en druk die nare gedachte weer weg. Het komt snel genoeg, ook zonder dat ik er iedere minuut aan denk. Met twee grote dikke handdoeken, eentje om mijn lichaam en eentje om mijn hoofd, loop ik een hele poos later de badkamer weer uit. Ik blijf in de deuropening staan als ik Nick op het voeteneind van het bed zie zitten.

'Goh, dat je er niet bij bent gekomen.'

'Dat was ik net van plan, maar je zette de douche al uit,' zegt hij.

Ik laat de handdoek vallen en trek de andere van mijn hoofd. Ik voel zijn ogen over mijn lichaam gaan, als ik, terwijl ik met mijn vingers door mijn vochtige haar kam, naar de stoel in de hoek loop. Hij heeft me nu al zo vaak, en van alle kanten gezien dat ik me niet meer opgelaten voel. Hij vindt me mooi. Dat heeft hij dit afgelopen weekend zo vaak tegen me gezegd dat ik hem geloof. Het maakt dat ik me geweldig voel. Voor het eerst ben ik mijn ouders dankbaar voor hun genen.

'Uh-uh, ik had gezegd dat je je niet mocht aankleden,' zegt Nick als ik mijn slip aan wil trekken.

'Ja dag, jij hebt wel...' Ik hou mijn mond als hij opstaat en, nadat hij zich binnen een recordtijd heeft uitgekleed, op me afloopt. Ik sla mijn armen om zijn nek en laat me uitgebreid door hem kussen.

'Zo, trek dat hemd aan. Alléén dat hemd en dan heb ik een verrassing voor je,' zegt hij en trekt mijn armen van zijn nek.

'Nee, ik wil geen cadeau`s meer, ik vind dat...'

'Deze heb ik gehuurd,'zegt hij cryptisch en loopt de inloopkast in. Hij komt er een tel later weer uit terwijl hij net zo`n hemd aantrekt als dat ik in mijn handen heb. 'Schiet je op?' Hij loopt naar de reling en blijft dan bij de trap staan. Hij draait zich weer naar me om. 'Hoe ben je vanmorgen eigenlijk beneden gekomen? Ik bedoel met je hoogtevrees?'

'Heel voorzichtig. Als ik per se iets wil, lukt het me best.'

'Ja, dat geloof ik zomaar,' zegt hij met een lieve lach en loopt verder de trap af.

Nieuwsgierig naar het gehuurde cadeautje loop ik voorzichtig, zoals hij heeft gevraagd alleen in zijn zwarte hemd achter hem aan. Ik heb jurkjes die korter zijn. Zelfs zonder beha rondlopen, doet me niets meer.

'Nick?' roep ik als ik hem, beneden gekomen, nergens meer zie.

'Deze kant op,' zegt hij met zijn hoofd om de hoek van een deur. Nieuwsgierig wat daarachter is loop ik er op af.

'Oh je hebt je eigen privébioscoop?' zeg ik verrukt als ik het grote witte doek van minstens twee bij twee zie. 'Dus dat bedoelde je met gehuurd. Je hebt een film gehuurd.' Ik loop op hem af als hij zijn hand naar me uitsteekt en laat me door hem naast zich op de bank trekken.

'Wil je trouwens iets drinken?' vraagt hij.

'Ja, limonade, ik heb gisteren zoveel gedronken dat ik vandaag een alcoholvrije dag inlas.'

'Houdt dat dan ook in dat je minder handtastelijk gaat doen?'

'Wees maar niet bang, daar heb ik geen drank voor nodig. Ik ben handtastelijk genoeg van mezelf. Ik denk dat ik dat inmiddels wel bewezen heb.'

'Ja, ik moet nog bijkomen,' zegt hij droog. Hij loopt naar de hoek van de kamer waar een ijskast staat. 'Zo, ben je er klaar voor?' vraagt hij als hij me een glas limonade heeft gegeven en weer naast me komt zitten. Hij pakt de afstandbediening waarmee hij zowel het licht uitdoet als de film aanzet.

'Jeetje, wat is dat?'

'Dat heet een *beamer*, een moderne filmprojector. Echt geweldig. Oh kijk, de film begint.'

'*Dance with me*,' roep ik verheugd als ik de titel zie. 'Oh Nick, wat lief.' Ik sla mijn arm om zijn nek en geef hem een kus op zijn wang. 'Ik ben al zolang naar deze film op zoek. Tot nu toe heb ik hem niet kunnen vinden. Het is al een vrij oude film. Heel romantisch ook. Dus ik weet niet of jij...'

'Dat zeg je tegen mij? De man die *Pretty Woman* leuk vindt?'

'Oh ja, dat was ik even vergeten.'

Van nu af aan zal ik nooit meer naar deze film kunnen kijken zonder daarbij aan dit moment te denken. En als ik weer thuis ben, ga ik meteen zo'n *beamer* kopen. De jongens zullen niet weten wat ze zien.

'Dit is inderdaad geweldig,' zegt Nick als er net een dansscène is geweest. 'Die kunnen dansen, zeg. En erg sexy ook. Ik zie jou zo voor me in zo'n piepklein rokje met een string. Hij trekt me met een snelle beweging op zijn schoot. 'Kun jij dat ook zo en draag je dan ook zo'n rokje?'

Ik schiet in de lach en zeg dat ik dat nu toch ook al aan heb. 'Ik heb zelfs helemaal geen ondergoed aan.'

'Hm, daar zeg je wat.' Hij kust me en kreunt als ik hem hartstochtelijker terugkus. Opnieuw bedenk ik dat ik dit weekend nooit meer zal vergeten. En hem ook niet.

'Kun je zo dansen?' vraagt hij nadat hij de film weer heeft aangezet.

'Een beetje. Oh, hij komt nu zo.'

'Wie?'

'Niet wie, wat! *Maghalena!* Dat liedje dat jij zo rustgevend vindt. Moet je kijken hoe ze daarop dansen. Als ik dat liedje hoor, dan kan ik niet stil blijven zitten. Dan moet ik... Dan word ik wild en ik...'

'Hoe wild?' vraagt Nick met een ondeugende blik in zijn ogen.

'Kijk naar de film.' Ik geef hem een korte harde kus en duw zijn gezicht weer terug naar het filmdoek.

Na een ongelofelijke dag heb ik Nick tegen achten eindelijk zover dat hij me weer naar Anoeks flat terugbrengt. Ik heb hem wijsgemaakt dat ik andere kleren aan wil doen en dat ik dan weer met hem mee ga. Ik word bijna misselijk bij de gedachte dat Anoek en ik tegelijkertijd zullen arriveren.

Vandaag heb ik een paar keer op het punt gestaan hem de waarheid te vertellen. Ik haat mezelf om wat ik heb gedaan en om het bedrog, en ik weet dat hij mij hierom ook zal haten. Dus uiteindelijk heb ik het hem, laf als ik ben toch niet durven vertellen. Ik zou sterven als hij mij me vol haat aan zou kijken, in plaats van met die blik vol liefde. Natuurlijk houdt hij niet van mij, dat weet ik best. Hij houdt van Anoek. Die blikken zijn voor haar bedoeld. Daar heb ik dit hele weekend toch zo verschrikkelijk mijn best voor gedaan? Ik zou trots op mezelf moeten zijn voor dit knappe stukje toneel dat ik heb neergezet. Anoek is dus niet de enige in onze familie die dat zo voortreffelijk kan.

God, wat voel ik me verschrikkelijk. Nog even en ik barst in snikken uit. Ik wil niet bij hem weg, ik wil nooit meer bij hem weg.

Misschien kiest hij wel voor mij als ik hem de waarheid vertel. En misschien gedraag ik mezelf nu wel heel erg belachelijk en moet ik me schamen. Anoek rekent op me, ik ben haar zus. Hoe haal ik het in mijn hoofd om te hopen dat Nick voor mij zal kiezen?

Ik ben zo met mezelf bezig dat ik schrik als hij zijn hand op mijn dij legt. We staan stil. Oh, we zijn bij Anoeks flat. Dit is het dan. De laatste keer dat ik hem zal zien.

'Nick? Eigenlijk ben ik een beetje moe. Nee, ik jok. Ik ben doodmoe. Vannacht, vandaag... Mijn god, het hele weekend was geweldig, en...'

'Ben ik te hartstochtelijk geweest?' vraagt hij met een ondeugende blik in zijn ogen.

'Ja! Ja, dat ben je inderdaad. Ik heb nog nooit een man meegemaakt zoals jij en...' Ik schrik van de intensiteit in zijn ogen als hij me aankijkt.

'Anoek, ik weet niet wat er dit weekend is gebeurd. Het was fantastisch. Jij was en bent fantastisch. Ik heb het gevoel alsof ik...'

Geschokt druk ik mijn vingers tegen zijn lippen.

'Niet zeggen.' Ik voel dat ik volschiet en kus hem. Ik wil het niet horen. Niet zolang hij denkt dat ik Anoek ben.

'Ga met me mee naar dat congres in Rotterdam,' gooit hij er tot mijn schrik uit.

'Rotterdam? Oh ja, dat was ik vergeten,' zeg ik snel en half in shock. Ik neem me voor om de hele dag geen stap buiten de deur te zetten.

'Ik zal het op de dag te druk hebben om wat met je te gaan doen, maar ik weet zeker dat je je wel zult vermaken. Het hotel is midden in het centrum. Misschien zou je kunnen gaan winkelen en...'

'Oh, Nick, ik kan niet... ik moet...'

'Nee, natuurlijk gaat dat niet.' Hij zucht diep.

Heel even gaat de gedachte door mijn hoofd dat ik het misschien zou kunnen doen. Nog een dag, en dan... nee! Nee, hoe haal ik het in godsnaam in mijn hoofd? Dit moet hier en nu eindigen. Dit is al veel te ver gegaan. Hoe langer ik bij hem blijf, hoe moeilijker het wordt. Ik kus hem omdat ik er niet langer tegen kan en in gedachte neem ik afscheid van hem. Na vanavond zie ik hem nooit meer. Ik kan en mag hem nooit meer zien.

Onderweg naar het station, realiseer ik me dat ik de armband nog steeds om heb. Oh god, wat erg. Ik open mijn mond om tegen de taxichauffeur te zeggen dat hij om moet keren, als ik bedenk dat ik niet meer naar binnen kan. Anoeks huissleutels liggen, zoals afgesproken in de brievenbus.

En wat als ik Anoek tegen het lijf loop? Nee, dat durf ik niet, dat kan ik nu niet aan. Ik ga morgen meteen naar het postkantoor en stuur de armband dan wel terug.

'Gaat het?' vraagt de taxichauffeur als ik mijn portemonnee pak om af te rekenen. Ik schiet bijna vol als ik de bezorgde blik in zijn ogen zie.

'J-ja dank u, ik heb een beetje last van mijn ogen. Nee, het gaat wel,' zeg ik als hij aanstalten maakt om uit de auto te stappen. 'Het is koud buiten. Bedankt.' God, alweer zo'n galante man.

'Dag,' zeg ik en stap snel uit. Ik ben al halverwege de trap van het treinstation als ik hem hoor roepen.

'Uw tas,' zegt hij en loopt naar de kofferbak.

Nog geen half uur later zit ik in de trein op weg naar huis. De trein is amper het station uit of ik barst in snikken uit. Wanhopig probeer ik op te houden met huilen. Het lukt niet en ik probeer mijn gesnik met mijn handen te smoren. Opnieuw vervloek ik Trees, die juist van alle weekeinden juist dit weekend heeft gekozen om het op te geven. Ik neem me voor om morgen meteen een nieuwe auto te kopen. Ik huil zelden of nooit en dit is niet normaal. Ik heb voor het laatst zo gehuild na het nieuws dat mijn ouders dood waren. God, wat is dit verschrikkelijk gênant. Gelukkig ben ik de enige in dit gedeelte van de trein. Er is hopelijk verder niemand in de buurt die het ziet of hoort. En ook al was dat wel het geval geweest, zou ik nog steeds niet kunnen ophouden met huilen.

Met een boos gebaar veeg ik de tranen van mijn gezicht en zoek in mijn tas naar een zakdoekje. Dat heb ik natuurlijk niet. Die heb je verdomme nooit als je die echt nodig hebt. De tranen blijven stromen. Ik kan ze met geen mogelijkheid tegenhouden en veeg ze weg met mijn handen.

'Hier, misschien gaat het hier iets beter mee,' hoor ik opeens iemand naast me zeggen. Ik schrik en til mijn hoofd op.

Het is de conducteur die me met een bezorgde uitdrukking op zijn gezicht een pakje papieren zakdoekjes voorhoudt.

'D-dank u,' fluister ik. Ik pak het van hem aan.

'Ik kom zo terug voor uw kaartje,' zegt hij en loopt weer verder.

'Oh god, wat erg,' mompel ik en dep mijn ogen droog. Ik weet zeker dat ik er niet uitzie en zoek in mijn tas naar mijn make-up. Ik zie er dus inderdaad niet uit met die dikke ogen en doorgelopen mascara. Om je dood te schamen. Ik zoek m'n tas tot ik de make-upremover heb gevonden en haal dan alle make-up van mijn gezicht. Zo, dat is beter. Jammer dat het winter is en ik geen zonnebril bij me heb. Als de conducteur weer terugkomt, ben ik weer redelijk gekalmeerd.

'Gaat het weer een beetje?' vraagt hij en pakt mijn kaartje aan.

'J-ja, dank u.' Ik wil hem ook het pakje zakdoekjes teruggeven.

'Hou ze maar, wie weet komen ze nog van pas.' Hij wenst me sterkte en loopt weer verder.

13

Weer thuisgekomen luister ik mijn antwoordapparaat af dat vol staat met boodschappen van Don en Raf. Eerst zijn het vrolijke, ondeugende berichtjes. Ze willen weten met welke man ik er vandoor ben gegaan. Later veranderen ze in bezorgde berichtjes waaruit blijkt hoe ongerust ze zijn. Daarna worden het dreigementen. Als ik niet onmiddellijk opneem, zouden ze hiernaartoe komen en me de huid vol schelden. Weer iets later veranderen die berichten in smeekbedes of ik toch alsjeblieft wil bellen omdat ze in mijn appartement zijn geweest en ik er nog steeds niet was. Ik zucht diep en voel me ontzettend schuldig dat ik ze dit aandoe.

Don mag Anoek totaal niet, en Raf steunt hem daarin volkomen. Dat is iets wat ik totaal onbegrijpelijk vind omdat ze haar nog nooit hebben ontmoet. Don kent haar alleen uit mijn verhalen die ik hem, toen ik net in Rotterdam was, heb verteld. Daar ben ik overigens meteen mee gestopt toen ik zijn antipathie opmerkte. Haar naam alleen is reden genoeg voor hen, zeker Don, om boos te worden. Dus noem ik haar naam nooit. Ze noemen haar mijn *evil twin*.

Echt, hoe ze op dat idee zijn gekomen is me een raadsel.

Dus kun je het me kwalijk nemen dat ik hen niets over Anoeks onverwachte bezoek heb verteld? Ik ben dus heel laf. Ja, ik geef het toe. Misschien had ik ze beter de waarheid kunnen vertellen. Dan hadden zij mij er beslist vanaf gepraat en dan zou ik nu niet zo ongelukkig zijn. Maar dan had ik Anoek nooit meer gezien en zou ik Nick nooit hebben ontmoet... en dit weekend nooit hebben gehad.

Ik moet ze bellen. Ze maken zich ontzettende zorgen om me, dat weet ik. En wat ik ook zeker weet, is dat ik in snikken zal uitbarsten en dat ze dan binnen de kortste keren voor mijn neus zullen staan. Ze zullen alles van A tot Z willen weten, en ik voel me nu te zwak om ze te weerstaan. Dat kan ik normaal gesproken al niet, laat staan zoals ik me nu voel.

Daar komt nog bij dat ik het niemand wil vertellen. Zeker aan hen niet. Ik schaam me te erg, en ze zullen zo boos op me zijn als ze horen wat ik heb gedaan. Nee, dat kan ik er op dit moment niet bij hebben.

Ik spring bijna een meter in de lucht van schrik als de telefoon gaat. Anoek!

Maar nee, ik herken het nummer, het is Don. Ik neem niet op en wacht tot het antwoordapparaat aanslaat. Als ik zijn ongeruste stem hoor, weet ik dat ik hem te woord zal moeten staan.

Hij dreigt met de politie als ik voor twaalven niet heb gebeld.

Ik kijk op de klok en zie dat het vijf voor half twaalf is. Anoek heeft nog steeds niet gebeld en ik begin me zo onderhand echt zorgen te maken. Ik heb haar nummer niet, dus kan ik haar ook niet bellen. Nou ja, ze weet waar ze me kan vinden. Het is haar eigen schuld als Nick erachter komt.

Met een diepe zucht pak ik de telefoon en draai Dons nummer. Hij roept mijn naam al voor ik een woord heb kunnen zeggen.

'Sasha? Godzijdank ik...'

'Don, luister alsjeblieft. Ik ben doodmoe en het enige dat ik nu wil, is slapen. Alles is goed met me. Nee, niet boos zijn, ik ben gewoon, zoals ik in mijn briefje had gezet, het weekend weggeweest, en...' Ik houd de hoorn een eind van mijn oor als hij zo ongelofelijk tegen me begint te schreeuwen dat de tranen in mijn ogen springen. 'Don, alsjeblieft...' Mijn stem bibbert en ik kan even niets zeggen. Hij roept dat hij eraan komt.

'Néé! Nee, alsjeblieft. D-dat wil ik niet. Ik weet dat je ongerust...'

'Ongerust? Noem je dat zo?' vraagt hij. 'Verdomme, Sasha ik...'

'Ja, lieverd, het spijt me echt. Alles is goed met me. Ik ben alleen doodmoe, ik ben nog maar net...'

Hij onderbreekt me opnieuw en eist dat ik hem vertel waar ik geweest ben. 'En met wie!'

'Don, toe nou...' Mijn stem wordt steeds zachter omdat de brok in mijn keel steeds groter wordt.

'Sas? Ik hoor je bijna niet... Je huilt!'

Dat deed ik dus niet, maar nu wel.

'Och, schatje toch. Niet huilen,' roept hij opeens zo lief dat ik niet meer kan stoppen.

Jeetjemina, waar al dat water vandaan komt, is me een raadsel. Het lijkt wel alsof er een leiding gesprongen is.

'Sasha, alsjeblieft, zeg iets,' smeekt hij en belooft niet meer te zullen schreeuwen. ' Ik wil alleen...'

'Don, ik hou van je. Ik spreek je morgen.' Hij roept dat ik het niet moet wagen op te hangen. Ik waag het toch. Ik kan het niet meer. Het wordt me allemaal te veel, ik ben aan het einde van mijn Latijn. Ik ga naar bed. Daar kan ik ook op Anoeks telefoontje wachten.

Te moe om te douchen, kleed ik me uit en voordat ik ga liggen, controleer ik of de telefoon het nog doet. Eh ja, ik weet het. Maar wat nou als hij in het weekend spontaan kapot is gegaan? Met een diepe zucht ga ik op mijn buik liggen, prop een kussen onder mijn kin, en staar naar de foto van mij en Don op het nachtkastje. Don, lieve Don. Ik voel me een beetje schuldig dat ik zo kortaf tegen hem heb gedaan. Misschien moet ik hem terugbellen en... Nee, beter van niet. Ik draai op mijn rug en staar naar het plafond.

'Morgen zal ik het je vertellen, Don... misschien.'

Ik ontmoette Don, die vier jaar ouder is, toen ik net een maand in Rotterdam was. In al die negentien jaar was ik nog nooit eerder alleen van huis en bij Anoek vandaan geweest. Ik miste haar nog meer dan mijn ouders als ik eerlijk ben. Daar heb ik me heel erg lang ontzettend schuldig over gevoeld. Ik was erg eenzaam in die tijd en wist me geen raad.

Misschien voelde Don dat wel aan, gevoelig als hij is. Hij had zich net als ik voor de verkorte studie binnenhuisarchitectuur opgegeven en liep me zowat omver toen ik met mijn handen vol boeken onderweg was naar het klaslokaal. Ik geloof dat ik hem nogal lang aanstaarde. Maar echt, ik vond hem gewoon vanaf het eerste moment geweldig.

Don, voluit heet hij Dominic, maar dat vindt hij een nichtennaam. Zijn woorden! Ik hou niet van het woord nicht. Ook niet van homo trouwens.

'Mijn moeder wilde een dochter, en als je foto's van mij ziet waar ik klein ben, zou je dat nog denken ook. Zúlke, - hij had zijn duim en wijsvinger zeker tien centimeter van elkaar gehouden - 'krullen.

'En tot hier, hè?' Hij had daarbij naar zijn schouderblad gewezen. 'Tot aan mijn vierde dacht ik dat ik een meisje was.' Ik had erg om zijn verontwaardigde gezicht moeten lachen.

'Ik ben dus Don, met een 'N'.

Zo heeft hij zich, nadat hij me bijna vijf jaar geleden, tegen de grond liep, voorgesteld.

'Met een 'N'? Hm, het lijkt mij dat de afkorting van Dominic dan Dom is en...'

'Ja, dat is het inderdaad, erg dóm! En als je me ooit zo noemt dan zal ik je moeten slaan,' had hij met pretlichtjes in die mooie blauwe ogen van hem gezegd.

Hij heeft echt de blauwste ogen die ik ooit heb gezien, met dikke zwarte wimpers en zwarte wenkbrauwen. Dat is iets wat ik nog steeds vreemd vind als je weet dat hij blond haar á la Chris Zegers heeft. Dat vind ik dus echt een snoepje. Don lijkt wel een beetje op hem. Had ik al gezegd dat ik dus niet op blond val? Oké, voor Don, en natuurlijk Chris zou ik een uitzondering maken. Niet allebei tegelijk natuurlijk, hoewel ik ooit eens een droom over hen tweeën heb gehad, en...ik dwaal weer af geloof ik.

'Verf je je haar?' had ik gevraagd nadat ik dus die zwarte wenkbrauwen en wimpers had gezien.

'Nee, hoe het komt weet ik niet. Het haar op mijn hoofd is het enige blonde haar dat ik heb,' zei hij met zo'n ondeugende grijns dat ik het echt uitschaterde. Hij sprak de waarheid.

Don is mijn beschermer, mijn vertrouweling, mijn klankbord, mijn criticus, mijn eerste volwassen liefde. Hij is mijn alles! Ik hou van die man... en hij is de eerste man waar ik mee naar bed ben geweest.

Verder heeft hij een geweldig lichaam. Bijna twee meter lang, breed en gespierd, zonder overdreven te zijn. Net zoals... Ja, weer Nick. God, ik moet ophouden. Dit stuk gaat over Don, mijn eerste liefde, en niet over de man waar ik waarschijnlijk voor de rest van mijn leven van zal houden.

Zijn woorden dat ik niet verliefd op hem moest worden omdat hij homo was, hadden me even van mijn stuk gebracht.

Ik kon geen woord zeggen maar had zo gelachten dat de tranen over

154

mijn wangen waren gelopen. Hij meende het dus echt en ik ben dus wél verliefd op hem geworden. En ja, dat wist hij ook al toen hij met me naar bed ging. Hij houdt gewoon van me en als hij hetero voor me kon worden, zou hij het doen.

'Zoveel hou ik van je,' zegt hij altijd. 'Wie weet vinden ze ooit een pilletje uit, en dan trouw ik meteen met je,' heeft hij ooit in een emotionele bui gezegd.

Dus ja, Don is homo, wat je in geen honderd jaar zou zeggen als je hem zou zien. Hij schaamt zich totaal niet voor het feit dat hij homo is, maar hij vindt het gewoon niet nodig om ermee te koop te lopen. Hij houdt niet van verwijfde nichten, zoals hij ze noemt. Hij heeft er zelfs een bloedhekel aan. Als hij een vriend heeft, zijn dat altijd types zoals hijzelf. Mannen waar je meteen als een blok voor valt en jezelf van een brug voor gooit als je hoort dat het homo's zijn. Bij hem geen mannetje of vrouwtjesgedoe, zoals hij het noemt.

Don was echt mijn eerste minnaar. Het was op mijn twintigste verjaardag, en de eerste keer dat ik die zonder ouders en Anoek doorbracht. Misschien dat ik daarom voor het eerst dronken wilde worden. Ik drink echt zelden of nooit. Die avond wel en we zijn in mijn bed beland. Niet dat dat uniek was. Nee, joh, Don sliep wel vaker bij me als we uit waren geweest, wat zo'n beetje ieder weekend was. Hij houdt net als ik van dansen, dus we hebben elkaar ook op dat gebied gevonden. Ik weet nog goed hoe hij de eerste keer keek toen ik vroeg of hij bleef slapen.

'Je bent homo, weet je nog?' zei ik omdat hij me wel héél erg vreemd, op het achterdochtige af, aan bleef kijken.

'Ja, dat weet ik. Ik vraag me alleen wel eens af of jij dat ook weet, en wat belangrijker is, of je me gelooft.'

Ik zei natuurlijk dat ik dat deed en dat hij volkomen veilig bij me was en dat ik me niet aan hem zou vergrijpen.

Dat vond hij erg komisch en is dus blijven slapen. Daarna ook, zeker als hij vrijgezel was, en soms ook als hij dat niet was.

Ik ben zijn vriendin en die gasten moesten niet zeuren, was zijn standpunt. En als ze mij niet mochten dan konden ze het helemaal schudden, dan maakte hij het meteen uit.

Nou, van zo'n man moet je toch wel houden? Hij sliep graag bij mij omdat hij dat net zo gezellig vond als ik. En dan hoefde hij ook niet meer in zijn uppie door de koude nacht naar zijn nog koudere appartement, was zijn argument. In de nacht van mijn twintigste verjaardag bleef hij dus ook slapen.

Ik was zoals gezegd een beetje dronken en dan ben ik aanhaleriger dan normaal. Moet je kijken waar het dit weekend toe heeft geleid. Nee, dat is niet waar. Ook al had ik niet gedronken, was ik nog steeds met Nick naar bed gegaan. Mijn god, hoe kan ik ooit verder gaan met mijn leven als ik ieder moment van de dag aan die man denk? Oké, vanaf nu denk ik niet meer aan Nick!

Ik had het over Don, die ook meer had gedronken dan normaal. Niet dat hij drank nodig heeft om aanhalerig bij mij te doen. Hij snapt het zelf ook niet, want hij heeft die behoefte, zoals hij het noemt, nog nooit bij andere vrouwen of vriendinnen gehad. Dat is trouwens ook de reden waarom de meeste mensen denken dat Don en ik wel degelijk een relatie hebben. En aangezien het ons weinig kan schelen wat andere mensen over ons denken, laten we ze lekker in die waan. Laten ze maar denken wat ze willen. Soms doen we het met opzet. Gewoon om te lachen of om de boel te stangen. En ook als we beiden behoefte hebben om te knuffelen.

Ik besloot dus op mijn verjaardag nog een poging te wagen. Moedig geworden door de alcohol, vroeg ik of hij echt zeker wist dat hij homo was, en of hij wel eens met een vrouw naar bed was geweest. Hij keek me zo lang aan dat ik de moed bijna liet zakken.

'Weet je, Sas? Alleen bij jou ben ik een beetje bi. En ja, ik ben met vrouwen naar bed geweest. Heel vaak zelfs. Ik was veertien toen ik voor het eerst met een vrouw naar bed ging, en ik ... Ja, kan ik er wat aan doen dat ik er al op mijn veertiende zo waanzinnig uitzag en dat vrouwen me aantrekkelijk vonden?' Hij had moeten lachen om mijn gezicht en was toen weer serieus geworden.

'Sinds een jaar of twee doe ik dat niet meer omdat ik zeker weet dat ik homo ben. En al die toestanden met die verliefde vrouwen werden ook steeds pijnlijker.'

Nou, je begrijpt zeker wel dat ik totaal verbijsterd was door die bekentenis. Alleen bij mij een beetje bi? God, ik wist niet wat ik hoorde. Ik was nog in de veronderstelling dat, als je homo was, je niet met vrouwen naar bed kon. Ja eh, ik was dronken. Natuurlijk weet ik dat er zat mannen zijn die het ontkennen en gewoon vrouw en kinderen hebben.

'Vond je het lekker om met vrouwen naar bed te gaan?' Ik moest het weten. Ik was zo verliefd op hem en wat hij me nu toch allemaal had verteld, was compleet nieuw voor me.

'Sas?' vroeg hij met hoog opgetrokken wenkbrauwen. 'Denk je nou echt dat ik het, als dat niet zo was geweest, had gedaan? In het begin wist ik niet dat ik homo was, en daarna heb ik een tijdje gedacht dat ik bi was. Dus ja, ik vond het lekker. Meestal wel. Maar het was, is gewoon niet mijn ding.' Ja, dat had hij niet moeten zeggen. Ik was verdomme verliefd op hem en ik dacht dat hij niet met vrouwen naar bed kon. Dus gooide ik het er in een keer uit. Aangemoedigd door alweer die alcohol denk ik, zei ik dat ik dan wilde dat hij met mij naar bed ging. Hij was mijn beste vriend en ik had hem echt nodig die nacht. Ik wilde geen maagd meer zijn. Ik was al twintig en ik wilde dat mijn eerste keer met iemand zou zijn waar ik van hield en die ook van mij hield.

Ik wilde Don en ik verlangde naar hem.

'Hou je van me? Hou je echt zoveel van me als je zegt?' had ik gevraagd terwijl ik hem op zijn rug duwde en bovenop hem was gaan liggen. De blik in zijn ogen zal ik nooit vergeten toen hij zei dat hij dat inderdaad deed.

'Meer dan van wie dan ook, alleen niet op die manier.'

Ik wist dat ik het hem ontzettend moeilijk maakte.

'Dat geeft niet, Don. Je houdt van me, dat is genoeg,' zei ik, en dat meende ik. Ik kuste hem. Voor het eerst met mijn tong en net zolang tot hij me op mijn rug draaide en me zo hartstochtelijk terugkuste dat ik er diep van onder de indruk was. Dat had hij nog nooit eerder gedaan en ik voelde me zo gelukkig op dat moment. Hij vroeg nog een keer of ik het zeker wist.

Ja, ik wist het zeker.

'Oké, dan lieverd. Omdat je mijn meisje bent en het je twintigste verjaardag is. Mijn cadeau aan jou, als dit is wat je werkelijk wilt,' zei hij. Hij kuste me en heeft de liefde met me bedreven. Geloof me als ik zeg dat ik me geen tederder minnaar had kunnen wensen. Het was alles wat een meisje voor haar eerste keer kon wensen. Hij was zo voorzichtig, zo lief en teder, en het was Don. Ik heb gehuild. Die lieve schat dacht dat het kwam omdat hij me pijn had gedaan. Ik zei dat ik huilde omdat ik zo blij was dat hij de eerste was geweest.

'Ik ook,' zei hij en bekende me dat dit de eerste keer was dat hij iemand had ontmaagd. 'Dank je, lieve schat, het was heel speciaal, en net zo goed jouw cadeau aan mij. Ik wilde alleen dat ik ...'

Ik kuste hem en zei dat het goed was. Hij heeft me de hele nacht in zijn armen gehouden en het is daarna nooit meer gebeurd. Ik werd per slot van rekening maar een keer twintig. En zoals hij zelf had gezegd, was ik zijn meisje. En dat ben ik nog steeds.

Dat is dus Don. Mijn rots. Mijn allerbeste vriend, waar ik nog steeds van hou. Alleen niet meer op die manier. Niet zoals ik van Nick hou. Ophouden nou! God, wat word ik moe van mezelf.

Het geluid van de telefoon maakt me zo aan het schrikken dat ik een gil geef en overeind vlieg. Maar ook deze keer is het Anoek niet. Deze keer is het Raf. Ik laat mijn hoofd voorover op mijn knieën vallen.

'Sasha, als je niet meteen opneemt, spring ik nu meteen in mijn auto,' hoor ik hem zeggen zodra het antwoordapparaat begint te lopen. 'En dan ga je hier zo...'

'Tjongejonge Raf,' roep ik boos door de telefoon, 'is het nou...'

'Sla niet zo`n toon tegen me aan,' valt hij me boos in de rede. 'Ik meen het, ik sta op het punt naar je toe te komen en...'

'Ik laat je niet binnen! Ik doe de ketting erop en dan...'

'Moet jij eens kijken wat er dan van die deur overblijft,' zegt Raf totaal niet onder de indruk van mijn dreigement. Ik zucht en ga er maar bij zitten.

Raf laat zich niet zo gemakkelijk de mond snoeren en ik kan hem niet zo gemakkelijk om mijn vinger winden als Don. Niet dat Don met zich laat sollen, helemaal niet. Ik ken Don al jaren terwijl ik Raf nu bijna anderhalf jaar ken. Niet dat ik dat zo voel. Voor mijn gevoel ken ik hem ook al jaren. En als je hem zo bazig hoort doen, hij is half Spaans en nogal temperamentvol, is het duidelijk dat hij dezelfde mening deelt. Ik weet dat hij zo doet omdat hij ook van me houdt, dus vergeef ik het hem. Ik ben dankbaar dat ik twee geweldige beschermers heb. Verder heb ik niemand anders. Ze zijn mijn familie. Jeetje, ik zou me geen raad weten zonder hen.

'Raf, alsjeblieft, zoals ik net ook al tegen Don heb gezegd...'

'Wanneer? Toen je zo maar ophing? Weet je wel hoe ongelofelijk zorgen we ons om jou hebben gemaakt? Dat gaat verdomme een heel weekend weg. Waarom heb je daar afgelopen donderdag niets over gezegd?'

Ik open mijn mond en sluit hem weer als hij zegt dat ik mijn mond moet houden omdat hij het antwoord al weet.

'Je wist donders goed dat we het uit je hoofd zouden praten, want dat het geen heldere soep is, hoef je míj in ieder geval niet te vertellen. Ben je met een andere man... Nee natuurlijk niet, je kent geen andere mannen.'

Ondanks mijn ellende verschijnt er toch een glimlach om mijn mond als ik hem zo met zichzelf in gesprek hoor.

'Ben je echt moe of zeg je dat om van ons af te zijn?'

'Nee Raf, ik ben echt kapot. Het is een... eh enerverend weekend geweest.' Ik rol met mijn ogen en haal opgelucht adem als Raf zegt dat hij me in dat geval met rust zal laten.

'Voor nu! Morgen wil ik alles weten, als je dat maar weet!' zegt hij streng en dan heel lief.' Slaap lekker lieverdje, ik hou van je.'

'Ik ook van jou. Tot morgen, Raf.'

En dat meen ik ook echt. Ik hou ook van Raf, god, wat een toestand. Hoe is het mogelijk dat ik drie zulke verrukkelijke mannen ken en doodongelukkig ben?

Raf was, totdat ik Nick ontmoette, de mooiste man die ik ooit had gezien. Onnodig te zeggen dat ik diep onder de indruk was, de eerste keer dat ik hem zag. Don niet. Die vond hem wel knap, maar te modieus gekleed naar zijn smaak. Dat vond ik dus niet.

Oké, hij droeg geen C&A'tjes. Gucci, als ik me niet vergiste, maar zeker niet overdreven modieus. Gewoon bijzonder stijlvol eigenlijk. Mooi getailleerd zwart hemd dat hij nonchalant over een zwarte pantalon droeg. Geen sieraden behalve een goud ringetje in zijn oor waardoor ik hem, in combinatie met zijn zwarte haar dat hij strak achterover in een vlecht droeg, op een piraat vond lijken Dat was Dons volgende aanmerking op Raf. Die houdt totaal niet van mannen met lang haar, en al zeker geen staarten. Daar waren we het dus wel over eens. Alleen vond ik dat Raf het, met zijn donkere uiterlijk, wel kon hebben. Ik was echt weg van hem en wist gewoon zeker dat hij goed kon dansen, in tegenstelling tot zijn blonde vriendin die een beetje om hem heen huppelde, en daarbij constant haar lange haar van de ene naar de andere kant gooide.

Don had gezegd dat als ik dat had gedaan, hij het allang zou hebben afgeknipt. We waren weer naar onze krukken aan de bar gelopen vanwaar ik een goed uitzicht had op Raf. Tjonge, ik kon echt mijn ogen niet van hem afhouden. Niet alleen om zijn uiterlijk. Nee, ook omdat hij zo goed kon dansen.

'Jezus Sas, het verbaast me dat je hem niet aan zijn staart mee naar buiten sleurt,' had Don op een gegeven moment gezegd.

'Misschien doe ik dat later nog wel. Voorlopig wil ik alleen met hem dansen. Dus wees lief en ga dat even voor me regelen.'

Met een ondeugende grijns op zijn gezicht was Don gaan staan en had hij gezegd dat hij dat dan maar eens moest gaan doen, omdat ik anders de hele avond zou blijven zeuren.

'Ik zal me wel weer voor jou opofferen. Maar als dat blonde mokkel verliefd op me wordt, is het jouw schuld!' Hij had me van mijn kruk getrokken en achter zich aan de dansvloer opgetrokken waarna hij zonder aarzeling op Raf en diens partner was afgelopen.

'Even van partner wisselen?' vroeg hij en had de blondine meteen uit Rafs armen getrokken, die alleen zijn wenkbrauwen optrok.

Ik voelde me een beetje opgelaten om Dons botte gedrag.

'Zeg me dat je iets beter kunt dansen dan Laila,' had Raf gezegd terwijl hij me met een glimlach die me sprakeloos van bewondering maakte, in zijn armen had genomen.

'Als je daar je blonde vriendin mee bedoelt, durf ik dat wel te zeggen.' We stonden zo dicht tegen elkaar aan dat het onmogelijk te zeggen was waar ik begon en hij ophield. Met Raf merkte ik dat het echt waar is dat je met een goede danser zelf ook beter danst.

Tot nu toe had ik alleen met Don gedanst, die goed kon dansen. Alleen vond hij dat Zuid-Amerikaanse gedoe, dat geheupwieg zoals hij het noemde, meer iets voor homo's. Ja, ik weet het, om moe van te worden. Met Raf ging er een hele nieuwe wereld voor me open. Hij tilde me op, boog me in ieder denkbare positie, trok mijn been om zijn middel zonder een moment uit de maat te raken. God, wat was ik blij dat ik die avond een broek had aangetrokken. Ik volgde zijn aanwijzingen zonder aarzeling. Zoals die avond had ik nog nooit gedanst, en kennelijk was dat nog meer mensen opgevallen. Ik genoot en heb me volledig laten gaan tot de muziek stopte en er een applaus losbarstte.

Verbaasd had ik om me heen gekeken. Zonder dat het me op was gevallen, was iedereen van de dansvloer gegaan om naar ons te kijken.

'Durf ik nog met je te dansen als je het nog beter kunt?' vroeg Raf met zijn mond bij mijn oor.

Lichtelijk buiten adem had ik me door hem weer naar Don laten brengen die met een erg zuur kijkende Laila, aan de bar zat. Jeetje, ze had me aangekeken alsof ze me met alle liefde allebei mijn ogen had willen uitkrabbelen.

'Gedraag je Laila, we hebben alleen gedanst,' zei Raf. 'Zo moet het nou, en ik hoop dat je hebt opgelet.' Hij trok zijn wenkbrauwen op toen ze hem een duw gaf en langs hem heen dwars over de dansvloer naar de uitgang stormde.

'Hm, volgens mij vond ze het niet zo geslaagd,' was Dons droge reactie geweest.

'Dat is haar probleem. Ik hou niet van jaloers gedrag en zeker niet van dat soort kuren. Hallo, ik ben Rafael,' had hij zich met een brede glimlach en uitgestoken hand naar Don voorgesteld. 'Ik vond het geweldig om met jouw vriendin te dansen.'

'Ja, dat is het ook en dat mag niet iedereen,' had Don gezegd zonder met zijn ogen te knipperen. Hij trok me tussen zijn benen en sloeg bezitterig zijn armen om mijn middel. 'Ik ben Don. Word je trouwens altijd Rafael genoemd?'

'Ja, hoezo?' had Raf gevraagd.

'Nou, neem me niet kwalijk, ik vind het een beetje een...'

'Don! Wáág het niet,' had ik geschokt gezegd omdat ik wist wat er zou gaan komen. Don heeft dus écht een hoge pijngrens, want ik weet zeker dat ik bijna met mijn naaldhak door zijn schoen ging.

'...homonaam.' had Don zonder een krimp te vertrekken zijn zin afgemaakt.

'Is dat zo?' vroeg Raf met een opgetrokken wenkbrauw.

Dat met die wenkbrauw heb ik dus van hem geleerd.

'In Spanje is het een vrij normale naam. Vertel me eens,' was hij met twinkelende ogen verdergegaan, 'je maakt me nu wel heel nieuwsgierig. Wat vind je dan geen homonaam?'

'Ach, laten we het niet te gek maken, en je naam gewoon afkorten. Raf! Ik denk dat we dat moeten doen. Hoe vind je die, schatje?'

Schatje zag de ondeugende schittering in zijn ogen en was te verbijsterd om het lef van die man om uit haar woorden te komen. Raf zag het en barstte in lachen uit, wat mijn verbijstering nog meer vergrootte. Niet in de laatste plaats omdat die man werkelijk adembenemend was.

'Doe je mond dicht, Sas,' zei Don waardoor Raf nog harder begon te lachen.

'Oké, jullie mogen me Raf noemen,' zei hij. Hij scheen er totaal niet mee te zitten dat Don zijn naam tot homonaam had gebombardeerd, en meteen even een naamsverandering had toegepast. En dat alles in minder dan vier seconden. Zo hebben we Raf, die ik alleen Rafael noem als ik Don wil pesten of er zin in heb, ontmoet. Hij is die avond bij ons gebleven en ik heb de hele avond afwisselend met hen gedanst. En tegelijkertijd! God, de jaloerse blikken van de vrouwen om me heen waren echt onbetaalbaar. En dat zijn ze nog steeds.

Ik was wel een beetje verliefd op hem geworden. Maar dat was echter zo voorbij toen ik erachter kwam, door Don omdat ik het zelf niet in de gaten had gehad, dat Raf net als hij homo was. Het was echt raar, maar mijn ontluikende verliefdheid was van het een op het andere moment verdwenen.

We waren in mijn appartement en zaten tegenover elkaar aan de eetbar.

'Je weet het!' Dat was het enige dat Raf zei nadat ik hem met een peinzende blik had aangekeken

Hij stond op en nam me in zijn armen. 'Het spijt me, schatje, vergeef je het me?'

'God, hoe is het mogelijk dat ik dat niet meteen...'

'Dat doet niemand, daar ben ik te mannelijk voor,' had hij zo arrogant gezegd dat ik hem een paar tellen verbijsterd had aangekeken. Ik weet nog dat ik dacht dat hij op dat gebied Dons tweelingbroer kon zijn.

Ik zei dat hij dat was, te mannelijk, en dat ik het hem vergaf.

'Waarom moet ik altijd voor jullie vallen? Begrijp me niet verkeerd, ik hou van homo's. Echt! Maar ik zou het leuk vinden als er eens een keer een man, waar ik gevoelens voor heb, ook verliefd op mij werd.'

'Het spijt me, schatje. Ik heb je niet aangemoedigd... Toch? Ik heb alleen met je gedanst en ik...' Hij keek verbaasd op me neer omdat ik erg om die opmerking moest lachen.

'Mijn god, niet aangemoedigd, zeg je? Zoals jij soms met me danst lijkt het alsof we een potje droog... eh ja, dat dus.'

'Oké, dat geef ik toe,' had hij met een grijns toegegeven. 'De vonken vliegen er soms vanaf. Dat hoort gewoon zo omdat ik nou eenmaal zo dans. En jij ook!'

Tot mijn verbijstering had hij me gekust. God, die man kon zoenen. 'Omdat je zo'n schatje bent, en als ik wel hetero of minimaal bi zou zijn zou ik beslist met jou verder zijn gegaan,' zei hij voordat ik kon vragen waarom hij dat had gedaan. Ik had een déjà vu.

Raf houdt net als Don ook niet van die verwijfde types en is een veelgevraagd model. Op zijn werk wist en weet niemand het. Dat wil hij ook zo houden. Volgens hem kreeg hij veel meer opdrachten. Het zou volgens hem erg ongeloofwaardig overkomen als hij als homo in een hartstochtelijke pose op de foto moet met een vrouw zou staan.

Hij was in eerste instantie woedend te ontdekken dat Don ook homo was omdat hij verliefd was op hem. Nog iets wat me totaal was ontgaan. Ik weet nog dat ik me afvroeg of Don het wist.

Raf was in de veronderstelling geweest dat hij verliefd op een hetero was geworden, en dat Don en ik gewoon een nogal vrije relatie hadden. Hij had mij laten beloven dat ik niet tegen Don zou zeggen dat hij verliefd op hem was. Ook mocht ik niet zeggen dat hij tegenover mij had toegegeven dat hij homo was. Volgens Raf was het gewoon een gok van Don. Hij had het toch ook niet van hem geweten? Ik heb het beloofd, en me erbuiten gehouden. Wel heb ik Raf de tip gegeven zijn haar te laten knippen. Daarna heeft het nog een paar weken geduurd voor Don zich gewonnen gaf.

Op Dons vraag of hij wat Raf betrof gelijk had gehad, had ik gezegd dat hij zich vast had vergist omdat Raf me zo hartstochtelijk had gekust dat ik niet gek zou hebben opgekeken als hij me mee naar bed had genomen.

'Hm,' was het enig dat Don had gezegd.

Raf dacht Don jaloers te kunnen maken door mij om de haverklap hartstochtelijk te zoenen. Natuurlijk wist ik dat Don er totaal niet van wakker zou liggen omdat hij nu eenmaal niet jaloers is waar het mij betrof. Natuurlijk vertelde ik dat niet aan Raf.

Later vroeg Raf waarom we dat voor hem hadden verzwegen.

'Ach, omdat Sasha nu eenmaal ontzettend van zoenen houdt, en jij het volgens haar ontzettend goed kunt,' had Don met een scheve grijns gezegd. 'Ik denk dat het tijd wordt dat ik daar ook eens achter kom,' had hij daarna, zonder met zijn ogen te knipperen, gezegd.

Mijn god, dat gezicht van Raf. Dat zal ik zolang als ik leef niet meer vergeten. Natuurlijk heb ik ze wel de deur uitgezet. Want hoeveel ik ook van ze hou, ik ben er totaal niet nieuwsgierig naar hoe twee mannen elkaar kussen. Dat weten ze. En ze doen dat dus ook nooit waar ik bij ben. Als je hen samen ziet, zou je trouwens nooit vermoeden dat het een homostel is.

Dus je snapt wel dat we de grootste lol hebben als we uitgaan en ze mij, als ze in een gekke bui zijn om de haverklap om beurten zoenen. Zonder tong weliswaar, maar wij zijn de enige die dat weten. Volgens mij doet het de ronde in de tenten waar wij in de weekenden komen, dat ik twee minnaars heb die mij samen delen. Ach, weet je? Sinds ik in Rotterdam woon, en Don en Raf heb leren kennen, ben ik aardig uit de verf gekomen. Ik denk dat niemand in Driebergen me ooit nog de Lestermuts zal noemen.

Kwart over een, zie ik met een diepe zucht. *Oké, Anoek. Dan niet. Het is nu aan jou. Ik heb mijn deel gedaan. Als je niet wilt weten wat er is gebeurd, is dat jouw beslissing. Je bekijkt het maar. Ik ga slapen!* Nadat ik mijn kussen tot moes heb geslagen, sluit ik mijn ogen en zie meteen Nicks gezicht voor me.

Oh Nick, denk je nu misschien aan mij?

Nee, natuurlijk niet, denk ik er meteen achteraan. Als hij al aan een vrouw ligt te denken is het aan Anoek. Ik knijp mijn ogen stijf dicht als ik de tranen voel opkomen.

164

14

Voor mijn gevoel slaap ik net. Ik heb zowat de hele nacht wakker gelegen, wachtend op het telefoontje van Anoek. Dat dus niet kwam. En de hele tijd dat gejank! Mijn god, ik heb in mijn hele leven nog nooit zo veel gehuild als gisteravond en vannacht. Boos smijt ik het doorweekte kussen weg en verstop mijn hoofd onder het andere omdat die vervloekte violist maar door blijft jammeren. Tjonge, waarom verlost niemand die vent uit zijn lijden? Boos dat niemand het doet, neem ik me voor het dan zelf maar te doen. Op het moment dat ik mijn ogen met veel pijn en moeite open krijg, realiseer ik me dat het de wekker is. Ik ben in staat het ding tegen de muur kapot te gooien. Jeetje, ik ben nog nooit eerder zo agressief wakker geworden. Met gesloten ogen strompel ik naar de badkamer. Mijn ogen branden en voelen zo droog aan dat ik niet in de spiegel hoef te kijken om te weten dat ik er niet uitzie. Tegen beter weten in doe ik het toch en schrik van mijn witte gezicht dat me aankijkt vanuit de spiegel boven de wastafel. Het lijkt verdorie wel of ik net tien rondes in een boksring heb doorgebracht en helemaal verrot ben geslagen. Zo kan ik dus niet naar mijn werk. En eerlijk gezegd wil ik dat voor het eerst in al die jaren ook niet eens. Ik besluit me ziek te melden. Ik voel me tenslotte doodziek en zo ellendig dat ik nu al weet dat ik de hele dag in bed blijf.

Nick is trouwens in Rotterdam en die gedachte maakt me nog zieker.

'Oh Nick, ik mis je nu al,' fluister ik en knijp mijn ogen stijf dicht als ik de tranen weer voel komen. Boos veeg ik ze weg en stap onder de douche waar mijn tranen zich met de hete waterstralen vermengen. Mijn god, wat heb ik er een puinhoop van gemaakt. En waarom heeft

Anoek nog steeds niet gebeld? Of heeft ze dat wel gedaan en heb ik de telefoon niet gehoord? Met een handdoek om mijn hoofd en lichaam loop ik naar de woonkamer en check het antwoordapparaat. Niets! Ik pak de telefoon en ben al halverwege Dons nummer als ik me bedenk. Nee, geen goed idee om hem te vertellen dat ik vandaag niet kom werken. Ik bel rechtstreeks naar mijn werk waar ze heel verbaasd reageren omdat ik in de drie jaar dat ik daar nu werk nog geen dag ziek ben geweest.

'Ach gossie, meissie toch,' roept Lenie, de oudere dame die bij personeelszaken werkt, zo vol medeleven dat ik weer bijna in snikken uitbarst. 'Nou ziek lekker uit hoor, lieverd. Kruip maar snel weer onder de wol.'

Nadat ik een kop thee heb gedronken en het me met veel moeite is gelukt een beschuitje met kaas weg te werken, strompel ik alsof ik lood om mijn enkels heb, weer terug naar mijn slaapkamer. Volgens mij val ik nog voor mijn hoofd het kussen raakt in een diepe slaap. Godzijdank, ik wil nergens meer aan denken.

'Sasha? Sasha word eens wakker.'

'Ga weg, Don, ik ben ziek en ik slaap,' kreun ik boos. Ik trek het dekbed verder omhoog. Natuurlijk luistert Don niet. Hij zegt opnieuw dat ik wakker moet worden.

'Don, ik meen het, laat me met rust.' Nu trek ik het dekbed helemaal over mijn hoofd en probeer me zo klein mogelijk te maken. Ja, ik weet het, struisvogelpolitiek, maar ik wil echt dat hij weg gaat.

'Als je denkt dat ik weg ga, heb je het mooi mis. Ik ga nergens heen voor ik je...'

'Don, ik heb me ziek gemeld en ik...'

Met geweld rukt hij, echt ik kan er geen ander woord voor bedenken, het dekbed van me af.

Boos vlieg ik overeind en nadat ik mijn haar met een driftig gebaar uit mijn gezicht heb geveegd, ga ik tegen hem tekeer. En wel zo erg dat hij er even stil van is.

Ik ben nog nooit eerder tegen hem tekeer gegaan. Volgens mij ben ik nog nooit boos op hem geweest. 'Laat me verdomme toch met rust. Ik word doodziek van dat bemoeierige gedrag en ik...'

'Dat is geen normaal Nederlands woord. En dat mag je vinden. Zie ik eruit alsof me dat ook maar een moer kan schelen?' gaat Don nu op zijn beurt ook tegen me tekeer. 'Ik heb verdomme de hele nacht geen oog dichtgedaan, zo'n zorgen heb ik me om je gemaakt. En dan kom ik op het werk en dan hoor ik dat jij je ziek hebt gemeld? Je bent nog nooit ziek geweest en ik...'

'Nou dat ben ik wel, ik ben doodziek!' Ik probeer hem te ontwijken als hij op me afkomt en mijn kin vastpakt. 'Laat dat Don,' zeg ik als hij mijn gezicht naar zich optilt.

'Oh ja, ik zie het. Je hebt de dikke ogenziekte. Ik hoop niet dat het besmettelijk is. Goh, hoe is het in vredesnaam mogelijk dat je nog iets kunt zien? Je hebt volgens mij de hele nacht liggen huilen en...' Hij vloekt als mijn lip begint te trillen en als mijn ogen zich met tranen vullen, trekt hij me in zijn armen.

'Lieverd toch, wat is er in godsnaam met je gebeurd?' vraagt hij met zijn gezicht in mijn haar.

Ik klem mijn armen om zijn nek als hij met zijn hand over mijn achterhoofd streelt.

'Sas, schatje van me, ik...'

'Noem me niet zo, noem me nooit meer zo,' roep ik en barst dan echt in snikken uit. God, ik huil zo hard dat mijn lichaam schokt en als hij me niet zo stevig had vastgehouden, zouden we van het bed zijn gevallen. God, ik geloof dat ik vanaf dit weekend alles luidruchtig doe. Seks, huilen, wat is het volgende? Don houdt me net zolang in zijn armen tot ik weer rustig word.

'Sas, lieverd... Is lieverd wel toegestaan?' vraagt de arme schat voor de zekerheid. Ik lach door mijn tranen naar hem en geef hem een kus.

'Ja, dat is toegestaan. Het spijt me, ik weet niet...'

'Je hoeft je tegenover mij niet te verontschuldigen. Ik ben het, Don, je grote liefde,' zegt hij zo lief dat de tranen opnieuw over mijn wangen lopen. Dat zegt hij altijd, maar dit is de eerste keer dat ik erom moet huilen. Hij kust mijn tranen weg en gaat, terwijl hij me blijft vast-houden, in mijn bed liggen.

'Don, je hebt je schoenen nog aan,' zeg ik als hij het dekbed over ons heentrekt. Ja, ik weet het, het slaat nergens op. Ik ben van slag.

'Ja, en jij bent half naakt, maakt het wat uit?'

'Nee, niets maakt meer uit,' fluister ik en druk mijn gezicht tegen zijn hals. Ik voel dat hij diep zucht en ik geniet van zijn hand die zachtjes over mijn rug streelt. Ik word er rustig van en val bijna in slaap als hij zegt dat ik wakker moet blijven.

'Sasha, wat is er dit weekend gebeurd?' vraagt hij terwijl hij me op mijn rug draait en over me heen leunt. Hij strijkt mijn haar uit mijn gezicht. 'Ik heb je nog nooit zo gezien. Vertel het me alsjeblieft. Ik weet me geen raad. Wat is er gebeurd? Heeft iemand je... heeft iemand je verkracht? Is dat het?' gooit hij er tot mijn verbijstering uit.

'Nee! Mijn god, wat haal jij je nou toch weer in je hoofd?'

'Godzijdank,' zucht hij. 'Heeft het wel met een man te maken dan? Nee, natuurlijk niet,' beantwoordt hij zijn eigen vraag. 'Jij kent geen mannen behalve Raf en mij, wat me tot op de dag van vandaag met jouw uiterlijk een raadsel is. Soms denk ik wel eens dat je nog steeds zit te wachten tot een van ons zegt dat hij toch bi is,' zegt hij zo komisch dat ik ondanks mijn verdriet moet lachen.

'Ja, dat is het, Don, daar hoop ik nog steeds op. Daar bid ik iedere avond voor voordat ik ga slapen.'

Hij grinnikt en trekt me weer in zijn armen. 'Sas, lieve schat, vertel me nou wat er met je is gebeurd?' smeekt hij.

'Nee,' fluister ik. 'Dat kan ik niet. Het is te erg. Ik schaam me zo. Als jullie weten wat ik heb gedaan, haten jullie me en ik...'

'Wil jij wel eens normaal doen?' valt Don me verontwaardigd in de rede. 'Niets wat jij doet kan dat voor elkaar krijgen. Je vergeet dat ik je ken. Soms denk ik wel eens dat ik je beter ken dan jij jezelf kent. Ik weet dat je daar gewoon niet toe in staat bent. Daar ben je te naïef voor. Je laat je misschien ergens in meeslepen waar je... Heeft dit soms met die verschrikkelijke zus van je te maken?' vraagt hij opeens met een achterdochtige blik. 'Want als dat zo is dan zweer ik je dat ik haar ga opzoeken en...'

'Nee, natuurlijk niet, hoe kom je daar nou toch bij?' Ik heb nog nooit eerder tegen hem gelogen en ik voel me ontzettend schuldig. Maar ik weet zeker dat als hij hoort wat ik heb gedaan, hij niets meer met me te maken wil hebben. Nee, ik kan het hem niet vertellen, niet aan hem en ook niet aan Raf. Aan niemand!

'Vertel het me alsjeblieft,' dringt Don opnieuw aan. 'Misschien valt het allemaal reuze mee, en denk je alleen dat het erg is. Je hebt soms de neiging om te overdrijven.'

'Nee, deze keer niet. Ik heb echt iets verschrikkelijks gedaan en ik...'

Oh shit, ik begin alweer te huilen. Hoe Don ook aandringt, waar hij me ook mee dreigt, ik vertel het hem niet. Ik kan het gewoon niet. Ook als hij zegt dat hij dan nooit meer met me praat, laat ik me niet overhalen.

Uiteindelijk zegt hij dat hij weer weg moet. Hij is in zijn koffiepauze naar me toe gekomen en belooft me dat ik nog niet van hem af ben. Ja, dat weet ik. Vanavond komt hij, ongetwijfeld met Raf, terug. Nou ze doen hun best maar. Ik vertel ze niets!

15

Woedend smijt ik de telefoon op de bank en vervloek mijn broer voor de zoveelste keer dit weekend. Ik ben verdomme het hele weekend met zijn vriendin naar bed geweest. En als het aan mij had gelegen, was ze hier nu nog. Wat bezielde me in godsnaam haar te vragen met me mee naar Rotterdam te gaan? Hoe heb ik me zo in de nesten kunnen werken? Oké, dat weet ik wel. Nick stond erop. Al vraag ik me af of hij dit bedoelde toen hij zei dat Anoek geen argwaan mocht krijgen.

'Als het moet, ga je met haar naar bed.' Ik hoor het hem nog zeggen en zie hem nog met zijn handen op zijn buik op de bank liggen omdat hij niet meer bijkwam. Ik weet dat hij een geintje maakte ondanks het feit dat we, toen we een stuk jonger waren, onze vriendinnen geregeld deelden. Dat hebben we gedaan tot pa erachter kwam en ons zo'n ongenadig pak slaag heeft gegeven dat we wel uitkeken om het nog eens te doen. En ik zou het nu ook niet meer doen. Vrouwen moet je met respect behandelen. Ha! En wat heb ik verdomme gedaan? Oké, ze overviel me in de auto, maar ik had haar met rust moeten laten toen ze in het hotel naar de badkamer vluchtte. Ik snap nog steeds niet waarom ze dat deed. Als ik niet beter zou weten, zou ik bijna geloven dat ze bang voor me was. En toen ze later in bed zo stijf als een plank net deed alsof ze sliep, had ik bij mijn besluit moeten blijven en haar met rust moeten laten. Maar kan verdomme iemand me kwalijk nemen dat ik even in de war was? Dat ik niet wist waar en met wie ik was toen ik midden in de nacht wakker werd met die heerlijke borsten van haar vlak bij mijn mond?

Vloekend pak ik opnieuw de telefoon en toets Nicks nummer in. Weer die klote voicemail! Volgens mij doet hij het met opzet, al kan ik geen enkele reden bedenken waarom. We hebben afgesproken dat hij zijn telefoon het hele weekend niet op zou nemen, tenzij ik hem vanuit zijn eigen huis zou bellen. En totdat ik hem verslag uitbreng over het weekend, blijft hij voor iedereen onbereikbaar. Maar het is niet de bedoeling dat hij dat verdomme ook voor mij blijft!

Ik ben nog steeds boos dat hij niet wilde dat ik in zijn plaats naar Hongkong ging. Volgens mij steekt er veel meer achter. Zelfs Ben wist niets van een dringende afspraak in Hongkong. Nou, als Nick terugkomt, gaat hij me de waarheid vertellen.

Zwaar opgefokt loop ik naar de keuken en ruk de koelkast open. Na twee slokken bier kiep ik het flesje leeg in de gootsteen. Misschien weet Ben inmiddels in welk hotel Nick logeert. Maar nee, die wil ik voorlopig niet spreken. God, wat heeft die ouwe gek me er van langs gegeven toen hij erachter kwam dat ik Nicks plaats had ingenomen. En toen ik zijn *Porsche* kwam lenen, deed hij het nog eens dunnetjes over. Met een diepe zucht laat ik me achterover op de bank vallen en staar naar het plafond. God, wat een fucking puinzooi!! Nog voor de telefoon voor de tweede keer over kan gaan, heb ik hem al ingedrukt.

'Nick?' Opgelucht dat hij het is, vloek ik hem vervolgens helemaal stijf. 'Wat er aan de hand is? Ik probeer je verdomme de hele avond al te bereiken en jij... Ik schreeuw niet! Wat? De hele week? Ben je nou helemaal van de pot gepleurd? Jij, ongelofelijke klootzak! En Nick? Nu schreeuw ik! Verdomme man, dat flik je me niet. Ik kan toch niet...? Als ik je in mijn handen krijg...' Ik hou mijn mond als Nick roept dat hij ophangt als ik mijn kop niet hou. Ik ben in staat om de telefoon door het raam te smijten, als hij me doodleuk verteld dat er iets tussen is gekomen en dat ik de hele week zijn plaats moet innemen.

'Alles is toch goed gegaan? Noekie heeft toch niets gemerkt?' vraagt hij opeens argwanend.

'Noekie? Is dat de mannelijke tegenhanger van schatje?' Nick komt niet meer bij en zegt dat hij het wel iets vindt hebben.

'Zo heb ik haar dus niet genoemd,' zeg ik geïrriteerd.

'Hoe? Noekie?'

'Hou alsjeblieft op met dat melige gedoe. Schatje, vond ik al meer dan genoeg. Je had me niet verteld dat je haar ook Noekie noemde. Maar ik ga haar helemaal niets meer noemen, omdat het hele feest niet doorgaat.

Ik heb mijn schuld betaald.' *En er dubbel en dwars van genoten.* 'Nick, ik verdom het om de hele week met jouw vriendin... Ik ga haar niet de hele week in de maling nemen!' verbeter ik mezelf snel. 'Ik wil nu weten waarom jij de hele week in Hongkong moet blijven. Ben wist daar dus ook helemaal niets van. En hoe moet ik op twee plaatsen tegelijk zijn? Ik moet morgen ook al in jouw plaats naar dat congres en ik...'

'Stel je niet zo aan, Luke,' valt Nick me in de rede. 'Je woont verdomme in Rotterdam. Laat Roy anders voor je invallen. Doet hij ook eens iets voor dat vette salaris dat wij hem betalen.'

'Roy doet meer dan genoeg, Nick!'

'Jezus, Luke, ik dol maar wat, joh,' grinnikt mijn broer.

'Ja, dat dollen van jou ken ik. Over dollen gesproken. Wat is er verdomme tussen jou en Marian? Die meid viel me de hele tijd lastig tijdens het diner en naderhand besprong ze me zowat. Het is maar goed dat Anoek het zo goed opvatte, anders...'

'Hebben we het over dezelfde Anoek?' vraagt Nick. Hij lacht zo hard dat ik de telefoon een eindje bij mijn oor vandaan hou.

'Nick? Verdomme man, hou op met lachen en vertel me wat jij met Marian hebt geflikt.'

'Nou, niets. Oké, zo goed als niets,' geeft Nick toe. 'Je kunt beter vragen wat ze met mij heeft gedaan. Shit Nick, ze besprong mij ook een keer. Ik zweer je dat ze haar hand al in mijn broek had voor ik er erg in had. Jezus, man, ik schrok me de tering. En ik heb haar natuurlijk verteld dat ik...'

'Voor of nadat je haar had geneukt?'

'Dat heb ik niet gedaan. Ze heeft me gepijpt,' zegt Nick, alsof dat minder erg is. 'En toen heb ik haar verteld dat het de eerste en de laatste keer was dat ik dat heb toegestaan,' zegt Nick.

Ik hoef mijn broers gezicht niet te zien om te weten dat hij nu van oor tot oor grijnst. Ik ben in staat om de telefoon neer te gooien als ik opeens een vrouwenstem meen te horen. 'Wie is er bij je?'

'Niemand Luke, ik ben... Oh dat is het kamermeisje,' zegt hij als het overduidelijk is dat ik haar weer heb gehoord.

'Nick? Wie denk jij nou dat je in de maling neemt met die onzin? Sinds wanneer praten Japanse meisjes Nederlands?'

'Geloof je me als ik je vertel dat ze in Nederland...'

'Nick! Is het nou verdomme afgelopen?' Ik zit me hier zwaar te schamen, terwijl hij de bloemetjes buiten aan het zetten is met de een of andere Hollandse meid.

'Dat is Jess,' zegt Nick als ik weer tegen hem tekeer ga.

'Jess? Als in Jessica jouw ex-verloofde waar je nooit meer iets mee te maken wilde hebben?' Ik weet werkelijk niet wat ik hoor.

'Eh ja, die. Ze belde me dat ze me wilde spreken en... Hè, verdomme Luke. Ik wil er nu niet over praten. Je weet hoe gek ik op haar was,' zegt Nick opeens zo zacht dat ik hem bijna niet versta. Ik zucht. Ja, dat weet ik. Hij was er kapot van toen ze het uitmaakte en heeft het drie dagen achter elkaar op een zuipen gezet. Daarna heeft hij me gezworen dat hij haar pas terug zou nemen als ze hem op haar blote knieën zou smeken.

'Laat me raden. Ze zit op haar blote knieën.'

Nick barst in lachen uit.

'Ja, en ze gaat zo smeken. Maar goed, Luke, ik moet nu ophangen.'

'Nick, ik moet je iets vertellen. Er zijn een paar dingen...'

'Later, Luke, geen tijd meer. Vertel het me maar als ik weer terug ben. En tot zolang mag jij de mooie Anoek gezelschap houden. Joh man, je doet net alsof dat zo'n straf is. Die meid is bloedmooi! Ennuh, geen dingen doen die ik ook niet zou doen. Ik moet het even allemaal voor mezelf op een rijtje zetten,' zegt hij opeens heel ernstig.

Voor ik nog iets kan zeggen, verbreekt hij de verbinding. Met een vloek smijt ik de telefoon op de bank. Nog een geluk dat er maar weinig dingen zijn die mijn broer nooit zou doen. Maar hoe moet ik dit in godsnaam klaarspelen? Dit weekend leek het niet moeilijk om de persoonlijke gesprekken te omzeilen. Anoek scheen het niet op te vallen dat ik het nergens over had. Maar een hele week? Een hele week met die bloedmooie vrouw waar ik als een blok voor ben gevallen? Ik laat mijn gezicht in mijn handen vallen en bedenk me dat ik drie dagen de tijd heb om daar iets op te bedenken. Nick zou immers drie dagen naar Rotterdam gaan. Ik ga naar Rotterdam, naar mijn eigen huis. Ik ben kapot. Allemachtig, wat een weekend.

16

Dinsdag sta ik in gedachten op de roltrap van het grote warenhuis. Wat zou Anoek nu aan het doen zijn? Allemachtig, ik word doodziek van mezelf. Als het zo doorgaat, ga ik vanavond naar Nicks huis en dan haal ik haar op. Ik heb vannacht geen oog dichtgedaan omdat ik het afgelopen weekend maar niet uit mijn kop kan zetten. Shit, zoals nu heb ik me nog nooit gevoeld. Ik lijk wel een verliefde puber. Hoe is het mogelijk. Ik lijk wel niet goed bij mijn hoofd. Ik, die al mijn vrienden uitlachte als ze zich door een vrouw lieten strikken. En als het me dan eindelijk overkomt, is het de vriendin van mijn broer.

Ik zucht diep en draai me met een ruk om als ik op de roltrap naast me een glimp van een donkerharige vrouw opvang. Zo van achteren lijkt ze zoveel op Anoek dat ik haar bijna roep. Maar dat is onmogelijk, ze is in Utrecht op haar werk en niet hier in Rotterdam. Ik schiet in de lach als ik bedenk dat dit de zoveelste keer is vandaag dat ik haar denk te zien. Zelfs op roltrappen, terwijl ik weet dat ze hoogtevrees heeft. Ik knik vriendelijk naar de vrouw voor me als ze zich naar me omdraait als ik weer in de lach schiet.

'Binnenpretje,' zeg ik en haal mijn schouders op.

Over een uur moet ik weer terug zijn in het hotel voor het tweede gedeelte van de lezing over de introductie van een nieuw softwareprogramma dat een geduchte concurrent voor Microsoft schijnt te zijn. Voor de zoveelste keer vandaag vraag ik me af waarom ik Roy hier niet naartoe heb gestuurd. Oké, dat weet ik wel, dat hoef ik me niet af te vragen.

Roy zou ronduit geweigerd hebben. Die houdt niet van suffe con-

174

gressen, zoals hij ze noemt. Hij vindt trouwens dat congressen mijn afdeling zijn.

In de kelder, waar zich de muziekafdeling bevindt, loop ik langs de schappen tot ik de filmmuziek heb gevonden. In een opwelling dacht ik dat ik Anoek misschien wel met *Dance with me* zou kunnen verrassen.

'Hallo meneer,' zegt een knap blond meisje in het donkerblauwe uniform van het warenhuis. 'Kan ik u misschien helpen?' Haar blouse staat zover open dat ik het donkerblauwe kant van haar beha kan zien. 'Kunt u het vinden?' vraagt ze met een stralende glimlach.

'Nou, eigenlijk niet.' Ik schiet in de lach om de uitdagende blik in haar blauwe ogen. Zo, die maakt geen geintjes. 'Ik zoek een dansfilm: *Dance with me*. Denk je dat je me daaraan kunt helpen?'

'Is dat een nieuwe film?' vraagt ze met een blos op haar wangen.

'Nee, het is al een vrij oude film. Vanessa Williams speelt erin. Het is een Zuid-Amerikaans gebeuren.'

'Komt me niet bekend voor. Maar ik ga het even voor u vragen. Momentje.'

Ik zoek ondertussen zelf verder en hoop echt dat ze hem hier verkopen.

'Nee, het spijt me,' zegt de blondine terwijl ze wel heel dicht bij me komt staan. Ik trek mijn wenkbrauwen op en doe een stap achteruit. Beetje agressieve verkooptechniek als je het mij vraagt.

'We hebben hem niet,' zegt ze. 'Soms is het mogelijk een film of muziek-cd na te bestellen, maar we hebben hem al een hele poos niet meer gehad. Is er misschien iets anders wat ik voor je kan doen?'

Het is dus opeens je geworden en haar blouse staat nog verder open. Ik vraag me af wat ze in gedachten heeft en wat ze bereid is allemaal voor me te doen. Ze ziet er niet verkeerd uit. Niet echt mijn type, maar ook al was ze dat wel geweest, zou ik nog steeds geen interesse hebben. Vriendelijk bedank ik haar en probeer niet in de lach te schieten om de smachtende blik. Tjonge, sommige vrouwen zijn echt te brutaal voor woorden. Heel even twijfel ik of ik iets in het restaurant zal gaan eten, maar bedenk me. Ik eet later wel iets in het hotel.

Als ik over de Lijnbaan loop, passeer ik een juwelier. Ik blijf staan en loop terug om in de etalage te kijken. In tegenstelling tot Nick heb ik nog nooit juwelen voor een vrouw gekocht. Ik denk weer aan het moment dat ik Anoek die armband gaf. Mijn blik valt op een witgouden ring met een diamant in de vorm van een ster. De vorm doet me denken aan de moedervlek tusen haar benen. Het is genoeg om me hard te laten worden. Af jongen!

Zonder er verder over na te denken loop ik de winkel in. Jezus, wat bezielt me in godsnaam? Hoe kan ik nou een ring kopen voor de vriendin van mijn broer? Ik, die nog nooit langer dan een maand een relatie met een vrouw heb gehad en nog nooit eerder de behoefte heeft gehad een vrouw aan zijn familie voor te stellen. Maar Anoek zou ik zo ten huwelijk vragen als ze van mij was. En als Nick terug is, ga ik eens een diep gesprek met hem hebben. Ik bedoel, als hij besluit het opnieuw met Jessica te proberen zou ik misschien een kans kunnen wagen terwijl dit zeer tegen mijn principes is. Ik heb nog nooit eerder een relatie gehad met een vrouw waar mijn broer ook mee naar bed is geweest. Maar ik ben tot het besef gekomen dat waar het Anoek betreft, mijn principes ver te zoeken zijn.

Allemachtig, wat is er met me? Ik ben nog nooit zo serieus over iets geweest als over mijn gevoelens voor Anoek. Ze heeft me totaal van mijn stuk gebracht.

Hoe had ik in godsnaam kunnen vermoeden dat ze zo hartstochtelijk en zo ongeremd zou reageren. En wat een verrassing was ze geweest. Zo zelfverzekerd als ze met kleren aan is, zo onzeker leek ze als ze naakt was.

'Goedemiddag meneer,' zegt een chique dame in een zwart mantelpakje. 'Kan ik u misschien helpen?'

'Ja, dat kunt u. Ik zou graag die witgouden ring uit de etalage...'

Hoe dichter ik bij woensdag kom, de dag dat ik Nicks plaats weer in moet nemen, des te nerveuzer ik word. Waarom heb ik me ook alweer over laten halen door mijn broer? Ik zucht omdat ik de reden weet. Als ik dit deed stonden we kiet. Dit was de manier om hem terug te betalen omdat hij mijn leven had gered toen ik bijna door een paar knullen werd verzopen. Oké, ik was pas tien, maar ik was er nu niet meer geweest als Nick ze niet van me had afgetrokken. Hij heeft het me nooit laten vergeten. En ik ook niet, dus voelde ik me verplicht dit voor hem te doen. Opnieuw probeer ik Nick te bellen, maar ook deze keer lukt het me niet hem te pakken te krijgen. Diep in mijn hart ben ik daar niet echt rouwig om. Maar hoe kan ik Anoek nou de hele week in de maling nemen? En waarom mis ik haar verdomme zo erg? Ik slaap slecht, ik kan zelfs niet eten. Bah, ik lijk wel een verliefde dwaas. Toen ik gisteren even bij Jen binnenwipte, voelde ze meteen dat er iets was en onderwierp me meteen aan een kruisverhoor. Ze is zo beschermend tegenover Nick en mij, soms nog erger dan mijn moeder. Toen Bart, mijn zwager een geintje maakte dat ik misschien wel verliefd was, kwam ze niet meer bij.

'Daar doet Luke niet aan, Bart. Het is Nick niet die om de haverklap verliefd is.'

'Dat valt best mee, Jen,' nam ik het voor Nick op. De blik in haar ogen sprak boekdelen en ik heb Jessica's naam maar niet genoemd. Jen zou zo uit haar noot gaan als ze zou weten dat Nick bij haar was. Vanaf het eerste moment dat Nick Jessica aan haar voorstelde had ze een hekel aan haar. En om een onverklaarbare reden was dat gevoel geheel wederzijds. Alleen daarom mocht ik Jessica meteen een heel stuk minder. Vrouwen die een hekel aan mijn kleine zusje hebben, hebben dat effect nou eenmaal op mij. Ik weet zeker dat Jen Anoek wel zou mogen en vroeg me af of Jen Anoek kende. Om het op veilig te spelen heb ik het er maar niet over gehad.

En nu is het woensdag en wil ik niets liever dan Nicks plaats weer innemen. Ik ben werkelijk lager dan laag. Maar ik weet nu al dat ik, als Anoek met me naar bed wil, ik haar niet tegen ga houden. En het leed is al geschied. Hoeveel keer kan Nick me in elkaar slaan? Hoe lang kan hij boos op me blijven? En met een beetje mazzel is hij inmiddels weer dolverliefd op Jessica en maakt hij het uit met Anoek. Wat zei ik? Lager dan laag? Ik ben een ploert dat ik hoop dat mijn broer Anoek aan de kant zet zodat ik zijn plaats kan innemen... voorgoed!.

Het is net drie uur geweest als ik uit de lift stap en naar de woonkamer loop. Even snel onder de douche en iets eten. Ik heb het nog niet gedacht, of de telefoon gaat.

'Hallo Ben, zeg het eens.' Ik gooi mijn jas op de bank en loop de trap op naar de slaapkamer. 'Nee, man. Ik stap net binnen en dan ga ik... Wat? Nu? Hè, verdomme Ben. Ik zou... Oké, oké, ik kom eraan. Mag ik wel eerst even douchen?'

Terwijl ik onder de douche sta, probeer ik te bedenken wat ik met Ben moet doen. Hij weet dat Nick nog in Hongkong zit omdat ik hem de waarheid heb verteld en dat ik zolang Nicks taken overneem. Roy kan het wel een week zonder mij af in Rotterdam. Maar of ik Ben ga vertellen dat ik me tegenover Anoek opnieuw voor ga doen als Nick is een tweede.

Het gesprek met Ben loopt zo uit dat ik pas bij zessen bij Anoek aanbel. Het duurt zolang voor ze opendoet dat ik me al teleurgesteld wil omdraaien als de deur opengaat. Ze kijkt me zo verrast aan dat ik in de lach schiet.

'Nick!' roept ze en slaat haar armen om mijn nek. 'Weet je wel hoe verschrikkelijk ik je heb gemist?'

'Ik kan me er wel iets bij voorstellen,' lach ik als ze me bijna wurgt. Vol verlangen kus ik haar half geopende lippen. Weg voornemen om me te gedragen. Ik til haar tegen me aan en word ter plekke hard als ik haar zachte volle borsten tegen mijn borst voel. Zonder mijn mond van de hare te halen, trap ik de deur achter me dicht en duw haar met haar rug tegen de achterliggende muur.

'Nick, alsjeblieft,' hijgt ze terwijl ze haar hoofd wegdraait.

'Alsjeblieft wat?' vraag ik met mijn lippen tegen haar oor. Ze huivert in mijn armen als ik haar oorlelletje in mijn mond neem. Ik weet dat het niet eerlijk is omdat ze daar niet tegen kan, maar ik kan het niet laten. Ik trek mijn wenkbrauwen op als ze me met een kreet wegduwt en zegt dat ze daar niet van houdt.

'Nou dat is voor het eerst dat ik dat hoor.' Ik schiet in de lach en wil haar opnieuw kussen, maar ze duikt onder mijn arm door. Shit, wat ziet ze er weer verrukkelijk uit in dat roze korte broekje en dat strakke hemdje. Ik kan mijn ogen niet van haar billen afhouden die half onder het korte broekje uitkomen, als ze voor me uit naar de woonkamer loopt. Leuk pakje.

'Ik dacht dat je morgen pas terug zou komen?' zegt Anoek vanaf de andere kant van de salontafel.

'Nee, vandaag. En eigenlijk zou ik vanavond laat pas terug zijn gekomen, maar ik miste je zo erg dat ik het geen minuut langer meer uithield. Je had gewoon met me mee moeten gaan toen ik het je vroeg.' Ik loop op haar af en schiet in de lach als ze om de salontafel heen rent. Oké, dit is nieuw. Eerlijk gezegd heb ik geen zin in tikkertje en blijf staan als ze me vreemd aankijkt. Ik knijp mijn ogen half dicht als ik me realiseer dat het paniek is. Nee, dat is belachelijk. Waarom zou ze nou in paniek zijn?

'J-ja, ik moest toch werken, dat wist je toch?' zegt Anoek. 'Ik kan niet zomaar op het laatste nippertje vrij nemen, dan had ik me ziek moeten melden en...' Ze geeft een gil als ik over de tafel spring en haar in mijn armen trek. Ik trek de kam uit haar opgestoken haar dat meteen als een zijden gordijn om haar gezicht en over haar rug valt.

'Ik heb van je gedroomd, zo met je haar los.' Ik haal mijn vingers er doorheen en til haar mooie gezicht naar me op. 'Zeg dat je mij net zo hebt gemist als ik jou.'

'Nick, hoe kun je dat nou vragen. Natuurlijk heb ik je gemist, en...'

'Laat het me dan maar zien.' God, wat verlang ik naar haar. Ik kus haar en als ik haar hoor kreunen en haar armen om mijn nek voel glijden, kus ik haar nog hartstochtelijker. Mijn lichaam reageert meteen en ik weet dat ik geen minuut langer meer kan wachten. Ik til haar tegen me aan en loop met haar in mijn armen naar de bank en laat me daar bovenop haar vallen.

Ik haal mijn mond weg en trek haar hemdje omhoog. Haar borsten zijn werkelijk verrukkelijk en haar tepels worden hard onder mijn blik. Mijn god, ik kan mijn ogen er niet van afhouden.

'Nick? Wat is er?' fluistert Anoek.

'Niets, je bent zo ongelooflijk mooi.' Ik laat mijn hoofd zakken en lik eerst plagend langs de harde toppen voor ik ze om beurten in mijn mond neem. Dit vindt ze lekker en als ik opkijk, zie ik hoe ze met gesloten ogen geniet. Als ik mijn handen onder haar billen laat glijden en mijn heupen hard tegen de hare druk, kreunt ze en slaat ze haar benen om mijn heupen.

'Mijn god, Nick, wat doe je? Je maakt me bloedgeil,' fluistert ze en kust me zo wild dat ik op slag vergeet dat haar woorden me lichtelijk schokken. Ik trek haar broekje opzij en sta op het punt om haar met mijn vingers te liefkozen als ik me rot schrik van haar harde gil.

'Wat? Anoek, wat is er? Heb ik je pijn gedaan?'

'Ik... Oh shit, het kan niet,' zegt ze met een geïrriteerde uitdrukking op haar mooie gezicht.

'Wat kan niet?' Ik begrijp er geen snars van.

'Ik ben verdomme vannacht ongesteld geworden en ik... Oh *fuck-a-duck*,' zegt ze terwijl ze me opzij duwt en de woonkamer uitrent.

Ongesteld? Met een diepe zucht laat ik me achterover tegen de rugleuning vallen. Over een domper gesproken. Maar misschien is dit wel het beste. Zo kan ik ook niet in de verleiding komen. Ik haal mijn hand over mijn gezicht en dan door mijn haar. In ieder geval ben ik nu bij haar. We kunnen vast, zonder dat we met elkaar naar bed gaan, een leuke avond hebben. Pokeren bijvoorbeeld. Nee, geen goed idee. Dan maar weer op reis of ik zie ik zie wat jij niet ziet. Lachend trek ik mijn jas uit en schuif dan iets naar voren om de beker van de tafel te pakken. De damp komt er nog vanaf. Tot mijn verbazing blijkt er koffie in te zitten. Daar hield ze toch niet van? Voorzichtig neem ik een slok en zet me schrap voor de ongetwijfeld onzettende zoete smaak. Maar ook hier vergis ik me in. De koffie is zo goed als suikervrij. Wat een vreemde vrouw is ze toch ook. Thee drinkt ze zo zoet dat het lepeltje bijna rechtop blijft staan, en koffie zo zwart dat ik haast doodblijf.

'Zo, daar ben ik weer, schatje,' lacht Anoek stralend als ze de woonkamer weer binnenkomt.

Tot mijn verrassing komt ze schrijlings op mijn schoot zitten.

'Goed nieuws.' Ze laat haar handen door mijn haar gaan en kust me zo hartstochtelijk dat ik het goede nieuws op slag vergeten ben. Het volgende moment rukt ze mijn overhemd zo hard open dat de knoopjes door de kamer vliegen. Oké, dit gaat dus een gewoonte worden. Maar ach, ik heb een jas bij me. Ze duwt me achterover tegen de rugleuning en overlaadt mijn gezicht met kussen en gaat steeds lager. Ik geniet van haar hartstocht, maar schiet het volgende moment bijna van de bank als ze me nogal hardhandig in mijn tepel bijt.

'Anoek!' Ik neem haar gezicht in mijn handen en staar naar haar gezicht dat pure wellust uitstraalt. Jezus, zo heeft ze nog niet eerder naar me gekeken.

'Kus me, Nick,' commandeert ze.

Voor ik dat kan doen, kust ze me zelf en wel zo woest dat ik een paar tellen helemaal de kluts kwijt ben. Ik vraag me af of ze nog meer verrassingen voor me in petto heeft, want ook dit is compleet nieuw voor me. Ik kreun als ze haar tong in mijn oor duwt en sper mijn ogen wijd open als ik hoor wat ze in mijn oor fluistert. Nee, ik moet haar verkeerd verstaan hebben, maar vergeet dat ter plekke als ze de knopen van mijn gulp openrukt en haar hand in mijn boxer glijdt.

'Allemachtig,' kreun ik als ze me vastpakt en me binnen de kortste keren nog harder maakt dan ik al was. Het idee dat ze me in haar mond gaat nemen, laat me bijna mijn zelfbeheersing verliezen. Ik klem mijn kaken stijf op elkaar. Maar ze heeft andere plannen en zegt dat ze niet meer wil wachten.

'Ik ga je neuken, Nick.'

Mijn ogen vliegen open. Kijk, ik ben niet preuts, verre van dat. Maar ik hou er niet van als vrouwen zo grof praten. Ze heeft het nog niet eerder gedaan en misschien komt het omdat ze net zo naar mij verlangt als ik naar haar.

'Toe Nick, ik wil niet meer wachten. Ik wil je nu,' zegt ze en grijpt mijn lul vervolgens zo hard vast dat ik even denk dat ze hem eraf wil rukken.

'Au! Jezus, Anoek.' Ik pak haar pols. 'Je zei toch net dat je ongesteld was en...'

'Ja, maar het valt best mee.' Haar ogen fonkelen en haar adem gaat gejaagd terwijl ze haar pols uit mijn greep los probeert te trekken. 'En naderhand kunnen we lekker samen douchen.'

'Pardon?' Mijn hersenen weigeren even dienst.

'Nou ja, zeg, doe niet zo raar,' lacht Anoek, 'je doet nou net alsof je het nog nooit eerder...'

'Dat heb ik inderdaad nog nooit, en ik ben niet van plan daar nu mee te beginnen!' Ik laat haar pols los en til haar van mijn schoot. Allemachtig, ze meent het nog ook!

'Oh Nick, niet boos zijn,' roept Anoek als ik opsta en terwijl ik bij haar vandaan loop, stop ik mijn pijnlijk aanvoelende lul weer terug in mijn broek. Het zou me niet verbazen als haar nagels erin zouden staan.

Ze slaat haar armen van achteren om mijn middel en drukt zich tegen me aan.

'Ik maakte maar een geintje. Natuurlijk meen ik dat niet. Maar ik... Toe nou, niet boos op me zijn,' smeekt ze en komt voor me staan.

Ik kijk haar zwijgend aan en weet zeker dat ik haar niet verkeerd heb begrepen. Ze meende het wel degelijk! Ze gaat op haar tenen staan en slaat haar armen om mijn nek.

'Alsjeblieft Nick, niet boos op me zijn. Ik heb je zo gemiste en ik...'

Ik schrik me deze keer half wezenloos als ze een harde gil geeft en het volgende moment letterlijk dubbel klapt. Met haar armen om haar middel zakt ze op de grond in elkaar. Diep geschokt laat ik me op mijn knieën naast haar neervallen.

'Anoek? Anoek, wat is er? Zeg wat,' roep ik doodongerust als ze zich jammerend op haar zij laat vallen en zich zo klein mogelijk probeert te maken.

'Pijn... in... mijn buik,' kreunt ze. 'Ver... schrikkelijke... pijn. Ik ga dood.' Ze is lijkwit geworden. Ik til haar in mijn armen en draag haar naar de bank.

Ze sluit haar ogen en perst haar lippen stijf op elkaar.

'Anoek, zeg me wat er is. Wat is er aan de hand? Waar heb je pijn? Ik bel een ambulance. Misschien is het wel je blindedarm.'

'N-nee, niet doen. Het wordt al minder,' fluistert ze en zucht diep. 'Echt het trekt al weer weg. Ik denk dat het mijn menstruatie is. Daar heb ik de eerste dagen altijd zo'n last van.'

'Menstruatie? Jezus, ik dacht dat je dood ging.'

'Nee, niet voordat ik met je naar bed ben geweest,' zegt ze met een krampachtig lachje.

'Blijf liggen,' zeg ik als ze overeind probeert te komen. 'Ik ga even een glas water voor je pakken en een paar aspirines. Die heb je toch wel in huis?'

'Ja, in de badkamer. In het kastje boven de fontein.'

Ze zit rechtop als ik de kamer weer inloop. Tot mijn enorme opluchting heeft ze ook weer wat kleur op haar gezicht, maar ze omklemt haar buik nog steeds met haar armen.

'Hier, lieverd, doe je mond eens open.' Ik stop de twee pilletjes in haar mond en hou het glas tegen haar lippen.

'Dank je,' fluistert ze en schudt haar hoofd als ik vraag of ze nog meer wil drinken.

'Gaat het weer een beetje?' Ik ga op mijn hurken voor haar zitten. 'Weet je zeker dat ik de dokter niet moet bellen? Ik geloof niet dat je zo erge buikpijn van menstruatie kunt hebben. Volgens mij is dat niet normaal. Misschien is het toch je blindedarm, Anoek.'

'Nee, Nick.' Ze legt haar hand tegen mijn wang. 'Het trekt al weg. Ik denk echt dat het mijn menstruatie is. Vind je het erg om naar huis te gaan? Ik denk dat ik nu liever naar bed ga.'

'Nee, natuurlijk niet.' Ik strijk een lok uit haar gezicht. 'Ga maar lekker slapen en dan zie ik je morgenavond weer. Goed?'

'J-ja, dat is goed.'

'Zal ik je naar bed dragen? Ik weet hoe leuk je het vindt als ik je draag.' Ik schiet in de lach om de blik op haar gezicht. 'Oké dan, ik geef het toe. Ik vind het leuk om je te dragen. Maar goed, dan ga ik maar.' Ik kus haar zacht op haar mond en kom dan weer overeind. 'Bel je me als er iets aan de hand is?'

Ze knikt.

'Goed dan. Ga maar snel naar bed. Slaap lekker, lieverd. Tot morgen.'

Als ik thuis ben maak ik me nog steeds zorgen om haar. Ik had me niet weg moeten laten sturen en bel haar om te vragen of echt alles goed is. Ze verzekert me dat alles goed gaat en dat ze in bed ligt.

'Ik ben moe Nick, ik zie je morgen, oké?'

Met de woorden dat ik haar morgenavond om zeven uur kom ophalen neem ik afscheid van haar.

17

Ik moet lachen om Anoek als ze de BMW ziet die ik, tot mijn eigen auto is gerepareerd, zolang van de garage in bruikleen heb gekregen. Ik hou van haar droge humor. Natuurlijk had ik ook Bens Porsche zolang mogen lenen, maar dat heb ik afgewezen. Een super de luxe BMW vind ik ook wel leuk voor een paar dagen.

'Ach, ik was op dat ouwe ding uitgekeken en heb daarom deze maar gekocht.'

'Je bent een schatje. Je weet hoe gek ik op rood ben,' lacht Anoek en kust me. 'Waar gaan we naartoe?'

'Naar *Charlie's*. Ben had het er vandaag over. Het is vrij nieuw en moet er fantastisch uitzien.'

'Oh, daar hadden ze het bij ons op de zaak ook over,' lacht Anoek verrukt. 'Er schijnt een bovenverdieping met een glazen vloer te zijn.'

Er staat een kleine rij voor de deur als we bij het restaurant aankomen. Ik heb een hekel aan lange rijen. 'Wil je liever ergens anders naartoe, Anoek?'

'Nee, ik wil hier naartoe. Nee, kom schatje, we gaan hier eten.'

Anoek trekt me aan mijn hand mee naar de rij. Gelukkig gaat het vrij snel zodat we nog geen klein kwartier later al naar binnen lopen. Bewonderend kijk ik naar het strakke zwarte angoravestje als ik haar uit haar jas heb geholpen. Ondanks de diepe V-hals heeft ze ook de eerste twee knoopjes open staan waardoor er meer van haar prachtige borsten te zien is dan me eigenlijk lief is. Ik steek mijn handen uit en doe een knoopje dicht. 'Ik wil straks graag een hap door mijn keel kunnen krijgen,' grinnik ik als ze me verbaasd aankijkt.

Ze drukt haar lippen op de mijne en bijt dan zachtjes in mijn onder-lip. 'Ik ga even naar het toilet, wacht je hier op me, schatje?'

Als ze een paar minuten later weer op me af komt lopen, kan ik mijn ogen niet van haar afhouden. Het zwarte leren minirokje staat haar fan-tastisch en laten haar lange, in ragdunne nylons gehulde benen nog langer lijken. Ik vraag me af of ze weer van die kousen aanheeft of dat het deze keer een panty is.

'Schatje, die blik in je ogen is ronduit onfatsoenlijk,' zegt ze met een ondeugende blik in haar ogen. 'Zullen we even aan de bar wachten tot er een tafeltje vrij komt?' stel ik voor als alle tafeltjes bezet blijken te zijn.

'Nee, ben je mal. Ik wil niet beneden zitten,' zegt ze tot mijn verras-sing. 'Zie je die glazen vloer?' Ze wijst naar boven en trekt me voor ik iets kan zeggen mee naar de steile wenteltrap die zich rechtsachter in het restaurant bevindt. Zonder ook maar een moment te aarzelen, loopt ze naar boven. Halverwege draait ze zelfs zonder zich vast te houden aan de reling naar me om en zegt met twinkelende ogen dat ik niet onder haar rok mag kijken. Ik raak met iedere vastberaden stap waarmee ze voor me uit naar boven loopt, meer in de war.

Ik kan het niet direct een naam geven, maar ik weet dat er iets is veran-derd. Met een peinzende blik neem ik haar op als ze duidelijk onder de indruk van het exclusieve restaurant om zich heen zit te kijken. Er is iets met haar, ze is anders. Ik weet dat het nergens op slaat, maar dat gevoel heb ik gewoon en gedurende de rest van de avond lukt het me niet meer dat van me af te schudden.

Ze ziet er net als anders werkelijk fantastisch uit met haar zwarte haar, dat los om haar mooie gezicht valt. Haar lange haar, waar ze zo vaak met haar vingers doorheen kamt, en om de haverklap van de ene naar de andere kant gooit. Ik frons, en probeer me te herinneren of ze dat al-tijd al heeft gedaan. De reden dat het me opeens opvalt, is omdat ze dat tijdens het weekend dat we samen hebben doorgebracht, geen enkele keer heeft gedaan. Zou ze soms nerveus zijn? Is dat het? Ze gedraagt zich echt anders en ik vraag me af of haar gevoelens misschien veranderd zijn. En als ze haar hoofd op een bepaalde manier houdt, zoals nu, en me aankijkt met die uitdagende blik, is dat ook anders. Wat is er met me aan de hand? Ben ik soms aan het doordraaien?

'Wat is er, schatje?' Ze legt haar hand op de mijne.

'Niets, ik was even in gedachten.' Ik draai mijn hand om en verstrengel mijn vingers met die van haar. 'Waar is je armband?' vraag ik omdat ze de ketting en de oorbellen wel draagt. Dáár, daar is het weer, gaat het door me heen als ze me verward aankijkt: die vreemde blik.

'D-dat vond ik net iets te veel van het goede bij deze kleren.' Ze staat het volgende moment zo abrupt op dat ik verbaasd naar haar opkijk. 'Even naar het toilet, schatje. Ben zo terug.'

'Alweer?'

'Ja, daarnet waren alle toiletten bezet. Bestel je iets lekkers voor me?'

'Thee met zes schepjes suiker?'

'Hè gatver, wil je soms dat mijn tanden er spontaan uitvallen? Nee, doe maar liever een Bacardi.'

Ik kijk haar na als ze bij me vandaan loopt en zie dat ik niet de enige ben. Ik frons diep als ze bijna van de trap afhuppelt en vraag me af of ze me in de maling heeft genomen toen ze zei dat ze hoogtevrees had.

'Wilt u misschien iets te drinken, meneer? Meneer? Ik kan ook straks terugkomen,' zegt de blonde serveerster als ik haar fronsend aankijk.

'Nee... nee! Dat hoeft niet. 'Een Bacardi en een kop koffie, alsjeblieft.'

De rest van de avond verloopt verder normaal. Het valt me alleen op dat Anoek niet over het afgelopen weekend schijnt te willen praten. Het kwetst me. Kwaad op mezelf dat ik het me zo aantrek, besluit ik het er niet meer over te hebben.

'Je moet de groeten van Ben hebben.' Verbeeld ik het me nou of kijkt ze geïrriteerd?

Ik kan me niet langer beheersen als ze opnieuw ronduit bot over iets anders begint als ik zeg dat hij kaarten voor de expositie van Wilma Raven voor haar heeft achtergelaten. Volgens Ben had Anoek gezegd dat ze weg was van haar aquarellen.

'Heb je spijt van wat er tussen ons is gebeurd?' reageer ik kribbiger dan de bedoeling is. Hè verdomme, dat had ik niet willen zeggen.

Ze maakt haar ogen klein, opent haar mond, sluit hem dan weer. De blik in haar ogen brengt me even van mijn stuk, maar dan pakt ze mijn hand en drukt er een kus op.

'Niet boos zijn, Nick. Ik heb nu gewoon even geen zin om het daarover te hebben. Vind je die vloer niet absoluut geweldig?' Ze wijst naar de glazen vloer waar ze maar niet over uitgesproken raakt.

'Als die slome muziek ooit nog ophoudt, wil ik met je dansen.'

Op diezelfde slome muziek, die toen door de band op het gala werd gespeeld, hebben we de halve avond dicht tegen elkaar aan staan dansen. Ik heb werkelijk geen seconde de indruk gehad dat ze het toen ook slome muziek vond. Ik kijk haar zo lang zwijgend aan, dat ik deze keer iets van paniek in haar ogen denk te zien als ze opeens zegt wel te willen dansen.

'Ik maakte maar een geintje, schatje. Kom, dan gaan we lekker klef doen.'

Op de een of andere manier vind ik haar een heel stuk minder grappig dan het afgelopen weekend.

Ik doe mijn best er alsnog een leuke avond van te maken, maar de avond is voor mij totaal verziekt. Anoek gedraagt zich ronduit vreemd. Het is bijna alsof ze spijt heeft van ons weekend en er het liefst niet meer aan herinnerd wil worden. Ik weet niet wat ik ervan moet denken en voel me met de minuut rotter. Ik ben verdomme helemaal van de kaart! En dat allemaal door een vrouw! Heb ik meer achter dat weekend gezocht dan er in werkelijkheid was? Was dat de reden dat ze niet met me mee naar Rotterdam wilde? Al die vragen gaan door mijn hoofd terwijl Anoek het geweldig naar haar zin schijnt te hebben. Ze lijkt zich totaal niet bewust te zijn van mijn verwarring.

Een uur later heb ik het helemaal gehad. Ik wil niet dat deze avond in ruzie eindigt. Anoek kijkt me een beetje raar aan, als ik zeg dat we maar eens moesten gaan.

'Anoek, ik denk dat ik meteen weer wegga,' zeg ik als we voor de deur van haar appartement staan. 'Ik moet morgen vroeg op en ik heb de hele dag vergaderingen en ik...' Voor ik mijn zin af kan maken sleurt ze me mee naar binnen en vliegt me om mijn nek.

'Je weet hoe ik het haat als je het over je werk hebt, Nick. Nu gaan we leuke dingen doen!' Vervolgens kust ze me op zo'n agressieve manier dat ik werkelijk met stomheid ben geslagen. Ik blijf als verstijfd in haar hartstochtelijke omhelzing staan. Wat er door mijn hoofd gaat op het moment dat ze zich voor me op haar knieën laat vallen is met geen pen te beschrijven. Voor ik van die schok ben bekomen, heeft ze me zo snel uit mijn broek bevrijd dat ik nog net naar lucht kan happen voor ze me in haar mond neemt. Ik vloek en duw haar weg. Niet omdat ik er niet van hou. Integendeel! Maar dit is gewoon, na haar vreemde gedrag van vanavond, net iets te veel van het goede. Haar hele manier van doen en laten is trouwens zo totaal anders dat me zelfs een gevoel van walging overvalt. Ik trek haar nogal ruw overeind en overvallen door al die vreemde gevoelens, neem ik lichtelijk geïrriteerd afscheid.

'Ik geloof dat het beter is als ik naar huis ga voor je me nóg gekker maakt dan je al hebt gedaan.' Zonder haar te kussen loop ik haar appartement uit.

'Verdomme!' Boos smijt ik het dekbed van me af en stap uit bed. Ik lig al uren in bed en kan niet slapen. Ik storm de trap af en sta een poosje in het donker voor het raam voor me uit te staren zonder echt iets te zien. Als dit bij verliefd zijn hoort, kan het me gestolen worden.

Vloekend draai ik me om en loop dan weer naar boven, naar de kast waar Nicks camera staat. Als ik gevonden heb wat ik zoek, zet ik hem aan. Ik zucht als ik Anoek met haar haren verward op het kussen, diep in slaap in bed zie liggen. Het laken half over haar borsten en haar linkerbeen, tot halverwege haar heup, bloot. Ik kan nog net een stukje van haar geboortevlek zien, hoog aan de binnenkant van haar dij. In gedachten zie ik meteen de andere geboortevlek voor me. Die heb ik ook gekust, net zoals ik de rest van haar verrukkelijke lichaam van top tot teen heb gekust. Verdomme, dit is toch niet te geloven? Een paar uur geleden walgde ik bijna van haar, en nu ben ik zo hard dat het zeer doet.

Ik staar naar de close-up van haar mooie gezicht met de ongelofelijke lange wimpers en het iets wippende neusje. Haar volle lippen zijn half geopend en er roert zich iets in mijn maag als ik haar duidelijk hoor zuchten en dan iets onverstaanbaars mompelt. Opnieuw vraag ik me af waar ze van had gedroomd toen ik haar filmde. Ik zet het beeld stil en staar minutenlang naar haar gezicht dat er nog precies hetzelfde uitziet als een paar uur geleden. Ik spoel weer iets verder tot het moment dat ik haar vanaf de reling had gefilmd, toen ze stond te dansen.

Onbewust verschijnt er een glimlach om mijn mond als ze met haar armen hoog boven haar hoofd verleidelijk met haar heupen en billen schudt. Als haar gezicht in beeld komt, zet ik het beeld opnieuw stil. Haar ogen stralen en het lijkt alsof ze recht in de lens kijkt. Maar ik weet zeker dat ze het echt niet in de gaten had dat ik haar filmde. Ik spoel weer een stukje verder tot ik bij het stuk ben waar ze dat wel wist.

'Nick, kappen nou,' lacht ze en slaat haar handen voor haar gezicht. 'Dit wordt gênant. Ik ben dit niet gewend en ik... Oké? Je wilt me filmen? Dan geef ik je iets om te filmen!' Ze had een verleidelijke pose aangenomen en zwoel in de camera gekeken. 'Zo goed, gozer? Of wil je me in deze positie? Oh god, dat bedoelde ik niet zoals het... Nick hou op met lachen,' roept ze met een knalrood gezicht.

Ik moest lachen, wat duidelijk te horen is op de band, en ik moet ook nu weer om haar lachen.

'Je bent een natuurtalent. Kom, strip eens een beetje voor me,' hoor ik mezelf zeggen. Ik liet de camera bijna vallen toen ze zich omdraaide en me ondeugend over haar schouder aankeek. Langzaam had ze het zwarte hemd van haar schouders geschoven en ik was haar blijven filmen toen ze hem over haar heupen schoof en alleen in de boxershort stond.

'Nick, als je wilt dat ik verder ga, moet je nu de camera uitdoen.' Ze had me met een ondeugende blik in haar ogen, en haar handen over haar volle borsten geslagen aangekeken, terwijl ze zich half naar me omdraaide. Ik had de camera meteen uitgezet. Met een diepe zucht zet ik hem nu ook uit.

De volgende ochtend bel ik Anoek om te vragen hoe het met haar gaat. Tot mijn opluchting zegt ze dat het prima gaat, maar dat ze op moet hangen omdat ze anders te laat op haar werk komt.

'Dag schatje, ik spreek je later.'

Ik besluit haar niet meer te bellen. Vanaf nu laat ik haar met rust. Nick kan mijn rug op! Hij kan maar beter snel weer thuiskomen.

Maar natuurlijk blijft Nick nog langer weg, en hij neemt ook link de telefoon niet op als ik hem probeer te bellen. Hij laat heel slim berichtjes voor me achter op het antwoordapparaat. Zijn laatste bericht was dat het nog en paar dagen kon duren omdat hij dacht dat hij gisteren een positief gesprek met de mensen van *Miyako*, een snel opkomend internetbedrijf in Hongkong heeft gehad. Ja, laat mijn broer maar schuiven. Wie zegt dat zaken en plezier niet samengaan, heeft nog nooit met mijn broer gesproken. Ik hoor ook het hele weekend niets van Anoek, wat me best raakt. Maar ik weiger toe te geven. Zij is aan zet.

Maandagmiddag vraagt Sabrina, Nicks secretaresse, of ik tijd heb voor Anoek. Ik schrik me kapot.

'Je hebt toch niet gezegd dat Nick er niet is?'

'Nee, daar kreeg ik de tijd niet voor. Je weet hoe ze is. Ik ben alleen Nicks secretaresse maar. 'Geef me Nick!' imiteert Sabrina Anoek op kattige toon.

Even sta ik in tweestrijd omdat ik me nog steeds klote voel.

'Luke? Zal ik dan maar zeggen dat Nick...'

'Nee! Verbind haar maar door. En niet zeggen dat Nick er niet is.

'Wil ik weten waarom?'

'Ongetwijfeld!' Ik schiet in de lach om haar verontwaardigde gesnuif. 'Verbind haar maar door, Brie.'

'Wil je me niet meer?' valt Anoek meteen met de deur in huis. 'Heb je nu al genoeg van me? Is dat het?'

'Dat kan ik beter aan jou vragen.' Ik ben boos op mezelf dat ik dolgelukkig ben haar stem weer te horen. Ik kijk op als de deur opengaat. Hè verdomme, het is Ben! Ik heb hem nog steeds niet verteld dat ik me opnieuw tegenover Anoek voor Nick moet uitgeven.

'Handel eerst dat maar even af,' fluistert hij en gebaart naar de telefoon. Hij trekt de stoel achteruit die aan de andere kant van het bureau staat en komt tegenover me zitten.

Uiterlijk doodkalm, tenminste dat hoop ik maar, sta ik op en loop naar het raam.

'Waarom heb je me dan helemaal niet meer gebeld?' vraagt Anoek zo zielig dat ik in de lach schiet. 'Luister, ik bel je zo even terug. Je belt een beetje...'

'Zie je wel?' valt ze me pruilend in de rede, 'nu wimpel je me ook nog af. Maar goed dan...'

'Nee, dat doe ik niet, ik... Oké, jij je zin. Nee, ik heb nog geen genoeg van je. Nog lang niet, en ik ben blij dat je me belt. Ik heb je gemist. Zo goed?' zeg ik en draai me om als ik Ben iets hoor mompelen. Ik trek vragend mijn wenkbrauwen op als hij een gekke bek trekt.

'Iets beter,' lacht Anoek. 'Kom je me vanavond ophalen? Ik wil uit en ik verlang naar je.'

'Vanavond gaat niet lukken.' Dat is geen smoesje. Mijn moeder is jarig. 'Woensdag kom ik je ophalen. Morgen zit ik in Limburg en ben dan pas laat terug en...'

'Nick, hou op over je werk, je weet dat ik daar depressief van word. Je mag je me om acht uur op komen halen. Dag schatje.'

Voor ik iets kan zeggen heeft ze de verbinding verbroken. 'Geen woord!' zeg ik en steek mijn vinger waarschuwend omhoog als Ben zijn mond opent. 'En kijk normaal of je kunt alleen naar die vergadering met onze grote vrienden, de Japanners.' Ik schiet in de lach om de ontzetting in Bens ogen. 'Oké, vertel, wat kan ik voor je doen?'

18

Anoek sleurt me opnieuw naar binnen als ik haar die woensdagavond op kom halen. Aangenaam verrast dat ze me zo hartstochtelijk om mijn nek vliegt en me kust tot ik vrees dat ik aan de zuurstof moet, maak ik lachend een eind aan haar kus.

'Jezus, Anoek, als je nu al zo blij bent me te zien durf ik je het cadeautje dat ik voor je heb mee genomen bijna niet te geven,' zeg ik, haar het mooi verpakte cadeautje voorhoudend.

Ze graait het zo snel uit mijn hand en heeft het papier er al vanaf gescheurd voor ik mijn mond dicht heb kunnen doen.

'Een... cd,' zegt ze zacht. Ik kan zien dat ze erg onder de indruk is. Ze is er gewoon stil van.

'Nick, dat had je niet moeten doen.'

'Ik heb stad en land voor die film afgelopen en...'

'Oh, het is een film. Je hebt een film voor me gekocht,' zegt ze en buigt zich over het doosje. Goh, ze is wel heel erg onder de indruk. Ze heeft er bijna geen woorden voor.

'*Dance with me.* Hoe wist je dat ik die wilde hebben?'

Ik schiet in de lach om haar droge opmerking. Ik sla mijn armen om haar middel als ze opnieuw haar armen om mijn nek slaat en mijn gezicht met kussen bedelft.

'Heb je het me vergeven dat ik je niet heb gebeld? Ja, je hebt het me vergeven,' mompel ik als ik weer op adem ben gekomen na haar hongerige kus.

Na een heerlijk etentje in een Japans restaurant, vraag ik of ze zin heeft om naar de *Blue Note* te gaan.

'*Blue Note?* En wat mag dat dan wel wezen?'

'Die Jazzclub waar ik je mee...'

'Nee, dank je, ik heb geen zin in bejaardenmuziek. Ik wil lekker dansen, dus laten we liever naar die nieuwe discotheek gaan.'

Ik kijk haar met een diepe frons aan en vraag me af of de ellende weer opnieuw begint.

'Wat is er, schatje?' vraagt Anoek terwijl ze mijn arm om haar schouders trekt.

Ik sta op het punt haar te zeggen dat het me irriteert dat ze me zo vaak schatje noemt, maar ik weet me te beheersen. 'Niets, ik dacht alleen dat je... Laat maar,' zeg ik en wil doorlopen, maar Anoek blijft staan.

'Zeg op, wat is er. Wat heb ik nu weer verkeerd gedaan.'

'Niets.' Ik probeer haar opnieuw zover te krijgen dat ze met me meeloopt, maar ook nu weigert ze dat te doen.

'Nee, Nick, er is iets en ik wil weten wat het is.'

'Oké dan, er is wel iets wat ik me afvraag. Ik dacht dat je het, toen we daar vorig weekend samen waren, naar je zin had. Maar kennelijk...'

'Oh... maar dat vond ik ook, Nick. Echt, maar vanavond wil ik liever ergens anders naartoe. Hoe was het vandaag op je werk?'

'Nu weet ik het zeker,' zeg ik en kijk met opgetrokken wenkbrauwen naar haar geschokte gezicht.

'W-wat weet je zeker?' fluistert ze.

'Dat je me probeert af te leiden. Je wilt nooit over werk praten, daar hou je niet van, als ik het goed heb. Dus vertel, wat voer je in je schild?' vraag ik achterdochtig. Ik schiet in de lach als haar ogen beginnen te twinkelen en ze haar armen om mijn nek slaat.

'Oké, je hebt me door. Ik geef het toe,' fluistert ze terwijl ze met haar tong langs mijn lippen likt. 'Ik wil niet dansen, ik wil naar huis. En dan wil ik dat je met me naar bed gaat. Ik verlang naar je.' Ze kust me zo hartstochtelijk dat ik weet dat ik, wat er vanavond verder ook mag gebeuren, weer met haar naar bed zal gaan. Naderhand gaan we dan een heel serieus gesprek hebben. En mijn eerste vraag zal zijn, waarom ze het niet meer over ons weekend wil hebben. Dat zit me gewoon gigantisch dwars. Maar goed, dat moet nog even wachten.

Onderweg naar boven naar haar appartement blijft ze me zoenen.

Lachend pak ik haar handen als ze die voor haar deur onder mijn trui laat glijden. Binnen laat ik die weer los en zeg dat ze haar gang mag gaan. Dat doet ze dan ook, en allemachtig, wat is ze ongeduldig. Tegen de tijd dat ze me meetrekt naar haar slaapkamer, ben ik al naakt, terwijl zij al haar kleren nog aan heeft. Een paar tellen ben ik afgeleid als ik mezelf in de grote spiegel aan het plafond boven haar bed zie nadat ze me daarop achterover heeft geduwd. Jezus, zijn dat handboeien die aan de bedstijl hangen? Voordat ik van die ontdekking ben bijgekomen, duikt ze naakt bovenop me. Automatisch kijk ik naar de spiegel boven me en zie dat ze een tatoeage op haar onderrug heeft.

Wanneer heeft ze die in godsnaam laten zetten? En wat moet het voorstellen? Voor ik haar daarnaar kan vragen, begint ze me te zoenen en gaan haar handen koortsachtig over mijn lichaam. Mijn adem stokt als ze haar hand tussen mijn benen laat glijden en het volgende moment langs mijn lichaam omlaag glijdt en me in haar mond neemt.

'Jezus!' hijg ik en grijp in het laken als ze me met de kracht van een afzuiginstallatie afzuigt. Geloof me dat ik best het een en ander ben gewend, maar wat me nu toch overkomt, en zo snel achter elkaar is genoeg om me lichtelijk in shock te brengen. Ik weet werkelijk niet hoe ik het heb. Verlangt ze zo naar me dat ze zich gedraagt zoals nu?

Niet dat ik vond dat ze dat weekend preuts was geweest, nee verre van dat. Maar dit is zo totaal het tegenovergestelde dat ik niet weet hoe ik het heb. Zoals ze me zo geraffineerd en... eh vakkundig verwent. Ik hou van een uitgebreid voorspel om de spanning langzaam op te bouwen. En laat ik nou gedacht hebben dat zij daar ook van hield. Maar nu dus duidelijk niet, want ze gaat recht op haar doel af. Shit, ik sta op het punt klaar te komen, en nog steeds gaat ze door.

'Anoek, stop!' Niet doen, straks kom ik en...' Ik trek haar weg en kreun. Niet van genot, nee van pijn, als ze me het volgende moment letterlijk bespringt en haar knie me op een vrij gevoelige plaats raakt. Ik probeer overeind te komen, maar ze duwt me weer achterover en kust me tot ik sterretjes zie.

'Lik mijn borsten,' eist ze. 'Toe, Nick, ik wil dat je...'

Ze duwt haar borsten tegen mijn gezicht en trekt mijn hand tussen haar benen. Mijn god, wat is ze nat. Ik geef het op en doe wat ze wil en stop als ze het volgende moment roept dat ik moet ophouden haar zo te plagen. Echt, ik zou liegen als ik zeg dat haar gedrag me in eerste instantie niet opwindt, maar het verbaast me net iets meer. Allemachtig, zoals zij tekeer gaat verwacht ik dat ze me ieder moment in de handboeien kan slaan en vervolgens een zweep onder het bed vandaan haalt om me er genadeloos mee van langs te geven. Iets wat me gezien de inrichting van haar slaapkamer niet echt kwalijk genomen kan worden. Een beetje ruw vind ik prima. Geloof me, ik hou wel van een beetje stevige seks op zijn tijd, en ik kan best begrijpen dat er mannen zijn die hier op kicken. Maar ik, zoals zij tekeer gaat, dus niet! En ik trek al helemaal de grens bij krabben en bijten, om over de taal die ze gebruikt maar te zwijgen. Het is genoeg om me slap te laten worden.

Bijna boos duw ik haar van me af en vraag wat er in godsnaam met haar aan de hand is.

'Wat is er sinds vorig weekend met je gebeurd? Heb je een ongeluk gehad en ben je je geheugen kwijt of zo? Is dat de reden dat je niet meer over dat weekend wilt praten?' Ik was echt van plan dit op een rustige manier met haar te bespreken. Maar ik ben nu laaiend. 'We hebben verdomme bijna het hele weekend in bed doorgebracht, en geen ene keer heb jij je op deze... vulgaire manier gedragen!' gooi ik er woedend uit. Ik zie haar verbijsterde blik maar kan niet meer stoppen. 'Ik dacht dat we...' Wat ik nog meer wil zeggen gaat verloren als Anoek woedend wordt. Het lijkt wel of ik naar *The exorcist* zit te kijken, alsof ze van het ene op het andere moment door iets is bezeten. Haar mooie gezicht is een woedend masker geworden.

'Het héle weekend? Heb je het hele weekend met haar in bed gelegen?'

Haar? God, zou ze een gespleten persoonlijkheid hebben? Ik schrik echt als ze zich krijsend bovenop me werpt en een serieuze poging doet om minstens een oog te pakken te krijgen.

'Ben je soms geestelijk niet helemaal in orde?' roep ik boos, terwijl ik haar polsen vastpakt. 'Jezus, je lijkt verdomme wel iemand anders. Als ik niet beter zou weten dan zou ik denken dat ik met iemand...' Wat er nu door mijn hoofd gaat, is te gek voor woorden. Nee, dat kan niet. Dat is onmogelijk. Maar als ik naar haar woedende gezicht kijk, weet ik dat het waar is. 'Jij was het niet,' zeg ik helemaal van de kaart. 'Heb jij ook... Ik heb het hele weekend met jouw zus in bed gelegen!'

Anoek zegt geen woord. Maar haar geschokte blik, en haar spierwitte gezicht zijn antwoord genoeg. Mijn god, ze heeft hetzelfde gedaan als

Nick. Maar hoe is het mogelijk dat Nick me dat niet heeft verteld? Omdat hij het niet wist, realiseer ik me het volgende moment. Net zoals Anoek het ook niet van hem wist. Dus dat was het geweest, daarom begreep ik niets van haar gedrag. En hoeveel toeval bestaat er? Nick zou het natuurlijk meteen hebben gemerkt, maar omdat ik haar nog nooit had ontmoet, is ze er mee weggekomen. Zijn zíj er mee weggekomen!

'Je hebt een tweelingzus! Julie hebben geswitcht.'

Anoek zwijgt nog steeds in alle talen, maar het is opnieuw de blik in haar ogen die me zegt dat ik het bij het juiste eind heb.

'Het was je zus dat weekend, hè? Niet jij.'

'Ga weg, maak dat je wegkomt,' sist ze opeens met een blik vol haat. 'Ik walg van je.'

Vol ongeloof kijk ik haar aan en laat mijn ogen over haar lichaam gaan. Ze zit op haar knieën en probeert bij me uit de buurt te komen als mijn ogen naar haar kruis gaan dat bijna helemaal kaal is. Die hilarische Brasiliantoestand toen 'zij' haring had verstaan, schiet me opeens te binnen.

Anoek wil van het bed afstappen, maar ik ben sneller. Ik trek haar aan haar enkel naar me toe. Ze trapt en maakt me voor alles uit. Maar het kan me werkelijk geen moer schelen. Ik weet de waarheid nu, maar mijn ogen weigeren nog steeds te accepteren wat mijn hart al bijna vanaf het moment dat ik haar had teruggezien, had proberen te vertellen. Anoek is niet de vrouw waar ik het weekend mee heb doorgebracht. Zij is niet de vrouw waar ik in een opwelling die ring voor heb gekocht in de hoop dat ik een kans zou maken als Nick voor Jessica zou kiezen. Maar mijn ogen moeten het ook zien en accepteren dat het niet Anoek is geweest waar ik de liefde mee heb bedreven.

'Blijf van me af, ellendeling,' schreeuwt ze en probeert me te krabbelen.

Ik pak haar polsen in een hand en met de andere trek ik haar benen uit elkaar. En wat ik al wist en op hoop, blijkt zo te zijn. De stervormige geboortevlek zit niet waar hij hoort te zitten. Ik knijp mijn ogen tot spleetjes als ik Anoeks gezicht, terwijl het hele weekend als een stroomversnelling door mijn hoofd schiet, bekijk.

Het geintje met de auto was helemaal geen geintje geweest. Ze wist het niet. Haar hoogtevrees dat er niet meer was, haar humor die opeens met de noorderzon vertrokken bleek te zijn. De zwarte koffie, haar hebberigheid toen ze mijn cadeautje uit mijn handen had gerukt. Wat ik voor ontroering aanzag was onwetendheid. Ze had werkelijk geen idee gehad waarom ik haar die film gaf. En dan was er nog haar grove taalgebruik. Alles valt opeens op zijn plaats. Godallemachtig, wat ben ik een blinde zak geweest. De houding van haar hoofd, alles! Mijn gevoel heeft me niet misleid. Ze wás anders. Godzijdank was zij het geweest die me vanaf het moment dat ik terug was gekomen uit Rotterdam zo had verward met haar vreemde gedrag. Zij, en niet haar zus, de vrouw die me zo buiten mezelf heeft gebracht dat ik bijna had gezegd dat ik... Ik vloek hartgrondig.

Anoek probeert opnieuw bij me vandaan te komen. Ze trapt naar me en krijst dat ik haar los moest laten. Ze schreeuwt dat ik een vuile bedrieger ben, dat ik haar in de maling heb genomen met haar zus.

'Je bent met die slet naar bed geweest.'

Alles zegt ze, behalve haar naam. Ze heeft het alleen maar over dat doortrapte loeder, die vuile hoer en nog meer dingen die me tot op het bot schokken. Mijn god, wat een taal gooit ze eruit. Een viswijf is er niets bij. Ik word er gewoon stil van en kijk naar haar gezicht, en kan haar met geen mogelijkheid meer aantrekkelijk noemen. Er staat zoveel haat en afkeer op haar gezicht dat ik er even door uit het veld ben geslagen.

'Je haat haar! Mijn god, je haat je eigen zus,' lukt het me eindelijk weer iets te zeggen.

'Ja, ik haat haar,' schreeuwt Anoek. 'En weet je waarom? Omdat dit niet de afspraak was. Maar ik had het kunnen weten omdat ze dit altijd doet. Ze pakt altijd mijn vriendjes af. Al vanaf dat we kinderen waren. Ze wilde altijd ruilen, omdat ze altijd wilde hebben wat ik had. Ze zou alleen maar met jou naar dat feest gaan, maar die preutse trut is met jou naar bed geweest.'

'Preuts? Geloof me dat er niets preuts aan haar was,' slinger ik haar naar het hoofd. 'Maar wat zei je nou? Doen jullie dit altijd? Nog steeds? Een ongelofelijke woede maakt zich van me meester en ik moet me uit alle macht beheersen. Mijn god, ik heb nog nooit eerder de neiging gehad een vrouw te slaan, maar dit is zo erg dat ik me bijna niet kan beheersen.

'Ze zag je en ze wilde je,' schreeuwt Anoek. 'Eigenlijk wilden we je samen, maar ik had andere plannen. Dus aangezien we alles delen en ruilen... Oh, ze heeft die armband trouwens gehouden.' Ze lacht spottend en haalt met een achteloos gebaar haar schouders op. 'En als ik zo eens naar jou kijk, heeft ze hem dubbel en dwars verdiend. Jeetje, ze heeft zichzelf deze keer overtroffen. Ach gossie, arme Nick,' hoont ze met een valse blik. 'Liet ze je geloven dat ze verliefd op je was, dat ze van je hield?' Het volgende moment schatert ze het uit en stapt dan van het bed. Mijn blik valt op de tatoeage boven haar fraaie billen. Het is een kronkelende slang. Hoe toepasselijk. Ik knijp mijn ogen stijf dicht als ze de deur van de badkamer met een oorverdovende knal achter zich dichtsmijt.

Als de liftdeuren opengaan en ik Nicks penthouse inloop, weet ik meteen dat hij er weer is. Er staat een half glas cola op de salontafel en ik breek mijn nek bijna over zijn schoenen.

'Nick waar ben je?'

'Hier man,' roept hij. Ik kijk naar boven en zie hem over de reling naar me kijken. 'Waarom loop je zo te schreeuwen? Wat is er gebeurd?' vraagt hij als hij mijn gezicht ziet.

'Ik hoop niet dat je erg gek op Anoek was, want het is uit!' gooi ik er in een keer uit terwijl ik de trap oploop.

'Pardon?' Nick trekt zijn wenkbrauwen op.

'Wat begrijp je niet aan het woord 'uit'? Moet ik het voor je spellen? We hebben een ongelofelijke bonje gehad en het is U-I-T!'

'En de reden is?' Nick is zo rustig dat ik nog kwader word.

'Ik wilde niet meer met haar naar bed en toen zaten we opeens in de exorcist en...'

'Effe terug,' kapt Nick me af. 'Zei je nou dat jij niet meer met haar naar bed wilde? Wilde zij dan wel met jou naar bed?'

'Ja! Maar ze bleek net zo'n truc uitgehaald te hebben als jij,' zeg ik en vervolgens gooi ik het hele verhaal eruit.

Nicks mond valt steeds verder open en als ik klaar ben laat hij zich achterover op het bed vallen waar hij halverwege mijn verhaal op was gaan zitten. Hij komt werkelijk niet meer bij. Hij doet een poging iets te zeggen, maar presteert het om iedere keer harder te gaan lachen.

'Goh, ik ben blij dat je het zo goed opvat,' zeg ik en loop op hem af. 'Wist jij dit? Was dit weer een van jouw stomme geintjes?'

'Nee, Luke, ik zweer je dat ik het niet wist. Waar zie je me voor aan?

Zou ik dat mijn eigen broer aandoen? Hoe moest ik nou weten dat Anoek ook een identieke tweeling is? Allemachtig, dat is toch niet te geloven? En precies dit weekend besluiten wij allebei aan jullie te vragen onze plaats in te nemen?'

'Vragen? Jij hebt het niet gevraagd. Jij hebt het geëist! En ik zweer je, Nick, dat ik je in elkaar ram als je weer gaat lachen. Ik geloof trouwens niet dat je het al te erg vindt dat ik dacht dat ik het hele weekend met jouw verloofde in bed had gelegen, hè?'

'Het hele weekend? Wow, heb ik toch de verkeerde zus gehad. En even voor alle duidelijkheid, Anoek en ik zijn nog nooit met elkaar naar bed geweest. Ze hield steeds de boot af en...'

'Wat? Nick, tegen wie denk je verdomme dat je het hebt joh, man? Denk je dat ik achterlijk ben of zo? Die meid is een beest. Die rukt je de kleren van je lijf voor je iets kunt zeggen en... Nooit?' vraag ik ongelovig als hij zijn hoofd schudt. 'Je bent nooit met haar naar bed geweest? En waarom heb je mij dat verdomme niet verteld? Weet je hoe moeilijk ik het heb gehad? Ik wist me geen raad en toen we in de auto zaten en ze me... Laat maar. Je krijgt niets meer van me te horen.'

'In de auto? Jij hebt haar in de auto ge... Oké, oké,' grinnikt Nick met zijn handen omhoog. 'Maar als ik het goed begrijp, heb jij het voor mij uitgemaakt? Nou bedankt, broertje. Ik zat er al mee in mijn maag hoe ik dat uit moest leggen. Jess en ik zijn weer bij elkaar. Of wil je dat ik Anoek de waarheid vertel en...'

'Nee! Geen woord. Dat gun ik haar niet. Ik wil dat dit tussen ons blijft. Laat Anoek maar in de waan dat jij het was die ze belazerd heeft. Dat ben je me wel verschuldigd voor die hel waar je me door hebt laten gaan.'

'Hel? Nou neem me niet kwalijk, hoor. Maar je staat net te vertellen dat je het hele weekend met mooie Noekie in bed hebt gelegen en...'

'Nee, Nick! Je luistert niet. Ik heb het hele weekend met haar zus in bed gelegen terwijl ik in de veronderstelling was dat het... Noekie was,' zeg ik sarcastisch. 'Weet je wel hoe verdomd schuldig ik me voelde?'

'Ja, ik kan me er wel iets bij voorstellen. Maar hoe moest ik weten dat Anoek een losse zus heeft die meteen met jou het nest...'

'Dat is ze niet! Ze is...' Ik hou mijn mond omdat ik haar verdomme nog wil gaan verdedigen ook. 'Ik wil dat dit tussen ons blijft.'

Nick fronst en kijkt me vervolgens zolang zwijgend aan dat ik me er verdomd ongemakkelijk onder begin te voelen, wat me weer kwaad maakt.

'Oké, Luke. Dit blijft tussen ons, maar je bent voor haar gevallen, hè?'

'Zoiets. Maar vind je het heel erg dat ik het er nu niet meer over wil hebben? Allemachtig, die twee schijnen dit altijd te doen. Hun vriendjes delen...soms tegelijk!' gooi ik er met een blik vol walging uit.

'Oh? Dus we zouden een kwartet kunnen... Sorry, sorry, ongepast,' zegt Nick.

'Ze deden verdomme precies wat wij deden toen we kinderen waren. En ik kan je wel vertellen dat het zwaar klote voelt dat nu ook eens mee te maken.'

'Ik zou het niet weten, Luke. En voor wat het waard is, broertje,' zegt Nick. 'Het spijt me, ik wist het niet.'

Ik zucht diep en zie in zijn ogen dat hij de waarheid spreekt. En eigenlijk wist ik dat al. Nick zou me dat nooit aandoen. 'Al goed. Maar we staan nu kiet,' zeg ik terwijl ik de kast inloop.

'Wat ga je doen?' vraagt Nick vanuit de deuropening.

'Ik ga mijn spullen pakken en dan ga ik naar huis. Godzijdank woon ik in Rotterdam en zie ik Anoek nooit meer.'

19

Ik ben de eerste en bestel alvast een kop koffie. Nick heeft net gebeld dat hij een half uurtje later komt en Jen en Bart kunnen ieder moment binnenlopen. Jen heeft gezegd dat ze een verrassing heeft. Ik ben benieuwd wat het is. En waarom heeft ze het me trouwens gisteren niet gewoon verteld toen ik bij haar en Bart in Rotterdam was? Maar ja, Jen houdt ervan mensen in spanning te laten zitten. En ze wist dat ik vandaag naar Nick zou gaan om die vergadering met de mensen van *Miyako* bij te wonen.

'Aangezien we morgen toch al naar papa en mama zouden gaan, komt dat goed uit. Ik wil trouwens in dat nieuwe restaurant eten, hoe heet het ook al weer? *Charlie's*! Dus mogen jij en Nick ons vanavond op een heerlijk diner trakteren. Nou, ben ik even blij dat ik een grote broer heb die dat voor elkaar kan krijgen,' zei die brutale dondersteen toen ik haar vertelde dat je daar niet zomaar naar binnen kon lopen.

Het is bijna een maand geleden dat ik Anoek voor het laatst heb gezien. Er gaat geen dag voorbij dat ik niet aan het weekend moet denken. Ook 'de zus' zoals ik haar in gedachte noem, is geen moment uit mijn gedachten geweest. Een paar dagen heb ik met het idee rondgelopen haar te gaan zoeken. Misschien had ze wel een goede reden om te doen wat ze had gedaan want ik kan gewoon niet geloven dat wat we dat weekend hebben gehad, allemaal toneel was. Ze voelde zich net zo aangetrokken tot mij als ik tot haar. Ik weiger te geloven dat het alleen maar seks was. Nee, het was veel meer dan dat. Tenminste, dat heb ik mezelf een paar dagen wijsgemaakt tot ik mijn gezonde verstand godzijdank, weer terugkreeg. Ik schrik op uit mijn gedachten als iemand me een kus op mijn wang geeft.

'Zo jij was ver weg zeg,' lacht Jen, terwijl ze met haar vingers door mijn haar strijkt.

'Hallo, gozer.' Bart geeft me een kneepje in mijn schouder voordat hij tegenover me aan het tafeltje gaat zitten.

'En waar is Nick?' vraagt Jen.

Ze is de enige, die Nick en mij zonder enige twijfel uit elkaar kan houden. Zelfs mijn ouders twijfelen wel eens. Maar dan zegt mijn moeder dat we haar aan moeten kijken en dan weet ze het. Iets met de manier waarop we uit onze ogen kijken, zegt ze altijd.

Jen zegt altijd dat ze het voelt. Ik vraag me af of 'zij' ons ook uit elkaar kan houden, en eigenlijk zou ik dat wel eens uit willen proberen. Maar ja, dan zou ik haar eerst moeten vinden en dat wil ik niet. Niet meer!

'Nick komt iets later, Jen. Hij zei dat we niet op hem hoefden te wachten met bestellen.' Ik laat mijn ogen liefdevol over haar gezicht gaan. Jen, die voluit Jennifer heet, is met haar blonde haren en lichte huid onze tegenpool. We hebben wel dezelfde grijze ogen en dezelfde lach, en soms, als ze haar hoofd op een bepaalde manier houdt, zijn er ook overeenkomsten. Jen lijkt op mijn moeder, terwijl Nick en ik het donkere uiterlijk van mijn vader hebben. 'Wat een kloteweer, hè?' zeg ik.

'Nee, ik hou van regen, dus ik vind het heerlijk,' lacht Jen me zo stralend toe dat ik haar onderzoekend aankijk. 'Luke! Kijk me niet zo aan.'

'Nou, kom dan maar op met die verrassing voordat jullie straks allebei spontaan ontploffen.' Ik schiet in de lach als ik zie dat Bart ook zit te stralen als een gloeilamp.

'Ik ben in verwachting!' gooit Jennifer er met zoveel blijdschap uit dat ik van ontroering tranen in mijn ogen krijg.

'Oh shit, Jen, wat geweldig.' Ik spring overeind en trek haar uit haar stoel om haar in een stevige omhelzing te nemen. Ik weet dat ze al vanaf dat ze klein was, baby's in meervoud, heeft gewild. Ik kan me nog herinneren dat ze een keer erg boos was op ma toen ze amper vier jaar was.

Jen had gevraagd wanneer ze een echte baby mocht omdat haar Baby Born-pop geen echte was.

'Over een jaar of twintig mag je dat, lieverdje, had ma gezegd.

Nou kennelijk was Jen dat ook nooit vergeten, want ze is vorige week vierentwintig geworden. Ik lach. Jen leunt in mijn armen achterover en vraagt wat er zo grappig is.

'Oh god, dat was ik helemaal vergeten joh,' lacht ze als ik haar dat vertel.

'Ik heb ook nog een ander nieuwtje,' doet Bart ook een duit in het zakje. 'Natuurlijk niet zo geweldig als dat van Jennifer, - hij vertikt het om haar Jen te noemen - 'maar toch een nieuwtje. Ik heb promotie gekregen. Ik mag het nieuwe filiaal in Rotterdam gaan runnen.'

'Joh, wat goed man. Van harte gefeliciteerd. Ik ben ontzettend blij voor jullie,' zeg ik.

'Je moet volgend weekend langskomen. Dan kan je Bart meteen een handje helpen met de babykamer. Je weet hoe hij is met klussen; Een regelrechte ramp,' zegt Jen met een liefdevolle blik naar Bart die zich totaal niet beledigd schijnt te voelen door haar opmerking.

'Dat laat je maar op mijn kosten doen. En het hele babygebeuren krijgen jullie ook van mij. Zoek maar uit wat jullie nodig hebben en ook wat je niet nodig hebt.'

'Oh Luke, wat ben je toch ook een schat. Vind je niet, Bart?'

'Ja, nog even en ik barst in snikken uit.'

De komst van de serveerster maakt een eind aan de pret. Nadat we iets te drinken hebben besteld, kijk ik toevallig naar rechts en bevries ter plekke. Daar zit Anoek, of dat neem ik aan.

De serveerster blokkeert mijn zicht als ze met de drankjes verschijnt. Rode wijn voor Bart en mij, jus d'orange voor Jen. Ik doe mijn best Anoek te negeren maar weet dat ik alleen mezelf maar in de maling neem. Ik moet weten of ze het is en kijk opnieuw in haar richting. Ik schrik me verdomme rot als ze haar hoofd omdraait. Maar op het moment dat ik haar verraste blik zie, die een seconde later ijskoud wordt, weet ik dat het Anoek is. Ook als ze me niet vol haat had aangekeken, zou ik het geweten hebben. Deze jongen zal zich nooit meer vergissen! Heel even bekruipt me een gevoel van hevige teleurstelling.

Ik zie dat ze iets tegen haar tafelgenoot zegt. Als ze overeind komt en mijn richting opkomt, zet ik me schrap. Die meid is werkelijk zo brutaal als de pest. Moet je die stralende lach nou toch zien. Ik klem mijn kaken op elkaar en bereid me mentaal voor op het gelazer dat er ongetwijfeld gaat komen.

'Nee, maar, Nick, wat leuk jou hier te zien,' zegt Anoek, zonder Jen en Bart een blik waardig te keuren. Ik kan niet anders zeggen dan dat ze er in de nauwsluitende cat-suit, die haar lichaam als een tweede huid omsluit, geweldig uitziet.

'Ik zou willen dat ik hetzelfde kon zeggen.' Ik negeer Jens blik en blijf Anoek strak aankijken. Onwillekeurig heb ik nog bewondering voor die meid ook. Die is volgens mij voor de duivel niet bang.

'Ach, je dacht natuurlijk dat ik iemand anders was,' zegt ze met een spottend lachje. 'Maar vertel, ben je al van de schok bekomen?' Ze lacht, maar ik zie dat de lach haar ogen niet bereikt. God, hoe heb ik me zo kunnen vergissen? Hoe langer ik naar haar kijk, hoe minder ik haar op haar zus vind lijken. Als die lacht, stralen haar ogen en licht haar hele gezicht op.

'Wat denk je zelf?' Ik trek mijn wenkbrauwen op. 'Jij hebt totaal geen indruk op me gemaakt met je vulgaire gedrag, maar die zus van je daarentegen... Tja, dat is een heel ander verhaal. Die mag me midden in de nacht, wat zeg ik? Die mag me iedere nacht wakker maken. Dat weekend zal ik niet snel vergeten, ik zou haar...' Anoeks vloek en haar wilde greep naar mijn glas maakt een eind aan wat ik verder wil zeggen. Maar Jen, die het gesprek aandachtig heeft gevolgd, is haar voor en heeft het glas net een fractie van een seconde eerder te pakken.

'Zo! Ik weet niet wie jij precies bent, en ik wil het niet weten ook,' valt ze met fonkelende ogen tegen Anoek uit. 'Maar we zijn geen van allen van jouw onbeschofte gedrag gediend!'

Kijk, dat is nou mijn zusje. Altijd en eeuwig overbeschermend als ze maar denkt dat iemand Nick of mij te na komt. En ook als dat niet het geval is. Mijn hart zwelt op van liefde voor die kleine driftkikker.

'Dus ik stel voor dat je maakt dat je wegkomt voor ik dit midden in je gezicht smijt!' gaat Jen verder. Ze staat vervolgens zo dreigend op dat zowel Bart als ik overeind springen.

En terwijl Bart het glas uit Jens handen neemt, pak ik Anoek bij haar bovenarm. Zonder op haar geworstel te letten, breng ik haar terug naar het tafeltje, waar haar blonde tafelgenoot ons met opeengeklemde kaken aan zit te kijken. Hij komt me bekend voor en als ik hem recht aankijk, weet ik weer wie hij is. Hij werkt voor *Technicom*, een klein softwarebedrijf waar we wel eens mee werken. Nick kent hem beter dan ik. Mark nog wat als ik het me goed herinner.

'Ik stel voor dat je jouw... haar onder de duim houdt. Ze is gek op scènes, en daar ben ik niet zo van gediend!'

'Ze is niet mijn...'

'We weten allebei wie en wát ze is!' Ik kan mijn minachting niet verbergen.

Met een woedende kreet rukt Anoek zich los. Ze wil me een klap geven, maar daar ben ik niet voor in de stemming. Ik grijp haar pols, iets te hard aan haar kreet te horen. Zelfs dat kan me op dit moment werkelijk geen moer schelen.

'Ga jij weg, Mark, of moeten wij...'

'Nee, wij gaan!' zegt Mark, terwijl hij overeind komt. Hij smijt een briefje van twintig op het tafeltje en sleurt een woedende Anoek achter zich aan het restaurant uit.

Jen kookt nog steeds van woede als ik weer tegenover haar ga zitten.

'Wie, wat en hoe,' zegt ze met haar armen over elkaar.

'Hoorde ik jou net niet zeggen dat je niet wilde weten wie ze was?'

'Doe niet zo bijdehand, Luke. Ik wil weten wie die onbeschofte meid is. En waarom dacht ze dat jij Nick was en liet jij haar in die waan?'

Als ik een blik op Bart werp, zie ik dat die zijn hoofd schudt. Hij voelt de bui al hangen. Na Jen even zwijgend aangekeken te hebben, weet ik dat ik haar iets zal moeten vertellen. Wat dat betreft is het net een pitbull. 'Nee, ze moest mij hebben. Haar woede was tegen mij gericht. Ze weet niet dat ik besta en ik...'

'Ze moest jou hebben en ze weet niet... Nee, hè? Het zal toch niet waar zijn,' valt Jen boos tegen me uit. 'Jullie hebben geruild! Geen wonder dat ze boos is.'

'Dat heeft een heel andere reden. Maar daar gaan we het nu niet over hebben. Ze weet niet dat ik Nick niet ben, en dat laten we ook mooi zo. En als je nou je mond niet houdt dan vertel ik je niets meer,' dreig ik haar. 'Ze heet Anoek, en ik heb iets met haar gehad...'

'Terwijl zij dacht dat jij Nick was,' maakt Jen mijn zin af.'

'Ja, zoiets, en ik... Ach, laten we het er maar ophouden dat ze me heel erg in de maling heeft genomen. En dat is alles wat ik erover kwijt wil. Dus ik stel voor dat we deze hele vervelende toestand vergeten. En dat meen ik Jen,' zeg ik streng als ze haar mond opent.

'Nou, je hebt het aan jezelf te danken, of nee, aan Nick. Want hij heeft dit natuurlijk allemaal bedacht. Nou, die kan straks lachen. Mag ik hopen dat jouw smaak wat vrouwen betreft sinds die walgelijke meid met sprongen vooruit is gegaan?' vraagt ze kribbig.

'Dat mag je.' Ik schiet in de lach om haar boze gezichtje.

'Overigens wel een heel adembenemende walgelijke meid,' zegt Bart droogjes.

'Bart! Als jij geen glas rode wijn over je witte overhemd wilt krijgen, stel ik voor dat je je mond houdt!'

'Ja, meesteres,' zegt Bart. Hij vraagt of ik hem die blik, waardoor ze zonder te protesteren haar mond houdt, wil leren.

We barsten bijna tegelijkertijd in lachen uit om het gezicht van Jen die boos probeert te blijven kijken, maar het uiteindelijk opgeeft en meelacht.

'Jeetje, ze had niet eens een beha aan. Die borsten zijn dus nep, dat begrijp je zeker wel, hè?'

'Nee, lief zusje van mij, 'die zijn zo echt als maar zijn kan. Puur natuur.'

Jen slaakt een verontwaardigde kreet en Bart glijdt bijna van zijn stoel van het lachen.

'Wat valt er te lachen?' vraagt Nick die opeens naast het tafeltje staat.

'Een zwartharige griet met neptieten,' zegt Jen met een boze blik naar mij.

'Anoek,' is het enige dat ik zeg.

'Dan moet ik je teleurstellen, lieve schat,' zegt Nick, terwijl hij naast me komt zitten. 'Puur natuur. Alles!'

'Goh, laat me raden,' zegt Jen sarcastisch. 'Jullie hebben een triootje gehad.'

'Nee, lieverd, jammer genoeg niet,' zucht Nick overdreven. Hij barst in lachen uit als Jen haar ogen dreigend samenknijpt.

Ik ben toevallig op het kantoor in Veenendaal voor een vergadering als Sabrina, Nicks secretaresse, vraagt of hij tijd heeft voor Mark de Winter.

Nick fronst en zegt dat hij maar een afspraak moet maken en laat het knopje van de intercom los.

'Dat is toch die gozer van *Technicom*?' vraag ik.

'Ja, volgens mij wel,' antwoordt Nick. 'Hoezo?' De intercom gaat weer en Nick drukt hem met een geïrriteerd gebaar weer in.

'Brie, ik heb toch gezegd...'

'Ja, sorry Nick, maar Mark zegt dat het belangrijk is. Het gaat over Anoek?'

'Zeg dat hij over een uurtje terugkomt,' zeg ik tegen Nick.

'Heb je het gehoord, Brie?'

'Ja Nick, ik zal het doorgeven.'

'Ik wil hem spreken,' zeg ik als Nick zijn wenkbrauwen optrekt. 'Goed, waar waren we?' vraag ik aan het groepje mensen dat tegenover ons aan de grote conferentietafel zit.

'Verkoopcijfers uit Amerika,' wordt er gezegd.

Een uur later is Mark weer terug. We zijn nog niet klaar maar ik weet zeker dat Nick de rest wel zonder mij kan afhandelen.

'Ik ga even met hem praten. Blijf jij uit beeld tot ik je weer roep? Ik wil niet dat hij aan Anoek doorvertelt...'

'Ik snap het,' zegt hij als ik hem veelbetekenend aankijk.

'Wil ik het ook snappen?' vraagt Ben op barse toon.

'Ja Ben,' zeggen Nick en ik tegelijkertijd. Een paar mensen beginnen te lachen en stoppen weer net zo snel als Ben hun een boze blik toewerpt.

'Hallo Mark, loop je mee naar mijn kantoor?' vraag ik als ik de wachtruimte inloop waar hij zit te wachten. Ik loop voor hem uit en vraag me af wat hij komt doen. Ik zit nog niet of Mark steekt meteen van wal.

'Nick, ik wil je meteen even zeggen dat ik normaal gesproken...'

'Sorry dat ik je even onderbreek, Mark, maar ik wil je meteen even zeggen dat je aan mij over Anoek geen tekst en uitleg verschuldigd bent. Wat jij doet, en met wie je dat doet zijn jouw zaken. Ik zou alleen voortaan wat kieskeuriger zijn met wie jij je vrouw bedriegt. Je bent toch getrouwd?'

Zijn knalrode gezicht is antwoord genoeg.

'Anoek is geen makkelijke tante, en zoals ik haar inmiddels ken zal ze niet lang genoegen nemen met de tweede plaats.'

'Nou, dan heeft ze pech,' zegt Mark, 'want ik heb haar vanaf het begin gezegd dat ik Patries niet verlaat. En hoewel ze ongelooflijk is in bed, en...'

'Daar verschillen onze meningen ook over, Mark. Maar vertel me eens, puur uit nieuwsgierigheid overigens. Hoelang is dat al aan de gang met haar?'

'Ruim twee maanden nu,' zegt Mark met een knalrode kop.

Oh? Ik trek mijn wenkbrauwen op.

'Eh ja, ik heb haar ontmoet op dat feest dat jouw bedrijf toen in Driebergen heeft gegeven. En ik kan je ook vertellen dat het geheel op haar initiatief gebeurde. Ze dreef me gewoon in het nauw. Man, voor ik het wist, had ze me in een kast gesleurd, en hing mijn broek al op mijn... Christus, ik had nog nooit eerder zo`n meid meegemaakt,' zegt Mark hoofdschuddend. 'Ik weet niet eens met wie ze daar was, maar het...'

'Met mijn... met mij!' Ik besef dat Anoek Nick dus al maanden in de maling neemt. Ik vraag me af hoe hij op dit nieuws zal reageren, gezien het feit dat ze hem al die tijd op afstand heeft gehouden en wel met Mark naar bed is geweest.

'Met jou?' vraagt Mark met een verbijsterde blik. 'Allemachtig, maar dan ben jij het waarmee zij...'

'En vorige maand?' Ik werp een blik in Nicks agenda om te kijken wanneer dat weekend met Anoeks zus was geweest. 'De achttiende? Waren jullie dat weekend samen?'

Mark fronst zijn voorhoofd. 'De achttiende zeg je? Even denken. November? Het enige weekend dat ik haar heb meegenomen is... Ja, ik weet het weer. Toen heb ik haar mee naar New York genomen. Ik moest daar voor de zaak naartoe en ze wilde graag met me mee en... Shit, maar dan was jij dus die kerel waar zij een relatie mee had! Dat heeft ze me nooit willen vertellen,' zegt Mark met een beschaamd gezicht. 'Dat heb ik me altijd afgevraagd. Wie het was bedoel ik. Anoek zei dat ik jou kende, maar ze heeft me nooit willen vertellen wie je was. Hé, man, ik hoop niet dat ik de reden ben dat er een eind aan jullie relatie is gekomen.'

'Nee, het is niet door jou gekomen,' help ik hem uit de droom, 'dat heeft ze geheel aan zichzelf te wijten. Maar vertel me eens iets over haar zus?'

'Haar zus? Ik wist niet eens dat ze die had. Het spijt me, ik weet niet zoveel over Anoek, buiten dat ze geweldig in bed is en ik er geen genoeg van kon krijgen. Maar eerlijk gezegd begin ik dat wel te krijgen. Zeker na die toestand in dat restaurant,' zegt Mark met een diepe zucht. 'Daar wil ik je overigens nog mijn excuses voor aanbieden. Ik had werkelijk

geen idee wat ze van plan was. Shit man, ik had je niet eens gezien.'
Mark strijkt driftig met zijn hand door zijn blonde haar.

'Nee, dat geloof ik meteen,' zeg ik en schiet het volgende moment in de lach.

'Allemachtig, wat ben ik blij dat je het zo goed opvat,' zegt Mark zichtbaar opgelucht. 'Ik heb me het hele weekend zorgen lopen maken. Dus je blijft gewoon met ons bedrijf in zee gaan?'

'Wat heeft jullie bedrijf er in godsnaam mee te maken?' vraag ik verbaasd. 'Zolang wij tevreden zijn, verandert er niets. Bovendien zijn het jouw zaken met wie jij naar bed gaat. Het is niet jouw schuld dat het uit is tussen Anoek en... mij. Ik zou jou eigenlijk moeten bedanken. Als jij haar dat weekend niet mee naar New York had genomen, was ik er denk ik nog steeds niet achtergekomen wat een kreng ze is. En dan had ik nooit... Ach, laten we het er maar op houden dat ze niet bleek te zijn wie ik dacht dat ze was,' zeg ik en haat mezelf dat ik zo verbitterd klink.

'Zal ik eens een visje uitgooien?' biedt Mark aan. 'Ik bedoel, als jij meer over haar zus wilt weten. Misschien vertelt ze mij meer dan jou. Zeker als we in bed liggen en zij...'

'Nee, laat maar. Het is niet belangrijk. De zusjes Lester kunnen mijn rug op. Allebei!'

20

Het weerzien met Anoek heeft me toch meer gedaan dan ik dacht. Het heeft ervoor gezorgd dat ik meer dan ooit aan haar zus moet denken. Ik word gek van mezelf. Maar hoe ik het ook probeer, het lukt me domweg niet om haar uit mijn gedachten te zetten. En om me nog kwader te maken, weet ik nog steeds niet hoe ze heet. Maar ik ben ermee gestopt mezelf voor de gek te houden. Ik ben als een blok voor haar gevallen en het zal heel lang duren voor ik daar overheen ben.

Ik besluit bij Jen en Bart op bezoek te gaan omdat ik daar al een poosje niet meer ben geweest. Bovendien word ik stapelgek van mezelf.

Jen heeft me altijd aan het lachen kunnen maken, net zoals ze altijd wist wanneer er iets met me aan de hand was.

Ook deze keer ontgaat haar niets. Ik zucht als ik de peinzende blik zie waarmee ze me aankijkt voordat ze me in een stevige omhelzing neemt.

'Jij, grote broer, hebt liefdesverdriet. Ik hoop niet dat het om die verschrikkelijke meid is die we vorige maand in Veenendaal zijn tegengekomen,' zegt ze met een trieste blik in haar ogen.

'Nee lieve schat, en ik voel me prima.' Ik kus het puntje van haar neus en til haar even tegen me aan.

'Oké, maar ik weet precies hoe we jou op kunnen vrolijken,' gooit ze er opeens uit.

Ik kreun overdreven en vraag of ik dat wil horen.

'Wat wil jij horen?' vraagt Bart die net op dat moment de kamer binnenloopt.

'Je vrouw weet hoe jullie me op kunnen vrolijken, niet dat ik dat nodig heb, maar goed. Ik weet wel beter dan in discussie met mijn zusje te gaan.'

'Ja, dat is het eerste wat ze ons mannen leert,' grinnikt Bart.

'Jullie gaan lekker samen op stap,' zegt Jen.

'Pardon? Hoor ik het goed dat ik helemaal alleen met jouw broer de bloemetjes buiten mag gaan zetten? Jezus Luke, kom ieder weekend langs,' zegt Bart die wegduikt als Jen hem een mep wil verkopen.

'Ik vertrouw erop dat mijn broer jou in het gareel houdt,' lacht ze.

'Eh, heb ik hier misschien ook nog iets over te zeggen?' vraag ik met opgetrokken wenkbrauwen.

'Nee!' zeggen Jen en Bart in koor.

Ik besluit me er maar bij neer te leggen. Het is trouwens een tijd geleden dat ik op stap ben geweest.

'Weet je zeker dat je niet met ons mee wilt, Jen?' vraagt Bart als we op het punt staan de deur uit te gaan.

'Nee Bart, ik ga lekker naar *Waiting to Exhale* kijken en ik wil dat jullie lekker samen gaan stappen.

'Oké dan. Nou Luke, je hoort het, we gaan lekker de beest uithangen. Wie weet...Au!' Lachend slaat Bart zijn armen om Jen heen. 'Je weet toch dat ik alleen maar van jou hou? Die andere vrouwen zijn puur voor de seks.'

'Hm, als je dat dan maar niet vergeet,' zegt Jen en geeft hem een kus op zijn mond. 'Luke, ik verwacht van jou dat jij mijn man geen moment uit het oog verliest.'

'Ik zal zijn hand de hele avond vasthouden,' zeg ik bloedserieus en trek Bart aan zijn hand de kamer uit mee naar buiten.

'Luke wil je me verdomme loslaten. Straks denken ze nog dat we een stelletje zijn, en je weet...'

'Waar zullen we nu heengaan?' vraagt Bart als we de *Big Ben* uitlopen en op ons gemak over het drukke Stadhuisplein lopen.

'Maakt me niet zoveel uit. Voor mijn part gaan we naar huis. Ik heb het...'

'Nee, je hebt Jen gehoord. Voor tweeën mogen we niet thuis komen en het is nog geen elf uur. Kom op, er moet iets zijn waardoor je uit die depressieve bui komt.'

'Sorry Bart, ik had niet moeten komen.'

'Ja, juist wel. Je moet juist dan niet alleen zijn. Luke, ik wil me nergens mee bemoeien maar...'

'Doe het dan ook niet!' Ik heb twee stappen gedaan als ik blijf staan. 'Sorry, Bart, zo bedoelde ik het niet.'

'Is goed gozer, ik wilde niet nieuwsgierig zijn.'

'Weet ik, en ik... Ach, het is een vrouw, maar dat wist je geloof ik al, hè?'

'Ja, ik had al zo'n donkerbruin vermoeden,' zegt Bart droog. 'Het is toch niet die mooie zwartharige, hoe heet ze ook al weer? Anoek? Ik had niet het idee dat je daar zo gek op was.'

'Nee, op haar niet. Dat dacht ik in eerste instantie wel. Ach, laten we het er maar op houden dat ik als een blok voor haar ben gevallen en dat ze niet bleek te zijn wie ik dacht.'

'Wie? Anoek? Je bent me nu even kwijt,' zegt Bart.

'Allebei!' Ik blijf abrupt staan als ik de poster zie hangen. 'Salsawedstrijd,' lees ik hardop.

'Wat is er?' vraagt Bart en loopt om me heen om de poster te bekijken. 'Hou je van dat soort muziek? Ik heb wel eens zo'n show gezien en moet je zeggen dat die vrouwen er niet verkeerd uitzien.' Hij fluit en tekent met zijn handen de vorm van een zandloper in de lucht.

'Ja, ik vind die muziek wel goed. Ik heb nog niet zo lang geleden een film met dat soort...'

'Nou, kom op dan,' lacht Bart. 'Het is vanavond, en niet zo ver.'

'Nee, ik weet niet...'

'Ik wel, en niet protesteren,' zegt Bart met een vastberaden blik. 'Ik ben vanavond verantwoordelijk voor jouw vermaak.'

Ik geef het op en laat me door hem meetrekken naar een taxistandplaats.

De muziek is al te horen nog voor de taxi voor de Latin-Club stopt. Er staat een aardige rij voor de ingang.

'Ik heb geen zin om in de kou te staan,' zeg ik als we op de rij aflopen.

'Niet zo mopperen, Luke, het valt best mee.' Bart kijkt me verbaasd aan als de portier naar ons seint dat we door kunnen lopen. 'Nou, kennelijk maak je indruk.'

'Nee, mijn geld maakt indruk.' Ik stop de portier een briefje van vijftig in zijn handen als we langs hem heen lopen.

'Bedankt, gozer,' roept de kale reus me na.

Binnen is het erg druk en de muziek is hard maar ook erg goed. Als ik naar de dansvloer kijk, glimlach ik. Zij zou dit geweldig vinden.

'Lekkere muziek, hè?' roept Bart bij mijn oor.

Ik knik en loop voor hem uit naar de bar.

'Wat zal het zijn?' vraagt een grote neger, die zich voorstelt als Ricco.

'Doe maar een pilsje. Jij ook, Bart?'

'Ja, is goed,' zegt Bart die met zijn rug naar de bar staat en naar de dansvloer kijkt. 'Tjonge, heb je die vrouwen gezien? Sommige staan bijna in hun blote billen en ik vraag me af of ze wel een slipje aan hebben.'

'Strings denk ik, en ik vind het er wel goed uitzien.' Ik luister naar het gesprek tussen Bart en Ricco en begrijp dat het een fantastische wedstrijd is omdat er een paar heel goede dansers meedoen.

'Het niveau is nog nooit zo hoog geweest. Er doet een echte Braziliaanse danseres mee. Die is de gedoodverfde winnaar. Maar mijn geld heb ik op... Momentje,' zegt Ricco en loopt naar de andere kant van de bar.

'Voor zover ik het begrijp zijn er al twee rondes geweest en de derde ronde gaat zo beginnen,' zegt Bart. 'Hé, ik geloof dat we net op tijd zijn. Zullen we een beter plaatsje zoeken? Boven kijk je zo op de dansvloer en dan...'

'Nee, we gaan naar de andere hoek.' Ik loop met mijn glas naar de andere kant van de bar vanwaar we inderdaad een goed uitzicht op de dansvloer hebben. We staan er nog geen minuut of de muziek stopt. Als ik de adembenemende mooie vrouw met de hoge paardenstaart en het zwarte minuscule rokje de dansvloer op zie lopen, knijp ik bijna mijn glas fijn.

21

Vijf weken geleden...

Ik heb gelijk, even over zessen staan Don en Raf voor mijn neus. Ik houd stand. Hoe moeilijk het ook was, ik heb ze niets verteld. Uiteindelijk gaven ze het op en hebben ze me beloofd het er nooit meer over te hebben. Daarvoor moest ik hen wel beloven nooit meer een weekend alleen op stap te gaan en ze vanaf nu alles te vertellen. Dat heb ik ze beloofd. Gewoon om er vanaf te zijn, en ook omdat ik weet dat ik het nooit meer zal doen.

Nadat ik de hele dag heel zielig ben geweest en me lekker heb laten vertroetelen door mijn mannen, besluit ik de volgende dag weer te gaan werken. Ik ben meteen naar Pierre, mijn baas gegaan om hem mijn idee om iets met de middeleeuwen te doen voor te leggen. Dat valt in goede aarde. Nadat ik hem uit de doeken heb gedaan wat ik van plan ben, maak ik een snelle schets voor hem. Pierre geeft me nog voor ik daarmee klaar ben de vrije hand en een groter budget.

Volgende maand is het al kerst, en hij wil dat het warenhuis er dan fantastisch uitziet. Na ons gesprek loop ik meteen naar Ferry om hem mijn idee voor een kasteel voor de kinderafdeling voor te leggen. Ferry was tot een jaar geleden decorbouwer bij een toneelgezelschap. Hij is meteen razend enthousiast als hij mijn schets ziet en belooft er mee aan de slag te gaan.

Het is de hele ochtend zo'n gekkenhuis geweest dat ik werkelijk geen tijd heb gehad om aan Nick te denken. Om kwart over een is het eindelijk een beetje rustig. Mijn maag gaat dan inmiddels zo tekeer dat ik weet dat ik eerst iets moet eten, of dat ik anders flauwval. Even kijken of Don ook mee gaat eten.

Don bevindt zich zo'n twee meter boven de grond. Hij staat op een ladder en is bezig om een gordijn kunstig om een roede te draperen.

'Don? Ga je mee eten?'

'Een paar tellen, Sas, dan ga ik met je mee,' zegt hij zonder zich naar me om te draaien. 'Of ga anders maar vast, ik kom er zo aan.'

In gedachten sta ik op de roltrap, onderweg naar de derde verdieping naar het restaurant van het warenhuis. Dat durf ik, op een roltrap bedoel ik, omdat Don me met een hoop overredingskracht over mijn angst heeft heen geholpen. Nog steeds veranderen mijn knieën weer in rubber als ik erop sta. Omhoog gaat redelijk, zolang ik recht voor me uit blijf kijken. Omlaag is iets problematischer, ook omdat ik moeilijk op een roltrap kan gaan zitten. Het werkt het best als er meerdere mensen op de trap staan en ik niet omlaag kijk.

Ik draai mijn hoofd met een ruk om als ik vanuit mijn ooghoek een lange donkere man langs me heen naar beneden zie gaan. Het kost de man achter me bijna een oog, omdat mijn paardenstaart langs zijn oog zwiept. Ik spreek mezelf streng toe dat ik ermee op moet houden in iedere donkerharig man Nick te herkennen.

'Oh wat erg, het spijt me verschrikkelijk!' stamel ik als de man me met een dichtgeknepen oog, waar de tranen uitlopen, aankijkt. Ik word duizelig omdat ik me te snel omdraai en de gapende diepte beneden me zie. De man reageert snel, en pakt mijn arm.

'Geeft niet, ik heb er nog een,' zegt hij droog en vraagt dan of alles wel helemaal goed gaat. Hij lacht en hij is leuk om te zien en...het doet me werkelijk helemaal niets!

'J-ja sorry. Roltrappen maken me doodsbang.' Ik schiet in de lach om zijn gezicht.

Wat zou ik doen als Nick nu de roltrap op zou stappen? Hem waarschijnlijk om zijn nek vliegen en weer doen alsof ik Anoek ben. Zou hij in het *Manhattan* of in het *Hilton* logeren? *Manhattan* denk ik. Dat is moderner. Om een mij totaal onbekende reden, vind ik hem meer een Manhattanman dan een Hiltonman. God, het lijkt wel een modeterm. Ik struikel naar voren als de roltrap boven komt.

Ja, dat komt ervan als je niet oplet, en alleen maar aan die man kunt denken.

Ik ben boos op mezelf en besluit om vanaf nu niet meer aan hem te denken. Een beetje driftig loop ik het restaurant in en negeer de verbaasde blikken van een paar collega's.

Kijk lekker allemaal voor je!

'Zo, Sassefras,' zegt Don. Hij zet zijn overvolle dienblad tegenover dat van mij, en gaat zitten.

'Zo, Donnepon.' Honnepon is natuurlijk veel te nichterig. Ik pak zijn hand en druk er een kus op.

'Waar heb ik dat aan te danken?' vraagt hij met opgetrokken wenkbrauwen.

'Gewoon omdat ik van je hou en ik me geen raad zou weten als ik jou niet had.'

En dat meen ik meer dan ooit. Don is hier op het werk mijn assistent en mijn rechterhand. Na het behalen van mijn diploma kon ik vrijwel meteen als Styliste aan de slag en mocht een jaar later mijn eigen team samenstellen. Ik heb geen moment geaarzeld en gevraagd of Don mijn assistent wilde worden. Dat wilde hij.

Hij is een geboren stylist en weet feilloos wat *hot* is en wat *not*, zoals hij het zelf altijd stelt.

'Sas, ik vroeg je wat,' zegt Don omdat ik dwars door hem heen lijk te kijken en hem niet hoor.

'Wat? Pardon, ik was even ergens anders.' Ik stop een stukje brood in mijn mond.

'Ja, net zoals dat hele weekend!' zegt hij met een beschuldigende blik.

'Don, je hebt het beloofd.'

'Ja, dat weet ik, maar het zit me gewoon nog steeds niet lekker. Ik dacht dat ik je beste vriend was, en ik...

'Don, het spijt me echt. Ik weet dat jullie ongerust waren, en ik beloof je dat ik het nooit meer zal doen. Ik heb het alleen niet verteld omdat ik niet wilde liegen, en ik...'

'Is het zo erg dat je erom had moeten liegen. Tegen mij? Waag het nooit om tegen me te liegen,' zegt hij dan op zo'n toon dat ik weet dat ik hem verdriet doe door hem niet in vertrouwen te nemen. Aan de ene kant wil ik het dolgraag, maar ik kan het gewoon niet.

'Wil je me dan alsjeblieft één ding vertellen? Ik beloof je dat ik het er dan niet meer over zal hebben,' vraagt hij zo lief dat ik met een diepe zucht toegeef.

'Wat?'

'Heeft het met een man te maken?'

Ik knijp mijn ogen half dicht en kijk hem zwijgend aan.

'Ja, dus! Oké, daar hoef ik dus geen antwoord meer op, vertel me dan alleen of je zus...'

Ik schiet in de lach, en zeg dat het leuk geprobeerd is. 'Eén vraag zei je.'

'Oké, dan, maar ik kom erachter,' zegt Don met een blik in zijn ogen waarvan ik weet dat hij het meent. 'Dat beloof ik je. En als blijkt dat die *evil twin* van je er iets mee te maken heeft, kan ze lachen. Nee! Dat meen ik,' zegt hij met fonkelende ogen als ik iets wil zeggen. 'Dus het gaat om een man? Nou, dat moet dan nogal wat zijn geweest als hij jou zo verdrietig heeft weten te maken,' zegt hij met zo'n lieve lach dat ik bijna weer vol schiet.

'Nee, dat heeft hij niet gedaan, dat heb ik allemaal aan mezelf te danken. Nee! Hier laten we het bij,' zeg ik als Don zijn mond opent. 'Ik heb al veel te veel gezegd.'

Het is koud. Ik ben blij dat ik mijn dikke jas en de warme, met bont gevoerde, muts op heb, als ik die avond iets over zessen over het Binnenwegplein loop. Ik heb trek in een patatje van 'Bram'.

'Een patatje oorlog,' zeg ik als ik aan de beurt ben. 'Dubbel mayonaise.'

Al etende loop ik naar de hoek van de Binnenweg. Ik ben er bijna als de tram opeens als uit het niets verschijnt. Hè verdorie, daar gaat mijn patat. Ik gooi de laatste paar patatjes in een prullenbak en trek een sprintje. Tijdens de rit naar huis vraag ik me af of Anoek inmiddels heeft gebeld. Ik vind het heel erg vreemd dat ze dat nog steeds niet heeft gedaan. Als ik het was geweest, zou ik alles hebben willen weten. Maar ja, zo ben ik. Ik zou het trouwens nooit in mijn hoofd hebben gehaald om zo'n fantastische man zo te bedriegen.

En wat heb je dit hele weekend dan gedaan?

Met een diepe zucht staar ik met brandende ogen naar buiten uit het raam. Nick, waar ben je? Loop je nu misschien je hotel uit? De tram stopt op het Kruisplein, de halte die je moet hebben als je naar het

Manhattan-hotel wilt. Ik zou hier uit kunnen stappen en bij de balie kunnen vragen of Nick Warner daar logeert. Misschien is hij blij me te zien, en misschien zou ik alleen vanavond... Nee! Zitten blijven! Ik kan me nog net beheersen om dat niet hardop te zeggen. Boos omdat ik weer aan hem denk en bijna uit de tram ben gestapt, draai ik mijn hoofd weg als we het hotel passeren. Wanneer zou het Centraal Station weer klaar zijn, vraag ik me af als ik de chaos zie dat vroeger het grootste station van Rotterdam was. Volgens mij zijn ze dat nu jaren aan het verbouwen. Het hele Rotterdamse vervoer ligt op zijn kop door al die omleidingen.

Als de tram rechts de hoek omslaat en langs het *Holland Casino* rijdt, vraag ik me af of Nick daar al is geweest. Misschien gaat hij vanavond wel, en misschien zou ik daar dan heel toevallig binnen kunnen....

Op woensdagavond klap ik dubbel van de pijn. Ik zou met mijn hoofd op de grond terecht zijn gekomen als Don niet toevallig bij me is en zo snel reageert dat hij me nog net in zijn armen kan opvangen. Ik kan geen woord meer zeggen en alleen jammeren terwijl ik mijn buik omklem. Het voelt alsof het monster uit *Aliens* ieder moment uit mijn buik kan springen. God, wat vond ik dat een enge scène. Ik heb er iedere keer weer nachtmerries van als we die film hebben gezien.

Don, de arme lieverd is spierwit en tilt me zonder een woord te zeggen in zijn armen en is al met me in de lift als het me lukt iets te zeggen.

'Geen prikken, ik wil geen prikken.' En dan ga ik, geloof ik, van mijn stokje. Tenminste, dat neem ik aan als alles zwart wordt. Of misschien is het licht wel uitgevallen in de lift. Nee, ik ben flauw gevallen want ik kan me verder niets meer herinneren. Als ik weer wakker word, heb ik het gevoel alsof ik in een coma heb gelegen. Tot mijn verbazing lig ik in een ziekenhuisbed en zitten Don en Raf ieder aan een kant van het bed. Hun gezichten zijn lijkwit.

'Jeetje, ga ik dood?' Ik kreun en kijk omlaag naar het afschuwelijke gifgroene papieren geval dat ik aanheb.

'Godzijdank, je bent er weer,' roept Don en knijpt mijn vingers bijna fijn.

'Au, mijn keel doet zeer,' fluister ik. 'Ben ik aan mijn amandelen geholpen of zo?'

'Sas, als je ons ooit weer zo aan het schrikken maakt, doe ik je wat,' zegt Raf, met mijn andere hand in de zijne.

Ik blijk dus niet aan mijn amandelen geholpen te zijn maar aan een acute blindedarmontsteking.

'Oh, mijn god, heb ik hechtingen?' Niet dat ik ijdel ben, of zo. Ik ben alleen ontzettend kleinzerig. Daar kan ik niets aan doen. Hechtingen doen volgens mij verschrikkelijk zeer als die eruit gehaald moeten worden.

'Don? Je hebt toch wel gezegd dat ze oplosbare hechtingen moesten gebruiken?'

'Ja, Sas, ik ben de operatiekamer ingestormd en heb gedreigd dat het hele feest niet doorging tenzij ze oplosbare hechtingen zouden gebruiken. En natuurlijk wel in een kleur die bij je mooie teint past' zegt Don zo droog dat ik in de lach schiet.

'Au, au, au,' jammer ik van zowel de pijn in mijn keel als van de ongetwijfeld enorme snee in mijn buik. 'Dan is het goed,' kreun ik en vraag dan waarom hij er niet op heeft gelet wat ze me aan hebben getrokken. 'Het lijkt verdorie wel een groot servet waar ze twee gaten voor mijn armen uit hebben geknipt. Raf? Zou jij dat misschien even kunnen regelen? Doe maar iets in het wit, roze mag ook.'

Raf belooft dat hij de collectie straks zal gaan bekijken, en anders wel iets van de wit met roze gordijnen, die om het bed hangen, in elkaar flanst.

Zie je nou waarom ik zo gek op ze ben? Voor geen gat te vangen die twee.

22

'Sasha! Wat had ik nou gezegd?' roept Don boos nog voor ik de deur achter me dicht heb gedaan.

'Eh, mag ik eerst even gaan zitten en er dan over nadenken?'

'Nee, want je gaat meteen weer naar huis. Je bent verdomme eergisteren pas uit het ziekenhuis gekomen en je komt niet nu al weer werken! We redden het prima zonder jou. Hou je jas aan,' zegt hij terwijl hij met grote passen op me afkomt. Snel ren ik naar de andere kant van mijn kantoor en verschans me achter de grote langwerpige tafel die bezaaid is met stoffen en stalen.

'Laat dicht die jas, Sas!'

'Oh Don, ik wilde dat dat kon.' Ik schiet in de lach om zijn gezicht en grijp met een pijnlijk vertrokken gezicht naar mijn onderbuik. Lachen is nog steeds een beetje pijnlijk door het litteken dat ik aan de operatie heb overgehouden.

'Zie je wel,' zegt Don bezorgt. Hij springt zo snel op de tafel en er aan de andere kant weer vanaf, dat ik hem niet meer kan ontwijken als hij me in zijn armen trekt.

'Nee joh, liever. Ik moet alleen voorlopig niet lachen. Dus niet grappig doen, dan komt het allemaal best in orde.' Ik duw hem van me af. 'Nee, echt, ik meen het,' zeg ik als hij zijn mond opent en wil protesteren. 'Ik word gek thuis. Ik heb de hele week al in mijn uppie in het ziekenhuis gelegen en dan ook nog thuis.'

'En wie zijn schuld is dat? Hebben Raf en ik niet aangeboden om bij je te komen slapen?'

'Ja, maar jullie draaien veel te veel en dan zou mijn wond weer open zijn gegaan.'

Don komt niet meer bij en zegt dat het zeggen en schrijven vier hechtinkjes waren.

'Ja en? Die deden alle vier verschrikkelijk veel pijn!'

'Sas, mijn schat, je bent werkelijk de grootste baby die er rondloopt. Maar wel de liefste en de mooiste en de...'

'Ik hou ook van jou, lieverd. Ik sla mijn armen om zijn middel en leg mijn hoofd tegen zijn borst.

'Hoe gaat het nou met mijn meisje?' vraagt hij met zijn mond in mijn haar.

Ik weet dat hij zich nog steeds ontzettend ongerust maakt omdat ik weiger over het weekend met Nick te praten. Maar ik kan het gewoon niet. Het is te erg.

'Ik voel me prima, Don. Echt.' En dat meen ik ook... Zolang ik tenminste niet aan Nick of aan mijn zus denk, die nooit meer iets van zich heeft laten horen. Ik zucht.

'Waarom zucht je dan en kijk je zo sip?' Met een ernstig gezicht tilt hij mijn gezicht met een vinger onder mijn kin naar zich op.

'Omdat ik zo moe en sip word van dat geluier. Echt, Don, ik beloof je dat ik het rustig aan zal doen. Ik ga alleen aan die muurschildering beginnen. Verder niets. Hoe staat het met het kasteel? Is Fer daar al mee begonnen?'

'Niet van echt te onderscheiden. Oké dan, als je me je woord geeft dat je niets zwaarder dan een penseel optilt, mag je blijven.'

'Hm, soms denk ik wel eens dat je vergeet wie hier de assistent is en wie het hier voor het zeggen heeft. Hier, maak jezelf nuttig en hang mijn jas en muts even op.'

'Ja baas, zal ik meteen ook even je voetjes masseren?'

Geïrriteerd kijk ik die avond op mijn horloge als er wordt gebeld. Half negen. Ik ben net lekker bezig en heb net de ruwe schets van Nicks portret af. Ik heb het geprobeerd maar het is me niet gelukt. Ik kan hem gewoon niet uit mijn hoofd zetten, en misschien helpt het als ik hem schilder. Misschien dat ik het dan kan afsluiten.

De jongens kunnen het niet zijn, die hebben hun eigen sleutel.

Ik overweeg om de bel gewoon te negeren. Ik verwacht niemand, dus misschien gaat, wie het dan ook is wel weg. Maar natuurlijk is dat niet het geval. Met een diepe zucht leg ik het houtskool weg, en kijk in Nicks ogen die vanaf het canvas terugkijken.

'Misschien ben jij het wel.' Ik vraag me af hoe ik zou reageren als hij inderdaad voor de deur zou staan. Met een driftig gebaar veeg ik mijn handen af aan een doek als het lijkt alsof de bel blijft hangen. Tjonge jonge, is er soms ergens brand en is het de brandweer die het gebouw komt ontruimen? Bijna boos ruk ik de deur open en verstijf ter plekke als ik Anoek voor de deur zie staan. Ik deins naar achteren als ik de blik in haar ogen zie.

'Ze weet het!' realiseer ik me een seconde voordat ze me zo'n ongelofelijke harde klap in mijn gezicht geeft dat mijn hoofd opzij vliegt. God, ik zou niet raar opkijken als mijn kaak gebroken blijkt te zijn. Met mijn hand op mijn wang kijk ik haar aan. Ik probeer het, maar kan geen woord over mijn lippen krijgen. De haat in haar ogen is zo tastbaar en ronduit schokkend dat ik er koud van word. Ik zal je vertellen dat de klap ontzettend pijn doet, maar de overduidelijke haat in de ogen van mijn zus is de reden dat mijn ogen zich met tranen vullen.

'Je bent met Nick naar bed geweest. Het hele weekend! En waar heb je verdomme al die tijd uitgehangen? Ik heb je de hele week proberen te bellen,' schreeuwt ze. Het volgende moment gaat ze zo tekeer, ze maakt me werkelijk voor de meest verschrikkelijke dingen uit, dat ik nu echt in snikken uitbarst. Ik wil bij haar vandaan lopen. Maar ze is helemaal over de rooie en trekt me zo hard aan mijn haar terug dat ik bijna achterover val. Ze smijt de deur met een harde knal achter zich dicht en schreeuwt dat ik haar alles moet vertellen.

'Alles!'

'Anoek, kalmeer alsjeblieft. Het is nooit mijn bedoeling geweest je te kwetsen. Het spijt me verschrikkelijk.'

'Spijt?' roept Anoek. Je bent met mijn verloofde naar bed geweest. Míjn verloofde,' schreeuwt ze met een van woede vertrokken gezicht.

'Ja, dat... Oh Noek, niet boos zijn. Het was niet allemaal mijn schuld. Je had gezegd dat hij niet met me naar bed zou willen. Maar dat wilde hij wel. En ik kon hem niet tegenhouden. Dat wilde ik ook niet,' geef ik eerlijk toe. Ik ga er niet om liegen, het is allemaal al erg genoeg. Ik ben compleet over mijn toeren. Ik had alles verwacht, behalve dit. 'Je weet dat ik zo goed als niet drink en die Bacardi's zijn best sterk als je het niet...'

'Oh ja, gooi het maar op de drank. Dat is lekker makkelijk. Het lag niet aan mij, het was de alcohol,' jengelt Anoek gemeen. 'Het was de alcohol die maakte dat ik me als de eerste de beste slet gedroeg en me door de verloofde van mijn zus liet neuken!' schreeuwt ze.

Ze staat vlak voor me en ik sla mijn handen over mijn oren. Anoek rukt mijn handen weg.

'Waarom ben je zaterdag niet naar huis gegaan zoals we af hadden gesproken?'

'Dat was ik ook van plan. We waren onderweg naar huis toen we dat ongeluk kregen. En toen moesten we in een hotel overnachten.

'Hotel?' herhaalt Anoek alsof het een lelijk woord is. 'Jullie hebben de nacht in een hotel doorgebracht?' Ze loopt zo rood aan dat ik er bang van word.

'Ja, nadat we dat ongeluk hadden gehad, deed zijn auto...'

'En waarom heb je dan geen kamer voor jezelf gevraagd?' vraagt ze zonder zich druk te maken om het woord 'ongeluk'. Ze gaat verder voor ik de kans krijg om het haar uit te leggen.

'Nou? Waarom ben je bij hem in bed gekropen? Hadden we dat afgesproken? Had ik je gezegd dat je dat mocht doen? Nou?' krijst Anoek helemaal door het lint.

Ik kan echt van verbijstering niets zeggen. Ik heb haar wel vaker kwaad gezien, maar nog nooit zoals nu. Het schuim staat bijna op haar lippen en voor het eerst van mijn leven ben ik bang van mijn eigen zus. Ja, echt, je moet het zien om het te geloven. Ik denk dat iedereen op dit moment voor zijn leven zou vrezen.

Anoek haalt weer uit. Deze keer kan ik mijn arm net op tijd optillen zodat haar klap op mijn onderarm terechtkomt. *Zo, die kan ik waarschijnlijk morgen niet meer optillen.*

'Weet je wat jij bent, Sasha? Een hoer. Je bent niets meer dan...'

'Ik ben geen hoer,' roep ik geschokt. Het is één ding om jezelf een slet te noemen, maar om door je eigen zus voor slet én hoer uitgemaakt te worden, is meer dan ik kan verdragen. Ik begin nu kwaad te worden. Hoe haalt ze het in haar hoofd om alle schuld op mij te gooien? Oké, ik heb het hele weekend met Nick in bed gelegen. Maar ik kon toch niet anders? Niet nadat ik die eerste keer had toegegeven. Ik voel me al schuldig en ongelukkig genoeg.

'Dat ben ik niet. En nee, dat had je niet gezegd. Vertel jij me dan eens hoe ik trouwens had moeten verklaren dat ik een eigen kamer wilde. Die waren er trouwens ook niet. Er was nog maar één kamer. En had je niet gezegd dat hij geen argwaan mocht krijgen?' Deze keer ben ik het die haar geen kans geeft iets te zeggen. Ik veeg met een snelle beweging de tranen van mijn gezicht.

'Zou hij dan geen argwaan hebben gekregen? Hoe kon ik hem nou weigeren? Je weet als geen ander dat hij geen man is die zich laat tegenhouden als hij iets wil. Hij wilde mij, ik bedoel jou! Vertel jij me maar eens hoe ik hem in godsnaam had moeten weigeren? Ik kon moeilijk opeens de Lestermuts gaan uithangen, hè? En je weet zelf hoe hij is in bed.'

'Dat weet ik helemaal niet,' sist Anoek. 'Ik ben nog nooit met hem naar bed geweest!'

Ik hoor het haar zeggen, maar om de een of andere reden weigeren mijn hersenen die informatie echter te verwerken. Ik struikel naar achteren als ze me een duw geeft.

'Ik wilde het deze keer goed doen. En dan kom jij, stomme troela...'

Troela? Bestaat dat woord nog steeds? Werkelijk, waar haalt ze het vandaan.

'Je duikt verdomme meteen de eerste de beste avond met hem het nest in. Jij... De frigide trut! Nog nóóit!' schreeuwt ze opnieuw zo hard dat ik ineenkrimp.

'Je liegt, dat is onmogelijk,' fluister ik. 'Jij zou nooit zolang wachten. Niet met een man als Nick. Hij is veel te... Je liegt.' Ik weiger te geloven wat ze me vertelt, maar als ik de blik in haar ogen zie, weet ik dat het de waarheid is. Mijn god, ze meent het echt. 'Waarom heb je me dat niet verteld? Dan had ik het toch nooit gedaan?' roep ik nu echt helemaal over mijn toeren. 'Ik dacht dat jullie met elkaar sliepen, dat hij mij daarom...'

'Ga jij míj nou de schuld geven dat jij je als de eerste de beste sloerie hebt gedragen?'

'Nee, dat doe ik niet, maar dit is niet allemaal mijn schuld! Jij hebt hier net zo goed schuld aan. Je had het me moeten vertellen. Het spijt me verschrikkelijk,' zeg ik voor de zoveelste keer.

'Waarom geloof ik dat nou niet?' zegt Anoek boos.

'Dat weet ik niet, maar het is alleen wel de waarheid. En het spijt me ook dat hij erachter is gekomen. Waarom heb je me niet gebeld? Ik kon jou niet bereiken omdat ik je nummer niet heb. En daarna lag ik opeens in het ziekenhuis.' Ook op het woord ziekenhuis reageert mijn zus niet. Ongelukken en ziekenhuizen in combinatie met mij schijnen haar niets te doen.

'Hoe kom je erbij dat hij erachter is gekomen?' vraagt Anoek met een gemeen lachje.

Ik weet dat ze me met opzet pijn wil doen, en dat verdien ik ook.

'Ik ben er zelf achtergekomen. Nick weet het nog steeds niet. En dat houden we ook zo! Hij wil met me trouwen. Hij houdt van me.' Deze keer lacht ze triomfantelijk. 'Ik wil dat je me belooft dat je geen contact met hem zoekt en hem hier nooit iets over vertelt,' eist Anoek. 'Beloof het me, Sasha.'

Haar woorden, dat hij met haar wil trouwen, komen zo hard aan dat ik bijna tegen de grond ga. Mijn oren suizen en ik probeer wanhopig bij mijn positieven te blijven.

'Ach gossie, schrik je daarvan?' vraagt Anoek. Ze schudt me door elkaar. 'Ja, hij heeft me gisteren ten huwelijk gevraagd. Je begrijpt natuurlijk wel waarom je geen bruidsmeisje bij mijn huwelijk kunt zijn en dat ik jou daar kan missen als kiespijn! Zweer het, Sas. Zweer dat je het hem nooit vertelt,' schreeuwt Anoek.

'J-ja, natuurlijk. Ik beloof het. Ik zal het hem nooit vertellen.'

'En ook dat je uit onze buurt blijft.'

'Ik zal uit jullie buurt blijven,' fluister ik, terwijl de tranen over mijn wangen lopen.

'Goed, dan zullen we het er nooit meer over hebben,' zegt Anoek met een blik vol haat.

'Waarom haat je me toch zo, Anoek? Waarom? We hebben alleen elkaar nog.'

'Je kunt lullen wat je wilt, Sasha. Dit vergeef ik je nooit. En ja, ik haat je inderdaad. Nu meer dan ooit, en ik hoop je nooit meer te zien.'

Diep gekwetst door haar woorden kan ik haar alleen nakijken als ze zich, zonder verder nog iets te zeggen, omdraait en al bijna bij de deur is voor het me lukt haar naam te roepen.

Maar ze loopt gewoon door. En daar ga ik weer, god, wat ben ik een huilebalk geworden. Het is maar goed dat ik al bij de bank sta omdat ik anders beslist op de grond zou zijn gevallen als ik in elkaar stort. Ik huil zo hard dat het als een echo door de woonkamer galmt. Ik ben mijn zus nu voorgoed kwijt, en Nick zal ik ook nooit meer zien. Oh god, ze gaan binnenkort trouwen. Waarom komt dat nou zo als een schok? Hij houdt van haar, dat weet ik zeker omdat hij minstens twee keer op het punt heeft gestaan me dat te vertellen.

Mijn gehuil overstemt ieder geluid en ik schrik als ik overeind word getrokken en in een stevige omhelzing word genomen. Don. Ik ruik het, ik voel het. Ik herken zijn sussende stem in mijn oor die lieve dingen fluistert.

'Wat het ook is, het komt goed,' belooft hij.

Zijn lieve woorden maken dat ik nog erger moet huilen en snikkend gooi ik eruit dat het nooit meer goed komt. Het duurt een hele poos voor ik weer gekalmeerd ben en in staat ben om hem aan te kijken.

Met een diepe frons veegt hij mijn tranen van mijn gezicht. 'Gaat dit een gewoonte worden?' vraagt hij met een scheve grijns.

'Ik hoop het niet,' fluister ik en duw mijn gezicht in het holletje van zijn hals.

'Wat moest die meid hier?'

Ik verstijf in zijn armen en wil overeind komen.

'Blijf waar je bent,' zegt Don en drukt mijn gezicht weer tegen zijn hals. 'Gewoon antwoord geven. Ze liep bijna dwars door me heen toen ik de lift in wilde stappen. Onbeschofte griet. Geen excuses niets, maar ik had ook niet anders verwacht.'

Mijn hersenen maken overuren.

'Wat moest die *evil twin* van je hier? En wat heeft ze gezegd dat jou zo van streek heeft gemaakt?'

Als ik hem aankijk, vloekt hij zo hard dat ik er van schrik.

'Heeft zij dat gedaan? Ze heeft je geslagen! Godver...'

'Don! Dat heb ik verdiend en ik...'

'Om de dooie dood niet,' schreeuwt hij en als hij dan ook nog even tekeer tegen me gaat, vlieg ik, terwijl mijn ogen zich opnieuw met tranen vullen, overeind.

'Is het nu verdorie afgelopen? Iedereen schreeuwt tegen me, alsof alles mijn schuld is. 'Ik kon er niets aan doen,' schreeuw ik nu ook. 'Ik dacht dat ze met elkaar naar bed... En ik...' Als Don me opnieuw in zijn armen wil nemen, sla ik zijn handen weg en roep dat hij van me af moet blijven.

'Wil je weten wat ik heb gedaan?' Ik geloof dat ik nu krijs, en ik weet werkelijk niet of hij het wil weten. Ik gooi het er toch uit en vertel hem dat ik met de verloofde van mijn zus naar bed ben geweest.

'En niet een keer, nee het hele verdomde weekend. Ik heb me het hele weekend door een wildvreemde man laten neuken! Ik ben...' Dons boze kreet maakt dat ik mijn mond hou als hij me naar zich toe trekt.

'Niet doen, niet zo over jezelf praten. Dat doe jij niet. Jij bedrijft de liefde,' zegt hij en neemt me in zijn armen. 'Wat je ook gedaan mag hebben, om welke reden dan ook, het is niet met opzet gebeurd. En bespaar je de verder de moeite. Niets wat je zegt kan me van het tegendeel overtuigen.'

Zijn woorden doen me zo goed dat ik me met een zucht dieper in zijn armen nestel. Hij kamt met zijn vingers door mijn haar en vraagt of ik hem dan nu alsjeblieft het hele verhaal wil vertellen.

'Vertel me waarom je met een wildvreemde man naar bed bent gegaan, lieverd? Dat is niets voor jou. Heeft hij je soms dronken gevoerd?'

'Nee, Don, dat was niet nodig. Het was niet zijn schuld. Ik heb het gedaan omdat ik het wilde, omdat ik naar hem verlangde, en hij naar mij. Nee, dat zeg ik verkeerd. Hij verlangde naar Anoek en ik... We...' Ik kijk hem smekend aan en kan de woorden gewoon niet over mijn lippen krijgen.

Don vernauwt zijn ogen en kijkt me een paar tellen diep in mijn ogen. Ik zie het ongeloof in zijn ogen, dan de acceptatie en weet dat hij het begrijpt.

'Mijn god, jullie hebben geruild,' zegt hij met een ongelovige blik. 'Hij dacht dat jij... Dát heb je dus gedaan,' zegt hij en kijkt me dan zo boos aan dat ik in elkaar krimp. 'Dat wilde dat loeder dus van je. Ze had jou nodig. Laat me raden. Ze moest dringend ergens anders heen en wilde dat jij haar plaats in zou nemen. Mijn god, Sasha, hoe heb je je zo door haar... Weet hij het?'

'N-nee, hij weet het niet, en dat komt hij ook nooit te weten!' Ik duw hem van me af en loop bij hem vandaan. Ik heb het opeens zo koud dat ik mijn armen om mijn bovenlichaam heensla en over mijn armen wrijf. Thee, ik heb trek in een kop thee en loop naar de keuken om die te gaan maken.

Zwijgend gaat Don aan de eetbar zitten en volgt iedere beweging die ik maak met argusogen. Ik word er zo nerveus van dat ik zeg dat hij ermee op moet houden.

'Waarom, Sas? Waarmee heeft ze je bedreigd?'

'Hoe kom je erbij dat ze me bedreigd heeft? Kan ik het niet gewoon gewild hebben? Dat deden we als kinderen ook wel eens en ik...'

'Ja, hoor je wat je zegt? Als kinderen! Deze keer ben je volwassen, en nu ging het om een volwassen man. Heb je er nooit bij stilgestaan dat je hem hiermee verschrikkelijk zou kunnen kwetsen?'

'Ja, natuurlijk, en dat heb ik ook tegen Anoek gezegd. Maar hij weet het niet, dus alles is goed, en...'

'Nee, dat is het verdomme niet! Het spijt me, ik zal niet meer schreeuwen,' zegt Don als hij ziet dat ik weer in elkaar krimp. 'Sas, liever, dit is toch echt te gek voor woorden?' Hij stapt van de kruk af en komt naar me toe. 'Je hebt je voor je zus uit gegeven, en je bent met die man naar bed gegaan. Het hele weekend. Waarom? Je had toch nee kunnen zeggen. Of moest dat ook van je zus? Doe je altijd wat je zus zegt?'

'Nee, ja...' Ik zucht. 'Oh Don, ik wilde het niet, het gebeurde gewoon. Daarom was ze ook zo boos, omdat ze erachter is gekomen wat er is gebeurd. Maar ik kon niet anders. Ze had zelf gezegd dat hij geen argwaan mocht krijgen, en nadat we dat ongeluk... Nee, niets ernstigs,' zeg ik als ik zijn geschokte blik zie. 'Maar daardoor belandden we in een hotel. En aangezien er door het slechte weer nog maar een kamer vrij was, en hij me de hele avond al had gekust. En ik hem ook...'

'Hou maar op, ik snap het al,' zegt Don met een diepe zucht. 'Je kon niet meer terug, je had jezelf al te diep in de nesten gewerkt. Hoe is het mogelijk dat hij het niet heeft gemerkt? Mijn god, jullie mogen dan wel een tweeling zijn, maar hij had het moeten weten zodra jullie...'

'Ja, dat dacht ik ook, maar kennelijk heb ik me goed in Anoek kunnen inleven. Ik voel dat ik rood word en draai me met een boze kreet om. 'Wil je ook thee?'

'Nee, ik wil dat je verder gaat met je verhaal. Waarom merkte hij het niet? Hij had het al moeten weten op het moment dat hij jou zag. Jullie mogen dan op het eerste gezicht op elkaar lijken, maar voor iemand die van jou houdt is het niet moeilijk jullie uit elkaar te houden. Ik zag het meteen toen ze vlak bij me was. Waarom...'

'Omdat ze nog nooit met elkaar naar bed waren geweest!' gooi ik er boos uit en realiseer me dan pas wat hij heeft gezegd. 'Jij kunt ons uit elkaar houden? Meen je dat nou?' vraag ik vol ongeloof.

'Ja, lieverd, geloof me, alleen die blik in haar ogen was al genoeg.'

Ik kan niet anders dan hem stevig knuffelen.

'Wat zei je nou?' gaat hij verder. 'Was je zus nog nooit met haar eigen verloofde naar bed geweest? Vind je het heel erg als ik dat niet geloof?'

'Nee, maar het is de waarheid. Geloof me dat ik dat in eerste instantie ook niet geloofde. Anoek wacht nooit zolang, ze gaat meestal... Hou je mond, zeg het niet,' waarschuw ik hem als ik de blik in zijn ogen zie. 'Ik weet dat je haar niet mag. Ze is niet...'

'Oh nee? Die zus van jou is een doortrapt loeder. En vind je het heel erg dat ik niet geloof dat ze van die man houdt? Als je van iemand houdt laat je je zus je plaats niet innemen.'

Hoe vaak heb ik niet hetzelfde gedacht tijdens dat ongelofelijke weekend?

'Waarom wilde ze dat jij haar plaats in nam?' vraagt Don.

Ik vertel hem de reden en kijk hem met een diepe frons aan als hij dit kennelijk zo komisch vindt dat hij moet lachen.

'Allemachtig, Sas, ik heb het al eens gezegd. Jij bent echt zo naïef als de pest. Weet je wat ik denk?'

'Nee, maar dat ga je me nu ongetwijfeld vertellen,' zeg ik sarcastisch.

'Dat ze gewoon met een andere vent de hort op is geweest en hem niet kwijt wilde. Ik denk dat ze van twee walletjes wilde eten en bedacht dat ze ergens nog een goedgelovige tweelingzus had die werkelijk alles voor haar wil doen om het goed te maken,' gooit hij eruit. 'Ik snap werkelijk niet wat het is aan die meid waardoor jij nog steeds van haar houdt. Wanneer gaan jouw ogen open? Ze slaat je verdomme en ik...'

'Don, alsjeblieft, ik weet het. En misschien heb je wel gelijk. Ik heb haar altijd haar zin gegeven, dat was al zo toen we klein waren. Het was gewoon altijd makkelijker om toe te geven, en ik denk dat het nog steeds zo is. Dat is nu voorbij. Ik ben haar zus niet meer. Ze haat me en wil niets meer met me te maken hebben.' Ik ga steeds zachter praten. 'Ik... mag... zelfs geen bruidsmeisje...'

De blik in Dons ogen maakt dat ik ophoud met praten en als hij zijn lippen stijf op elkaar perst, weet ik dat hij zich goed probeert te houden.

'Ja, lach maar, ik weet het, ik doe belachelijk, maar dat hebben we elkaar beloofd en ik...' God, ik barst alweer in snikken uit.

23

De daaropvolgende weken probeer ik niet meer aan Nick of Anoek te denken. Ik stort me op mijn werk en smijt met geld alsof het niet op kan. Trees was niet meer te redden en ik heb haar een mooie begrafenis gegeven.

Ik heb nu een minicooper. Daar was ik weg van vanaf het moment dat we de film *The Italian job* hebben gezien. Je weet wel, die film over die grote goudroof waar de bendeleden allemaal met zo`n minicooper door de stad racen. Ik heb geen nieuwe gekocht omdat ik te ongeduldig was om een paar weken te wachten. In plaats daarvan heb ik er een gekocht die nog geen half jaar oud is, en die ik de andere dag meteen op kon halen. Hij is zwart met een grijze bies over het midden. Echt het *coolste* autootje dat je ooit hebt gezien.

Don en Raf vonden het minder geslaagd omdat ze zo lang zijn dat ze er niet lekker in kunnen zitten. Eh ja, dat is hun probleem.

En daarna heb ik me op het uitgaansleven gestort. Ieder weekend wil ik de hort op. Ik vertik het om thuis bij de pakken neer te zitten.

Don en Raf maken zich zorgen, dat weet ik, maar ze laten me niet in de steek. Ze gaan ieder weekend met me mee en op de dansvloer laat ik me helemaal gaan. Sinds ik *Bacardi* heb leren drinken gooi ik me daar ook met veel enthousiasme op. Ook hier maken mijn twee mannen zich ernstig zorgen over. Ze zeggen er echter niets van en houden me alleen met argusogen in de gaten. Net zoals vanavond ook weer.

Ik weet dat ik te veel heb gedronken en dat ik de knappe donkerharige man niet moet aanmoedigen. In eerste instantie doet hij me aan Nick denken. Bij nader inzien lijkt hij in de verste verte niet op hem.

Kennelijk is hij nieuw, want hij weet niet dat Don en Raf hier bekend staan als mijn twee minnaars. En dat niemand het in zijn hoofd haalt om me zo maar aan te spreken, laat staan ten dans te vragen.

Don wordt boos als ik me losruk om met de onbekende man te gaan dansen.

Het scheelt niet veel of die twee gaan op de vuist.

'Is ze jouw eigendom?' vraagt de man met een uitdagende blik.

'Als je hier lopend vandaan wilt, zou ik je aan willen raden te maken dat nu meteen te doen, zolang je dat nog op eigen houtje kunt,' zegt Don op zo'n dreigende toon dat ik hem verbaasd aankijk. Vervolgens trekt hij me tussen zijn benen, hij zit op een kruk en zegt dat als ik nog één verkeerde beweging maak, hij me wat doet.

'Waag het nog één druppel alcohol te drinken en je zult wat beleven,' sist hij en duwt met een driftige beweging mijn glas buiten mijn bereik over de bar.

'Jeetje, Don, weet je wel hoe je me opwindt als je zo doet? Wat denk je, zit het erin dat je ooit nog een keer hartstochtelijk de liefde...'

'Nee!' Hij slaat zijn armen om me heen. 'Sas, lieverd, hou hier alsjeblieft mee op. Geen man is dit waard.'

'Dat zou je niet zeggen als je hem had gezien.' Ik duw zijn armen van mijn middel en stap tussen zijn benen vandaan. 'Even naar het toilet,' zeg ik. Shit, ik moet inderdaad ophouden met drinken, gaat het door me heen als ik bijna misgrijp en van de twee treetjes afval die naar de gang, waarin zich het toilet bevindt, leiden. Er is niemand anders op het toilet. Ik heb net mijn make-up bijgewerkt als de deur opengaat en mijn aanbidder binnenstapt.

'Eh, ik geloof dat je nu een vergissing maakt, dit is het damestoilet en...' Ik loop naar achteren als hij op me afloopt en me naar zich toetrekt.

Hij probeert me te zoenen en ik draai mijn hoofd weg.

'Laat dat, ik wil niet dat je...'

'Dat wil je wel, ik vergis me nooit,' zegt hij met zijn mond tegen mijn wang. Tot mijn schrik trekt hij me mee naar het eerste open toilethokje.

'Deze keer dus wel,' zeg ik boos. Ik probeer hem weg te duwen, maar hij klemt zijn armen om me heen. 'Nee, niet... Ik wil dit niet,' roep ik als hij mijn kin in een ijzeren greep neemt en zijn mond steeds dichterbij komt. Er is niemand die me kan horen, en ik begin lichtelijk in paniek te raken.

'Daar had je dan eerst aan moeten denken voor je me zo ophitste met dat korte rokje van je en die geile benen,' zegt hij en laat zijn hand onder mijn rok glijden.

Ik wil gillen, wat hij voorkomt door zijn mond op de mijne te persen en moet haast kokhalzen als hij zijn tong diep in mijn mond steekt. Het volgende moment is het godzijdank voorbij en wordt hij bij me weggesleurd.

'Raf,' weet ik direct als ik Spaanse vloeken hoor. Als ik overeind kom, ik ben van schrik tegen de muur gezakt, zie ik hoe mijn aanrander letterlijk een paar centimeter met zijn voeten boven de vloer spartelt als Raf hem met een hand van de grond tilt. Het volgende moment smijt hij mijn ongelukkige aanrander van zich af, die met een klap tegen de muur terechtkomt.

'Oh, Raf, hij...' Ik hou mijn mond als Raf met zo'n angstaanjagende blik in zijn ogen op me afkomt, dat ik van schrik alsnog het toilethokje in wil en de deur achter me op slot doen. Maar voordat ik twee stappen heb kunnen zetten, pakt hij me bij mijn pols en trekt me achter zich aan het toilet uit, de lange gang door.

'Raf,' roep ik als hij me voorbij de ingang naar de discotheek sleurt, 'we gaan de verkeerde kant op.'

'Nee, dat gaan we niet,' sist hij en duwt me voor zich uit een kleine binnenplaats op. 'Zo, en nu ga jij luisteren en... Houd je mond, Sasha! Dit is van nu af aan afgelopen. Dit stopt hier en nu! Geen geflirt meer met vreemde mannen, geen alcohol meer voor jou en...'

Ja, hoor eens even, dit gaat me nu een beetje te ver. Ik ben verdorie vierentwintig en geen klein kind meer. 'Ik ben toevallig oud en wijs genoeg om...'

'Oh ja? Is dat zo?' vraagt hij met zijn gezicht zo dichtbij dat ik zijn adem op mijn lippen voel. 'Je bent zo oud en wijs dat je verdomme bijna op het toilet verkracht wordt. Het is dat ik die gluiperd naar beneden zag gaan.' Opnieuw gooit hij er een paar Spaanse vloeken uit.

Ik weet dat hij dat alleen doet als hij heel erg boos is.

'Het spijt me, ik weet het, maar ik...'

'Geen man is dit waard,' zegt hij net zoals Don een paar minuten geleden. 'Hoe goed hij dan ook in bed mag zijn, en hoe verschrikkelijk knap hij is. Al weiger ik te geloven dat hij knapper is dan ik. Dat bestaat gewoonweg niet.'

Met een lachende snik sla ik mijn armen om zijn nek en duw mijn gezicht tegen zijn hals. 'Oh Raf, ik hou van je, en het spijt me. Jij, en Don hebben gelijk, ik zal oppassen en minderen.'

'Beloof je dat?' Hij kijkt me zo diep in mijn ogen dat ik mijn armen nog steviger om zijn nek sla.

'Hoe is het in godsnaam toch mogelijk dat ik twee zulke geweldige, bazige mannen ontmoet die dan allebei... Wil jij misschien dan vanavond met me naar bed?' Voor hij antwoord kan geven, kus ik hem. Ik ben verdrietig en heb hier behoefte aan. Even voel ik zijn aarzeling, maar dan kust hij me terug.

Ik schrik er gewoon van omdat hij dat al maanden niet meer heeft gedaan en staar hem volgens mij nogal verbijsterd aan.

Raf barst in lachen uit en strijkt mijn haar achter mijn oren en neemt vervolgens mijn gezicht in zijn handen.

'Jij, mijn schat, bent levensgevaarlijk. Het is maar goed dat zowel Don als ik homo zijn anders zouden we je waarschijnlijk echt in de sandwich nemen, zoals iedereen hier denkt,' zegt hij met een ondeugende blik en een lief kusje op mijn neus.

'Oh, maak me gek,' zucht ik, en laat me, als ik weer van de schrik ben bekomen, door hem mee naar binnen nemen.

Die gebeurtenis heeft me inderdaad tot bezinning gebracht. Ik drink niet meer, wel wil ik nog steeds ieder weekend uit. Ik stort me ook nog steeds op mijn werk en heb gisteren de muurschildering voor het Italiaanse restaurant afgemaakt. Het is, al zeg ik het zelf, prachtig geworden.

Marco, de eigenaar, was er ook zo weg van dat ik voor de rest van mijn leven gratis mag komen eten. Nou is dat niet lief? Nicks schilderij is ook af, en ik ben al weer aan nummer drie bezig. Ik kan niet meer stoppen. Iedere keer herinner ik me weer een bepaalde blik in zijn ogen, een bepaalde houding en moet dat dan gewoon schilderen. Het begint angstaanjagende vormen aan te nemen. Ik kan straks een hele kamer volhangen met alleen schilderijen van hem. Ik weet zeker dat Don en Raf hier wat van zouden zeggen als ze het wisten. Ze komen nooit in mijn atelier omdat ze weten dat het mijn heiligdom is en dat respecteren ze. Ze weten dat als ik ze iets wil laten zien, ik dat vanzelf zal doen. Nicks schilderijen zijn alleen voor mij. En op de een of andere manier helpen ze me. Ik denk nu alleen nog aan hem als ik aan het schilderen ben... Nou ja bijna dan. Over mijn dromen heb ik immers geen controle.

Raf heeft me trouwens overgehaald om aan de danswedstrijd, die in de Latinclub wordt gegeven, mee te doen. Het heeft even geduurd voor hij me zover had. En toen Don zich er ook mee bemoeide, had ik geen schijn van kans meer. Tegen hen tweeën kan ik niet op.

'Maar alleen als we dan wel extra gaan oefenen, Raf. Ik heb gehoord dat er een paar heel goede dansers meedoen, en ik wil niet voor schut staan.'

24

'Denk aan je 'ouding, Sasha,' zegt Frederique DuChamp terwijl ze mijn kin iets omhoogduwt en met haar hand tegen mijn onderrug duwt. 'Je weet 'oe het 'oort.'

Ze is een Française en volgens mij moet ze minstens achter in de vijftig zijn, iets wat je haar echt niet zou geven als je haar ziet. Haar zwarte haar dat ze in een strakke chignon draagt, is net zo zwart als dat van mij. De twee witte lokken bij haar slapen geven haar een dramatische look. Ze heeft vroeger bij het Nationale ballet van Parijs gedanst, en heeft daardoor een lichaam waar menige vrouw, die half zo oud is als zij, jaloers op is en waar de mannen nog steeds bewonderende blikken op werpen. Zo ook de mannen die hier vanavond aanwezig zijn.

Frederique is al ruim vijfentwintig jaar in Nederland en spreekt de taal vloeiend. Weliswaar nog steeds met een Frans accent erdoorheen wat ik erg charmant vind klinken. Ze is in Nederland terechtgekomen omdat ze haar man, die Nederlander was en violist bij het orkest dat hun balletgezelschap begeleidde, na hun huwelijk hier naartoe is gevolgd. Niet meteen, maar een half jaar later nadat er door een ongeluk een eind aan haar danscarrière was gekomen. Toen is ze een dansschool in Rotterdam begonnen.

Dezelfde dansschool waar ik nu al jaren dans. Weliswaar niet meer zo fanatiek als vroeger, maar ik probeer minimaal één keer in de week te gaan. En nu ik me door Raf heb laten overhalen mee te doen aan de wedstrijd kom ik hier zo'n beetje iedere avond. De danswedstrijd is immers al over een kleine maand. En zoals ik al tegen de jongens heb gezegd, wil ik niet voor schut staan. Raf komt over een uur, als deze les voorbij is. Ik wil eerst altijd een uurtje balletles, als opwarmertje, voordat we naar de zaal hiernaast gaan. Daar krijgen we les van MariaCruz, de Braziliaanse danslerares.

Ik leg mijn been gestrekt op de barre, en raak mijn knie aan met mijn neus. Ik wil het net met mijn andere been doen als Frederique in haar handen klapt ten teken dat de warming-up voorbij is. Iedereen loopt naar het midden van de zaal en zoekt een plaatsje.

'*Attendez*,' zegt ze met een helder en duidelijke stem waarop we allemaal in de basishouding gaan staan.

Ik vind dit heerlijk, heb het altijd heerlijk gevonden. Die discipline, die mooie sierlijke bewegingen.

Ik was als kind al weg van ballet, en dan vooral van de spitzen die ik prachtig vond. Dat was in eerste instantie de reden dat ik op ballet wilde, en natuurlijk de roze tutu die ik op een middag in de etalage van een balletwinkel zag hangen. Ik heb mijn moeder gek gezeurd om die tutu, tot ze hem uiteindelijk voor me heeft gekocht. Natuurlijk wel op voorwaarde dat ik op balletles zou gaan. Vanaf de eerste les was ik eraan verknocht.

'*Plié, Plié, Demi Plié. 'ielen* op de grond, Marie,' roept Frederique terwijl ze met haar stok op de grond slaat. '*Grand plié*. Dat kan beter, Anna! *Grand plié*, mooi, Sasha. *Relevé*. Dat lijkt er niet eens op, Anna. Je weet '*oe* het '*oort*, en dus niet zo! *Point, Point*. En nu achter elkaar.'

Tijdens de les vervalt ze helemaal in het Frans. Dat zijn we gewend. Het gaat om de termen en die begrijpen we allemaal.

'*Plié, Demi plié, Grand plié, Point et Point. Et encore*,' roept Frederique boven de pianomuziek uit.

Tegen het einde van de les loopt het zweet van mijn lichaam. Ik geniet, en voel me heerlijk.

'Ah, daar is die mooie man van je,' zegt Frederique met een bewonderende blik naar Raf als hij de danszaal binnen komt lopen.

Hij lacht naar Frederique. Als ze hem haar hand voorhoudt, buigt hij zich galant voorover om er een kus op te drukken. Dat doet ze vanaf de eerste keer dat Raf mij kwam ophalen.

'Als ik jonger was, zou ik die man van je afpakken,' zegt ze met een ondeugende twinkeling in haar ogen. Ook dat zegt ze iedere keer.

'U weet toch dat u mijn hart breekt, madam?' zegt Raf.

'Je bent een ondeugende jongen. Sasha is prachtig en jullie zijn een '*eel*' mooi paar. Nou maak dat je wegkomt. Ga die sexy dans van jullie oefenen. Misschien kom ik straks even kijken,' zegt ze en loopt met een kaarsrechte rug bij ons vandaan.

'Weet je? Ik heb het al eerder gezegd,' zegt Raf, 'maar volgens mij was ze vroeger beeldschoon. Ze is het nog steeds. Ik denk, nee wéét, dat ze sensationeel moet zijn geweest. Bijna net zo mooi als jij,' zegt Raf, de schat en vraagt of ik klaar ben.

'Ja, even snel douchen.'

Nou dat had ik net zo goed niet kunnen doen, want aan het eind van de les van MarieCruz heb ik het zelfs nog warmer.

'Goed gedanst jullie twee. Ik weet zeker dat jullie een goede kans gaan maken,' zegt MarieCruz. Ze kijkt hierbij alleen naar Raf, maar dat ben ik inmiddels gewend. Vanaf de eerste dag dat ze hem zag, heeft ze geprobeerd hem te versieren, wat Raf ertoe heeft doen besluiten dat we stapel verliefd op elkaar zijn.

'Ben je hem nog niet zat, Sasha? Ik neem hem met alle liefde van je over,' zegt ze met een ondeugende blik naar mij.

'Nee, en ik ben bang dat die dag nooit zal komen. Hij is van mij en dat blijft hij,' zeg ik en trek hem speels bij haar vandaan. Ik vind haar aardig en weet dat ze het niet vals bedoelt. Raf is nu eenmaal Raf, een mooie man waar vrouwen als een blok voor vallen.

'Kom querida, dan gaan we samen douchen,' zegt Raf met een ondeugende knipoog terwijl hij zijn arm om mijn middel slaat en me mee de zaal uitneemt.

'Ah, ah, er wordt hier niet samen gedoucht,' roept MariaCruz ons achterna.

'Je bent echt een pestkop,' zeg ik en schiet in de lach als hij zijn hand op mijn billen legt.

'Weet je dat je echt het lekkerste kontje hebt dat ik ooit heb gevoeld?'

'Dat zeg je nou iedere keer, dus ik ga het onderhand geloven.'

'Dat moet je ook, want ik weet waar ik over praat,' zegt hij en schiet in de lach als ik mijn wenkbrauw naar hem optrek.

'Sasha! Ik heb het over al die vrouwelijke modellen waar ik dagelijks mee in aanraking kom. Wat me eraan doet denken. Zou je niet een keer met me mee willen? Volgende maand moet ik vier dagen naar Ibiza en ik weet zeker dat ze weg van jou... en je billen zullen zijn als ze die zien.'

'Pardon?'

'Het gaat om badkleding,' legt hij uit. 'Betaald goed, en dan ben je er even lekker uit. Zeg ja.'

Dit is niet de eerste keer dat Raf me zoiets heeft gevraagd. Wel de eerste keer dat ik twijfel.

'Ibiza? Jij en ik?'

'Misschien krijgen we Don ook wel zover dat hij meegaat,' zegt hij en trekt zo'n gek gezicht dat ik het uitschater.

Ik zeg dat we die dan plat moeten spuiten als we hem mee willen krijgen. Don heeft vliegangst en vertikt het om zelfs maar op een vliegveld te komen.

'Ik zal erover nadenken,' zeg ik. 'Nu wil ik douchen. Ik voel me vies, alles plakt.'

'Wat is er? Vind je dit geen goede film?' vraagt Raf verbaasd als hij mijn gezicht ziet als hij *Dance with me* tevoorschijn haalt. Hij had al gezegd dat hij een goede dansfilm had gevonden. Hij zei dat hij de titel was vergeten, en dat ik dat vanavond dan wel zou zien. Volgens hem zaten er een paar goede danspassen in en de muziek zou ik ook geweldig vinden.

'Ja, juist wel,' zeg ik en spreek mezelf even streng toe. Het is gewoon zo dat, sinds ik die film met Nick heb gezien, ik er niet meer naar heb gekeken. Ik moet meteen weer aan hem denken. Tijdens de film heb ik het dan ook erg moeilijk omdat ik me alles herinner wat er tijdens die film bij hem thuis is gebeurd. Op dit moment kuste hij me, en op dat moment trok hij me op schoot. Mijn god, zal ik ooit over hem heen komen?

'Oh, nu komt het,' zegt Raf, en ik weet precies waar hij het over heeft. *Maghalena!* 'Hier wil ik tijdens de danswedstrijd op dansen,' zegt hij en pakt mijn hand. 'Moet je horen. Is het niet geweldig? Wat vind jij, Don?'

'Klinkt niet verkeerd. Ik denk dat hij gelijk heeft, Sas, en ik... Sas? Wat is er?' vraagt Don als hij mijn gezicht ziet.

'Niets, ik ga even iets te drinken halen. Willen jullie ook?' Zonder op hun antwoord te wachten, loop ik naar de keuken en heb net de limonade gepakt als Don achter me verschijnt.

'Er is niets, Don, ik ben gewoon een beetje moe. Raf heeft gelijk, het is een geweldig nummer. Ik denk dat we dat moeten gebruiken.' Ik draai me om naar het aanrecht om de glazen te pakken.

'Het heeft met die gozer te maken, he? Zijn jullie samen naar die film geweest of zo?'

Ik zucht. 'We hebben hem samen in zijn huis gekeken en het is gewoon...' Ik pers mijn lippen stijf op elkaar en sluit mijn ogen als ik de tranen op voel komen.

Don mompelt iets onverstaanbaars en neemt me in zijn armen. 'Ik vind het zo erg voor je, lieverd. Je houdt echt van hem, hè?'

Ik zeg niets en sla mijn armen om zijn middel.

'Weet je zeker dat hij jouw gevoelens niet...'

'Nee, Don, hij houdt van Anoek. Hij dacht dat ik haar was, dus hoe kan hij mijn gevoelens nou beantwoorden? Ik heb hem bedrogen, en ik weet zeker dat hij me erom zal haten als hij er ooit achterkomt.'

'Misschien als hij de reden zou horen, Sas. Misschien dat hij...'

'Waar blijven jullie...' Raf zwijgt zo abrupt dat ik niet hoef te kijken om te weten dat het door Don komt. 'Wat is er met Sasha?'

'Het is die film, die heeft ze met hem gezien,' hoor ik Don boven mijn hoofd zeggen.

Raf vloekt en zegt dat ik dat meteen had moeten zeggen.

'Het spijt me, *querida*, ik wist het niet.'

'Natuurlijk wist je dat niet,' zeg ik terwijl ik me uit Dons armen los maak en me naar Raf omdraai. 'Het geeft niet.' Ik veeg mijn tranen weg en vraag wat hij wil drinken.

'Dat pak ik zelf wel,' zegt hij. 'Sasha, kunnen we hem niet uitleggen hoe de vork in de steel zit? Ik weet zeker...'

'Nee, Raf, dat kunnen we niet! En nu wil ik het niet meer over Nick...' *Shit, shit, shit!* Ik heb zijn naam nooit eerder genoemd.

'Zo, dus hij heet dus Nick. Nou we komen al iets verder,' zegt Don.

'Nee, dat komen we niet! Don? Ga je volgende maand ook mee naar Ibiza?' ga ik snel over op een ander onderwerp. Ik schiet in de lach om zijn verbaasde gezicht.

'Je doet het?' roept Raf verheugd. 'Geweldig.'

'Wat doet ze?' vraagt Don met gefronste wenkbrauwen. 'Zouden jullie me even willen vertellen waar dit over gaat?'

We hebben nog een week voor de danswedstrijd en gaan iedere avond naar de dansschool. Raf heeft MariaCruz de liedjes, waaronder *Magha-*

lena, laten horen waarop hij wil dansen.

Ze kent ze allebei en vindt vooral *Maghalena* een goede keus. Samen met Raf heeft ze er een geweldige choreografie op gemaakt. Heel sexy en erg pittig.

'Je wilt toch winnen?' vraagt hij als ik er iets van zeg.

Tweede of derde mag wat mij betreft ook. Zolang we maar niet afgaan. Dat heb ik natuurlijk niet tegen Raf gezegd omdat die het allemaal erg serieus opvat.

'Dat doen we niet als we alleen saaie en simpele pasjes gebruiken,' zegt hij en seint naar MarieCruz dat ze de muziek aan kan zetten. 'Kom op, Sas, nog een keer. Het gaat al beter dan gisteren. Concentreer je, dan komt het allemaal goed.'

Ik wilde dat ik zijn zelfvertrouwen had. We moeten trouwens twee dansen doen. Een samba, langzaam en heel sensueel, en een vrije snelle dans die we op *Maghalena* gaan doen. Als je ziet wat voor kleding Raf voor me heeft uitgezocht, schrik je je dood.

Nicks woorden dat hij me in een piepklein rokje voor zich zag, gaan door mijn hoofd. Ik vraag me af hoe het met hem gaat, en wanneer hij en Anoek gaan trouwen. Misschien zijn ze al getrouwd. Ik kijk iedere dag in de krant of er een aankondiging staat. Ja, ik weet het, erg zielig.

Van Anoek heb ik ook niets meer gehoord, niet dat ik dat verwachtte. Ik hoopte alleen dat ze in zou zien dat ze een beetje te heftig heeft gereageerd. Ach, wie neem ik eigenlijk in de maling? We hebben het hier wel over mijn zus, die me jaren heeft genegeerd om een negentienjarig vriendje. Deze keer is het een heel stuk serieuzer. En ik kan het haar niet eens kwalijk nemen. Ik zou waarschijnlijk ook zo hebben gereageerd. Of nee, dat zou ik niet! Ik zou mijn zus nooit gevraagd hebben om mijn plaats in te nemen als Nick mijn verloofde was geweest. Punt!

25

'Don, eerlijk zeggen,' zeg ik, als ik op mijn hoge hakken de woonkamer inloop in de outfit die Raf voor me heeft uitgezocht. 'Dit is toch te erg? Ik durf me amper te bewegen. Nee, mond houden, jij,' zeg ik met een opgestoken vinger naar Raf die daarop arrogant zijn wenkbrauw optrekt.

Don fronst en laat zijn ogen tergend langzaam over mijn zwarte topje gaan dat met twee banden, kruislings over mijn borsten op mijn rug sluit en amper mijn middenrif bedekt.

Met een diepe zucht blijf ik staan als hij de tijd neemt met het kijken naar het zwarte, velours minirokje met een split midden op mijn rechterdij, dat laag om mijn heupen hangt.

'Wat heb je daaronder aan? Buk eens.'

Ik imiteer Rafs arrogante optrekken van mijn wenkbrauw, wat beide mannen aan het lachen maakt.

'Het is erg sexy, dat geef ik zomaar toe. Maar echt, lieverd, ik denk dat de andere danseressen allemaal zoiets aan zullen hebben vanavond. En ik denk dat je je toch zult moeten bewegen, wil je winnen,' zegt Don droog.

'Ja, daar heb je gelijk in en daarom ga ik nu een kort broekje onder dit belachelijk korte rokje aandoen.' Ik steek mijn tong naar Raf uit als ik langs hem heen naar de slaapkamer loop. Voor de spiegel blijf ik staan en staar naar mijn spiegelbeeld. Ik weet dat ik er goed uitzie, meer dan goed zelfs. Ik heb voor het eerst buikspieren en de neppiercing staat zo leuk dat ik, als ik niet zo panisch voor naalden was geweest, er waarschijnlijk echt een had laten zetten. Ik buk en zie de aanzet van mijn billen en waarom ik me bedenk, weet ik niet. Met een diepe zucht, draai ik me om en loop weer terug naar de woonkamer waar mijn mannen me vragend aankijken.

'Jullie hebben gelijk. Ik stel me aan. Alle vrouwen zien er vanavond zo uit. Zo en nu opschieten voor ik me bedenk en een lange broek aantrek!'

Het is net tien uur geweest en al stampvol in de club als we binnen-komen. Raf en ik worden direct naar de kleedkamers gedirigeerd, waar we te horen krijgen dat we in paren van twee moeten dansen.

Wij zitten in groep vier, wat inhoudt dat we als laatste op moeten. Ik had liever eerder gewild, omdat ik nu al zo zenuwachtig ben dat ik me afvraag of ik het wel zolang uit zal houden. Ik dacht trouwens ook dat we met zijn allen zouden dansen en dat er dan iedere keer een stel zou afvallen.

Raf zegt dat dat niet kan omdat de dansvloer daar te klein voor is.

'We willen wel de ruimte hebben, hè? Ik hou er niet van als we con-stant tegen elkaar opbotsen.' Alsof ik een klein kind ben, knoopt hij mijn lange jas los. 'Kom op schatje, dan... Oh sorry, het spijt me,' zegt hij als hij de blik in mijn ogen ziet.

Ik weet het. Ik stel me aan, maar ik kan het woord schatje nog steeds niet horen zonder daarbij aan Nick te denken. En vanavond wil ik al helemaal niet aan hem denken. Ik moet me op de wedstrijd concen-treren waar ik hoe langer hoe meer spijt van krijg. Ik moet echt eens gaan leren 'nee' te zeggen.

Het lijkt haast nog drukker als we de club weer binnenlopen. Ik heb nog nooit eerder met opzet voor publiek gedanst, en zeker niet om te winnen. Het is alsof Raf mijn gedachten leest.

'We dansen voor onszelf,' zegt hij. 'Net zoals we ieder weekend doen, gewoon omdat we allebei van dansen houden. Niet om te winnen, lieverd. Oké? Zullen we dat afspreken? Geen druk, gewoon genieten, en als we dan toevallig winnen, is dat mooi meegenomen. Goed?'

'Goed.'

'Ik weet zeker dat je geweldig zult zijn, Sas. Je bent echt de beste danse-res die ik ooit ben tegen gekomen,' zegt hij met zijn lippen tegen mijn wang.

'Hm, en ben je er een hoop tegengekomen?'

'Ja, ontzettend veel,' zegt hij zo serieus dat ik hem bijna geloof.

Vanaf het balkon hebben we een goed zicht op de dansvloer en vandaar kunnen we de eerste danskoppels goed zien. Don zegt dat ze niet goed zijn, en Raf is het daar natuurlijk mee eens. Ik kijk ze aan en schud alleen mijn hoofd. Nou, ik ben het daar dus absoluut niet mee eens. Vooral dat donkere meisje in het witte jurkje, dat nog korter is dan mijn rokje waardoor ik meteen een stuk zekerder van mijn eigen kleding ben, vind ik erg goed.

'Zie je waarom ik niet wilde dat je een panty aan zou doen?' zegt Raf en knikt naar de danseres in het rode rokje. Haar panty is aan flarden en het ziet er inderdaad niet uit.

'En jouw benen zijn bruin genoeg, dus je hebt geen panty nodig,' gaat hij verder.

De muziek stopt en er wordt enthousiast geklapt.

'Wie denk je dat er doorgaat?' vraagt Don.

'Het meisje in het wit,' zeg ik zonder twijfel.

'Ja, die is inderdaad goed. Maar niet zo goed als jij, Sas. Kom, lieverd,' zegt Raf, 'we zijn bijna aan de beurt.'

Don omhelst me even en fluistert in mijn oor dat ik ervan moet genieten. 'Nergens aan denken, alleen aan het plezier dat je hebt als je danst. Ik weet zeker dat het dan een geweldige show gaat worden. Gooi alle remmen los,' grinnikt hij en geeft me een kus op mijn mond en een tik op mijn billen. 'Jij ook succes, Raf.' Hij drukt even in Rafs schouder en loopt dan achter ons aan de trap af.

Lieve hemel, ik ben nog nooit zo nerveus geweest als op het moment dat onze namen worden afgeroepen en er een oorverdovend applaus losbarst. Ik word rood als een paar mannen mijn naam roepen, alsof ik de een of andere popster ben. Tjonge, het moet niet gekker worden.

'Kom, meisje, we gaan ze eens even wat laten zien.' Raf pakt mijn hand en trekt me achter zich aan naar de dansvloer.

Als ik hoor tegen wie we moeten dansen, vergaat de moed me bijna. Jacqueline is een Braziliaanse en danst, als je haar mag geloven, ook altijd op het Braziliaanse carnaval.

'Jij bent beter,' fluistert Raf. 'Ze danst te ordinair.' Hij trekt me stijf tegen zich aan en legt zijn handen op mijn billen. Gewoon, omdat het onze startpositie is. Als de muziek begint te spelen, een nummer van Gloria Estefan, wordt het muisstil. En als ik in Rafs ogen kijk, word ik vreemd genoeg rustig.

'Daar gaan we dan,' zegt hij en kust me zacht op mijn mond.

Luke...

De muziek verdoezelt mijn vloek en het breken van mijn glas. Daar is ze. De vrouw die ik maar niet uit mijn hoofd kan zetten. De bloed-mooie vrouw die me iedere nacht in mijn dromen gek van verlangen maakt. Mijn keel wordt droog en ik klem mijn kaken zo hard op el-kaar dat ik mijn vullingen kan voelen.

'Jezus,' roept Bart. 'Dat ziet er niet verkeerd uit, moet je die benen zien en dat haar, en... Maar dat is... Luke!' Bart draait zich naar me om en kijkt me met grote ogen aan. 'Dat is ze, die Anoek.'

'Nee, dat is ze niet,' zeg ik zonder mijn ogen van haar af te halen. Het rokje dat ze draagt is zo kort dat de aanzet van haar billen te zien is als ze haar armen omhoog doet. Ik zie iets glinsteren in haar navel en herin-ner me hoe ze kronkelde toen ik met mijn tong haar navel likte. Die piercing had ze toen nog niet gehad. Allemachtig, wat danst ze ongelofe-lijk sexy, gaat het door me heen, terwijl ik iedere beweging van dat god-delijke lichaam volg. Ik kan er niets aan doen dat mijn lichaam, op het hare reageert. Dat lichaam dat ik dat weekend van top tot teen heb gekust.

Sasha...

Ik geef me over aan de muziek en laat me door Raf en de muziek leiden. Dit hebben we zo vaak geoefend dat ik het met mijn ogen dicht kan. Alles en iedereen om me heen vervaagt, terwijl het gevoel dat ik altijd krijg als ik dans, me ook deze keer overvalt. Ik voel me heerlijk en zo vrij als een vogel. Als de muziek stopt, knipper ik met mijn ogen. Ik schrik een beetje van het harde applaus en schelle gefluit.

'Goed gedaan, Sasha, je was fantastisch,' zegt Raf en houdt me stevig tegen zich aan.

Ik zoek door de menigte tot ik Don heb gevonden en lach naar hem als hij allebei zijn duimen opsteekt. Hij omhelst me stevig als ik hem heb bereikt, en geeft me een glas limonade.

'Jezus, Sas, je was werkelijk geweldig. Ik weet zeker dat de helft van de mannen met een erectie langs de dansvloer stond.'

'Heb je gekeken dan?' vraagt Raf met een opgetrokken wenkbrauw.

'Nee, dat hoefde niet, ik was een van hen,' is zijn droge antwoord.

Ik schater het uit om het gezicht van Raf die een tel later ook in lachen uitbarst.

Luke...

'Shit man, die vrouw kan dansen, en ik zeg je dat het Anoek is. Dat jij dat niet ziet,' zegt Bart terwijl hij zijn hoofd schudt.

'Heb jij haar naam verstaan?'

'Luke, kappen nou man. Het is Anoek! Waarom jij dat blijft ontkennen is me een raadsel.'

Ik negeer hem en sein naar Ricco, de barman, die meteen op me afkomt. 'Hoe heet ze?'

'Sasha,' zegt Ricco meteen.

'Hij bedoelt die schoonheid in het zwart,' bemoeit Bart zich ermee.

'Ik ook,' zegt Ricco en schiet in de lach om Barts gezicht. 'Maar je zult achter in de rij aan moeten sluiten mijn vriend,' zegt hij tegen mij. 'En dan maak je nog geen kans.' Ricco zucht overdreven. 'Wat een meid, hè? En wat een danseres. Die heeft me toch een uithoudingsvermogen... dat houd je niet voor mogelijk.'

Dat doe ik wel. Dat weet ik immers als geen ander.

'Die staat de hele avond op de dansvloer,' zegt Ricco. 'Zij wint natuurlijk, dat weet iedereen.'

'Is dat haar vriend?' Eigenlijk weet ik het antwoord al. Zoals die twee dansen, moeten ze haast wel minnaars zijn.

'Raf is haar vriend. Eén van de twee.'

'Pardon?' Ik denk even dat ik hem niet goed heb verstaan. Maar als Ricco daarop laat volgen dat het algemeen bekend is dat Sasha twee mannen heeft, voelt het alsof hij me vol in mijn maag stompt.

'Ja, je hebt haar gezien. Te veel vuur voor een man. Ze is hier zo'n twee jaar geleden geloof ik, met die blonde, ik ben even zijn naam kwijt, gekomen. Toen kwam Raf op een avond binnenwandelen en... Don!

Die andere heet Don,' roept Ricco opeens uit. 'Nou, die is niet zo'n danser, niet dat hij niet kan dansen hoor, maar niet zoals Raf. En zo begon het. Sasha zag hem hier dansen, liep op hem af en vanaf dat moment zijn ze onafscheidelijk. Totaal niet jaloers op elkaar die twee kerels. Snap jij dat nou? Ze zullen van hun moeder wel geleerd hebben dat ze eerlijk alles moeten delen,' zegt Ricco met twinkelende ogen.

'Kijk, daar heb je Don.' Ricco maakte een hoofdgebaar ergens schuin achter me.

Met een ruk draai ik me om en zie nog net hoe een grote blonde kerel haar uit de armen van die Raf trekt en haar in haar nek kust. Tot mijn verbazing en woede, die zich zo snel van me meester maakt dat ik bijna stik, draait ze zich lachend in zijn armen om en blijft dicht tegen hem aan staan terwijl hij zijn handen gekruist op haar platte maag legt. Kennelijk zegt die Raf iets grappigs want die Don gooit zijn hoofd in zijn nek en lacht zo hard dat ik hem helemaal hier aan de andere kant van de bar kan horen. Sasha draait haar hoofd weer naar die Don om en ik klem mijn kaken nog stijver op elkaar als ik zie dat die gozer haar vol op haar mond kust.

'Jezus,' zegt Bart. 'Een trio.'

Ik ben in staat om haar aan haar haren bij die twee kerels vandaan te trekken, maar het laatste waar ik nu op zit te wachten is een vuistgevecht met haar twee minnaars. Hoewel, misschien kan ik mijn woede en frustraties op die manier botvieren. Maar ik bedenk me omdat Bart zich er dan ongetwijfeld mee zal bemoeien en dan zullen we heel wat uit te leggen hebben aan Jen. Ze is het trouwens niet waard. Mijn ogen zijn open gegaan. Ze is niets anders dan een kleine slet. Twee mannen tegelijk? God, hoe is het mogelijk, en waarom ben ik er verdomme zo kapot van? Omdat ik ondanks alles nog steeds naar haar verlang, realiseer ik me het volgende moment. En na vanavond meer dan ooit. Ik moet hier vandaan voor ik me alsnog bedenk en die twee gasten de tering sla.

'Luke! Hé, man, waar ga je nou naartoe?' vraagt Bart als ik me omdraai en zeg dat ik wegga. 'De finale begint zo, en ik wil die dubbelganger van Anoek nog wel een keer zien dansen. Jij niet?'

Ik zwijg en strijk dan met twee handen tegelijk door mijn haar.

'Ja, ik ga alleen maar even een luchtje scheppen. Ik kom zo weer naar binnen. Bestel maar vast een koud pilsje voor me, ik ben zo weer terug.'

'Eén kerel keek zo intens naar je dat ik niet raar op had gekeken als hij de dansvloer op was gelopen en je uit Rafs armen had getrokken,' zegt Don.

'Oh? Is hij knap? En waar is hij nu dan?' vraag ik.

'Geen idee, ik zie hem niet meer. Ach, hij zag er wel aardig uit als je van het donkere overdreven knappe type houdt,' zegt hij met een scheve grijns naar Raf die daarop alleen zijn wenkbrauw veelbetekenend optrekt. 'Oh, maar dat doe jij ook, hè Sas?'

Nog geen kwartier later is het al weer zover. Er wordt aangekondigd dat de finale gaat beginnen, en of men zo vriendelijk wil zijn de dansvloer leeg te maken. We weten nog niet of we door zijn naar de finale, maar voor het geval dat wel zo is, moesten we ons al wel verkleden. Ik ben opnieuw zenuwachtig als we naar de dansvloer lopen.

Je kunt een speld horen vallen als er om stilte wordt gevraagd. Als de namen van de finalisten bekend worden gemaakt, breekt er een oorverdovend applaus los. Oh, mijn god, we zitten erbij.

'Maak je haar los,' commandeert Raf. Voor ik daarop kan reageren trekt hij het elastiek uit mijn hoge paardenstaart en kamt met zijn vingers door mijn haar. Hij neemt me mee naar de dansvloer waar het andere paar waar we tegen moet dansen: Jacqueline, de Braziliaanse pruilwagendanseres, zoals Raf haar noemt, en haar vriend Xavier, al klaar staan.

Ik snap de boze blik van Jacqueline niet zo en lach haar vriendelijk toe. God, die neemt dit wel heel erg serieus, en het is raar, maar op dat moment vallen de zenuwen van me af. Ik dans omdat ik van dansen hou, en niet om te winnen. Mijn hart mist een slag als ik de rustgevende belletjes, zoals Nick ze had genoemd, van *Maghalena* hoor. Ik voel me heerlijk. Ik lach naar Raf, als ik achteruit de dansvloer opdans en hij op me afloopt. Als ik de eerste zinnen hoor, gebeurt er wat er altijd gebeurt. Ik laat me totaal gaan en geniet van de geweldige muziek. 'Dans voor ze,' zie ik Raf zeggen.

Luke...

Met mijn handen in de zakken van mijn spijkerbroek staar ik voor me uit.

'Warm binnen, hè?' zegt de portier. 'Sigaret?' Hij houdt me een pakje sigaretten voor.

'Nee, dank je, ik rook niet.'

'Zou ik ook niet moeten doen, maar ja, je moet zoveel niet,' grinnikt hij. 'Je bent geen Rotterdammer.'

'Is het zo duidelijk te horen?'

'Niet echt, maar ik kom zelf uit Zeist, dus herken ik het meteen. Utrecht, hè?'

'Ja, ongeveer, maar ik woon nu al bijna een half jaar in Rotterdam.'

We raken in gesprek tot Bart in de deuropening verschijnt.

'Luke! De finale gaat beginnen. Sasha zit erin.'

'Ja, dat wisten we allemaal,' zegt de portier met een ernstig gezicht.

'Ken je haar?' Ik kan het niet laten.

'Ja man, wat dacht jij dan? Iedereen kent haar, en iedereen smacht naar haar als je begrijpt wat ik bedoel.'

Ja, ik weet precies wat hij bedoelt. Ik krijg kippenvel op het moment dat ik de belletjes van *Maghalena* herken.

Sasha`s heupen bewegen op het ritme van de muziek als ze achteruit de dansvloer opdanst. Ik vergeet te slikken als Raf op haar afloopt, haar been pakt, die om zijn middel trekt en haar vervolgens zo ver achterover buigt dat haar lange haar de vloer raakt. Ik verwacht dat haar borsten ieder moment uit haar top zullen vallen. Als ik de lippen van haar minnaar tussen haar borsten zie verdwijnen, pers ik mijn lippen stijf op elkaar. Sasha's handen grijpen in zijn haar en trekt zijn hoofd nog dichter tegen zich aan. Net zoals ze bij mij had gedaan. Met een ruk trekt Raf haar weer tegen zich aan en dan klinkt het refrein '*Te te te te te te*', wat de omstanders allemaal meezingen. En dan gaat ze los.

Ik kan het met geen mogelijkheid anders noemen. Mijn god. Een beetje noemt ze dat. Dat had ze geantwoord toen ik vroeg of ze ook zo kon dansen. Jezus, haar voeten op de hoge hakken bewegen zo snel dat ik niet begrijp dat ze haar enkels niet breekt. En wat ze met Raf doet is genoeg om me in lichterlaaie te zetten.

Sasha...

Als het refrein klinkt, zingt iedereen mee. Het bezorgt me de rillingen en ik geniet en geef me helemaal over. Ik wervel over de dansvloer als Raf me van zich afgooit en tegelijkertijd mijn rok van me afrukt waaronder ik er nog een aanheb. Nou ja, het is meer een lendendoekje. Ik laat mijn handen over Rafs blote borst gaan en voel de zijne op mijn billen. Ik doe hetzelfde bij hem en ik verleid en laat me verleiden. Ik dans als nooit tevoren en in gedachten dans ik voor Nick en vraag me af wat hij ervan zou vinden als hij me nu zou zien.

De omstanders lijken wild te worden als ik me losruk en om Raf heen dans. Ik heb het warm, en weet dat mijn lichaam glanst van het zweet. Het kan me niet schelen. Ik sluit mijn ogen en laat me gaan. Raf trekt me met mijn rug tegen zich aan en laat zijn handen over de voorkant van mijn lichaam gaan terwijl ik mijn armen omhoog laat gaan en om zijn nek sla. Onze gezichten raken elkaar en ik zie het vuur in zijn ogen als hij met zijn lippen over mijn slaap gaat.

Luke...

Ik heb werkelijk in heel mijn leven nog nooit zoiets gezien. Het is erotisch, buitengewoon aanstootgevend, en het windt me verdomme nog op ook haar zo te zien, ook al is ze met een andere man. Zoals ze beweegt. Om over haar billen die zo aanstootgevend tegen hem aanbewegen dat ik nog harder word, maar te zwijgen. Verdomme, ik kan mijn ogen, al zou ik het willen, met geen mogelijkheid van haar afhouden.

Haar armen gaan omhoog. Haar gezicht raakt dat van haar minnaar die haar, terwijl zijn handen over haar lichaam gaan, tegen zich aantilt. En nog steeds blijven haar heupen bewegen.

'Allemachtig, wat een mooie meid. Ik denk als je haar in je bed hebt je de volgende dag niet meer kan lopen,' zegt Bart zonder zijn ogen van Sasha af te houden. 'Wat denk jij, Luke?'

Ik denk niets, ik kan niet meer denken. Ik kan alleen maar naar haar kijken. Hoe heb ik Anoek in godsnaam voor haar kunnen aanzien? God, ze is een brok energie terwijl Anoek vergeleken bij haar een oude vrouw is.

Sasha, ze heet Sasha. Eindelijk weet ik hoe ze heet. Die naam past bij haar.

Haar haren vliegen wild om haar hoofd, haar hele lichaam beweegt en dan is het afgelopen. De muziek zwijgt en Sasha`s been is weer om het middel van Raf. Haar lippen raken zijn mond en als het applaus losbarst, kussen ze elkaar.

26

Het gefluit is werkelijk oorverdovend. Mijn adem komt met horten en stoten, en ik voel aan het snelle bewegen van Rafs borst dat hij er net zo aan toe is. Mijn ogen fonkelen als ik naar hem opkijk. Ik sla mijn armen om hem heen als hij zijn lippen op de mijne drukt.

'Je was werkelijk fantastisch, *Querida*,' zegt hij.

'Jij ook, *Querido*,' lach ik en laat me door hem meenemen naar Don die me met een vreugdekreet in zijn armen tilt en me in het rond draait.

'Sas, je was echt waanzinnig, adembenemend. Het leek verdomme wel alsof jullie elkaar stonden te... Jezus, Sas, nog even en ik neem je vanavond echt mee naar bed,' zegt hij en schiet in de lach om het gezicht van Raf.

'Misschien moesten we vanavond eindelijk eens doen wat iedereen hier al denkt. Ooit van een trio gedroomd, Sas?' vraagt Raf bloedserieus.

'Goh, zo vaak. Vorige week nog, als ik het me goed herinner. En ja, inderdaad kwamen jullie er in voor,' zeg ik net zo serieus. Ik draai me om als een paar bekenden ons komen feliciteren.

'Jullie waren echt te gek,' zegt een jongen die ik hier vaker heb gezien, maar waarvan ik me de naam met geen mogelijkheid kan herinneren.

'Dank je,' zeg ik en pak het glas aan dat Don me aangeeft.

'Moe, liefje?' vraagt hij.

'Nee, niet echt. Ik voel me geweldig en wil straks weer dansen. Geef me even een paar minuten.' Ik laat me door hem op schoot trekken. Raf komt aan mijn linkerkant staan en strijkt mijn haar uit mijn gezicht. Hij pakt een servetje van de bar en dept het zweet van mijn hals en tussen mijn borsten weg.

Ja, ik weet hoe dit overkomt, en het kan me werkelijk niets schelen. Zolang wij maar weten hoe het zit. Als ik in Rafs ogen kijk, weet ik al hoe laat het is.

'Staat er soms weer een vrouw smachtend naar je te kijken?'

'Twee zelfs, en je weet hoe rot ik het vind ze teleur te moeten stellen, dus moet dit even.' Hij buigt zich naar me toe en knabbelt op zijn dooie gemak aan mijn onderlip.

'Eh, ja, zo kan die wel weer,' grinnikt Don en duwt hem weg en slaat zijn armen om me heen.

'Niet meteen omdraaien, Sas, maar je aanbidder is er weer,' zegt Don met zijn lippen tegen mijn oor. 'Schuin tegenover je aan de bar. En als blikken konden doden waren zowel Raf als ik er nu niet meer.'

'Wat heeft hij aan?' vraag ik.

'Van top tot teen in het zwart, net zoals Raf. Wat is dat met jullie donkere types. Denken jullie dat je er dan nog sexier uitziet?'

'Is dat dan niet zo?' vraagt Raf, die zich omdraait om mijn zogenaamde aanbidder te bekijken. Hij fluit tussen zijn tanden en zegt dat mijn aanbidder er helemaal niet verkeerd uitziet.

Ik kan me nu niet langer meer beheersen en kijk ook. Het is maar goed dat Don me stevig vastheeft, want ik zou beslist op de grond zijn gezakt. Nick! Mijn hart springt bijna door mijn keel naar buiten, zo erg schrik ik.

De blik in zijn ogen is ronduit schokkend.

Volgens mij maak ik een heel vreemd geluid, want zowel Don als Raf kijkt me meteen ongerust aan.

'Sas? Lieverd? Gaat het goed?' vraagt Raf.

'Word je misselijk?' wil Don weten.

Oh, mijn god, Nick heeft alles gezien. Hij denkt natuurlijk wat iedereen hier denkt. En dat Anoek hem in de maling neemt. Hoe moet ik in godsnaam verklaren dat Anoek in Rotterdam is met twee vreemde mannen. En dan realiseer ik me dat hij me ook heeft zien dansen. Ik moet iets doen, maar wat? Al die gedachten gaan door mijn hoofd. Alsof het allemaal al niet erg genoeg is, wordt er opnieuw om stilte gevraagd omdat ze de winnaars bekend gaan maken. Iets wat me op dit moment echt niets meer kan schelen. Het enige waar ik op dit moment aan kan denken is dat ik iets moet doen. Anoek vergeeft het me nooit als ze Nick door mijn toedoen verliest. Wat doet hij hier in Rotterdam? En is hij wel alleen? Mijn ogen vliegen als een opgejaagd hert door de club, op zoek naar Anoek. Ik kan haar nergens vinden.

Vol verwarring, laat ik me door Raf aan mijn hand meetrekken naar de dansvloer. Er wordt iets gezegd. Wat dat is, ontgaat me volledig. Dan barst het applaus los en pas op het moment dat Raf zegt dat we gewonnen hebben, besef ik wat er gaande is. Ik kan alleen maar naar Nick blijven kijken die me op zijn beurt ook al die tijd onafgebroken aankijkt.

Maar dan opeens staat hij op en draait hij zich om.

Nee, hij mag niet weg, schiet het door me heen.

Don houdt me scherp in de gaten en zijn ogen gaan van Nick naar mij en weer terug.

Oh god, ik zie in zijn ogen dat hem iets begint te dagen. Als hij zich omdraait, raak ik in paniek.

'Raf, alsjeblieft, laat me los, ik moet...'

Hij luistert niet en weigert me los te laten. 'Ken je hem?' Dan vloekt hij. 'Hij is het, hè?'

'Raf, alsjeblieft, ik moet naar hem toe. Alsjeblieft,' smeek ik. Ik trek me los en ren achter Don aan die onderweg naar Nick is. 'Nee, niet doen, niet mee bemoeien,' smeek ik Don als ik hem weet te bereiken, en hem bij zijn arm pak. 'Wat er ook gebeurt, wat hij ook doet, niet op reageren. Alsjeblieft Don, ik leg het later wel uit.' Ik wurm me tussen de mensen door die me opeens allemaal schijnen te willen feliciteren, naar de plek waar Nick daarnet nog stond. Oh, god, waar is hij? Als ik op het opstapje van een barkruk ga staan, denk ik nog net achterkant van zijn hoofd te zien. Ik roep zijn naam maar hij schijnt me niet te horen. Als ik zijn naam opnieuw roep, harder deze keer, blijft hij staan.

Het duurt een paar tellen voor hij zich langzaam naar me omdraait.

Oh, shit, ik heb geen flauw idee wat ik ga doen. Het enige dat ik weet is dat ik hem niet zo weg kan laten gaan. Met knikkende knieën loop ik op hem af. Ik aarzel even als ik de woede in zijn ogen zie, maar loop toch door.

'Nick, het is niet wat je denkt, ik weet hoe het eruitziet, maar... Ik ben op visite bij... Sasha... mijn zus,' gooi ik eruit. De blik in zijn ogen maakt dat ik in paniek raak, en doe dan het eerste wat in me opkomt. Ik sla mijn armen om zijn nek en kus hem omdat ik het echt even niet meer weet. Dat lukte dat weekend ook, dus misschien zou het deze keer ook zo zijn. Ik voel hem verstijven.

Oh, god, hij reageert totaal niet.

Ik weet zeker dat Don en Raf waarschijnlijk met open mond naar me staan te kijken.

'Nick, alsjeblieft,' zeg ik smekend als hij nog steeds niet reageert en me alleen maar met een ondoorgrondelijke blik aankijkt. Ik kus hem opnieuw en wil het bijna opgeven als hij zijn armen om mijn middel slaat en me terugkust. Het is weliswaar een boze, harde kus die in niets lijkt op zijn eerdere kussen. Even krimp ik in elkaar als zijn handen zich om mijn billen sluiten en hij me hard tegen zich aantrekt. Het lukt me met veel moeite een eind aan de ronduit schokkende kus te maken.

'Het is niet wat je denkt, Nick. Ik ben echt op visite bij mijn zus.'

De blik in zijn ogen maakt dat het zweet me uitbreekt en dan ontdek ik de blonde man naast hem, die me aankijkt alsof ik een staart en horens heb. Ik hoop niet dat Anoek hem kent. Oh, God, alstublieft niet. Dat kan ik er nu niet bij hebben. Dit is allemaal verschrikkelijk genoeg.

'Je bent bij... Sasha, je zus op bezoek?' herhaalt Nick mijn woorden alsof hij me niet gelooft.

'Goh, en ik maar denken dat je een wees was,' zegt Nick met een vreemde blik in zijn ogen.

'N-nee, dat ben ik niet. En ik... Sasha vroeg of ik haar plaats hier vanavond in wilde nemen, en ik...'

'Je blijft me verbazen,' zegt Nick kil. 'Ik wist helemaal niet dat je dit soort dansen kende, maar van wat ik vanavond heb gezien, ben je een professional. Zoals ik al eerder zei, je bent een vat vol verrassingen. Ik vraag me af wat je nog meer voor me in petto hebt.'

Ik schrik van de woede in zijn ogen.

'En waarom is jouw zus hier zelf niet?'

'Ze is... Ziek! Heel erg ziek. En ze kon niet dansen vanavond,' verzin ik ter plekke.

'Ach, wat erg, en hoe medelevend van jou. En wie zijn die twee kerels die hun handen, om over hun lippen maar te zwijgen, niet van jou af kunnen houden,' zegt hij met zo'n vernietigende blik dat ik met geen mogelijkheid iets kan verzinnen dat hun, ons gedrag, rechtvaardigt.

'D-dat zijn haar vrienden en ik...'

'Haar vrienden? Maakt dat hen dan ook automatisch jouw vrienden? Laat me raden. Ze zijn dronken en dan zijn ze altijd aanhaleriger dan normaal,' gaat hij sarcastisch verder voor ik daar iets op kan zeggen. 'Het is natuurlijk doodnormaal dat jij je door twee wildvreemde mannen laat aflikken.'

'Ja, nee. Oh Nick, ik... We hebben gewoon te veel gedronken. Je weet hoe ik dan ben. Maar het spijt me, het heeft niets te betekenen. Het is echt onschuldig.'

'Onschuldig?' zegt hij zo boos dat ik een stap naar achteren doe. Hij pakt mijn arm en trekt me zo hardhandig naar zich toe dat ik tegen hem aanval. De blonde man zegt iets tegen hem wat ik niet kan verstaan.

'Hou je erbuiten,' zegt Nick op vernietigende toon tegen hem. 'Nou, vanwaar ik zat, leek het niet zo onschuldig. Nog even en ze hadden je... Maar vertel me eens, waarom ze jou Sasha noemen? Lijken jij en jouw zus zoveel op...'

'Nee! Ja... een beetje!' Oh god, ik word gek. 'We hebben het gewoon zo gelaten. Wat maakt een naam nou uit? Ik neem alleen haar plaats in omdat ze op het laatste moment niet mee kon doen aan deze wedstrijd.' Oh, mijn god, hoe verzin ik het.

'Aha, jouw zus is ook al een professionele danseres. Goh, wat een talentvol duo zijn jullie.'

'Toe, alsjeblieft, laat het me je uitleggen. Echt, Nick, het is niet wat het lijkt.'

Hij knikt en zegt: 'Dit wil ik horen.'

Ik val bijna flauw als hij zegt dat ik in dat geval wel met hem mee zal willen gaan.

'Ik heb het hier wel weer gezien, dus als je je spullen zou willen pakken en afscheid nemen van... Sasha's vrienden?'

Hij zegt het op een manier waarvan ik weet dat hij iets anders had willen zeggen. Met hem mee? Hoe moet ik dat in godsnaam tegenover Don en Raf verklaren. En Anoek zal weer boos op me zijn, terwijl ik dit voor haar doe. Maar als ik het niet doe, maakt Nick het waarschijnlijk meteen uit en dan geeft ze mij daar de schuld ook nog van. Ik neem een besluit en zeg dat ik met hem mee ga.

'Ik moet het alleen even tegen Don en Raf gaan zeggen en ik...'

'Misschien zou je me aan de minnaars van je zus voor kunnen stellen,' hoor ik Nick tot mijn afgrijzen zeggen. 'Ah, daar komt nummer één al aan.'

Geschokt draai ik me om en zie Don met een vastberaden blik op me afkomen.

'Nick, zou je alsjeblieft buiten op me willen wachten?'

'Nee!'

Oh, god, wat een nachtmerrie. Nog even en ik barst in snikken uit.

Voor Don iets kan zeggen, leg ik hem met een dreigende blik het zwijgen op waarop hij zijn wenkbrauwen nogal sarcastisch optrekt. Ik sta met mijn rug naar Nick toe en kijk Don smekend aan.

'Don, dit is Nick... mijn verloofde en ik ga nu met hem mee. Zou jij tegen Sasha willen zeggen dat ik haar later bel?'

Met zijn ogen dreigend tot spleetjes geknepen, kijkt Don me zolang zwijgend aan dat ik mijn woorden herhaal.

'Ga jij vrijwillig met hem mee?' vraagt hij mijn boze blik negerend.

'En waarom zou ze niet vrijwillig met haar verloofde meegaan?' vraagt Nick met zo'n uitdagende blik in zijn ogen dat Don met een vloek op hem afstapt.

Snel stap ik tussen de twee mannen, die even groot zijn, in.

'Don, alsjeblieft.' Ik schud mijn hoofd en probeer hem naar achteren te duwen.

'Wat is er verdomme allemaal aan de hand?' vraagt Raf die inmiddels ook is gearriveerd. Natuurlijk negeert ook hij mijn waarschuwende blik en kijkt Nick ronduit vijandig aan.

'Dit is haar verloofde,' zegt Don. 'En wij moeten tegen Sasha, onze minnares, zeggen dat Anoek haar later wel belt,' hoor ik Don Nicks woorden op zo'n droge toon herhalen dat ik een hysterische lachbui voel opkomen.

'Pardon?' vraagt Raf verbaasd. 'Tegen wie moeten wij wat zeggen? En met wie is hij,' Raf maakt een hoofdbeweging naar Nick, 'verloofd?'

'Met mij!' sis ik, mijn hoofd tussen de twee lichamen van Don en Nick uit stekend. En ik wil dat jullie dat tegen Sasha, mijn zus, zeggen.'

'Lieve schat, ik geloof werkelijk dat je nu...'

'Raf, alsjeblieft. Wees lief en haal alsjeblieft mijn jas en tas uit de kleedkamer. Nu!' zeg ik nogal hard als hij geen enkele aanstalten maakt.

In plaats daarvan trekt hij zijn wenkbrauw zo arrogant naar me op en kijkt zo boos dat de tranen in mijn ogen springen.

'Raf, ga haar spullen halen,' zegt Don met een grimmige blik terwijl hij over mijn hoofd heen naar Nick blijft kijken. 'Krenk een haar op haar hoofd en je krijgt met mij te maken,' belooft Don hem.

'Hè, vriend, geloof me, dat je me daar, in de bui waarin ik nu ben, totaal niet mee aan het schrikken maakt,' bijt Nick hem toe.

'Oh, is dat zo?' vraagt Don en buigt zich doodleuk boven mijn hoofd zo dicht naar Nick toe dat hun neuzen elkaar bijna raken.

'Weet je, ik geloof werkelijk dat de alcohol naar je hoofd is gestegen. Of lijkt mijn verloofde zoveel op haar zus dat je denkt dat je Sasha voor je hebt?' hoor ik Nick tot mijn afgrijzen aan Don vragen. Waarom zegt hij het woord 'verloofde' trouwens iedere keer zo raar? Oh god, hij staat natuurlijk op het punt de verloving te verbreken na hetgeen hij van-avond heeft gezien. Dat mag niet. Deze keer zou het wel mijn schuld zijn als Anoek hem kwijt zou raken.

De blonde man die naast hem staat, ziet eruit alsof hij denkt dat we allemaal gek zijn geworden. Hij schijnt het in ieder geval wel reuze interessant te vinden en ik vraag me nu toch echt af wie hij in godsnaam is.

'Hier is je tas... Anoek. Ik geloof trouwens niet dat we jouw naam hebben verstaan,' zegt Raf met een ijskoude blik naar Nick. 'Ik denk dat... Sasha wel zal willen weten met wie haar zus is mee gegaan.'

Ik draai me met een ruk naar hem om en maak een onopvallende beweging met mijn hand alsof ik hem de keel door wil snijden die hij met een opgetrokken wenkbrauw beantwoordt.

'Grappige beweging, Anoek kan dat ook zo goed,' zegt Nick waarop hij zich tot mijn stomme verbazing voorstelt. 'Nick Warner.'

'Je bent geen Rotterdammer, hè?' vraagt Don, die mijn boze blik negeert.

'Nee!' is alles wat Nick zegt.

'Waar kom je dan wel vandaan?' gaat Raf doodleuk verder.

'Ja, zo is het wel genoeg,' zeg ik boos. Help me onthouden dat ik hem morgen heel langzaam wurg, nadat ik eerst Don om zeep heb geholpen.

'Nick, ik wil nu echt weg.' Ik trek mijn jas en tas uit Rafs hand en loop, zonder te kijken of Nick me volgt naar de uitgang. Ik ben totaal in paniek. Ik weet niet wat hij hier doet en ik weet me geen raad. Oh god, laat ik het niet verzieken.

'Dit is trouwens mijn zwager Bart,' zegt Nick als we buiten staan. Ik heb niet eens gemerkt dat de blonde man ons naar buiten is gevolgd.

'Bart, dit is... Anoek. Mijn verloofde.' Hij zegt het weer op zo'n rare toon, ik heb me niet vergist, En waarom kijkt zijn zwager me aan alsof hij water ziet branden? Ik vraag me opnieuw af of Anoek hem kent, maar godzijdank is dat niet het geval, begrijp ik opeens als ik me realiseer dat Nick me dan niet aan hem had voorgesteld.

'Hallo, Anoek, leuk je weer te ontmoeten.'

Oh, mijn god, hij zegt, weer. Ik snap er nu dus echt helemaal niets meer van.

'Mag ik zeggen dat ik nog nooit een vrouw heb gezien die zo kan dansen als jij?' zegt Bart met een warme glimlach die hem opeens buitengewoon aantrekkelijk maakt... als ik daarop gelet zou hebben.

'Dank je.' Ik laat mijn hand in zijn uitgestoken hand glijden.

'Bart? Wil je me bij Jen excuseren?' zegt Nick terwijl hij zich naar hem omdraait. 'Je begrijpt dat dit een speciaal geval is.'

Ik kan zijn gezicht niet zien omdat hij met zijn rug naar me toestaat, maar de blik in de ogen van zijn zwager maakt me nog nerveuzer dan ik al ben. Wie is in godsnaam Jen?

'Ja, dat begin ik te begrijpen,' zegt Bart. 'Gozer, weet je zeker dat...'

'Ja, Bart! Hou je erbuiten.'

Bart zucht en even denk ik dat hij zich er niet buiten zal houden, maar dan knikt hij en kijkt mij weer aan. Dapper lach ik naar hem, nou ja, het is meer een optrekken van mijn mondhoeken.

'Goed, dan ga ik maar eens op huis aan. Nou Anoek, het was me wederom een genoegen. Misschien tot de volgende keer,' zegt hij. 'Ik kan nu al bijna niet wachten wat er dan weer gaat gebeuren.' Nadat hij Nick even in zijn schouder heeft geknepen draait hij zich om en loopt bij ons vandaan.

Ik durf niets te zeggen. Ik vraag me trouwens af of ik dat wel kan als Nick me met fonkelende ogen aankijkt en me dan bij mijn hand pakt.

'N-Nick, niet zo snel, mijn schoenen,' roep ik.

'Wat is daarmee? Kun je daar niet zo snel op lopen? Daar had je op de dansvloer ook geen moeite mee,' zegt hij maar gaat toch iets langzamer lopen.

'Ja, het zijn dansschoenen, geen sprintschoenen,' zeg ik en hou mijn mond als hij me een vernietigende blik toewerpt. 'Waar gaan we naartoe?'

'Ergens waar we ongestoord kunnen praten. Ik ga niet buiten naar jouw ongetwijfeld interessante verklaring staan luisteren waarom jij je door twee mannen publiekelijk laat aflebberen,' zegt hij zo kil dat ik geen woord meer durf te zeggen. 'En ik heb geen zin om naar een luidruchtige tent te gaan. Dit verdient mijn aandacht.'

Voor ik daar op kan reageren, duwt hij me bij een taxistandplaats in een wachtende taxi. Nadat hij de naam van een hotel heeft gezegd, zwijgt hij me de hele weg daarnaartoe dood. Het enige wat er door me heengaat, is dat we weer samen in een hotel zullen zijn. Oh, god, wat nou als hij weer met me naar bed wil? Mijn maag maakt vreemde salto's.

In het hotel zegt hij dat ik even moet gaan zitten en wijst naar een bank die in de grote lobby staat.

Ik volg hem met mijn ogen als hij bij me vandaan naar de balie loopt. Ik kan er niet over uit dat me dit opnieuw overkomt. Ik besef dat ik nog steeds van hem hou, dat het geen gril was. God, wat ziet hij er fantastisch uit. Mijn adem stokt in mijn keel als hij weer op me afloopt en me zonder iets te zeggen bij mijn hand pakt en me mee naar de lift neemt. Ook nu zegt hij weer geen woord, en ik bijt zo hard op mijn lippen dat ik bloed proef. Waarom zegt hij niets? Zijn woede is zo tastbaar dat ik steeds banger word. Ik probeer mijn hand los te trekken.

'Laat dat!'

'Ik voel mijn vingers bijna niet meer. Volgens mij sterven ze langzaam af.'

'En dat ook!' zegt hij met vreemd trekkende mond en draait zijn hoofd met een ruk om.

Ik vraag me af wat er zo interessant is aan het bedieningspaneel waar hij strak naar blijft staren. Pas in de hotelkamer laat hij me eindelijk los.

Het verbaast me dat hij de deur niet op slot draait voordat hij rechtstreeks doorloopt naar een dressoir waar zich een minibar in blijkt te bevinden. Hij is natuurlijk hotels gewend en weet hier blindelings de weg, schiet het door mijn hoofd. Ik blijf staan en kijk naar hem als hij iets te drinken voor zichzelf inschenkt en dat in een keer achterover gooit. Hij vraagt niet of ik ook iets wil drinken.

Niet dat ik dat wil, maar het zou wel zo beleefd zijn. Mijn keel is zo droog dat ik misschien beter wel iets zou kunnen drinken.

Ik schrik me rot als hij het glas zo hard neerzet dat ik me afvraag of de bodem er nog in zit.

'Trek die jas uit!'

Mijn, god, heeft hij vroeger soms bij de commando's gezeten? Even overweeg ik om zijn bevel te negeren, maar de blik in zijn ogen doet me besluiten dat toch maar niet te doen.

'Zo! Vertel. De nieuwsgierigheid maakt me gek,' zegt hij sarcastisch. Ik slik als hij zijn zwart leren jack uitgooit en op me afkomt. Met een angstige blik kijk ik achterom en probeer in te schatten of ik de deur kan halen voor hij me bereikt heeft. Maar ik weet me te beheersen omdat ik zeker weet dat hij sneller is en vertelt de blik in zijn ogen me dat hij precies weet waar ik aan denk. Mijn knieën knikken als hij zo dicht bij me komt staan dat ik mijn hoofd in mijn nek moet leggen om hem aan te kunnen kijken.

'H-het spijt me dat ik je niet heb verteld dat ik... dat ik een zus heb en dat ik naar haar toe ben gegaan. Het was een opwelling. Ik miste haar en wilde proberen het uit te praten. We hebben elkaar jaren niet gezien, Nick.'

Hij knijpt zijn ogen tot spleetjes en kijkt me zwijgend aan.

Mijn god, ik word er bloednerveus van en weet niet hoelang mijn knieën de spanning nog aankunnen.

'Straks wil ik alles weten over die ruzie tussen jou en je zus, maar eerst wil ik weten wie die twee grappenmakers precies zijn en wat ze voor Sasha betekenen.'

De blik in zijn ogen verwart me zo dat ik hem alleen maar kan aanstaren. Mijn god, wat heb ik hem gemist.

'Mag ik dat niet weten?' vraagt Nick ietwat schor terwijl hij mijn gezicht in zijn handen neemt en me zo intens aankijkt dat ik zijn polsen vastpak om overeind te blijven.

'Ze... het zijn haar beste vrienden, en...'

'Dat geeft hun het recht zo aan jou te zitten?' maakt hij mijn zin boos af.

Ik weet niets te zeggen en bijt op mijn onderlip.

'Laat dat!' zegt hij en strijkt met zijn duim over mijn lip.

Dan vloekt hij en kust me voor ik erop bedacht ben. En weer doet hij dat zo ruw dat ik een kreun niet kan onderdrukken. Meteen tilt hij zijn hoofd op.

'Weet je wat? Ik heb me bedacht. Die uitleg komt later wel. Je hebt me zo opgehitst met die show op de dansvloer dat ik niet meer kan wachten. En gezien de manier waarop jij je gedroeg, denk ik dat je er ook naar snakt. Allemachtig, zoals jij... Voel je wat je met me doet?' vraagt hij terwijl hij zijn handen op mijn billen legt en me hard tegen zijn onderlichaam aanwrijft. 'Voel je hoe ik naar je verlang? Jezus, ik dacht dat ik doodbleef toen ik je op die dansvloer zag. Het leek verdomme wel of die vent je op de vloer stond te neuken,' zegt hij zo grof dat ik een kreet slaak.

'Wat is er? Shockeer ik je nu? Daar leek het toch op? Om maar te zwijgen over de manier waarop die twee zich gedroegen terwijl je bij die blonde kerel op schoot zat.'

Ik besef dat hij alles heeft gezien en hoe het eruit gezien moet hebben. Oh, lieve hemel, hij is nu werkelijk laaiend...en daar heeft hij ook alle recht toe, gaat het door me heen. Voor zover hij weet ben ik Anoek. Zijn verloofde, die hij vanavond in een nogal compromitterende situatie heeft aangetroffen. Ik denk, nee weet wel zeker, dat ik ook woedend geweest zou zijn als ik hem op dezelfde manier met twee vrouwen had betrapt. Jeetje, ik zou ze volgens mij aan hun haren bij hem vandaan hebben gesleurd! En als je bedenkt dat ik normaal gesproken niet jaloers ben, of dat nog nooit eerder ben geweest, kun je je misschien voorstellen wat een openbaring deze gedachten voor me zijn. Maar ik heb dan ook nog nooit eerder zo van een man gehouden zoals ik van Nick hou.

'Nick, alsjeblieft, het spijt me. Ik zal niet meer drinken. Het komt door de alcohol dat ik me zo gedroeg, en ik...'

'Is dat zo?'

Voor ik ook maar kan raden wat hij van plan is, trekt hij in een snelle beweging mijn top over mijn hoofd. Als verstijfd blijf ik staan als zijn ogen naar mijn borsten in de kanten halterbeha gaan. Tot mijn grote schaamte voel ik dat mijn tepels hard worden onder zijn blik. Ik weet me te beheersen en blijf doodstil staan.

'Zo, nu mag je je weer zo gedragen. Graag zelfs!' gromt hij terwijl zijn handen naar de sluiting gaan die hij, voor dat ik hem kan tegenhouden, losmaakt.

Het volgende moment vliegt mijn beha door de lucht. Geschokt door zijn actie, sla ik deze keer wel mijn handen voor mijn borsten.

'Nick, alsjeblieft. Je bent nu kwaad en...'

'Ja, dat heb je heel goed begrepen. Ik ben zo verdomd kwaad op je dat ik...' Hij vloekt. 'Maar ik verlang nog meer naar je.'

Feilloos weet hij de sluiting van mijn rokje te vinden dat een tel later ook door de lucht wordt geslingerd waarna hij mijn handen voor mijn borsten vandaan trekt. Brutaal laat hij zijn ogen over mijn lichaam, dat op mijn string en schoenen na naakt is, gaan.

'Waarom krijg ik je niet uit mijn hoofd?' Ik ben zo kwaad op je en toch kan ik je niet...' mompelt hij.

Als zijn ogen op mijn neppiercing blijven rusten trek ik hem eraf.

'Het is geen echte,' zeg ik snel.

'En jij? Ben jij echt?' vraagt hij op zo`n vreemde toon dat ik niet weet wat ik daarop moet antwoorden.

Eerlijk gezegd snap ik die vraag niet. Hij verwart me zo. De manier waarop hij me aankijkt maakt me onzeker en zoals hij nu naar me kijkt, heeft hij nog niet eerder naar me gekeken.

Even gaat de belachelijke gedachte door me heen dat hij het weet. Ik staar terug en probeer het antwoord in zijn ogen te zien. Maar ik zeg tegen mezelf dat ik spoken zie. Hij zou me dan toch nooit hiermee naar toe hebben genomen? Dan zou hij geen reden hebben om jaloers te zijn omdat ik zijn verloofde niet ben, en zoals hij me kust? Nee, hij weet het niet, hij is alleen maar boos. Ontzettend boos.

'Nick, alsjeblieft, je bent boos op me en ik weet dat je het niet begrijpt. Maar als je me...'

'Kun je me dat verdomme kwalijk nemen? Weet je wel dat ik om jou door een hel ben gegaan? En dan betrap ik jou met niet één, maar twee mannen, die als ik het mag geloven bekend staan als...als...de twee minnaars van die *fucking* zus van jou!,' zegt hij met ogen die fonkelen van woede..

Ik zou hem kunnen vertellen dat hij zich vergist, dat Don en Raf dat niet zijn. Dat ze homo zijn. Maar dat is niet aan mij. Ik vertel dat nooit tegen iemand zonder hun toestemming.

'Nee, Nick dat kan ik niet, maar het is echt niet zoals het lijkt. Ik... hou van je,' beken ik hem tot mijn grote schrik.

'Je houdt van me?' Hij spuugt de woorden bijna uit.

Ik schrik als ik de blik in zijn ogen zie maar ga dapper verder. Ik wil dat hij het weet, ook al denkt hij dat ik Anoek ben. 'Ja, ik hou van je. Nick, ik hou zoveel van je dat ik... Weet je dat dan niet?' fluister ik terwijl ik mijn armen om zijn nek sla.

Hij kijkt me zolang zwijgend en op zo`n vreemde manier aan dat ik er bang van word. Maar dan slaat hij godzijdank zijn armen om mijn middel en klemt me zo stijf tegen zich aan dat het bijna pijn doet.

'Nee, dat wist ik niet. Je hebt het nog nooit eerder gezegd. Goed, laat me dat dan maar eens zien, of beter... laat me dat dan maar voelen!'

Volgens mij mist mijn hart echt een slag als hij me optilt en met grote passen naar de aangrenzende kamer loopt waar hij me op het bed gooit. Op mijn onderarmen steunend, kom ik half overeind. Ik kan me met geen mogelijkheid bewegen als hij zich, zonder zijn ogen van me af te houden, met driftige bewegingen uitkleedt. Ik ben zwaar in paniek en probeer wanhopig een oplossing te bedenken.

Als hij zijn broek en boxer tegelijk uittrekt, staat hij spiernaakt voor me en lijkt het wel alsof ik een hap zand probeer door te slikken. Zijn lichaam is werkelijk prachtig, en mijn ogen gaan over zijn brede schouders, lager over zijn borst naar zijn platte buik en blijven op zijn kruis rusten. Hij is hard en wordt onder mijn blik nog harder en groter.

Ik hou mijn adem in als hij op me af komt, zich over me heen buigt en mijn string met een snelle beweging van me afrukt.

'Dus jij houdt ook wel van een beetje ruw?'

Mijn god, wat heeft hij met strings? Voor ik daar verder over na kan denken pakt hij mijn heupen beet en stoot dan in één keer bij me binnen.

'Je was al klaar voor me,' kreunt hij met zijn lippen tegen de mijne. Hij kust me het volgende moment zo intens dat ik hem niet kan weerstaan. Dan trekt hij mijn benen om zijn middel, en begint met lange diepe halen in en uit me te bewegen.

Ja, kennelijk doe ik dat want ik kom hem hartstochtelijk tegemoet. Hij kust me hongerig en ruw, en weet je? Het kan me werkelijk niet meer schelen. Ik hou zo ontzettend veel van hem en ik heb hem zo gemist, dat ik alles van hem accepteer. Tot mijn schande moet ik toegeven dat het me tot mijn verbijstering ook opwindt.

Hij kust me, stopt dan en zijn hijgend uitgebrachte woorden dat ik dit dus ook al lekker vind, maken dat ik mijn ogen open en hem aankijk.

'Ja, oh god, ja,' fluister ik als hij zelfs nog harder begint te stoten. Ik geloof dat ik deze keer wel heel luidruchtig ben. Oh, mijn god, dit is te veel, dit is zo... Mijn orgasme is zo heftig en intens dat ik bijna van mijn stokje ga als het gebeurt.

Het volgende moment trekt hij zich uit me terug, draait me met een snelle beweging op mijn buik en vandaar op handen en knieën en is dan opnieuw in me.

'Hier dacht ik aan toen ik zag hoe je met dat heerlijke kontje van je tegen die kerel aan stond te rijden,' hijgt hij met zijn lippen tegen mijn slaap. Hij trek mijn hoofd aan mijn haren naar achteren. 'Wat denk je? Neukt hij je zus ook zo? Zouden ze haar tegelijk nemen?'

Zijn woorden zouden me moeten shockeren, maar dan kust hij me en vergeet ik ze weer net zo snel als hij opnieuw begint te bewegen. Het duurt niet lang of ik kom alweer, en als ik hem voel verstijven weet ik dat hij zijn hoogtepunt ook heeft bereikt.

Half buiten zinnen en totaal uitgeput laat ik me plat op mijn buik vallen met hem bovenop me, zijn gezicht in mijn nek en zijn vingers verstrengeld met de mijne. Zijn zware ademhaling loopt synchroon met dat van mij, en we zijn beiden nat van het zweet. Maar dat kan me op dit moment niet schelen, hij is weer even van mij.

God, hij laat me de rest van de nacht geen moment met rust. Niet dat ik dat wil, maar zoals nu heb ik hem nog niet eerder meegemaakt.

De ene keer is hij zo ruw dat de tranen in mijn ogen springen, en dan weer zo teder dat hij mijn tranen wegkust en mompelt dat het hem spijt. Keer op keer wil hij horen dat ik van hem hou, wat ik hem dan ook de hele nacht door laat weten.

Deze nacht is ongelofelijk. Godzijdank wil hij nog steeds niet praten over het voorval in de club en schijnt me alleen maar te willen beminnen. Ik geef me aan hem en bemin hem alsof dit de laatste keer is, wat het natuurlijk ook is. Dit mag nooit meer gebeuren. Maar iedere keer als ik me voorzichtig uit zijn armen los probeer te maken, is hij wakker en bedrijft hij opnieuw de liefde met me. Ik geef het op een gegeven moment maar op. Er zal niets anders opzitten dan hier dan maar de hele nacht te blijven. Jeetje, de dingen die ik voor mijn zus over heb...

Op een gegeven moment is Nick dan toch in slaap gevallen.

Als ik zeker weet dat hij slaapt, glip ik zachtjes uit bed. God weet dat ik een douche kan gebruiken, maar ik ben bang dat hij wakker zal worden van het geluid van de douche en durf het er niet op te wagen. Ik moet hier vandaan, ik moet Anoek waarschuwen. Na nog een keer naar Nick gekeken te hebben, draai ik me snel om en loop op mijn tenen met mijn schoenen in mijn handen de slaapkamer uit. In de andere kamer trek ik snel mijn rok en top aan. Ik prop mijn beha in mijn tas en nadat ik mijn jas heb aangetrokken, ren ik naar de deur, en bedenk me dan. Snel zoek ik in mijn tas naar een pen en iets om op te schrijven. Het briefje laat ik dan achter op de tafel in de hoop dat hij het daar zal vinden. Zo, en nu maken dat ik wegkom!

Het is net half zes, de trams rijden nog niet. Godzijdank is er om de hoek van het hotel een taxistandplaats waar tot mijn opluchting een taxi staat te wachten. Binnen een kwartier ben ik thuis.

Ik ren direct door naar de slaapkamer. Ik ben al naakt als ik de badkamer heb bereikt en de donkerharige man in mijn bed zie liggen. Raf! Hij slaapt en ik vraag me af waar Don is, maar besluit dat ik daar nu geen tijd voor heb. Eerst douchen!

Ik schrik zo erg als ik uit de douche kom en Don op het voeteneind van mijn bed zie zitten dat ik een gil geef. Ondanks dat blijft Raf doorslapen.

'Jeetje, Don, wat laat je me schrikken,' fluister ik met mijn hand tegen mijn keel. Ik loop langs hem heen naar het ladeblok dat in de hoek van mijn slaapkamer staat. Voor ik de la echter open kan doen, draait Don me met een ruk om en sleurt me achter zich aan de slaapkamer uit.

'Zo! En nu wil ik weten waar je de hele nacht hebt uitgehangen met de verloofde van je zus. Waarom deed je verdomme weer of je dat kreng was?'

Ik zucht en duw een vochtige lok opzij. 'Don, je begrijpt het niet, ik...'

'Oh, ik begrijp meer dan je denkt. Je bent verliefd op die gozer, en ik snap best waarom. Maar hij is de verloofde van je zus en je hebt hem met opzet opnieuw in de maling genomen. Heeft hij het nog steeds niet door?'

'Nee, godzijdank niet, en ik moest wel. Anoek zal het me nooit vergeven als ze...' Ik schrik me rot als hij me zo ruw door elkaar rammelt dat mijn haar, dat ik snel op had gestoken voor het douchen, losschiet en voor mijn gezicht valt.

'Vergeven? Waarom zou ze jou ook maar iets moeten vergeven? Jij bent degene die ze om vergiffenis moet smeken. Wanneer hou je nou eens op met die opofferingen voor die zus van je die geen knip voor haar neus waard is?' Don is nu werkelijk laaiend. 'Ze is het niet waard, hoor je me? En hij ook niet! En als hij niet eens merkt welke zus hij naait, is hij jou niet waard!' Ik voel dat ik rood word en knipper wanhopig de tranen weg.

'Waag het niet te gaan huilen. Je hebt verdomme nog nooit zo vaak gehuild sinds die zus en die vent in je leven zijn gekomen. Jij dame, zit zo diep in de shit dat je... Godverdomme Sasha, hoe heb je het in je hoofd kunnen halen... Opnieuw! En waarom ik je met hem mee heb laten gaan, begrijp ik nog steeds niet.'

Ik ruk me los en zeg dat hij zijn mond moet houden. 'Ik geloof niet dat ik jouw toestemming nodig heb om met welke man dan ook mee te gaan. Ik ben volwassen en wijs genoeg....'

'Ja, laten we het daar eens over hebben, over hoe volwassen jij bent,' valt hij me met fonkelende ogen in de rede. Jeetje, we hebben nog nooit eerder ruzie gehad en ik ben echt onder de indruk van zijn woede. Waarom begrijpt hij niet dat ik dit wel moest doen?

'Waar is hij nu?'

'In het hotel. Ik ben weggeglipt en ik ga nu meteen naar Anoek om haar te vertellen dat ik...'

'Dat doe je niet! Je belt dat stuk verdriet maar dat je haar verloofde opnieuw...'

'Ik heb haar nummer niet,' val ik hem in de rede voor hij weer iets grofs kan zeggen. 'En ik zou het op prijs stellen als je je met je eigen zaken bemoeit,' gooi ik er boos achteraan.

De gekwetste blik in zijn ogen is meer dan ik kan verdragen. Snel sla ik mijn armen om zijn nek.

'Dat bedoelde ik niet zo. Niet boos op me zijn.' Niet jij ook al. Ik weet het, ik heb er een bende van gemaakt. Maar ik kon niet anders. Hij dacht dat ik Anoek was en dat jullie mijn minnaars waren. Ik kon hem toch niet in die waan laten? Het zou mijn schuld zijn als Anoek hem kwijt zou raken.'

'Weet jij wel dat je een hele rare kronkel hebt?' zegt Don met een diepe zucht en omhelst me zo stevig dat ik kreun. 'Niets van dit alles is jouw schuld. Zij had jou nooit mogen vragen met haar van plaats te ruilen. Dit zou nooit gebeurd zijn als...'

'Ja, ja, as is verbrande turf,' zeg ik en nadat ik hem een stevige knuffel heb gegeven, maak ik me los uit zijn armen. 'Ik moet opschieten. Ik heb een briefje voor Nick achtergelaten dat ik de hele dag bij mezelf blijf en dat ik vanavond laat pas weer thuis ben.' Ik negeer de gekke bek die Don trekt.

'En wat als hij je zus belt?'

'Ik heb ook in het briefje gezet dat ik mijn telefoon thuis heb gelaten, dus ik hoop dat hij dat dan niet doet. Ja, ik weet het, het is een gok. Maar ik kon zo snel niets anders verzinnen. Ik moet nu dus echt opschieten en naar Anoek toe.'

Don volgt me met zijn ogen terwijl ik door de slaapkamer loop en me aankleed. 'Was hij erg boos?'

Ik draai me naar hem om. 'Ja!'

'Heeft hij je pijn gedaan?'

'Wie heeft Sasha pijn gedaan?' vraagt Raf slaperig. Het volgende moment schiet hij met een ruk overeind. 'Sasha! Je bent terug. Als ik die gozer in mijn handen...'

'Nee, Raf. Dat heeft hij niet. Er is niets gebeurd.' Ik negeer Dons veelbetekenende blik. 'Niets wat ik zelf niet wilde. Zo goed dan, Don? En zoals ik dus net ook al tegen Don zei, was Nick inderdaad woedend, maar... Raf, als je je mond niet houdt, vertel ik jullie helemaal niets meer! En hou op met die wenkbrauw! Nick had alle recht om woedend te zijn. Maar dat zouden jullie ook zijn als je de vrouw, of man in jullie geval, in de armen van twee vreemde mannen zou zien. Denken jullie ook niet?'

'Wie noem jij vreemd?' vraagt Raf terwijl hij een kussen achter zijn rug propt.

Don zucht en zegt: 'Je bent dus weer met hem naar bed geweest.' Het is geen vraag en ik geef dan ook geen antwoord. Dat doet Raf wel voor me.

'Natuurlijk is ze met die man naar bed geweest. Allemachtig Don, dat zou ik...' Hij houdt abrupt op met praten als Don hem veelbetekenend aankijkt en barst in lachen uit als Don op hem afloopt.

Handig gebruik makend van de afleiding, kleed ik me snel aan. Nadat ik mijn haar in een paardenstaart heb gedaan, pak ik een petje en een zonnebril. Ik schiet in de lach om Dons gezicht.

'Eh, ja, ik moet me een beetje vermommen, hè? Niemand mag immers weten dat ik Anoeks tweelingzus ben.'

'Nee, stel je voor,' zegt Don sarcastisch. 'Je weet dat ik het hier totaal niet mee eens ben, hè?'

'Ja, dat weet ik, maar ik hoop dat je niet al te slecht over me denkt.'

Hij zucht en komt dan op me af. 'Nooit, liever. Ga maar snel, en rij in godsnaam voorzichtig. Neem je telefoon mee zodat ik je kan bellen. En als er ook maar iets gebeurt, wil ik dat je me meteen belt. Beloof je dat?'

'Dat beloof ik,' zeg ik en laat me door hem omhelzen. 'Don, laat me los, ik moet nu echt gaan,' lach ik als hij me weigert los te laten. Met een diepe zucht gehoorzaamt hij waarna ik snel naar Raf ren en hem ook een stevige knuffel geef.

'Kijk je uit, *querida*?' vraagt hij zacht.

'Ja, *querido*. Zo, en nu moet ik echt rennen, lieve schatten.' Met mijn tas en mijn jas ren ik de deur weer uit.

27

Ik heb geluk dat het zondag is en zo vroeg in de ochtend. Het is net acht uur geweest als ik Anoeks straat inrijd. Ik weet zeker dat ze op dit tijdstip thuis is, zo niet dan zal ik voor de deur op haar moeten blijven wachten. Dit is te belangrijk. Ik moet haar spreken voor Nick dat doet. Nadat ik de pet diep over mijn ogen heb getrokken en mijn zonnebril heb opgezet, ren ik naar Anoeks portiek. Het duurt zo lang voor ik haar stem door de intercom hoor dat ik denk dat ze er niet is.

'Anoek? Ik ben het, Sasha, doe open, ik moet je spreken. Het is belangrijk,' gooi ik er in een adem uit. Even denk ik dat ze niet open zal doen, maar dan hoor ik de voordeur opengaan.

Als ik boven kom, staat ze me in de deuropening op te wachten. Ik negeer de boze blik in haar ogen en loop langs haar heen door naar de woonkamer. Deze keer laat ik me niet door haar intimideren. Ze moet begrijpen dat ik dit voor haar heb gedaan. Ik negeer het stemmetje in mijn hoofd dat zegt dat ik er natuurlijk totaal geen plezier aan heb beleefd toen ik me de hele nacht door haar verloofde heb laten nemen.

'Nou, ik hoop dat je een verdomd goede reden hebt dat je hier bent. Wat nou als Nick in bed ligt? Wat dan?' valt ze tegen me uit.

'Dan zou ik zeggen dat je een leugenaar bent, want hij is in Rotterdam,' ga ik in de aanval.

'Bij jou? Maar hoe? Hij weet niet... Nee, dat kan niet,' zegt ze op zo'n vreemde toon dat ik even vrees dat ze flauw gaat vallen.

'Niet bij mij. Ik was gisteravond met mijn vrienden in een club, en daar zag hij me. God, je had de blik in zijn ogen moeten zien. Hij was woedend en ik wist even niet wat ik moest doen. En toen ik...'

'Wat zei hij? Wat deed hij,' wil Anoek weten en komt op me af. 'Heeft hij iets gezegd?'

Ik zie in haar ogen dat ze van slag is. Ik heb op dit moment zo'n medelijden met haar dat ik haar omhels. 'Stil maar,' sus ik haar. 'Hij weet het nog steeds niet. Ik heb weer gedaan of ik jou was en volgens mij...'

Ze rukt zich los en kijkt me zo ongelovig aan dat ik er rood van word.

'Je hebt wat? En hij heeft niets gezegd?'

'Nee, wat zou hij gezegd moeten hebben?'

De blik in haar ogen bezorgt me pijn in mijn buik. Anoek? Hij weet het toch nog steeds niet, hè?' De angst slaat me om mijn hart als ik mezelf dat hoor vragen.

'Nee! Nee, natuurlijk niet,' zegt Anoek. Ze draait zich om en loopt bij me vandaan naar het raam waar ze en paar tellen met haar rug naar me toe blijft staan.

Het volgende moment draait ze zich weer met een ruk om en kijkt me zo boos aan dat ik, zonder dat ik het besef, een stap achteruit doe. Ik doe er nog een als ze tegen me begint te schreeuwen dat ik haar mijn woord heb gegeven Nick met rust te laten. Maar dan heb ik het werkelijk helemaal gehad!

'Houd je mond! Luister nu voor een keer eens naar mij,' schreeuw ik nu ook boos. 'Ik weet wat ik heb beloofd, en ik heb hem ook met rust gelaten, maar hij stond gisteravond opeens voor mijn neus en ik...'

'Ben je weer met hem naar bed geweest?' vraagt ze terwijl ze op de bank gaat zitten.

'Anoek, alsjeblieft ik...'

'Ja, dus! Je hebt je weer als een...'

'Waag het niet,' roep ik boos en kom kennelijk nogal dreigend over want Anoek houdt meteen haar mond. 'Ik kon niet anders. Geloof me, hij was niet bepaald in de stemming om naar me te luisteren. Hij was woedend. Hij dacht dat ik, jij hem in de maling nam. Ik ben met hem meegegaan om het hem uit te leggen, maar toen... Wat had ik dan moeten doen? Nee, zeggen? Weigeren met hem naar bed te gaan? Ik heb een briefje voor hem achtergelaten waarin ik hem heb gezegd dat ik... jij vanavond pas weer thuis bent, en ik... Oh, je bent naar Rotterdam gegaan om het goed met mij te maken.' Ik negeer haar opgetrokken wenkbrauwen.

'Ja, ik kon niet anders. Ik heb hem dus verteld dat jij een zus hebt. Hij denkt ook dat jij je telefoon bent vergeten. Dus neem in godsnaam niet op als hij je probeert te bellen. Ik wil dat je hem vanavond vertelt dat ik jouw tweelingzus ben zodat ik me de volgende keer gewoon als mezelf kan gedragen. Ik doe dan natuurlijk alsof ik hem niet ken. Wil je dat alsjeblieft doen? Ik zal hem niet vertellen dat we van plaats hebben geruild.' Niet dat ik dat zou durven. Mijn god, ik schaam me daar nog steeds verschrikkelijk voor. Ik hoop dan ook dat hij er nooit achter zal komen.

'Kan ik ervan op aan dat je dat doet, Noek? Want echt, de eerste de beste keer dat ik hem weer zie doe ik niet meer of ik jou ben. Dus ik raad je aan het hem te vertellen.' Het valt me opeens op dat ze geen woord heeft gezegd en me alleen maar vreemd aan zit te kijken.

'Anoek! Zou je alsjeblieft iets kunnen zeggen?'

'Heb je me alles verteld?' vraagt ze met een achterdochtige blik. 'Is er verder niets gebeurd? Heeft hij helemaal niets anders gezegd?'

Opnieuw bekruipt me een angstig gevoel. Anoek? Vertel je me de waarheid? Weet hij het echt niet?'

'Oh, in godsnaam Sas, natuurlijk weet hij het niet. Als hij dat wist zou hij toch nooit met jou naar bed zijn gegaan? Ik wil weten wat hij allemaal heeft gedaan?'

Ik trek mijn wenkbrauwen op. Nou dat zal toch zeker niet! Mijn god, dat zou ik niet eens durven. De dingen die die man, die we hebben gedaan, zijn genoeg om... 'Hoezo? Ben je bang dat hij je gaat overhoren?' ga ik in de tegenaanval. 'Ik denk dat je zelf wel kunt bedenken wat hij in bed met me heeft gedaan. Of ga je me vertellen dat je nog steeds niet met hem naar bed bent geweest?' Ik weet het, ik snauw een beetje. Maar ze doet raar.

'Nee, natuurlijk niet, wat denk jij nou?' snauwt Anoek. 'We gaan zo'n beetje iedere avond met elkaar naar bed, en je had gelijk. Hij is het einde. Maar oké, ik weet wel weer genoeg. Je kunt weer gaan. Laat het verder maar aan mij over. Je zult geen last meer hebben van míjn verloofde. En ik wil dat je me echt belooft dat je hem met rust laat. Ik hou van hem, en hij van mij. We gaan volgende maand trouwen.'

Ondanks dat ik dat al weet komt het opnieuw hard aan.

'De reden dat hij gisteren alleen in Rotterdam was, is omdat we gisteren ruzie hebben gehad en ik niet met hem mee wilde. Het was best een heftige ruzie, maar die is nu dankzij jou voorbij. Niet dat het anders niet goed gekomen zou zijn, hoor. Maar... bedankt,' zegt ze met zoveel tegenzin dat ik bijna in de lach zou schieten als ik me niet zo verschrikkelijk zou voelen.

'Graag gedaan,' zeg ik in plaats. Ja, ik weet het, ik ben erg, maar ik kan het niet laten. Ze blijft zo lullig tegen me doen. Ik kijk haar zo lang aan dat ik zie en voel dat ze zich niet op haar gemak voelt.

'Wat?' schreeuwt ze. 'Zeg in godsnaam wat je te zeggen hebt en maak dan weer dat je wegkomt.'

Ik zucht en hoor Dons woorden dat ze het niet waard is.

'Niets, ik vroeg me alleen af of je me ooit zult vergeven. Maar goed, ik ga er weer vandoor. Ik heb vannacht maar weinig slaap gehad.'

Ik hoor haar naar adem happen, en met een glimlach om mijn mond loop ik haar appartement uit. God, het is inderdaad lekker om eens een keer het laatste woord te hebben.

'Haar haar!' Ik ben al bij Gouda als ik me dat opeens realiseer. Mijn god, het was weer rood. Misschien heeft ze het vanmorgen pas gedaan en heeft Nick het nog niet gezien, probeer ik mezelf te overtuigen. Maar nee, ze kwam net uit bed. Ik ben zo in de war dat ik de vluchtstrook oprij en mijn knipperlichten aanzet. Wanhopig probeer ik een logische verklaring te vinden. Misschien hebben ze elkaar een poosje niet gezien. Nee, ze zei dat ze gisteren pas ruzie hadden gekregen? Dat zei ze toch? Of heb ik het verkeerd begrepen? Ik schrik zo van de klop op het raampje dat ik een gil geef.

'Sorry dat ik u zo laat schrikken,' zegt een motoragent nadat ik het raampje heb opengedraaid. 'Is alles in orde? Heeft u pech?' '

'N-nee, ik voelde me een beetje misselijk. Het gaat al weer.'

'Weet u dat zeker?'

'Ja, echt,' verzeker ik hem. 'Ik ga weer rijden.' Het lukt me om mijn mondhoeken op te trekken en zwaai naar hem voordat ik mijn auto weer start en de snelweg oprij.

Bij de volgende afslag neem ik een besluit. Ik ga terug. Ik moet het weten. Er klopt iets niet. Die vreemde blik in Anoeks ogen laat me ook niet los.

Deze keer reageert ze meteen als ik aanbel.

'Wat kom je verdomme nu weer doen?' sist ze en sleurt me aan mijn arm haar appartement binnen. 'Ik dacht dat je onderhand wel weer thuis zou zijn.'

Ik trek mijn arm los.

'Wanneer heb jij je haar geverfd? En lieg niet tegen me. Ik ben niet in de stemming!'

'Hoezo?'

'Denk heel goed na wat je nu gaat zeggen,' waarschuw ik haar terwijl ik een stap naar haar toe doe. Anoek opent haar mond, sluit hem en draait zich dan met een boze kreet om en loopt bij me vandaan.

'Anoek? Ik vroeg je wat.' Als ze zich weer naar me omdraait, schrik ik van de blik op haar gezicht. Ik kan geen woord uitbrengen als ze begint te lachen. Zo erg en zo vals dat ik weet dat er iets heel erg mis is. En dan word ik kwaad. Ik loop op haar af en geef haar een klap in haar gezicht. Als het allemaal niet zo verschrikkelijk was, zou ik in een deuk gelegen hebben om de blik op haar gezicht.

'Zo, ik geloof dat je dit moet doen bij mensen die hysterisch zijn. En ik raad je aan om me deze keer de waarheid te vertellen.' Ik sta te trillen op mijn benen en bal mijn vuisten als ze zegt dat ze Nick al maanden niet meer heeft gezien.

'Ja, het is uit. Uit! Ik heb het meteen uitgemaakt nadat ik erachter was gekomen dat jij met hem naar het nest was geweest. Wat denk je nou? Dat ik een man wil die met jou...' ze kijkt naar me alsof ik een stuk vuil ben dat net onder een steen vandaan is gekropen, '...naar bed is geweest?' Ze schatert het uit en laat dan de bom vallen. 'Hij weet het!'

'Wat weet hij?' vraag ik zo zacht dat ik mezelf amper versta.

'Alles! hij weet alles.'

De tranen springen in mijn ogen als ik haar dan hoor vertellen dat Nick al die tijd heeft geweten dat ik haar tweelingzus ben en dat hij gewoon wraak heeft genomen.

'Ja, zusje. Hij heeft je vannacht gewoon geneukt omdat hij woedend was toen ik hem vertelde wat we hadden gedaan.'

'Wat hebben we dan gedaan?' vraag ik met een angstig voorgevoel. Met een driftige beweging veeg ik de tranen van mijn gezicht. Ik heb het gevoel alsof mijn hart in steen is veranderd en zo zwaar is dat ik mijn armen om mijn middenrif sla.

'Oh, je weet wel. Dat we dit altijd doen, dat we hem eigenlijk tegelijk wilden en dat jij hem wilde omdat je hem ook wel eens...' Wat ze verder wil zeggen zal ik nooit weten omdat ik haar weer sla. En wel zo hard dat ze met een kreet en een geschokte blik achterover op de bank valt.

'Don en Raf hadden gelijk. Ik ben een trut dat ik me iedere keer door jou laat gebruiken.' Mijn stem breekt. 'Maar niet meer. Nooit meer, Anoek.' Terwijl ik amper iets kan zien door de tranen, draai ik me om en ren haar appartement uit. Ik moet hier vandaan. Ik moet hier weg.

Hij wist het! Nick heeft het al die tijd geweten en hij heeft niets gezegd. Hij deed net alsof. Hij liet me in de waan en is weer met me naar bed geweest. Uit wraak. Nu begrijp ik zijn woede van vannacht en de ruwe manier waarop hij... De blik in zijn ogen, de manier waarop zijn zwager... Oh, mijn god. Die wist het ook.

Hoelang ik voor me uit heb zitten staren, weet ik niet, maar ik schrik op uit mijn apathie als mijn mobiel, die ik met alle geweld van Don mee moest nemen, gaat. Ik laat hem overgaan, maar neem dan toch op omdat ik weet en zie dat het Don is.

'Sasha? Lieverd? Waar ben je? We zijn doodongerust. Is alles goed? Sasha? Zeg iets,' ratelt hij achter elkaar door.

'Oh, ik mag?' vraag ik sarcastisch en barst dan in snikken uit.

'Niet huilen, lieverd. Vertel me wat er is gebeurd?'

Het enige dat ik kan zeggen is dat hij het weet.

'Wie weet het?' vraagt Don. 'Sasha?'

'Nick weet het. Hij wist het al die tijd. Anoek heeft tegen me gelogen en... Ik moet nu ophangen, Don. Ik spreek je later,' zeg ik en verbreek de verbinding. Als de telefoon meteen weer overgaat, zet ik hem uit.

'Hallo, juffrouw Lester,' zegt de aardige portier, die er het weekend dat ik bij Nick was ook was, als ik op hem afloop. 'Dat is een tijd geleden.'

'Eh ja,' zeg ik met een waterig lachje. 'Is Nick al thuis?'

'Volgens mij wel. Op zondag gaat hij nooit zo vroeg de deur uit. Ik zal even naar boven bellen dat u...'

'Nee!' zeg ik zo hard dat de portier me een beetje verbaasd aankijkt. 'Nee, ik wil hem verrassen. Alsjeblieft, niet zeggen dat ik er ben,' zeg ik en probeer zo normaal mogelijk te klinken. Godzijdank verbergt mijn zonnebril mijn rode ogen.

'Ja, natuurlijk. Wacht even dan pak ik de sleutel zodat u naar het penthouse kunt,' lacht hij vriendelijk en loopt voor me uit naar de lift.

In de lift doe ik mijn zonnebril af en trek het elastiek uit mijn paardenstaart. Als ik de bovenste verdieping heb bereikt, haal ik diep adem, zet de zonnebril weer op en druk dan op het knopje dat de liftdeuren opent. Een blik op mijn horloge vertelt me dat het vijf voor half twaalf is. Als hij nog niet thuis is, blijf ik hier gewoon net zolang wachten tot hij thuiskomt. Mijn gympen maken geen geluid als ik door de grote hal de woonkamer inloop en blijf stokstijf staan als ik hem met zijn rug naar me toe in de keuken zie staan. Zijn haar is nog nat van de douche en hij heeft alleen een trainingsbroek aan. Mijn hart klopt in mijn keel die opeens kurkdroog is. Als hij zich omdraait, doe ik bijna een stap naar achteren. Ik zie in zijn ogen dat hij schrikt, maar zich zo snel weer herstelt dat ik bijna denk dat ik het me heb verbeeld.

'Wat doe jij hier?' Hij zet zijn mok op het aanrecht. 'Waar heb ik de ongelofelijke eer aan te danken?'

Ik bal mijn vuisten als hij op me afkomt en dan vlak voor me blijft staan. Ik moet mijn hoofd in mijn nek leggen om hem aan te kunnen kijken.

'De zon schijnt hierbinnen niet. Buiten trouwens ook niet,' zegt hij met een hoofdbeweging naar het grote raam.

Het is gaan regenen en het is opeens zo donker buiten dat je eerder zou denken dat het al tegen de avond is dan dat het pas halverwege de dag is.

Hij schuift mijn zonnebril boven op mijn hoofd en ik blijf doodstil staan onder zijn onderzoekende blik. 'Vertel me eens met wie van de Lesterzusjes ik deze keer te maken heb,' zegt hij met een harde blik in zijn ogen.

Het besef dat hij ons echt niet uit elkaar kan houden, doet pijn. De spottende blik in zijn ogen is meer dan ik kan verdragen. Ik wil net mijn ogen neerslaan als ik iets zie dat me zo'n schok bezorgt, dat ik zijn armen beetpak om niet door mijn knieen te gaan. Zijn ogen! Het groen is er niet meer. De manier waarop hij me aankijkt, de manier waarop hij, weliswaar spottend, naar me lacht. Het is anders. Mijn ogen vliegen over zijn gezicht.

'Wat?' vraagt hij als ik mijn mond open maar geen woord over mijn lippen krijg. Ik neem zijn gezicht in mijn handen en kijk hem recht in zijn ogen. 'Jij bent het niet.'

Door een mist van tranen zie ik hoe hij zijn ogen tot spleetjes knijpt. Dan vloekt hij en doet een stap naar achteren. Met twee handen tegelijk strijkt hij door zijn haar dat daardoor recht overeind blijft staan.

'Allemachtig, jij bent haar zus,' zegt hij en doet dan weer een stap naar me toe.

Ik steek mijn handen voor me uit en zeg dat hij me niet moet aanraken. 'Jij... jullie... Oh, mijn god. Jullie zijn ook een tweeling en hij... Jij bent Nick. Anoek zei dat jij het was. Maar jij was het niet. Ik heb jou nog nooit ontmoet. Jij was het niet,' zeg ik weer en loop, terwijl de tranen over mijn gezicht stromen, achteruit. 'Ik ben nooit met jou...'

Nick loopt op me af en steekt zijn hand naar me uit, maar ik sla hem weg.

'Raak me niet aan!' Mijn ogen gaan over zijn gezicht, het gezicht dat identiek aan dat van 'hem' is maar toch zo anders. 'Ik hoop dat jullie hier samen geweldig om kunnen lachen, want jullie wraak is zoet geweest.' Met een snik draai ik me om en ren de woonkamer uit. Bij de lift krijgt Nick me te pakken en hoewel ik vecht en schreeuw dat hij me los moet laten, doet hij het niet.

'Jij en Anoek hebben Luke net zo goed...'

Luke? Ik ruk mijn arm los als de liftdeuren opengaan. 'Nou zeg dan maar tegen Luke, dat hij een geweldige show heeft opgevoerd en dat ik hem, als ik hem ooit weer zie, vermoord!' Ik stap de lift in. 'Oh, en dat alles wat ik heb gedaan en gezegd leugens waren omdat ik nu eenmaal mijn zus speelde.' Ik weet het, het is kinderachtig, maar ik schaam me zo verschrikkelijk. Ik geloof niet dat ik ooit zo vernederd ben in heel mijn leven. 'Hij verdient een Oscar!'

'Ik denk dat jullie er allebei een hebben verdiend,' zegt Nick met een diepe zucht vlak voordat de liftdeuren dichtgaan.

Als ik thuis kom, zijn Don en Raf er allebei. Een blik op mijn opgezwollen gezicht en ze weten genoeg. En echt, ik ben het niet van plan. Ik had me voorgenomen niet te vertellen dat ik bij Nick was geweest en zeker niet wat er daar was gebeurd. Maar voor ik het weet, barst ik in snikken uit en gooi ik het hele verhaal eruit. God, hun gezichten zal ik nooit meer vergeten.

Ze zeggen niets en houden me alleen maar vast. Als ik aan het eind van

mijn verhaal ben gekomen, voel ik me zo leeg, zo verdrietig en zo ontzettend moe, dat ik me door hen als een klein kind laat uitkleden en in
bed laat stoppen.

'Hij wist het. Hij heet Luke en hij...'

'Sst, lieverd, niet meer aan denken,' sust Raf me en strijkt mijn haar
uit mijn gezicht.

'Hij weet het al maanden. Anoek heeft tegen me gelogen. Ze gaan niet
trouwen. Ze heeft het meteen uitgemaakt toen... Met zijn broer. Ik
bedoel Nick. Zijn broer heet Nick. Ze zijn net als Anoek en ik een
tweeling, maar ze lijken niet op elkaar.'

'Doe je mond eens open, lieverd,' zegt Don en houdt me een aspirine
voor.

Gehoorzaam open ik mijn mond en neem een paar slokken uit het glas
dat hij vervolgens tegen mijn lippen duwt.

'Zo, en nu ga je slapen. Als je wakker bent zijn we hier nog steeds en
praten we verder. Kom, lieve schat, doe je ogen dicht,' zegt Don en
strijkt met zijn hand over mijn ogen.

'Hij wist het al die tijd,' fluister ik.

'Sst, niet meer praten,' zegt Raf. 'Eerst slapen, kleintje.'

28

Lusteloos zit ik in mijn schaaltje yoghurt te roeren. Ik schep de lepel vol en houd hem dan ondersteboven.

'Sasha, hou op met dat geknoei,' zegt Don. Hij pakt de lepel uit mijn hand en schuift het schaaltje bij me vandaan. Met een diepe frons kijkt hij me zwijgend aan als ik mijn hoofd op mijn hand laat rusten.

'En denk je dat je vandaag je haar nog kamt? Ik geloof dat een douche ook geen overbodige luxe is,' zegt hij met een veelbetekenende blik. 'Kom, lieverd, ga lekker douchen dan voel je je meteen weer een stuk beter.' Hij strijkt een losgeraakte lok achter mijn oor.

'Straks, Don, ik heb nu geen zin. En waarom zou ik me douchen? Het is zaterdag en ik ga vandaag de deur niet uit.'

'Dat ga je al bijna een maand niet meer. Niet sinds je Luke voor het laatst hebt gezien. Is hij dit nou allemaal waard? Je ziet eruit als een slons. Ma Flodder is er niets bij.' Don staat op en loopt om de bar heen. Hij draait mijn kruk naar zich toe en duwt mijn benen uit elkaar zodat hij ertussen kan staan.

Geschrokken sla ik mijn armen om zijn nek als hij mijn benen om zijn middel trekt en me van de kruk aftilt. Met een vastberaden gezicht loopt hij met me door de woonkamer naar mijn slaapkamer.'

'Goh, laat me raden, Don. Je hebt besloten om als troost hartstochtelijk de liefde met me te bedrijven?'

'Het spijt me je te moeten teleurstellen, lieve schat, maar daar ben je te vies voor. Sorry, anders met alle liefde,' reageert hij droog.

Hij schiet in de lach om mijn verontwaardigde uitroep en loopt door naar de douche.

'Dit eindigt vandaag. Dat zelfmedelijden van jou is vanaf nu voorbij. Je gaat onder de douche, al moet ik je zelf wassen. En dan trek je voor de verandering iets leuks aan in plaats van dat joggingpak waar we je in uit kunnen tekenen en dan...'

'Toevallig is het wel een Gucci-joggingpak hoor, en...'

'Ja, en dat is vanaf vandaag dus foetsie!'

Je zou zijn gedichten moeten lezen die hij voor Sinterklaas maakt. Ronduit hilarisch!

'Je trekt vandaag normale, vrouwelijke kleren aan... die ik wel even voor je klaar zal leggen. En dan gaan we lekker winkelen. We gaan met jouw geld smijten. Dat staat maar op de bank te staan, belachelijk gewoon. En dan gaan we vanavond weer eens lekker naar de club en...'

'Nee! Daar gaan we niet naartoe. Je kunt op je kop gaan staan...' De rest van mijn zin gaat verloren in mijn sweater als Don die met een ruk over mijn hoofd trekt en naar de hoek smijt waar de wasmand staat. Ik steun op zijn schouders als hij door zijn knieën gaat en mijn broek over mijn heupen omlaag trekt.

'Don, laat dat! Ik kan mezelf wel uitkleden. Tjonge jonge, soms denk ik wel eens...'

'Goh? Doe je dat tegenwoordig nog? Ik dacht dat je die hersenen van je niet meer gebruikte. Nou kom op, onder de douche,' zegt hij en duwt me de douchecabine in en draait doodleuk de kraan open. '

'Haren wassen! En je blijft er zeker een kwartier onder. Je bent vies!'

'Weet je wel dat je een ontzettende bemoeial bent?'

Hij slaat zijn armen over elkaar en blijft me zwijgend aankijken. Ik weet dat ik dit niet ga winnen, en steek mijn tong naar hem uit voor ik hem met een diepe zucht de rug toedraai.

Met mijn ogen dicht geniet ik van de warme stralen die over mijn gezicht en lichaam lopen. Ik kam met mijn vingers door mijn haar dat inderdaad vies aanvoelt. Het zit vol klitten en ik weet dat Don gelijk heeft. Ik verwaarloos mezelf en daar moet ik mee stoppen.

Luke is een afgesloten hoofdstuk en ik moet ophouden met dat zielige gedoe. Ik heb alles aan mezelf te danken. Het is nu ruim een maand, drie weken, vier uur en bijna drie kwartier geleden sinds ik hem voor het laatst heb gezien. Ik ben zelfs bij de club weggebleven omdat ik bang was hem daar weer te zien. Maar wie neem ik in de maling? Hij wil me nooit meer zien en zal daar dus ook niet meer naartoe komen. Ik neem een besluit, en wel dat ik weer verder ga met mijn leven. En om te beginnen gaan we inderdaad lekker met mijn geld smijten. Ik ga de meest sexy outfit kopen die ik kan vinden en dan neem ik mijn mannen komend weekend weer mee naar de club.

Tjonge, waar heb ik die schoen nou gelaten? Ik laat me op mijn knieën vallen en kijk onder het bed. Het is al half negen, en als ik niet op-schiet kom ik nog te laat op mijn werk. Ik doe mijn ogen snel dicht als ik te snel overeind kom en zo duizelig word dat alles om me heen begint te draaien. Ik heb ze nog steeds dicht als de telefoon gaat, die maar blijft rinkelen tot het antwoordapparaat aanslaat.

Ik hijs mezelf overeind en besluit om dan maar een paar andere schoe-nen aan te doen. Met een boterham in mijn mond, mijn ene arm in de mouw van mijn jas, breek ik bijna mijn nek over de lus van mijn tas als ik als een bezetene door de woonkamer ren.

Ik ben maar een kwartier te laat. Iedereen, Don, Emmy met haar blonde dreadlocks die ze vandaag in bedwang houdt met een felgroene band, Mariah (die eigenlijk Maria heet, maar dat te gewoon vindt klinken) die er in haar knaloranje outfit weer uitziet alsof ze net van een Baghwan-bijeenkomst komt, of zijn het de Hare Krishna's die oranje dragen, en Fer kijken me allemaal verbaasd aan als ik de kamer, die we ons commandocentrum noemen, binnen kom stormen.

'Waar is de brand?' vraagt Don die doorgaat met het volschenken van zijn koffiemok. 'Thee?'

'Eh, ja, doe maar.' Ik trek mijn muts van mijn hoofd en doe dat zo wild dat ik meteen het elastiekje van mijn paardenstaart half meetrek. 'Dan niet,' zeg ik en ruk het elastiekje eruit dat spontaan breekt en gooi het in de prullenbak.

'Nou ik geloof dat we jou maar even met rust laten,' zegt Emmy die de mand croissant doorgeeft aan Fer die er in zijn korte hemdje uitziet alsof het hartje zomer is, in plaats van winter. Het is verdorie zo koud dat mijn vingers nog stijf staan als ik mijn leren handschoenen uittrek. Ik pak dankbaar de warme beker van Don aan en loop dan naar mijn stoel.

'Croissantje, Sas?' Fer houdt de mand onder mijn neus vanwaar de heerlijke geur van versgebakken brood mijn neus binnendringt.

'Ja, lekker.' Ik pak er een met chocola. Gelukkig is mijn eetlust weer terug. Nou ja redelijk. Met mijn mond vol trek ik mijn wenkbrauw op naar Don als die me vragend aankijkt. Ik vraag me af wat er aan de hand is en wat ik had moeten doen of zeggen, maar me met geen mogelijkheid meer kan herinneren.

'Heb je Pierre gesproken?'

Oh, god, dat is waar ook. Ik moest Pierre over zien te halen toestemming te geven voor de nieuwe paspoppen die volgens Don absoluut noodzakelijk zijn. Oké, ik ben het met hem eens dat die we nu gebruiken eindelijk eens met pensioen moeten. Maar ik vraag me opnieuw af of Pierre net zo enthousiast zal raken als Don, als hij hoort wat de nieuwe poppen, of modellen zoals Don ze noemt, kosten. Jeetje, ik dacht even dat hij de komma verkeerd had gezet. Maar als ik Don mag geloven, is het nog een koopje ook en moet ik snel beslissen, anders gaan ze nog aan onze neus voorbij.

'Nee, maar dat ga ik straks meteen even doen. Eerst bijkomen.'

Na een chaotische werkbespreking ben ik ruim een uur later alleen. Zuchtend laat ik mijn hoofd op mijn armen vallen. Jeetje, ik zou zo kunnen slapen. God, dat kan ik de hele dag wel. Zou ik soms de een of andere slaapziekte, of hoe heet dat... de ziekte van Pfeiffer hebben?

'Ga je mee lunchen, Sas?' vraagt Fer met zijn hoofd om de hoek van de deur van mijn kantoor.

Ik schrik zo dat ik van schrik de computer uitdruk. Daar staat de doodstraf op als ik Don mag geloven. Met een knalrood hoofd alsof ik betrapt ben terwijl ik naar een pornosite zit te kijken, kijk ik Fer aan die ook meteen van kleur verschiet.

'Het spijt me Sas, ik wilde je niet laten schrikken.'

'Is al goed, was er iets?'

'Ja, ik vroeg of je mee ging lunchen. Don en Mariah gaan ook mee.'

'Oh nee, ik heb niet zo'n honger.' Is het al zo laat? Een blik op mijn horloge vertelt me dat het inderdaad al zo laat is. Goh, wat gaat de tijd snel als je dingen doet die niet mogen. 'Ik maak dit even af.'

'Is goed, tot straks,' zegt Fer en sluit de deur weer achter zich.

'Oké, eens kijken of ik je dan op een andere manier kan vinden,' mompel ik tegen het beeldscherm en druk de computer weer aan. Ik heb in een opwelling bedacht dat Nicks bedrijf vast wel op internet staat en ik ben nu dus een poging aan het wagen hem te vinden. Ja, ik weet het, ik zou niet meer aan Luke denken, maar het is onmogelijk, en ik doe hier toch niemand kwaad mee? Maar het is toch moeilijker dan ik dacht, dat internetgebeuren. Ik weet trouwens niet eens hoe het bedrijf heet, en het telefoonboek heeft ook al niets opgeleverd. Ik schrik me weer half lam als de deur opnieuw opengaat.

'Wat hoor ik nou?' vraagt Don. 'Geen honger?'

'Nee, niet echt. Ik wil dit even afmaken.' Ik maak een hoofdgebaar naar de stoffenlijst die naast de computer ligt, mijn vinger bij het knopje om de computer uit te zetten voor het geval hij een stap in mijn richting doet. 'Wees lief en neem een flesje jus d'orange voor me mee als je weer terugkomt. Oh en een fruitsalade.'

'Oké dan, maar vanavond eet je wel. Ik kom bij je eten, dus dan moet je wel koken.'

'Is goed, lieverd. Ga jij nu maar lekker eten en laat mij verder gaan met mijn werk.'

'Ik ben al weg,' lacht Don.

Met een diepe frons bijt ik op de binnenkant van mijn wang en probeer te bedenken hoe ik achter de naam van Nicks bedrijf kan komen. Ik probeer maar gewoon zijn naam in combinatie met internetbedrijf en alles wat ik nog meer kan bedenken. Mijn hart vliegt bijna door mijn keel naar buiten en mist beslist een slag als ik een foto van Nick en Luke voor mijn neus zie. Ik beweeg de muis over het scherm en schrik als de foto opeens twee keer zo groot wordt. 'Oh, Luke.' Ik fluister zijn naam en strijk voorzichtig met mijn vinger over de foto. *De gebroeders Warner, 27 jr. Eigenaars van het succesvolle bedrijf 'Time Capsule'* staat er onder de foto. Ik lees dat ze het bedrijf vijf jaar geleden samen zijn gestart en vrijwel vanaf het begin een succes is geweest. Twee jaar geleden is Benjamin Meijer, die kennelijk een bekende softwareontwikkelaar schijnt te zijn, in het bedrijf gekomen. Ik klik op de knop *'ontwikkelingen'* en lees dan dat Nick een grote deal met een Japans bedrijf heeft gesloten en het alleenrecht heeft gekregen om hun producten op de Nederlandse markt te brengen.

Het bedrijf ontwikkelt ook spelletjes. Kennelijk is Luke het grote succes achter het razend populaire Computerspel *Time stood stil*, waar ze, als ik het artikel mag geloven, ongelofelijk veel geld mee hebben verdiend toen het ook in het buitenland het best verkochte spel sinds jaren was geworden.

Mijn ogen vliegen over het scherm om alle informatie die ik maar kan vinden in me op te nemen. Steeds opnieuw kijk ik naar de foto, en dan naar de linker man. Ik vraag me af wanneer die foto is gemaakt omdat zijn haar iets korter is en hij er ook jonger uitziet. Oh ja, vier jaar, realiseer ik me omdat het onderschrift bij de foto zegt dat hij 27 is. Voor ik het weet, klik ik op 'afdrukken'. Snel sta ik op en loop naar de printer. Als Don nu binnenkomt, heb ik heel wat uit te leggen.

29

'Dat is mijn meisje,' zegt Don als ik hem bel en vraag of hij en Raf vanavond meegaan naar de club.

'Ja, het is de hoogste tijd om mijn leven weer op te pakken.'

'Goed, dan zijn we rond een uur of elf bij je. Raf ligt nog te slapen, die was vanmiddag pas laat terug uit Milaan.'

Oh ja, dat is waar ook. Hij had daar een fotoshoot.

'Misschien wil hij liever thuis blijven.' Ik schiet in de lach als ik Don hoor zeggen dat we hem dan zullen moeten platspuiten omdat hij dat nooit zal doen.

'Nee, wat dat betreft, zou hij jouw tweelingbroer kunnen zijn. Over tweelingen gesproken? Heb je nog iets van die *evil twin* van je gehoord? Nee, zeker?'

'Nee, Don, en daar zit ik ook niet op te wachten. Niet meer,' laat ik er zacht op volgen. 'Zo, en nu ga ik ophangen. Ik ga lekker uitgebreid in bad en dan kijken wat ik vanavond aan zal doen.'

'Maak je het niet te gek?' vraagt Don.

'Nee, lieve schat, ik zal me gedragen.'

'Tjonge, jonge, Sas, ik durf er niet aan te denken hoe je eruit had gezien, als je het wel te gek had gemaakt,' zegt Don een paar uur later met een veelbetekenende blik naar mijn zwarte mini-jurkje met het diepe decolleté dat bijna tot aan mijn navel komt. 'Heb je de zijpanden op je borsten vastgeplakt of zo? Ik snap niet dat dat blijft zitten. En sinds wanneer draag jij geen beha?' vraagt hij met opgetrokken wenkbrauwen.

'Sinds ik deze jurk aan heb. Zoals je ziet, kan hier geen beha onder.'

Als om dat te bewijzen draai ik me om en laat hem mijn rug zien die zo laag is dat de aanzet van mijn billen bijna te zien is.

'Sas, dat is onfatsoenlijk,' bemoeit nu ook Raf zich ermee. Dat uit zijn mond te horen wil dus heel wat zeggen.

'Stellen jullie je alsjeblieft niet zo aan, zeg. Toen J. Lo zoiets aan had hoorde ik jullie geen van tweeën,' zeg ik lichtelijk geïrriteerd terwijl ik weer naar de slaapkamer loop.

'Nee, maar die heeft ook niet zo`n voorkantje als jij,' roept Don me na.

Ik bekijk mezelf opnieuw in de spiegel, en vind dat het best kan. Oké, ik draag geen beha, en dat is dus echt voor het eerst. Maar sinds Nick heb ik er geen moeite meer mee, en ik weet dat de jurk me fantastisch staat. Ik besluit een beetje water bij de wijn te doen door er een kort broekje onder aan te doen. En nadat ik in een opwelling besluit mijn schoenen te verruilen voor een paar zwarte laarzen, die tot over mijn knie komen, en hele hoge stilettohakken hebben, ben ik er klaar voor. Zo, nu alleen tot slot nog even mijn hoofd een paar keer van voor naar achteren gooien, zodat mijn haar lekker wild zit en dan ben ik er echt helemaal klaar voor. Zelfverzekerd, in de wetenschap dat ik er goed uitzie, loop ik terug naar de woonkamer.

'Allemachtig, Sas, alleen je zweep nog en we kunnen zo naar een kinky party. Zullen we dat eens een keer doen?' vraagt Don, wat hem twee opgetrokken wenkbrauwen van zowel Raf als mij oplevert. 'Oké, dan niet, maar het komt door jouw outfit, Sas,' grinnikt hij.

'Hier dit heb ik voor je uit Milaan meegenomen,' zegt Raf en steekt me een zwarte laktas toe. 'Ik dacht misschien dat je die vanavond wel aan zou willen, maar ik moet toegeven dat die jurk die je nu aan hebt veel... eh, spectaculairder is.'

'Oh, wat mooi,' roep ik verrukt als ik de smaragdgroene jurk uit de doos haal en opnieuw naar de slaapkamer loop. Het is een echte *Valentino* en hij moet een fortuin gekost hebben. 'Raf, zeg me dat je die niet voor me hebt gekocht,' zeg ik als ik hem via de spiegel de slaapkamer binnen zie komen.

'Nee, liefje, die heb ik voor jou gekregen,' lacht hij. 'Je weet toch dat ik ook een show voor *Valentino* heb gelopen? Daar zag ik die jurk op het rek hangen. Ik wist meteen dat die voor jou gemaakt was.'

Ik knuffel hem stevig en vraag of ik die dan maar aan zal doen.

'Nee, bewaar hem maar voor je verjaardag.'

Mijn gezicht betrekt meteen. Ik haat mijn verjaardag en wil het al jaren niet vieren, maar daar heeft Don, en nu ook Raf, zich nog nooit aan gestoord. Nou ja, ik zal er in ieder geval prachtig uitzien in een echte *Valentino*.

'De jurk die je nu aanhebt staat je echt geweldig, *querida* ,' zegt Raf met een bewonderende blik. 'Ik denk dat we het vanavond weer erg druk krijgen om al die mannen bij je vandaan te houden.'

'Hm, alsof die het ooit wagen bij me in de buurt te komen,' zeg ik droog. 'Echt, hoe ik in godsnaam ooit een man moet vinden met jullie twee in de buurt.'

'Geloof me dat, als de ware zich aankondigt, hij door Don en mij aan zijn nekvel naar je toe gesleurd zal worden,' zegt hij met twinkelende ogen. 'Maar we weten alle drie ook dat je totaal geen interesse in mannen hebt. Niet sinds je Luke hebt leren kennen.' Weg is zijn ondeugende blik en met een lieve glimlach neemt hij mijn gezicht in zijn handen.

'Ik wilde dat je niet zo ongelukkig was, lieverd. Je moet die man vergeten.' Hij kust het puntje van mijn neus en neemt me dan in zijn armen. Ik zucht en klem mijn armen om zijn middel.

'Ja, dat weet ik, maar iets weten en ernaar handelen zijn twee heel verschillende dingen.' Ik laat mijn hoofd in mijn nek vallen en kijk hem aan. 'Echt ik probeer het, maar ik kan hem gewoon niet vergeten.'

'Gaan we nog weg of blijven we toch maar liever thuis,' hoor ik Don opeens vanuit de deuropening zeggen. 'We zouden ook lekker met zijn drieën in bed kunnen kruipen en een paar films kunnen kijken.'

'Nee, ik wil dansen.' Ik maak me los uit Rafs armen. 'Kom, laten we lekker los gaan vanavond.' Ik zie de blikken die de mannen met elkaar wisselen wel, maar besluit ze te negeren.

Het is niet zo druk als anders als we de latinclub binnenkomen, maar dat vind ik niet erg. Het is gezellig druk en de dansvloer is niet zo overvol.

We worden onderweg naar ons vaste plekje begroet door een paar bekenden en ik laat me stevig omhelzen door Ricco.

'Hallo schoonheid, wanneer stuur je die twee lelijkerds nou de laan uit zodat jij en ik er samen vandoor kunnen?'

'Op de dag dat ze me niet meer kunnen bevredigen,' zeg ik zo serieus dat hij me even perplex aankijkt en dan in lachen uitbarst.

'Weet je zeker dat je niet stiekem hebt gedronken voor we je kwamen ophalen?' vraagt Don en duwt me voor zich uit naar de bar.

'Je weet dat ik geen stiekeme drinker ben,' zeg ik en sein naar Ricco die weer achter de bar staat. 'Doe maar een Bacardi.'

'Nee, doe maar niet,' zegt Don. 'Doe maar een lekker glas Pepsi Max met veel ijsblokjes.'

'Don!'

'Sas?'

'Laat maar,' zucht ik, 'kom, ik wil dansen. Wie gaat er mee?'

Raf trekt me achter zich aan naar de dansvloer waar we zeker het eerste kwartier niet meer afkomen. Als Raf wil gaan zitten, sein ik naar Don die lachend zijn glas neerzet en zijn plaats inneemt. Zo gaat het bijna een uur achter elkaar tot ik zo'n dorst heb dat ik me mee naar de bar laat trekken. Ik heb net een slokje van mijn limonade genomen als ik Don hoor vloeken. Ik draai me verbaasd naar hem om en zie hem over mijn hoofd met een grimmige blik in zijn ogen naar iets staren. Als ik ook Raf iets hoor zeggen dat verdacht veel op een vloek lijkt, draai ik mijn hoofd in de richting waarin ze beiden kijken en verstijf dan ter plekke. Oh, mijn god, hij is er weer.

Voor ik de kans krijg me te herstellen, komt Luke met een vastberaden blik in zijn ogen naar ons toe.

Ik raak in paniek en wil van de kruk afstappen, maar Don houdt me tegen en Rafs blik maakt dat ik het niet meer probeer.

Luke blijft me zo diep in mijn ogen aankijken dat ik begin te trillen. Zijn ogen gaan naar Dons handen op mijn heupen en vandaar naar boven. Ik pers mijn lippen stijf op elkaar als zijn ogen overdreven lang op mijn borsten blijven rusten en ik bal mijn vuisten als ik voel hoe ik op hem reageer.

'Ik moet zeggen dat ik er niet op had gerekend jullie hier weer aan te treffen,' zegt Luke.

'Oh, ik denk dat we dat beter tegen jou kunnen zeggen,' zegt Raf. 'Eerlijk gezegd hadden wij er niet op gerekend dat jij het lef zou hebben dat smoelwerk van jou hier nog te laten zien na wat jij Sasha hebt geflikt.' Aan Rafs toon weet ik dat hij op het punt staat Luke te lijf te gaan.

'Raf, laat maar. Hij heeft zijn wraak gehad. En ach, ik heb er wel van genoten. Hij heeft in ieder geval goed zijn best gedaan,' zeg ik terwijl ik me weer naar Luke omdraai en hem recht in zijn ogen aankijk.

'Tja, ik weet dat je er twee tegelijk gewend was, maar ik dacht toch dat je goed aan je trekken bent gekomen,' zegt Luke zo kil dat ik ervan schrik.

Voor Don kan reageren heeft Raf hem al bij de kraag van zijn hemd naar zich toe gerukt, en het is alleen doordat ik er tussenspring dat ze niet op de vuist gaan.

'Met hoeveel mannen ik wel of niet tegelijk naar bed ga, gaat niemand wat aan,' zeg ik met fonkelende ogen. 'Weet je? Ik heb nu eenmaal niet genoeg aan een man,' gooi ik er woedend uit. 'En als je ons nu zou willen excuseren, zou ik graag weer alleen met mijn minnaars willen zijn. Je stoort!'

De blik in Lukes ogen vertelt me dat ik te ver ben gegaan, net zoals de blikken in Don en Rafs ogen me duidelijk maken dat ze niet kunnen geloven wat ik zojuist heb gezegd. Maar de minachtende blik in Lukes ogen is gewoon meer dan ik kan verdragen.

'Problemen, Sasha?' vraagt Ricco op een toon waarvan ik weet dat een woord van mij ervoor zorgt dat Luke door de uitsmijters naar buiten begeleid zal worden.

'Nee, geen problemen, hij gaat net weg,' zeg ik met een opgetrokken wenkbrauw naar Luke.

'Ja, ik ga weg, maar ik weet zeker dat we elkaar snel weer zullen ontmoeten. En misschien laat ik je die woorden dan wel terugnemen.' Hij draait zich met een ruk om en loopt de club uit.

Don slaat zijn armen van achteren om me heen, maar ik maak me los uit zijn omhelzing.

'Sasha, ik geloof niet...'

'Nee, Don, ik moet het weten,' zeg ik en loop de club uit.

Als ik buiten kom, is Luke al bijna op de hoek. Ik roep zijn naam en ren achter hem aan. Met zijn handen in de zakken van zijn jas blijft hij staan. De kille harde blik in zijn ogen maakt dat ik me bijna bedenk, maar ik moet het weten.

'Waarom? Waarom heb je me die avond toen je me met Don en Raf in de club zag niet meteen verteld dat je het wist? Je hebt me gewoon laten praten, je hebt me... Waarom?'

'Ach, ik wilde wel eens zien wat je deze keer van plan was. En om eerlijk te zijn, was ik in eerste instantie met stomheid geslagen. Ik had geen idee. Pas toen je zei dat je bij je zus Sasha op bezoek was, besefte ik dat jij niet wist dat ik het wist. Of wist je het wel en had je even genoeg van die twee? Allemachtig, ik dacht dat Anoek erg was, maar jij bent tien keer erger,' slingert hij me naar mijn hoofd. 'Twee minnaars tegelijk, je liet je nog net niet publiekelijk nemen.'

'Ik dans en... neuk, om maar met jouw woorden te spreken, wie ik wil, wanneer en waar ik dat wil, Luke Warner. Zoals je misschien nog heel goed weet.'

Met een van woede vertrokken gezicht trekt hij me aan mijn polsen tegen zich aan en staart naar mijn borsten die plat tegen zijn borst worden gedrukt.

'Die jurk is ook ronduit onfatsoenlijk. Godallemachtig, je bent niet te geloven,' zegt hij en perst dan met een vloek zijn lippen op de mijne.

Ik weet dat hij me kust me om me pijn te doen, om me af te straffen. Het gaat hem zo goed af dat de tranen als vanzelf over mijn wangen stromen terwijl hij me blijft kussen. De manier waarop hij me kust, maakt dat ik hem kan weerstaan en niet op zijn kussen reageer. Godzijdank, want de vernedering zou nog groter zijn als ik ondanks zijn beledigende woorden toch op hem zou reageren. Hij tilt zijn hoofd op en kijkt me diep in mijn ogen aan.

'Niet?' vraagt hij en haalt dan zijn schouders op.

Ik denk dat hij me nu wel los zal laten, maar daar vergis ik me in. Met zijn lippen tegen mijn oor mompelt hij de meest schokkende dingen in mijn oor.

'Wat denk je? Zullen we dat eens uit gaan proberen? Misschien vind je het wel lekker.'

Ik probeer me los te trekken, maar hij blijft mijn polsen vasthouden..

'Luke, alsjeblieft, je bent nu alleen maar kwaad dat ik...'

'Ja, daar heb je gelijk in, maar ik wil nog steeds met je naar bed. Misschien windt de gedachte, jou met twee mannen te zien, me wel op,' zegt hij tot mijn verbijstering en kust me dan opnieuw. Deze keer kust hij me net zolang tot ik toegeef en als hij eindelijk mijn polsen loslaat, sla ik mijn armen om zijn nek. Hij verdiept zijn kus en rukt het volgende moment mijn armen van zijn nek en duwt me dan zo hard van zich af dat ik bijna op de grond val. Mijn god, ik geloof dat ik me nog nooit zo geschaamd heb als op dit moment.

'Ik heb me vergist. De gedachte aan jou met die twee mannen maakt dat ik van je walg,' zegt hij met zoveel minachting dat ik mijn hand voor mijn mond sla. Met een gesmoorde kreet draai ik me om en ren recht in Dons armen die op me af komt lopen.

'Wat heeft hij gedaan? Ik zweer je als hij je...'

'Niets. Ik wil naar huis,' fluister ik.

30

'Volgens mij wordt er gebeld,' zegt Raf, die languit op zijn buik ligt, zonder zijn ogen open te doen.

'Ja, dat dacht ik ook al,' zegt Don die, doodleuk op zijn rug met zijn onderarm over zijn ogen, blijft liggen.

Als ik zeg dat ik niets heb gehoord, blijven ze beiden volhouden dat er toch echt iemand voor de deur staat. 'Nou zal een van jullie dan niet even gaan kijken?' zeg ik zonder mijn hoofd van mijn arm op te tillen. Ik duw met mijn tenen in Rafs zij omdat hij het dichtst bij me ligt.

'Ik niet, het is jouw huis.' Hij kietelt me onder mijn voet en schuift iets verder bij me vandaan.

'Ja, dat is lekker. Dus het is nu opeens mijn huis? Jullie zijn hier, sinds ik deze sauna vorige maand heb laten installeren, verdorie bijna bij me ingetrokken, en...' Ja, er wordt gebeld, en hard ook. Met een diepe zucht sta ik op en sla een handdoek om mijn bezwete lichaam. 'Ik ben nog gek ook dat ik me zo door jullie laat commanderen.'

Ik schrik me half lam als er op het moment dat ik mijn hand naar de voordeur uitsteek, opnieuw lang en hard wordt gebeld. Zonder door het kijkgaatje te kijken trek ik de deur open en denk dat ik ter plekke een hartaanval krijg als ik zie wie er voor de deur staat. Luke! Met een gesmoorde kreet smijt ik de deur weer dicht, maar hij is sneller en steekt zijn voet tussen de deur.

'Ook hallo,' zegt Luke. 'Dat deed je de eerste keer dat je me zag ook. Rare reactie, maar goed, je bent dan ook heel raar,' zegt hij. Vervolgens laat hij zijn ogen langzaam over mijn lichaam gaan. Meteen trek ik de handdoek iets hoger laat hem dan ook meteen weer zakken omdat hij al amper mijn schaamstreek bedekt. Mijn god, ik geloof dat ik in mijn haast het gastendoekje heb omgeslagen.

'Laat me raden, je hebt het bloedheet... Wat me erg raar voorkomt, aangezien het buiten zo koud is dat ik mijn tenen bijna niet meer kan voelen. Maar goed, het zal wel aan mij liggen,' zegt Luke zonder zijn ogen van de zweetdruppel af te houden die tussen mijn borsten verdwijnt.

Er gaat van alles door mijn hoofd als hij brutaal langs me heen loopt. Maar wat me het meest dwarszit, is hoe hij me in godsnaam heeft gevonden. Anoek? Nee, dat weiger ik te geloven.

'Ik weet niet wat je hier komt doen, en waarom jij denkt dat je welkom bent in mijn huis,' val ik tegen hem uit, hem achterna lopend als hij op zijn dooie gemak de treden naar mijn woonkamer afloopt.

'Omdat ik met je wil praten, en ik...' Hij houdt abrupt zijn mond als Raf met een zwarte handdoek om zijn heupen de sauna uitkomt.

'Ah, daar ben je dan eindelijk,' hoor ik hem tot mijn verbijstering zeggen. 'Nou je hebt de tijd genomen, hè?'

'Wie is er eindelijk?' vraagt Don die het nog bonter maakt door spiernaakt met de handdoek in zijn handen, terwijl hij het zweet van zijn schouders veegt, de sauna uit komt lopen. Ja, ik weet hoe dit eruit ziet, maar als je dat zoals Luke niet weet, kan ik me voorstellen hoe het moet lijken.

'Oh, ik zie het al,'zegt Don en slaat dan op zijn dooie gemak de handdoek om zijn heupen.

De blik in Lukes ogen is met geen pen te beschrijven als zijn ogen van Don naar Raf gaan en dan naar mij.

Het is pas op dat moment dat de pleister boven Lukes wenkbrauw me opvalt, en als ik beter kijk zie ik ook een beurse plek boven op zijn jukbeen. Mijn ogen worden groot en gaan van hem naar Rafs nog steeds lichtelijk paarse oog, die sinds een paar dagen weer open is, en vandaar naar Dons hechting boven zijn lip. Het kwartje valt zo hard dat ik zeker weet dat ze hem allemaal horen vallen.

'Laat me raden, jullie zijn Luke heel toevallig in Veenendaal tegengekomen, of is hij jullie in Rotterdam tegen het lijf gelopen? Mond houden,' roep ik als ze allebei tegelijk hun mond openen. 'Hebben jullie hem met zijn tweeën in elkaar geslagen? Hoe haal je het in je hoofd,' schreeuw ik tegen Raf omdat die het dichtst bij me in de buurt staat.

'Nou, je hoeft met hem echt geen medelijden te hebben, hoor,' zegt hij met zijn handen op zijn heupen. 'We hebben hem om beurten geslagen. En voor je verder tegen ons tekeer gaat, wil ik je even vertellen dat hij begon.' Raf wijst naar Luke.

'Hij begon? Tjonge, hoe oud zijn jullie. En jij?' val ik boos tegen Don uit. 'Van die driftkikker - ik wijs naar Raf - 'had ik het verwacht. Maar van jou?'

'Ja, hallo,' bemoeit Luke zich er nu ook mee. 'Mag ik...'

'Nee, jij mag niet!' roep ik nu helemaal over mijn toeren tegen hem. 'Jij mag je mond houden. Ik heb meer dan genoeg van jou gehoord. Of ben je gekomen om nog meer beledigingen naar m`n hoofd te slingeren? Heb jij hen zo toegetakeld? Alleen?' vraag ik opeens argwanend. 'Of heeft die broer van je meegeholpen?'

'Begrijp ik hieruit dat ik nu opeens wel iets mag zeggen?' vraagt Luke.

Ik hoor gegrinnik achter me en draai me met een ruk weer om naar Don en Raf die meteen hun lippen stijf op elkaar persen.

'Waag het niet! Wagen jullie het geen van allen om te gaan lachen,' schreeuw ik als ik drie paar ogen verdacht zie fonkelen. Oh, ik ben zo boos dat ik ze, als ik niet spiernaakt onder mijn handdoek was geweest, er met de handdoek van langs had gegeven. Niet dat ze dan iets zouden zien wat ze nog nooit eerder hebben gezien, maar je snapt dat dit net iets te veel van het goede zou zijn.

'Dus jullie zijn naar hem toe gegaan?' Ik knijp mijn ogen tot spleetjes. 'Hoe hebben jullie hem verdomme eigenlijk gevonden? Ik heb jullie nooit verteld waar... ik wist het zelf niet eens!'

'Je computer,' zegt Don.

'Mijn computer? Ja? Wat is daar dan mee?' Ik begrijp er niets meer van.

'De site van zijn bedrijf stond nog in de geschiedenis en...'

'Hou maar op,' roep ik boos en beschaamd omdat Luke nu weet dat ik naar hem op zoek ben gegaan. 'Ik begrijp er nu al niets meer van. Jullie zijn dus op de een of andere manier achter zijn adres gekomen en zijn gewoon achter mijn rug om naar hem toe gegaan? Terwijl ik nog zo had gezegd dat ik...' Ik geef een gil van frustratie. 'Van alle achterbakse streken die jullie ooit...'

'Mag ik je nu even in de rede vallen, *querida*? Ik kan natuurlijk niet voor Don spreken, hoewel hij soms wel achterbakse...' Raf struikelt opzij als Don hem een duw geeft. 'Maar ik heb dus nog nooit, in mijn hele leven niet, iets achterbaks gedaan. Dat wilde ik even zeggen. Zo, je kunt weer door gaan,' zegt hij met een hooghartig handgebaar.

'Doe maar niet zo leuk, want ik lach toch niet. Ik ben verdorie zo boos op jullie dat ik in staat ben dat andere oog van je ook dicht te slaan.'

'Wil je alleen mij slaan?' vraagt Raf beledigd. 'Alsof het enkel en alleen mijn idee was om naar hem,' - hij maakt een hoofdgebaar naar Luke - 'toe te gaan.'

'Dat was het ook Raf, niet jokken. Sas, hij heeft me gedwongen,' zegt Don die meteen lachend achteruit stapt als ik me met een ruk naar hem omdraai.

'Don, kap hiermee. Dit is niet leuk, ik kan jullie wel wat aan doen.' Ik begin zo ongelofelijk te vloeken dat ze allebei volstrekt belachelijk naar hun handdoek grijpen.

'Sasha,' probeert Luke', ik geloof dat het zo wel...'

'Wil jij wel geloven dat het me geen barst kan schelen wat jij wel of niet gelooft?' snauw ik tegen hem. Ik weet het, ik ben onredelijk, maar ik kan er niet over uit dat hij hier is. Hij moet gewoon helemaal zijn mond houden. 'Jij hebt hier niets te zoeken. Jij bent niet welkom in mijn huis. En jullie voorlopig ook niet meer,' slinger ik Don en Raf naar het hoofd. 'Ga weg! Allemaal mijn huis uit!'

De blik in mijn ogen is genoeg om Raf tot stilstand te brengen, en Don is Luke net een fractie van een seconde voor, als hij me zonder zich aan mijn protesten te storen in zijn armen trekt.

'Sas, schatje, ik...'

'Noem me verdomme geen schatje. Je weet hoe ik dat haat.' God hoe is het mogelijk dat de drie mannen waar ik echt verliefd op ben geweest en nog steeds ben... Op een van hen natuurlijk, hier alle drie staan? Twee half naakt en de ander met een gezicht alsof hij niet kan geloven wat hij ziet.

Dit is toch ook te bizar voor woorden? Boos duw ik Don weg.

'Jullie begrijpen natuurlijk wel dat dat fraaie verhaal dat jullie me wilde laten geloven nu natuurlijk erg wankel overkomt, hè?' zegt Luke met een veelzeggende blik naar Dons handdoek. 'En aangezien ik geen zin heb om met twee halfnaakte kerels over de grond te rollen, denk ik dat ik maar weer ga.'

'Goed idee,' zeg ik met fonkelende ogen en zie nog net de veelbeteke-nende blik die Raf naar Don werpt voor hij grinnikend zijn hoofd schudt. Don schiet in de lach en zegt dat hij moet stoppen en Luke de waarheid moet vertellen.

'Nee, laat maar, het was een vergissing,' zegt Luke. 'Ik had niet moeten komen.'

'Oh, in godsnaam, man,' roept Don. 'Je trekt de verkeerde conclusie. Sterker nog,' gaat Don doodleuk en tot mijn verbijstering verder,' we zijn haar minnaars niet. En we hebben haar ook niet zojuist genomen. Nog nooit. Niet samen in ieder geval,' zegt hij.

'Pardon?' zegt Raf.

'Niet nu, Raf,' zegt Don en kijkt Luke dan weer aan. 'De enige twee personen in deze kamer die elkaar nemen zijn Raf en ik. Ja, en jij en Sasha natuurlijk,' gooit Don er tot mijn nog grotere verbijstering uit. Ik word er gewoon rood van en durf niet naar Luke te kijken.

'Moet ik nog duidelijker zijn? We zijn homo's. Ja, allebei! Sasha is ons meisje en we houden meer van haar dan van welke vrouw dan ook, maar niet...'

'Don! Ik geloof dat je je punt nu wel hebt gemaakt,' zegt Raf. 'Kom... schat, dan gaan we elkaar nemen, in de slaapkamer,' zegt hij en rolt zo komisch met zijn ogen dat ik bijna in de lach schiet. Bijna! Ik ben nog steeds boos. Maar als ik het gezicht van Luke zie, kan ik me niet meer goed houden.

Don barst ook in lachen uit en laat zich door Raf mee naar de slaapkamer trekken.

'Ja, hallo, doen jullie dat dan wel in jullie eigen bed? Je weet dat ik daar nogal vreemd in ben. Geen geflikflooi in mijn bed. En zeker niet als ik er niet bij ben.'

'Ja, dat is goed, lieverd,' zegt Don. 'De volgende keer mag je kijken.' Lachend gooien ze de deur van mijn slaapkamer achter zich dicht.

Ik draai me om naar Luke en schater het dan uit als ik zijn verontwaardigde gezicht zie. Ik houd er echter abrupt mee op als hij me met een ruk in zijn armen trekt.

'Ik geloof echt dat jij de tijd van je leven hebt, hè? Wat proberen ze me nou wijs te maken? Dat het twee homo's zijn die jou nog nooit...?

Ik kijk hem zwijgend aan en vraag me af wat ze in godsnaam allemaal tegen hem hebben gezegd dat hij hier is.

'Sasha? Geef antwoord, ik ben half gek geworden van die gedachten.'

'Oh? Ik dacht dat het jou wel opwond?' Ik probeer hem weg te duwen, maar hij geeft geen krimp. 'Luke, zou je me los willen laten? Ik wil graag even iets aan gaan doen. Ik sta in mijn handdoekje en ik...'

'Ja en? Ik heb je in minder gezien, dus dat slaat nergens op. Ik ben gekomen omdat ik met je wilde praten, maar ik wil dat je me je woord geeft dat je vanaf nu eerlijk tegen me bent en belooft nooit meer tegen me te liegen.' Hij omhelst me nog steviger en ik voel hoe mijn handdoekje over mijn billen omhoogkruipt.

'En als je het ooit nog in je hoofd haalt om met die gestoorde zus van jou van plaats te wisselen, dan geef ik je zo'n ongenadig pak op die heerlijke billen van je dat je de rest van de week niet meer kunt zitten.'

'Ik beloof jou helemaal niets, en ik zeg geen woord meer tegen je als je me nu niet meteen loslaat zodat ik iets aan kan doen!'

Hij negeert me gewoon en vraagt weer of Don en Raf de waarheid hebben gesproken. 'Of nee, begin me eerst maar eens te vertellen waarom jullie alle drie naakt en bezweet in een handdoek rondlopen. Al kan ik die van jou zo met geen mogelijkheid noemen. Jezus, heb je die per ongeluk te heet gewassen of zo?'

'We zaten in de sauna toen je aanbelde.'

Luke fronst zijn wenkbrauwen en staart me enkele seconden zwijgend aan.

'En moet je daarvoor naakt zijn? Met twee naakte mannen?'

'Mijn god, Luke, doe niet zo preuts. Op iedere sportschool is wel een gemengde sauna te vinden en je kunt mij niet wijsmaken dat jij daar nog nooit gebruik van hebt gemaakt.'

'Mag ik je er even op wijzen dat het heel wat anders is om dat op een sportschool te doen met heel veel mensen,' zegt hij met een veelzeggende blik, 'of in je eigen huis? Maar laat maar.' Hij zucht.

'Deze discussie gaan we nu niet hebben. Ik wil nu de waarheid en...'

'Dat is het ook.'

'Ja, oké. Op naar de volgende waarheid dan. Zijn die twee grappenmakers jouw minnaars of niet?'

Ik bedenk dat hij het niet verdient. Of ja, dat doet hij wel, en ik wil nooit meer tegen hem liegen. 'Heb je niet geluisterd? Ze zijn homo. Dus nee, Luke, dat zijn ze niet.'

'Dus je bent nooit met hen naar bed geweest?'

Ik wil nee zeggen, maar hij heeft me net gevraagd of ik van nu af aan eerlijk tegen hem wil zijn.

'Alleen met Don.'

Ik zie aan zijn gezicht en aan de manier waarop hij zijn kaken op elkaar klemt, dat hij dit niet leuk vindt om te horen.

'Ik moet toch eerlijk zijn? Nou, dan ben ik dat ook. Je moet geen vragen stellen als de antwoorden je niet bevallen. Maar misschien maakt het iets uit dat het al vijf jaar geleden is, en dat het bij die ene keer is gebleven. Het was mijn verjaardagscadeau en daarna...' Zijn gezicht maakt dat ik in de lach schiet.

'Eh, ja, Don zoekt altijd iets speciaals voor mijn verjaardag. Niet zomaar iets van de *Blokker* van hem. Maar ik heb er zelf om gevraagd.' Voor Luke daar iets op kan zeggen ga ik snel verder.

'Ik wilde geen maagd meer zijn en ik hield van hem dus...'

'Dan is hij geen homo, maar biseksueel.'

'Nee, Don is echt homo. Hij is alleen een beetje bi bij mij zoals hij dat noemt.'

'Een beetje bi bestaat niet. Je kunt ook niet een beetje zwanger zijn, je ben het of je bent het niet. En die andere, Raf? Is hij ook bi?'

'Nee, ook echt homo. Maar er zijn maar weinig mensen die dat weten, en dat willen ze ook graag zo houden. Niet dat ze zich ervoor schamen, maar zo denken ze er nu eenmaal over. En ze spelen niet dat ze... Hoe moet ik dat nou uitleggen. Ze doen niet alsof ze... macho, nee dat vind ik een eng woord. Ze doen niet alsof ze mannelijk zijn, ze zijn het gewoon. Vergis je daar nooit in.'

'Nee, geloof me, dat zal ik nooit doen. Jezus, die gasten kunnen uit de voeten. Ik geloof dat ik een rib heb gekneusd en...'

'Wat? Zijn ze nou helemaal bedonderd?' Ik probeer me uit zijn omhelzing los te maken, maar Luke trekt me nog dichter tegen zich aan.

'Het was het me allemaal waard. Echt, ik was zo blij dat ze me kwamen opzoeken. Ik was al naar Anoek geweest, maar die vertikte het om me jouw adres te geven.'

'Waarom?'

'Waarom ze het vertikte? Geen idee, het is jouw zus. Jij zult als geen ander weten wat een kronkel die meid heeft.'

'Nee, waarom wilde je mijn adres?'

'Omdat ik je miste, omdat ik spijt had. Misschien ben ik de laatste keer iets te hard...'

'Misschien?' Ik trek mijn wenkbrauw op.

'Nee, dat was ik, maar...alsjeblieft, Sasha, we dwalen af. Ik wil eerst weten waarom jij en die twee, - hij maakt een hoofdgebaar naar mijn slaapkamer - 'zo je best deden me te laten geloven dat jullie een trio waren.'

'Ik speel hun vriendin of minnares, als je het zo wilt noemen, omdat ze dat willen. Omdat ik het wil! Het houdt een hoop vervelende mannen bij mij vandaan en aanhalerige vrouwen bij hen. Het is een ietwat uit de hand gelopen grap.' Ik haal mijn schouders op. 'Ze zijn nou eenmaal erg lichamelijk. We hebben er soms de grootste lol mee, en we doen er niemand kwaad mee.'

'Niemand kwaad mee? Allemachtig, Sasha, je hebt mij verdomme bijna krankzinnig gemaakt. Weet je wel dat ik gek van mezelf werd als ik aan jou en die twee gasten dacht? Homo's? Die twee? Ja hoor, dan ben ik het ook.'

'Man, maak me niet gek, hoor,' zegt Raf die juist op dat moment weer volledig aangekleed de woonkamer binnen komt lopen. 'En maak die arme schat niet aan het huilen. Ze heeft al zoveel verdriet om ons gehad. Ze verdient het deze keer om een knappe man helemaal voor zichzelf te hebben. Dus niet plagen en zeggen dat je homo bent. Bi zou nog mogen, of nee doe maar niet. Laten we Don niet in verwarring brengen met twee van die knappe kerels om hem heen. Hij mocht eens in de verleiding komen,' zegt hij zo droog dat Luke nu tot mijn verrassing in lachen uitbarst.

'Wat is er zo komisch?' vraag Don die ook weer tevoorschijn komt. Zijn haar is nog nat van het douchen en zit wild. Hij ziet er ongelofelijk sexy uit.

'Luke?' vraagt hij terwijl hij zijn zwarte coltrui over zijn hoofd trekt.

'Niets bijzonders,' grinnikt Luke. 'Mijn geaardheid werd even in twijfel getrokken. Maar, ik ben zo hetero als het maar zijn kan, dus geen bedreiging voor Raf.'

Don fronst zijn wenkbrauwen. 'Hm, laat ik daar maar niet op in gaan,' zegt hij dan met twinkelende ogen. 'Kom Raf, we gaan weg. Sas, schat...teboutje, we komen over een uurtje weer terug.'

'Maak er maar twee van,' zegt Luke. 'Of weet je wat? Kom morgen maar weer terug. Dit gaat wel even duren.'

'Sas?' Don kijkt me vragend aan. Ik knik, dat het goed is. 'Oké, we blijven langer weg, misschien inderdaad tot morgen, maar dat blijft nog een verrassing. Maar als we terugkomen, en ook maar denken dat ze heeft gehuild dan...'

'Ja, ja, ik weet het,' zegt Luke droog, 'dan trekken jullie me eigenhandig uit elkaar.'

'Zoiets,' zegt Raf en loopt dan, nadat hij me een kus op mijn mond heeft gegeven, voor Don uit naar de deur.

'Nou jij natuurlijk ook nog even,' zegt Luke, wat Don zonder aarzeling doet. Hij trekt me in zijn armen en geeft me een harde smakkende kus op mijn mond.

'Later, lief meisje van me,' zegt Don en loopt dan achter Raf aan.

31

Zenuwachtig omdat we nu helemaal alleen zijn, kijk ik Luke aan die me met een vreemde blik in zijn ogen staat aan te kijken. 'Wat?'

'Dit,' zegt hij en trekt me in zijn armen om me te kussen alsof hij niet meer van plan is er vandaag nog mee te stoppen. Nou dan heeft hij toch echt pech, want ik wil dat dus wel. Niet meteen natuurlijk, maar een paar minuten later toch wel. Ik begin trouwens ook een beetje licht in mijn hoofd te worden door het gebrek aan zuurstof.

'Sasha, ik heb je zo ongelofelijk gemist en ik heb er zo'n spijt van wat ik de laatste keer allemaal tegen je heb gezegd. Hoe verschrikkelijk ik je behandeld heb.'

'Oh, is er iets specifieks waar je spijt van hebt? Je hebt zoveel verschrikkelijke dingen tegen me gezegd. Vertel me eens, wat vond je het verschrikkelijkste wat je tegen me hebt gezegd? Dat je me voor slet hebt uitgemaakt? Daar had je trouwens helemaal gelijk in, maar het is toch best hard als...'

'Niet doen,' zegt hij met een verdrietige blik. 'Ik meende dat niet.'

'Oh? Meende je dan wel dat ik verdiende als een hoer behandeld ...'

Hij duwt zijn hand over mijn mond en zegt dat ik dat niet mag zeggen. Boos bijt ik in zijn hand die hij met een vloek wegtrekt. Hij kijkt van zijn hand naar mij alsof hij niet kan geloven dat ik dat echt heb gedaan.

'Oh, ik begrijp het al. Alleen mannen mogen dat zeggen? Don is ook al zo raar wat dat betreft. Het is oké als jullie grof zijn, maar oh wee, als een vrouw het woord neuken in haar mond neemt. Wat is dat toch met jullie mannen? Kunnen jullie kwetsbare oortjes daar niet tegen? Nou laat me je dan even vertellen...'

Voorlopig vertel ik dus weer helemaal niets omdat hij me kust, en deze keer zo grondig dat ik me aan hem vastklamp. Natuurlijk alleen maar omdat ik anders gevallen zou zijn, niet omdat ik mijn handen niet van hem af kan houden! Laat dat even duidelijk zijn. Ik ben nog steeds boos op hem.

'Zo, heb ik nu weer even je aandacht? God, Sasha, moet ik je steeds te pletter kussen om je het zwijgen op te leggen?'

'N-nee, ik luister al.' Kan ik even op adem komen. 'Wat wil je weten?'

'Je bent dus vijf jaar geleden voor het laatst met Don naar bed geweest?'

Oh, we zijn daar nog steeds. Ik knik.

'Ben je eerlijk tegen me?'

'Ja Luke, ik ben vijf jaar geleden voor het eerst en voor het laatst met Don naar bed geweest.'

'En met Raf?'

'Met hem nog nooit. Met hem zoen ik alleen maar en ik...'

Lukes blik maakt dat ik mijn mond hou.

'Geen woord meer over die bizarre verhouding van jullie. Mijn hersenen kunnen het even niet meer verwerken. Maar je hebt wel degelijk gevoelens voor ze. Je kunt mij niet wijsmaken...'

'Ja, dat heb ik inderdaad. Ik hou ontzettend veel van ze. Ik laat me niet door iemand ontmaagden waar ik geen...' De blik in zijn ogen maakt dat ik mijn zin weer niet afmaak. 'Ik hou gewoon heel veel van ze, maar niet zoals ik...' Ik word rood en sla mijn ogen neer.

'Niet zoals je van mij houdt? Wilde je dat zeggen? Echt, Sasha, zo'n moeilijke vraag is het niet. Ja of nee?' vraagt hij en neemt mijn gezicht in zijn handen. 'Ik hou namelijk wel ontzettend veel van jou.'

Nou, als hij nu had bekend dat hij ook homo was, zou ik waarschijnlijk een heel stuk minder verbaasd zijn. Dan kust hij me zo zacht en teder dat de tranen in mijn ogen springen.

'Zo ontzettend veel dat ik er bijna aan onderdoor ben gegaan. Ik hou van je, Sasha en heb dat vanaf dat weekend gedaan. Ik wist niet wat me overkwam. Weet je wel hoe ik me voelde dat ik naar de vriendin van mijn broer verlangde? Dat ik met je naar bed was geweest. En toen ik erachter kwam dat jij Anoek niet was, werd ik zo kwaad. Zij zei dat jullie dat altijd deden. Dat je gewoon voor de lol met me naar bed wilde omdat je mij, nee mijn broer... Nick, had gezien. Hij vloekt zacht.

'Allemachtig, zie je nou wat je met me doet? Ik lijk wel een brabbelende idioot. Ik sla wartaal uit. Ik ben dat weekend halsoverkop verliefd op je geworden.'

Ik hoor de woorden, maar op de een of andere manier dringen ze niet tot me door.

'Sasha? Hou je van me of hebben Don en Raf gelogen?'

'Hebben ze dat gezegd?'

'Onder andere.'

'Zijn zij echt niet begonnen met slaan?'

'Nee, lieverd. Geloof me dat ik zo woedend was dat ik Don al had neergeslagen voor hij ook maar een woord had gezegd. Raf pakte me alleen maar beet om me tegen te houden en die heb ik toen ook geslagen. Ja, en toen was het natuurlijk niet meer dan logisch dat ze terugsloegen. Maar eerlijk is eerlijk, ze hebben het om beurten gedaan.'

'Goh, wat sportief van ze,' zeg ik en strijk voorzichtig over de pleister bij zijn wenkbrauw. 'Hechtingen?'

'Zes!'

'Deed het erg pijn?'

'Ontzettend!'

'Watje,' zeg ik zacht en trek zijn hoofd omlaag om een kusje op zijn wenkbrauw te drukken. 'Ik hoop wel dat het oplosbare hechtingen zijn, want...'

Luke schiet in de lach en vraagt of ik alsjeblieft op wil houden over zijn hechtingen. 'Zeg dat je net zoveel van mij houdt als ik van jou,' zegt hij opeens terwijl hij mijn gezicht in zijn handen neemt.

Mijn hart zingt, en ik kan het niet geloven, maar het lijkt erop dat hij het meent. Mijn god, hij houdt ook van mij.

'Ga je het nog zeggen of moet ik het uit je slaan?'

'Nou, ik weet niet hoeveel je van mij houdt, Luke. Maar als het een beetje in de buurt komt bij mijn gevoelens voor jou, dan ben ik heel gelukkig. Ja, ik hou van je, en dat heb ik gedaan vanaf het moment dat ik de deur voor je opendeed van Anoeks flat en die van schrik weer dichtgooide.'

'Ik hoor het je zeggen, en ik wil het zo graag geloven, maar... Sasha, jij en je zus hebben me goed te grazen genomen. Die meid is dus echt onvoorstelbaar. Een en al leugens wat er uit haar mond komt. Je wist het niet, hè?' zegt hij opeens. 'Je hebt het echt al die tijd niet geweten,' vraagt hij zo onzeker dat de tranen in mijn ogen springen.

'Nick zei dat je het pas zag toen je hem aankeek. Kun je ons echt uit elkaar houden?'

'Kun jij mij en mijn zus uit elkaar houden?'

'Ja, zonder enige twijfel. Die fout zal ik nooit meer maken. Don en Raf hebben me verteld hoe ze je heeft voorgelogen en hoe ze je zover heeft gekregen met haar van plaats te ruilen. Iets waar ik haar en Nick voor de rest van mijn leven dankbaar voor zal zijn.'

Mijn mond valt open als hij me de werkelijke reden vertelt, waarom Anoek met mij wilde ruilen.

'Een andere man? Ze wilde met een andere man mee? God, ik ben echt zoals Don zegt een goedgelovige trut, en ik...'

'Maar dan wel de mijne,' lacht hij.

Ik kijk hem verbaasd aan als zijn gezicht weer net zo snel betrekt.

'Ben je met me naar bed gegaan omdat ze dat heeft gevraagd? Wilde ze dat je met Nick naar bed zou gaan?'

'Mijn god, natuurlijk niet. Ze was juist woedend toen ze daarachter kwam. Ik heb haar nog nooit zo kwaad gezien. Ik was voor het eerst bang voor haar.'

'Hm, als het zoiets is als ik ook heb meegemaakt, kan ik me dat heel goed voorstellen,' zegt hij.

'Nee, Luke, ik ben met jou naar bed gegaan omdat ik dat wilde. Ze heeft me ook nooit wijsgemaakt dat ze met je broer naar bed is geweest. Later wel, nadat wij al met elkaar naar bed waren geweest. Weet zij dat jij Nicks tweelingbroer bent?'

'Nee, niet als jij het haar niet hebt verteld. Ik heb Nick laten beloven het haar niet te vertellen.'

'Oh, maar ik dacht dus dat jij... Nick en zij met elkaar sliepen. Ik ken mijn zus, ze is nu eenmaal... Laten we het er maar op houden dat zij bekend staat in Driebergen als de... eh lossere Lesterzus en ik als de Lestermuts. En nu je weet dat ik pas op mijn twintigste voor het eerst met een man... Jeetje Luke, tot ik jou ontmoette gaf ik niets om seks. Ik vond het zwaar overgewaardeerd. Een beetje gehijg en gepuf.' Ik grijns naar hem als hij zijn wenkbrauw optrekt.

'Ik zeg toch, tot ik jou ontmoette? En nee, ik ben met jou naar bed gegaan omdat ik dat wilde, omdat ik naar jou verlangde. 'Mijn god, Luke, je was er zelf bij.'

De blik in zijn ogen maakt dat ik van top tot teen begin te gloeien. De handdoek is zelfs te veel, zo warm heb ik het op dit moment. 'Ben je soms vergeten dat ik mijn handen niet van je kon afhouden? Je hebt me zelfs even alleen gelaten omdat je bang was dat ik je anders de kleren van je lichaam zou scheuren.' Ik moet lachen om zijn brede grijns. 'En heb ik je niet praktisch aangerand in jouw auto?'

Hij grijnst nog breder en zegt dat hij zich alleen maar laat aanranden als hij dat zelf wil.

'Had ik dan even mazzel,' grijns ik terug. 'Maar ik geef toe dat ik me, in eerste instantie door jou liet kussen omdat je geen argwaan mocht krijgen, maar al na de eerste kus was ik verkocht. En ik zou nooit met je naar bed zijn gegaan als ik me niet zo tot je aangetrokken had gevoeld. Zus of niet. Ik hou heel veel van haar, maar ik ga alleen voor haar met een man naar bed als ik dat zelf wil. Hoe ben je er eigenlijk achtergekomen? Dat is me nog niet helemaal duidelijk. Anoek zei dat zij het uitmaakte op het moment dat zij erachter kwam dat wij met elkaar naar bed waren geweest.'

Luke fronst en zucht dan diep.

'Luke? Ben jij... ik bedoel... Je bent met haar naar bed geweest,' zeg ik zacht en voel me verschrikkelijk.

'Nee, lieverd. Bijna.' Hij tilt mijn gezicht naar hem op. 'Maar dat was omdat ik toen nog half en half geloofde dat jij het was. Ik verlangde zo naar je dat ik me had voorgenomen daarna een stevig gesprek met je te hebben. Ik ben bang dat ik me toen door mijn lichaam heb laten leiden in plaats van door mijn hart. Ik wist het eigenlijk al, maar begreep er niets van. Maar op het moment dat ze me besprong... Echt, ik schrok me kapot. Toen realiseerde ik me dat jij het niet was. Jij bent zo niet. En toen ze jouw geboortevlekken niet had...'

'Heb je die wel gezien?' vraag ik verbaasd. 'Oh, ik was zo bang dat je ze zou zien en dan zou weten dat ik Anoek niet...'

'Lieverd, je luistert niet,' zegt hij. 'Ik was toch nooit met jouw zus naar bed geweest? Dus die vlekken konden je niet verraden. En hoe had ik die nou kunnen missen?' vraagt hij met een sexy grijns. 'Ik heb je van top tot teen gekust. Ik heb geen plekje overgeslagen. Volgens mij bestaat er geen oplettender man dan ik.' Hij schiet in de lach om mijn gloeiende wangen.

'Was ik de eerste bij wie je...'

'Ja, Luke, zoals met jou is het nog nooit geweest, ben ik nog nooit geweest. Mijn god, ik ben dat weekend van de ene verrassing in de andere gevallen. Ik wist niet dat... Ik had niet raar opgekeken als je me op een gegeven moment ondersteboven tegen de muur had gezet en...' Ik schater het uit om zijn gezicht en pers mijn lippen op elkaar als hij zegt dat het reuze interessant klinkt.

'Hm, dat proberen we de volgende keer.' Hij kust me opnieuw en wel zo hartstochtelijk, dat ik even denk ik dat hij het meteen uit wil proberen.

'Luke, alsjeblieft, ik wil je zo graag geloven maar, ik... Kun je Anoek en mij echt uit elkaar houden? Je kunt het alleen maar zien als je ons naakt ziet, en ik...'

'Nee, daar vergis je je in. 'Jij kunt het bij Nick en mij toch ook?'

Ik knik.

'Misschien kan ik het omdat ik van je hou. Was je daar bang voor? Dat ik dat niet zou kunnen? Als ik dat niet zou kunnen, zou ik je niet waard zijn. En ik zou ook geen vrouw willen die Nick en mij niet uit elkaar kan houden.'

Vrouw?

'Ik weet het als ik je kus, ik weet het als ik je bemin. Sasha, ik weet het als ik naar je kijk, je voel, je ruik. God, Sasha, ik weet het in mijn slaap.'

Ik hou het nu echt niet meer droog als ik hem die woorden hoor zeggen. Ik geloof hem. Hij is de ware, mijn ware liefde. De man die mijn zus en mij uit elkaar kan houden. Hij weet wanneer ik het ben. Ik lach zo breed dat mijn kaken pijn doen.

'En nu wil ik weten hoe je aan dat litteken komt op je onderbuik. Ja, dat is me ook meteen opgevallen, maar daar kon ik je toen niet naar vragen. Ik wilde immers niet dat je jezelf zou verraden. Ik wilde met je naar bed en ik... Het spijt me dat ik zo ruw was, maar ik was aan de ene kant zo boos, ook op mezelf, dat ik ondanks alles nog steeds zo verschrikkelijk naar je verlangde.'

Ik zeg dat het niet al te erg was en sla mijn handen voor mijn gloeiende wangen als ik de blik in zijn ogen zie. Hij weet dat ik ook daarvan heb genoten en zijn volgende woorden bewijzen dat.

'Jij, mijn schat, vindt alles wat ik met je doe heerlijk... Godzijdank,' zegt hij en kust me hongerig. 'Ga je het me nog vertellen?' vraagt hij een hele poos later.

'Wat? Ik weet even niet meer...'

Hij schiet in de lach en vraagt opnieuw naar het litteken op mijn buik.

'Oh dat.' Ik vertel het hem en zie zijn ogen steeds groter worden.

'Wanneer was dat? Was dat op die woensdagavond dat ik terugkwam uit Rotterdam?'

Verbaasd kijk ik hem aan en vraag hoe hij dat nou kan weten.

'Omdat ik op dat moment bij Anoek was en dacht dat ze doodging. Later dacht ik dat het een smoesje was geweest om me af te schepen. Maar ze voelde jouw pijn,' zegt hij met een bezorgde blik. 'Godzijdank was Don bij je.'

'En kan het ook zijn dat ik jou de dag daarvoor op de roltrap van een warenhuis heb zien staan?' gooit hij er opeens uit. Hij noemt mijn warenhuis.

'Oh, mijn god, dan was jij het toch? Ik heb bijna een man verminkt met mijn paardenstaart en ben bijna achterover in zijn armen gevallen omdat ik was vergeten dat ik op een roltrap stond toen ik jou dacht te zien.'

Lachend tilt Luke me tegen zich aan en draait me dan in de rondte. 'Je houdt echt van me? Dat zeg je niet omdat...'

'Meer dan ik ooit van iemand heb gehouden. Er is geen dag voorbijgegaan dat ik niet aan je moest denken.'

'Dus toen je me in het *Manhattan* vertelde dat je van me hield was dat de waarheid?'

'Ja, Luke, ik heb alleen maar gelogen door je in de waan te laten dat ik Anoek was, maar voor de rest heb ik nergens over gelogen. Nooit over mijn gevoelens voor jou.'

'Ik hield van je vanaf het eerste moment. Ik heb zelfs een ring voor je gekocht voor het geval ik Nick ervan kon overtuigen jou te laten gaan,' gooit Luke er tot mijn verbijstering uit.

'Een ring? Voor mij?'

'Ja, voor jou,' zegt hij en haalt dan tot mijn stomme verbazing een ring uit zijn broekzak.

'Voor het geval je het doosje weer mooier vindt,' zegt hij droog en houdt de ring voor mijn gezicht. 'Kun je zien waarom ik hem voor jou en niet voor je zus heb gekocht? Weet je hoe ik wist dat het deze moest zijn?'

'Ik kijk hem verbaasd aan. Ik vind het de mooiste ring die ik ooit heb gezien. 'Nou misschien omdat hij prachtig is? Ik hou van lichtroze sterren en ik...' Oh, mijn god, ik begrijp opeens wat hij bedoelt.

'Precies, ik zag die ster en hij deed me aan jouw geboortevlek denken. Dat is de reden dat ik hem heb gekocht.' En echt, ik heb het al eerder gezegd, maar jij reageert heel vreemd op mijn cadeautjes,' zegt hij als ik in snikken uitbarst en hij me lachend in zijn armen neemt.

'Oh, Luke, je hebt een ring voor mij... Echt voor mij gekocht.' Ik sla mijn armen om zijn nek als hij me met een vreugdekreet optilt. Lachend zeg ik dat ik nog nooit een man heb ontmoet die er zo van houdt een vrouw te dragen.'

'Dus hou je mij.'

'Ja, ik hou jou.'

Hij zegt dat hij minstens twee keer de liefde met me bedreven wil hebben voor mijn bodyguards weer terugkomen.

'Goh, twee keer maar?' vraag ik.

'Oké, drie of vier keer dan,' zegt hij serieus. 'Ik was even vergeten hoe onverzadigbaar je bent.'

'Wat?' vraag ik als hij in de deuropening van mijn slaapkamer blijft staan en ik zijn opgeluchte gezicht zie.

'Godzijdank, geen handboeien en spiegels aan het plafond. Mag ik hopen dat er ook geen marteltuigen onder het bed liggen?'

'Oh, mijn god, lagen die dan onder Anoeks...'

Luke lacht opnieuw en zegt dat hij er geen weddenschap op af durft te sluiten. 'Jullie lijken echt totaal niet op elkaar,' zegt hij als hij me op het bed neerlegt en zijn kleren binnen de kortste keren uit heeft. 'Mag ik wel met je flikflooien in jouw bed?'

'Jij wel. Alleen jij,' fluister ik.